CAPETOWN Lovers

FALSCHES SPIEL

GRETA SCHNEIDER

EINLADUNG

GRATIS-E-BOOK FÜR DICH!

HeartBeats - Nachtschwärmer: Eine Kurzgeschichte für alle, die es romantisch und spannend mögen! Dieser Link hier bringt dich direkt zum Download:

greta-schneider.de/gretas-lesecouch

Sie singt in einem Club. Und danach möchte sie einfach nur nach Hause. Er ist 100 km gefahren, um sie singen zu hören - und er möchte mehr von ihr ... Für beide verläuft die Nacht ganz anders als erwartet. Wird Jonathan die zurückhaltende Charlie bis zum Morgen überzeugen?

Hier geht es zum E-Book: https://greta-schneider.de/gretas-lesecouch

Das E-Book ist mein Geschenk für alle, die sich für meinen Newsletter »Gretas Lesecouch« interessieren. Dieser erscheint meist einmal im Monat mit interessanten

Updates, Gewinnspielen und exklusiven Textschnipseln. Am Ende jedes Newsletters findest du einen Link, mit dem du dich problemlos wieder aus dem Verteiler abmelden kannst.

Und nun viel Spaß beim Lesen!

KAPITEL EINS

CAMERON

Die schwärzesten zwei Wochen seines Lebens lagen hinter ihm.

Cameron Ashford gönnte der fünf Meter hohen Mauer des Pentonville-Gefängnisses keinen Blick mehr. Schlimm genug, dass er als Souvenir von dem Aufenthalt hinter diesen Mauern Hämatome am ganzen Körper, eine Rippenprellung und eine Naht am Jochbein zurückbehalten hatte. In seinem Kopf hämmerte noch immer der Schmerz, strahlte von der Schläfe aus in Stirn, Wangen und Kinn, in Wellen schwoll er an und ab.

Aus grauem Himmel tröpfelte ein feiner Novemberregen und überzog Straße und Bürgersteig mit einem feuchten Film. Die Mittagszeit war schon fast vorüber, und es wurde immer noch nicht richtig hell. Er zog sich das Basecap tief ins Gesicht, trat an den Straßenrand und sah sich nach einem Taxi um. Taxistand? Fehlanzeige. Hier gab es nur eine Bushaltestelle.

Cameron fischte das Handy aus der Hosentasche, um ein Taxi zu bestellen. Mist.

Es war nicht geladen. Natürlich nicht. Vielleicht besser so, ein ausgeschaltetes Handy konnte niemand orten.

Fröstelnd und die Hände tief in den Hosentaschen vergraben, steuerte er auf die verwaiste Bushaltestelle zu. In dem schlichten Outfit aus Jeans, Pulli und Sportjacke würde ihn kein Mensch erkennen. Vielleicht war es gut, dass niemand außer seinem Anwalt von seiner heutigen Entlassung wusste. Sonst wären womöglich Paparazzi am Gefängnistor aufgetaucht.

Ohne Bedauern warf er das Handy auf den Boden, zertrat es mit dem Absatz und entsorgte es im Papierkorb. Es fiel ihm nicht schwer, sich von all den Informationen darin zu trennen. Dank Fingerabdrucksensor war es unwahrscheinlich, dass jemand die Inhalte ausspionierte. Nachher würde er sich ein, zwei billige Prepaidhandys zulegen.

Da kam auch schon der Bus Richtung Innenstadt. An der Bank Station stieg er aus und lief die letzten paar hundert Meter zu seinem Büro in der Finch Lane.

Vor dem Bürogebäude hielt er inne, legte den Kopf in den Nacken und blickte an der Fassade hinauf. Dann betrat er das Foyer. Die Rezeptionistin, eine hübsche mollige Blondine, deren Namen er vergessen hatte, bekam runde Augen.

»Mr Ashford! Wie … wie gut, Sie zu sehen. Es tut mir so leid, was passiert ist … der arme Mr Barton …« Sie hielt inne, als sie die Verletzungen in seinem Gesicht sah. »Ist Ihnen nicht gut? Kann ich was für Sie tun?«

»Sehr freundlich, aber nein. Ich bin wohlauf. Ich gehe dann jetzt rauf.«

»Das geht nicht, es ist noch abgesperrt. Die Polizei hat da alles auf den Kopf gestellt.«

»Ich muss trotzdem hoch.« Als sie widersprechen wollte, hob er die Hand. »Es ist gut, Miss ... äh ...« Verdammt. Er musste auf das Namensschild an ihrer Bluse schauen.

»Parker«, kam sie ihm zu Hilfe und schenkte ihm ein schüchternes Lächeln.

»Ja gut, Miss Parker. Danke.« Mit verschwörerischer Miene beugte er sich leicht über den Tresen. »Wenn jemand fragen sollte: Ich war nicht hier. Okay?«

»Oh ... Okay«, stotterte sie und errötete dabei.

Cameron klopfte als Zeichen seines Dankes mit der flachen Hand auf den Tresen, nickte und wandte sich den Fahrstühlen zu. Hoffentlich kam er nicht zu spät.

Ein Polizeisiegel klebte an der Tür zu den Büroräumen von Ashford & Barton. Doch es war aufgerissen. Jemand hatte sich Zutritt verschafft. Cameron unterdrückte einen Fluch.

Das Schloss schien unversehrt, also hatte man einen Schlüssel benutzt. Wie kam die Polizei an seinen Schlüssel? Oder hatte Lynn sie hereingelassen?

Er schloss auf und öffnete die gläserne Tür. Das durch die Fenster und die Glastüren einfallende Licht ließ die Räume trotz des trüben Wetters hell und freundlich wirken. Und doch rieselte ihm ein unangenehm kalter Schauer über den Rücken, als er sein Büro betrat. Der bräunlich eingetrocknete Blutfleck auf dem hellen Teppich vor dem Schreibtisch verursachte ihm Übelkeit. Schnell sah er weg und überprüfte, ob irgendetwas in dem Raum fehlte.

Die Aktenordner aus dem Tresor waren weg, und er stand immer noch offen.

Wie überall an den Regalen, den Schränken und am Schreibtisch klebten auch am Telefon Reste des Kohlenstaubs, mit dem sie Fingerabdruckspuren genommen hatten. Mit spitzen Fingern griff er nach dem Hörer, wählte eine Nummer und versuchte dabei, den Blutfleck aus seinem Blick und Bewusstsein zu verbannen.

»Rechtsanwaltsbüro Myers, McKennie und Preston«, säuselte eine weibliche Stimme. »Das Büro ist derzeit nicht besetzt. In dringenden Fällen wenden Sie sich bitte an ...«

Verdammt. Es war Samstag, das hatte er vergessen. Cameron wählte Prestons private Handynummer, die er nur an gute Mandanten herausrückte und über die er Tag und Nacht erreichbar sei, wie er immer betonte. Nur heute nicht. »Bitte sprechen Sie nach dem Signalton.«

»Ich muss Sie dringend sehen, Mr Preston. Das Siegel am Büro ist offen, die Polizei muss alle Unterlagen mitgenommen haben. Bitte melden Sie sich so schnell wie möglich. Und danke, dass Sie meine Entlassung heute durchsetzen konnten.«

Stöhnend wollte er in seinen Chefsessel sinken, bis er die Blutspritzer daran bemerkte. Mit einem Fluch schob er ihn beiseite. Dann beugte er sich hinunter zu den Schreibtischschubladen. Sie waren abgeschlossen. Wenigstens das.

Er öffnete eine nach der anderen und überprüfte, ob sich alles an seinem Platz befand. Aufatmend stellte er fest, dass das Geheimfach unterhalb der obersten Schublade unversehrt war. Das Geld, eine eiserne Reserve für Notfälle, lag noch darin. Als er es dort hineingelegt hatte, hätte er sich nie träumen lassen, dass ein Notfall wie dieser je eintreten würde.

»Cameron! Was machen Sie denn hier? Wann hat man Sie entlassen?« Lynn Shapton, seine Sekretärin, riss Mund und Augen auf. Sie stand in der Tür ihres kleinen Reihenhauses und trug einen Pyjama aus Flanell mit rosafarbenem Blümchenmuster. Ein ungewohnter Anblick bei einer Frau, die er sonst nur in Kostüm oder Hosenanzug und mit streng hochgestecktem Haar zu sehen bekam. »Kommen Sie ´rein.«

»Entschuldigung, dass ich Sie überfalle, Lynnie. Ich …«

»Was haben Sie mit Ihrem Gesicht gemacht?« Sie streckte eine Hand nach seiner Wange aus, und er zuckte zusammen.

»Sie haben mich zusammengeschlagen. Im Knast.«

Lynn zog ihn an der Hand in ihr winziges Wohnzimmer und nötigte ihn, auf einem der plüschigen Sessel Platz zu nehmen. Der Raum war in sanftes Licht getaucht, auf dem Couchtisch brannten Kerzen und es roch nach Kakao. »Moment.« Lynn verschwand in der Küche, er hörte sie mit Geschirr hantieren. Bei ihrer Rückkehr hielt sie eine Tasse des dampfenden Getränks in der Hand. »Hier, trinken Sie.«

Dankbar nahm er sie entgegen. Der Geschmack und die Kerzen und das gedämpfte Licht besänftigten den Aufruhr in seinem Inneren.

»Danke«, sagte er schlicht.

»Was kann ich für Sie tun, Chef?« Lynn setzte sich ihm gegenüber, stützte die Ellenbogen auf die Knie und beugte sich vor. »Brauchen Sie einen Arzt?«

»Nicht nötig. Alle Wunden sind versorgt, und Schmerzmittel habe ich dabei. Ich brauche Ihre Unterstützung bei … bei meiner Flucht.«

»Flucht?!« Sie stieß ein erschrockenes Keuchen aus, und blickte ihn mit aufgerissenen Augen an.

»Richtig. Ich muss weg hier.« Cameron zog den Brief aus der Brusttasche und reichte ihn ihr. »Bitte geben Sie das so schnell wie möglich Victoria. Sie soll sich keine Sorgen machen. Aber ich kann sie nicht anrufen. Vielleicht wird sie abgehört, oder ich werde abgehört, und … na ja.«

Er fuhr sich mit einer fahrigen Geste durchs Haar. Dabei berührte er versehentlich die Beule am Hinterkopf und zog scharf die Luft ein.

»Warum? Warum müssen Sie fliehen? Werden Sie bald wiederkommen? Was ist mit der Firma?«, sprudelte es aus Lynnie heraus.

»Ein bisschen viel Fragen auf einmal.«

»Sorry.«

»Fangen wir mit der ersten an. Jemand hat es auf mich abgesehen. Vielleicht diese Typen, die Robert ...« Er stockte. »Ich habe sie an dem fatalen Abend gesehen, wissen Sie?«

»Ich weiß, haben Sie mir am Telefon erzählt. Und deshalb auch das mit Ihrem Gesicht und alles ...« Mit der flachen Hand schlug sie sich vor die Stirn. »Natürlich. Und jetzt sind die hinter Ihnen her.«

»Ich weiß es nicht. Aber ich kann auch nicht warten, bis es jemand herausfindet. Ich muss weg. Wenigstens so lange, bis sich alles aufgeklärt hat.«

»Sie sollten Mr Preston damit beauftragen. Er hat Sie doch rausgehauen!«

»Das hat er zwar«, bestätigte Cameron. »Aber nur vorläufig. Gegen Kaution. Außerdem kann ich ihn nicht erreichen. Ich war vorhin kurz zu Hause, und auf meinem Anrufbeantworter fand ich eine Nachricht seiner Sekretärin. Er ist für mindestens drei Wochen in Südafrika.«

In Lynns Gesicht leuchtete etwas auf. »Das ist doch toll. Genau der richtige Ort für Sie, um abzutauchen.«

»Sind Sie wahnsinnig? Dann ist die Kaution futsch, und die Polizei wird mich aufspüren!«

Sie legte ihm begütigend eine Hand auf den Arm. »Besser die Kaution als Sie selbst, Chef. Fahren Sie. Ich gebe Victoria Bescheid. Und kümmere mich ums Büro.«

Er seufzte auf. »Da gibt es wohl im Moment nicht viel

zu kümmern. Welche Kunden sollen kommen, wenn der eine Chef tot und der andere auf der Flucht ist?«

»Heißt das ... mein Job ist auch futsch?«

»Aber nein. Ihr Job ist sicher. Irgendwann werden wir wieder neu anfangen. Und dann sind Sie wieder mit an Bord. Ihr Gehalt läuft weiter. Wenn Sie nichts mehr tun können, betrachten Sie's als Urlaub.«

Seine Worte begleitete er mit einem kleinen Lächeln, das sie voller Erleichterung erwiderte.

»Was kann ich denn nun tun außer Ihrer Verlobten diesen Brief zu geben?«, wollte sie wissen.

»Ich brauche einen gefälschten Reisepass, mit dem ich fliegen kann, eine Unterkunft für die Nacht, einen Flug nach Dubai«, zählte er an den Fingern auf und erschrak selbst dabei, mit welch kühlem Kopf er sich zu diesen notwendigen Schritten in die Illegalität entschloss. Verdammt, verdammt.

Im Gegensatz zu seiner Sekretärin. Sie schien seine Pläne überaus gut zu heißen und war kein bisschen schockiert. Stattdessen bildete sich eine nachdenkliche Falte auf ihrer Stirn, während ihre Augen einen abenteuerlustigen Glanz annahmen. »Also, Chef, die Unterkunft geht klar. Sie können heute Nacht hierbleiben. Ben ist über das ganze Wochenende in Schottland, hat dort irgendeine Schulung. Sie können das Gästezimmer haben. Und ab morgen wohnen Sie einfach bei meiner Tante Myriam in East Chenham in Kent, bis wir den Pass haben. Ich kündige Sie als – hmm, warten Sie mal ... ja ich habs: Als Kunde an, der eine Autopanne hatte oder so.«

Es war eigentlich kein Gästezimmer, wie sie behauptete. Cameron wusste, dass sie und ihr Mann Ben es eingerichtet hatten für das Kind, auf das sie jetzt schon zwei Jahre vergeblich hofften. Ein Funken Mitleid regte sich in ihm, als er daran dachte. Er selbst würde wohl nie Kinder haben – Victoria hatte viel zu viel zu tun mit all den Events, Wohltätigkeitsveranstaltungen und Konferenzen, die sie für ihre Kunden und für sich organisierte.

»Das ist schon mal ein Angebot, das ich nicht ablehnen kann«, sagte er mit einem Schmunzeln.

»Und den Rest kriegen wir auch noch hin, warten Sie's ab.« Lynn stand auf, schob die Ärmel ihres Pyjamas hoch und tat so, als ob sie in die Hände spucke. »Lassen Sie mich mal machen. Sie können raufgehen und ein Bad nehmen.«

»Moment.« Cameron erhob sich ebenfalls, trat auf sie zu und schloss sie in die Arme. Sie duftete nach Schokolade und ein wenig Pfefferminz. Ganz anders als das teure Parfum von Victoria. Dann drückte er ihr einen Kuss auf die Wange. »Sie sind die Beste, Lynnie. Wenn ich zurück bin, dann befördere ich Sie in die aller- alleroberste Chefetage.«

Sie entwand sich ihm mit einem Kichern. »Nicht doch, Chef. Ich bin bereits in der Chefetage angekommen.«

»Jedenfalls kriegen Sie eine saftige Gehaltserhöhung.«

»Dazu brauchen wir Umsatz.« Ihr zweifelnder Blick heftete sich an sein Gesicht.

»Den wir machen werden. Bald. Dafür werde ich sorgen.« Er lächelte und reichte ihr eine Hand. »Danke.«

Erst als er zehn Minuten später in Lynnies kleinem Badezimmer unter der Dusche stand, kam ihm der Gedanke, dass er durch sein spontanes Auftauchen auch sie in Gefahr gebracht haben könnte.

JENNA

»Jenna, das musst du dir sofort ansehen!« Saartjie wirbelte in mein Büro und wedelte mit einem Blatt Papier vor meinem Gesicht herum. »So eine Frechheit!«

Ich streckte die Hand nach dem Brief aus, und sie ließ

sich in den Besucherstuhl vor dem Schreibtisch plumpsen, die Hände zwischen den Knien.

»Was ist das?«, erkundigte ich mich und faltete das Blatt auseinander.

»Lies es einfach. Da fällt einem nichts mehr zu ein«, japste sie empört. Dabei schüttelte sie energisch den Kopf, dass ihre schwarzen Locken nur so flogen.

Das erste Wort, das mir ins Auge fiel, war: »Mieterhöhung«. Und dann die Summe. Dreißig Prozent! Ich ließ das Papier sinken und starrte sie an.

Ihre dunklen Augen loderten vor Wut. »Die reine Abzocke ist das. Sind denn die völlig von Sinnen? *Verdomp!*«

»Das kommt jetzt wirklich ungelegen.«

»Ungelegen? Du hast ja die Ruhe weg. Wie sollen wir das nur stemmen?«, jammerte sie. »Gerade jetzt, wo der Jeep in der Reparatur war … Jetzt sag doch mal was!«

»Ich muss kurz nachdenken.«

Sie hatte in jeder Beziehung recht. Wenn wir unseren Umsatz nicht erhöhten, könnten wir uns diese Geschäftsräume bald nicht mehr leisten. Dabei waren sie ideal gelegen – mitten in der Long Street, dort, wo alle Touristen in Kapstadt vorbeikamen und mit ein wenig Glück über unsere Angebote für Ausflüge, Safaris und Touren stolperten.

»Denk schneller«, drängte sie. »Sie wollen schon im Januar mehr Geld haben.«

»Dann ist Hauptsaison. Wir müssten noch ein bisschen mehr Werbung machen, und dann rennen uns die Touristen die Bude ein«, versuchte ich, uns Mut zu machen.

Saartjie schüttelte wieder den Kopf, bis die schwarzen Locken ihr wirr im Gesicht hingen.

»Das wird nicht reichen. Wir müssen die Preise erhöhen, fürchte ich.«

»Aber nicht um dreißig Prozent!« Ich kramte die Liste unserer Angebote und Leistungen hervor, die obenauf in der obersten Schreibtischschublade lag und voller Notizen und Textmarker war. Bevor ich die neuen Listen schrieb, kritzelte ich meine Kommentare und Anmerkungen direkt in die alten Aufstellungen.

Sie kam um den Tisch herum, um sich neben mich zu stellen und die Liste mit mir durchzugehen. Mit einem Bleistift zeigte sie auf den Eintrag »Kurzsafari 2 Tage«.

»Das ist was Exklusives. Wenn wir in unserem neuen Flyer diese Fotos vom Pool und von den hübschen Lodges bringen, können wir bestimmt fünfzehn Prozent auf den Preis draufschlagen.«

»Fehlt nur noch ein krasser Werbetext, der das Ganze unterstreicht«, seufzte ich. »Du weißt, dass uns beiden dazu das Talent fehlt.«

Mit einem Grinsen erwiderte sie: »Ha, da schreiben wir einfach ein bisschen ab aus der Werbung von diesem Mister Kotzbrocken. Du weißt schon, C.P. Littleton.«

»Damit der uns dann verklagt, oder wie? Außerdem: Wenn ich eins über Werbung gelernt habe, dann, dass man ein einzigartiges Verkaufsargument braucht. Eins, das anders ist als bei der Konkurrenz.«

»Haben wir doch!«, rief sie. An den Fingern zählte sie auf: »Klimatisierter Bus mit dreisprachigem Reiseführer, auf Wunsch Abholung vor der Haustür, Fahrt abseits der großen Straßen durch eine großartige Landschaft …«

»Ja, ja, ich weiß. Aber das bieten alle anderen auch«, winkte ich ab.

»Aber keiner hat dich als Reiseführerin«, trumpfte sie auf. »Eine coole Frau mit einem Doktortitel in Wildbiologie, die alles auf dem Weg erklären kann. Du könntest sie sogar durch das Game Reserve führen, weil du alles darüber weißt.«

Saartjies Worte lockten mir ein Lächeln ins Gesicht. Ich stand auf und drückte sie kurz an mich. »Süße! Das hast du wirklich schön gesagt. Aber ich weiß nicht, ob das reicht … vielleicht sollten wir doch diesen Littleton engagieren. Für meinen Bruder hat der eine tolle Broschüre gemacht. Sein Weinbistro ist inzwischen ein Riesenanziehungspunkt.«

»Da beißt sich die Katze in den Schwanz. Für den Texter bräuchten wir Geld. Und das müssen wir erst verdienen …« Saartjie seufzte schwer und strich sich mit einer Hand die Locken aus dem Gesicht.

Ein Summen kündigte einen Besucher in unserem Laden an. »Na geh schon nach vorne. Ein Kunde, der Geld loswerden will«, raunte ich und tätschelte ihre Schulter.

Sie lächelte mir zu und huschte durch die Tür, während ich zum gefühlt hundertsten Mal diese vermaledeite Liste durchging und nach Preiserhöhungspotential durchsah. Warum konnte nicht mal irgendetwas im Leben einfach sein?

Nach zwanzig Minuten kehrte Saartjie mit triumphierendem Grinsen ins Büro zurück. »Einen Schritt weiter. Eine Woche Aquila Game Reserve mit Abholung vor der Haustür, 5 Personen, Extraluxusklasse-Bungalow und Vollpension.«

»Reicht das für den Texter?«

»Nein, aber für die Miete.«

»Noch. Verdammt, wir müssen uns irgendwie dagegen wehren.«

»Wenn du doch ein Mann wärst«, seufzte sie und schob die Hände in die Taschen ihrer Jeans. »Dann könntest du viel besser mit denen verhandeln.«

»Unsinn. Frauen können das genau so gut.«

»Schon. Aber auf Männer wirken sie dann unsympathisch. Nur, weil sie auf ihrem Standpunkt beharren. Hat die Hirnforschung ergeben.«

»Du weißt schon, dass mir das scheißegal ist, was die denken?«

Sie lachte auf. »Logo, Schätzchen. Das mag ich ja so an dir!«

Ja, sie mochte mich so, wie ich war. Und auf alles andere konnte ich pfeifen. Vor allem auf Typen, die sich daran stießen, dass ich kein Blatt vor den Mund nahm.

KAPITEL ZWEI

CAMERON

»Haben Sie alles?« Cameron stand in Lynns engem Flur. Seine Sekretärin griff mit einem triumphierenden Blick in ihre Handtasche und reichte ihm den Pass, die Kreditkarte und ein Schreiben, das die Eröffnung eines Bankkontos auf den Namen Nicholas Jameson bestätigte. Eine knappe Woche war vergangen, bis sie alles Notwendige beisammen hatten.

Er schlug den Pass auf und blätterte darin. »Ich bin beeindruckt. Wie haben Sie das geschafft?«

»Oh, das war gar nicht so schwierig, wie ich befürchtet hatte. Wissen Sie, ich habe einen Cousin, der … nun ja. Er ist eigentlich das schwarze Schaf der Familie. Ich habe ihm schon öfter den A- also den Hintern gerettet.« Sie senkte die Stimme. »Er umgibt sich mit einer Menge falscher Leute.«

»Was schulden Sie ihm jetzt dafür?«

»Oh, nichts«, sagte sie fröhlich. »Er hat doch Geld von

Ihnen bekommen. Und von mir eine Einladung zum Abendessen.«

»Das ist aber nicht der Sohn Ihrer Tante Myriam«, riet er.

»Nein, nein. Ich habe noch zwei weitere Tanten.«

Der Asphalt glänzte dunkel vom Nieselregen, der heute früh eingesetzt hatte. Lynn schloss ihren altersschwachen Renault Clio auf. Beim Einsteigen scannte Cameron die Umgebung nach verdächtig aussehenden Autos ab. Doch die Straße mit der endlosen Reihe kleiner Doppelhäuser war frei. Weit und breit keine Fahrzeuge bis auf einen Transporter, aus dem zwei Männer eine Waschmaschine hievten, und ein paar Familienkutschen, die schon gestern dort geparkt hatten. Keine Personen in den Autos zu sehen.

Lynn fuhr aus der Parklücke und würgte den Motor ab.

»Verzeihung«, murmelte sie. »Die Kupplung ist etwas hart.« Der Wagen schepperte asthmatisch, als sie ihn wieder anließ.

An der nächsten Ampel dasselbe. Cameron kamen Zweifel, ob dies das geeignete Fluchtauto wäre, falls sie wirklich verfolgt würden. »Wie viele Ampeln sind es eigentlich bis Heathrow?«, fragte er in beiläufigem Tonfall.

»Tut mir leid, Boss. Die Kiste ist halt nicht mehr die Neueste.«

»Ich fürchte, es liegt eher an Ihren Fahrkünsten. Bei einem eventuell notwendigen Banküberfall möchte ich Sie ehrlich gesagt ungern als Fahrerin dabeihaben.«

»Mr Ashford, nein! Ich habe den Führerschein seit sechs Jahren! Aber als Kopf der Bande hätten Sie mich bestimmt gerne, nachdem ich meinen Hang zur Illegalität gerade bewiesen habe, oder?«

»Nur, wenn ich das Fluchtauto fahren darf, und wenn es ein anderes als dieses ist.«

»Bis zum Flughafen schaffen wir es schon noch. Für den Überfall klauen wir dann einen Porsche.«

»Weiß Ihr Mann eigentlich, was Sie so alles für Pläne haben?«

Jetzt lachte sie lauthals. »Das war doch gerade Ihr Plan mit dem Banküberfall!«

»Schauen Sie bitte ab und zu in den Rückspiegel?«

»Ständig, Boss. Nichts Auffälliges. Wir haben doch alles richtig gemacht«, sagte sie in beruhigendem Tonfall. »Niemand weiß, dass wir hier sind. Tante Myriam war übrigens ganz begeistert von Ihnen. Sie sollen bald wiederkommen und Ihre Verlobte mitbringen.«

Wider willen lächelte er. Die Woche in dem malerischen Cottage von Lynnies Tante war heilsam gewesen. Nur Natur, Einsamkeit und eine herzensgute ältere Dame, die ihn nach Strich und Faden verwöhnt hatte. Geld hatte sie nicht annehmen wollen, aber sie war ganz aus dem Häuschen vor Freude gewesen, als er sich mit einem riesigen Blumenstrauß und den besten Pralinés, die er hatte auftreiben können, von ihr verabschiedet hatte.

Nur dass Lynn jetzt Vic erwähnte, versetzte ihm einen kleinen Stich.

»Machen Sie's gut, Chef. Ich kümmere mich hier um alles«, sagte Lynn, als sie vor dem Flughafengebäude hielten. Dann kramte sie in ihrer Handtasche und reichte ihm ein originalverpacktes Smartphone. »Das hier ist für Sie. Ich habe es aufgeladen, Ihre Kontakte aufgespielt und alle wichtigen Apps installiert. Damit keiner Sie orten kann.«

»Lynnie, Sie sind ein echter Schatz.« Cameron beugte sich zu ihr herüber und küsste sie auf die Wange. »Passen Sie bitte auf sich auf und grüßen Sie Ben und Ihre Tante Myriam von mir. Ich melde mich.«

Beim Aussteigen sah er, dass ihre Augen feucht waren.

»Gehen Sie mit Gott«, flüsterte sie, wandte sich ab und gab Gas. Diesmal ohne den Motor abzuwürgen.

Die Kontrollen am Flughafen passierte Cameron ohne die geringste Schwierigkeit. Die Kreditkarte funktionierte auch, wie er beim Kauf eines Whiskys im Duty-free-Shop feststellte. Lynnie hatte sich bei der Organisation dieser Dinge selbst übertroffen.

Und das Beste: Für die Behörden und alle anderen, die hinter ihm her waren, saß Cameron Ashford jetzt im Flieger nach Rio. Lynn hatte ihn noch von London aus unter seinem richtigen Namen eingecheckt. Als Nicholas Jameson befand er sich allerdings auf dem Weg nach Kapstadt mit Zwischenlandung in Dubai.

Cameron lehnte sich in den Sitz am Fenster, der mit erstaunlicher Fußfreiheit ausgestattet war. Ein Glück, dass er für den Kapstadt-Flug ein Upgrade in die Tourist-Premium-Klasse gekriegt hatte. Zwölf Stunden in einer Sardinenbüchse wären für seine schmerzenden Knochen eine Tortur gewesen. Die Rippenprellung, die er sich im Gefängnis zugezogen hatte, wollte und wollte nicht abheilen. Wenigstens kaschierte jetzt ein 7-Tage-Bart die blaurote Verfärbung auf seinem Jochbein, und der Riss begann langsam zu verheilen.

Den größten Teil des Fluges verschlief er, nur unterbrochen durch den stechenden Schmerz in der Rippengegend, wenn er zwischendurch die Position wechselte. Als das Flugzeug in einer weiten Kurve über die False Bay und das Township Kayelitsha zum Landeanflug ansetzte, überkam ihn zum ersten Mal seit den Geschehnissen in seinem Büro vor viereinhalb Wochen ein Gefühl der Freiheit.

Das strahlende Blau des Himmels war durchsetzt von weißen Wolkentupfern, als Cameron endlich vor die Tür des Capetown International Airports trat und sich gleich drei schwarze Kofferträger um ihn drängten, um seinen

Gepäckwagen zu fahren. Er entschied sich für einen stämmigen Mann mittleren Alters mit einem zu engen Hemd, der ihm zum Dank ein strahlendes Lächeln schenkte.

»Willkommen in Capetown, der schönsten Stadt der Welt. Waren Sie schon einmal hier?«, begrüßte er ihn, während er mit dem Gepäckwagen Kurs auf den unterirdischen Durchgang zur Mietwagenstation nahm.

»Leider nein. Aber ich bin sehr gespannt auf das, was mich hier erwartet.«

Der Schwarze nickte eifrig. »Sie werden ab-so-lut begeistert sein. Sehen Sie nur den Himmel – und die Sonne!«

Obwohl die Luft kühl war, hatte die Sonne hier eine unbändige Kraft, die die mäßige Temperatur vergessen ließ, sobald man aus dem Schatten trat.

»Das ist in der Tat fantastisch«, bestätigte er höflich und drückte ihm ein paar Münzen in die Hand.

Der Gepäckträger nahm die zehn Rand Trinkgeld mit einer leichten Verbeugung und den besten Wünschen für seinen Aufenthalt und sein zukünftiges Wohlergehen in Empfang. Cameron blickte ihm nach, wie er mit beschwingten Schritten den Weg zur Abgabestelle der Mietwagen einschlug und dabei ein Liedchen pfiff. Könnte er selbst jemals wieder so unbeschwert sein?

Er schrieb Victoria eine kurze Nachricht, dass er gut angekommen sei. Wo, das ließ er weg. Nur aus Sicherheitsgründen. Wenn sie Vic aufsuchten … Er bemühte sich, diesen Gedanken zu verdrängen.

Lynn hatte ihm nicht nur einen Mietwagen, sondern auch ein Hotelzimmer besorgt. Es lag in Green Point, unmittelbar am Fußballstadion und nur zehn Gehminuten von der Victoria & Alfred Waterfront, dem Hafenviertel Kapstadts, entfernt.

Er war überrascht von der herzlichen Freundlichkeit,

die ihm die Gastgeberinnen May und Sinja entgegenbrach-
ten, und von der Akkuratesse, mit der sein Zimmer herge-
richtet war. Zum ersten Mal seit diesem … Vorfall, oder
wie sollte man es nennen? … fiel er in tiefen Schlaf.
Beschützt durch eine umfassende Videoüberwachung und
elektrisch geladene Zäune, und inmitten des Grundrau-
schens von Verkehrslärm in einer Großstadt.

Trotzdem fühlte er sich am nächsten Tag erschöpft. Die
ersten Anrufe bei Herbert Prestons Kanzlei verliefen
überaus unbefriedigend: »Er ist in Kapstadt, aber ich darf
Ihnen das Hotel nicht sagen«, »Ich darf Ihnen zwar das
Hotel nennen, aber er ist gerade nicht anwesend«, »Er hat
eine Tour durch das Western Cape angetreten.«

Nach einem Bummel über die Kais der V & A Waterfront nahm er ein, zwei Cappuccino in einem der einladenden Cafés, wickelte seine Telefonate ab und las die
neueste erhältliche Ausgabe der britischen Zeitung.

Gegen 16 Uhr kehrte er aus der Innenstadt ins Hotel
zurück. Ein sehr dunkelhäutiger Schwarzer in blauem
Zwirn mit eleganter Krawatte und einem dienstbeflissenen
Lächeln empfing ihn an der Rezeption.

»Guten Abend, Mr Jameson. Ich hoffe, Sie hatten einen
guten Tag?«

»Bestens, vielen Dank«, log er. »Hätten Sie eventuell
einen Tipp für eine Tour über die Garden Route beziehungsweise das Western Cape?«

Daniel Bwamwesi – so wies ihn das kleine Schild an
seinem Revers aus – lächelte zustimmend und langte unter
den Empfangstresen. »Natürlich, Mr Jameson. Wir haben
hier jede Menge Ausflugstipps. Woran hatten Sie denn
gedacht?«

Cameron konnte schlecht sagen: An eine Verfolgungsjagd, um meinen Anwalt zu finden. Also erwiderte er: »Ich möchte eine individuelle Tour, die meine Wünsche berücksichtigt. Gibt es jemanden, der eine solche Tour individuell zusammenstellt?«

Bwamwesi runzelte die Stirn und schürzte nachdenklich die Lippen, während er hinter dem Tresen einen Ordner aufschlug, in dem sich offenbar sämtliche Ausflugs- und Reiseveranstalter Kapstadts befanden. »Also hier hätten wir ‚Capetown Wonders‘. Individuell zusammengestellte Touren und Safaris, exklusive Unterkünfte, persönlicher Service durch die Inhaberin«, zitierte er. Dann schaute er auf, immer noch dieses Lächeln in seinem Gesicht. Unglaublich weiße Zähne standen in deutlichem Kontrast zu dem gleichmäßigen, glatten Schwarz der Haut. Sein offener Blick weckte Camerons Vertrauen.

»Klingt gut. Kann ich heute noch buchen?«

»Moment, das erfahren wir gleich.« Mr Bwamwesi griff nach dem Telefonhörer. Dann sprach er Afrikaans, wobei er mit der rechten Hand gestikulierte und Cameron zwischendurch zunickte. Cam gab sich Mühe, nicht mit den Fingern auf dem Tresen herumzuklopfen.

»Sie haben Glück«, sagte der Rezeptionist, als er aufgelegt hatte. »Das Büro ist noch bis siebzehn Uhr besetzt. Hier ist die Adresse.« Er reichte Cameron eine Visitenkarte, die er aus dem umfänglichen Ordner gefischt hatte. »Sie freuen sich auf Ihren Besuch.«

»Besten Dank.« Cameron reichte Mr Bwamwesi ein großzügig bemessenes Trinkgeld, das dieser mit einer eleganten, angedeuteten Verbeugung entgegennahm.

»Parken Sie bitte nachher direkt vor dem Haus, wegen der Videoüberwachung«, rief er ihm hinterher, als er die Treppe zu seinem Mietwagen hinuntereilte.

Ob sich ‚Capetown Wonders‘ tatsächlich über seinen

Besuch freuen würde, ließ Cameron mal dahingestellt. Wenn sie seine speziellen Wünsche erfüllten, konnte das eine Menge Stress für die bedeuten. Aber immerhin hatte er genügend Geld, um ihnen das angemessen zu honorieren.

JENNA

»Wann kommt denn dieser Kunde endlich?« Ich balancierte zwei Kaffeebehälter mit Deckel auf einem der Pappmaché-Tabletts, die man bei Hampton´s bekam, unserem Lieblings-Frühstückslokal um die Ecke. Mit dem Rücken schob ich die Eingangstür auf.

Saartjie sprang auf, um mir einen der Becher abzunehmen. »Wir sollten uns einen Kaffeeautomaten zulegen«, sagte sie.

»Ha! Und das von jemandem, der Sparsamkeit und höhere Preise predigt!«, spottete ich.

Sie lachte. »Mit unserem eigenen Automaten sparen wir eine Menge Zeit und Geld. Und schützen die Umwelt!«

»Dieses kleine Tablett hier ist vollständig recyclebar!«

»Aber man braucht zehn Minuten, um den Kaffee zu holen. Das geht von unserer Arbeitszeit ab!«

»Und das kommt von meiner Angestellten …« Ich verdrehte die Augen.

»Die deine Angestellte bleiben will. Mit Umsatzbeteiligung!« Saartjie grinste und nahm einen großen Schluck.

»Jetzt sag schon. Wo bleibt dieser Mister …«

»Jameson? Keine Ahnung. Der wollte eigentlich schon gestern nachmittag kommen. Hat es wohl nicht geschafft. Klang vielbeschäftigt am Telefon.«

»Aber auch vielversprechend, oder?«

Sie zwinkerte vergnügt. »Und ob, meine Liebe. Der hat dauernd was von ‚individuell‘ und ‚flexibel‘ gefaselt.

Dafür kannst du ihm ´ne Menge Kohle aus dem Kreuz leiern.«

Das wollte erst mal bewiesen werden. »Wenn er kommt. Ich glaub erst dran, wenn ich ihn selbst gesprochen habe.«

»Du wirst sehen.« Saartjie warf sich in den Arbeitsstuhl hinter ihrem Tresen und schlürfte gedankenverloren an ihrem Kaffee. Mit extra Zucker, wie immer.

Ich zog mich ins Büro zurück, während sie schon die ersten Buchungen und Anfragen beantwortete.

Die erste E-Mail, die mich empfing, war ausgerechnet von Peter. Und sie begann mit »Es tut mir leid.« Ja klar. Wem würde das nicht leidtun, seiner Freundin unvermittelt zu eröffnen, dass er verheiratet war und nicht die Absicht hatte, sich zu trennen?

Ich verzichtete darauf, mir den anschließenden Sermon von wegen, er liebe mich wirklich, brächte es aber nicht übers Herz, zumal da das Kind wäre und er es sich jetzt doch überlegt hätte Blabla … durchzulesen. Den kannte ich schon aus den letzten E-Mails, die er mir seit sechs Wochen mit schöner Regelmäßigkeit schickte. Ich hatte nie darauf geantwortet.

Es war nicht meine erste Enttäuschung. Aber meine letzte. Ganz bestimmt. Ich stehe nicht auf verheiratete Männer. Wer brauchte überhaupt Männer? Jedenfalls nicht zum Glücklichsein. Dafür reichten Freundinnen wie Saartjie und Anny, die Verlobte meines Bruders. Und die Clique, mit der ich ab und zu zum Grillen oder zu einem Sundowner ausging. Wir verstanden uns blind, niemand machte große Worte, alles, was wir wollten, war eine gute Zeit. Und die bekamen wir.

Männer waren nur zum Sex geeignet. Wenn sie geeignet waren. Das war ein Lotteriespiel, in dem ich in letzter Zeit auch immer nur verlor.

Mit einem Seufzer, der aus meinem tiefsten Inneren

kam, schrieb ich »Fick dich ins Knie«, drückte auf »Absenden« und löschte diesen Peter aus meinen Kontakten. Ich bin manchmal echt blöd.

Trotzdem trieb mir das Selbstmitleid Tränen in die Augen. Trotzig wischte ich sie weg und beschimpfte mich als Weichei. Welche Idiotin heult schon wegen einem Scheißkerl?

Gottseidank riss mich das Telefon aus meinen zerstörerischen Gedanken. »Er ist da«, hauchte Saartjie in den Hörer. »Und er ist … Hammer!«

»Saartjie! Er soll nur gut bei Kasse sein!«

Ein Kichern. »Ja, das auch. Er kommt jetzt rein!«

»Sag´ ihm, ich bin gleich für ihn da. Eine Minute noch!« Ich musste ein wenig chefmäßiges Ambiente auf meinem Schreibtisch herstellen, auf dem immer noch diese Preisliste voller Notizen und unzählige Flyer und Broschüren der Konkurrenz lagen.

»Alles klar, Boss«, flötete sie und legte auf.

Ich schob alle Unterlagen zusammen und stopfte sie in eine Schublade, rückte den Kaffeebecher unsichtbar hinter das Computerdisplay und setzte mich in meinem Chefsessel zurecht.

Die Tür öffnete sich. Saartjie trat herein, zwinkerte mir verstohlen zu, und wies dem Mann hinter ihr mit der Hand den Weg in mein Büro.

»Das ist Ms Darnes. Sie wird Ihnen alle Wünsche erfüllen.«

»Na ja, alle nicht unbedingt, aber in Bezug auf eine Reise sehr gerne.« Ich stand auf , ging um den Schreibtisch herum und reichte ihm die Hand. »Hallo Mister …?«

Ich schwöre, es war nur eine Sekunde. Echt. Aber die dauerte länger als Sekunden dauern dürfen. Und in dieser Zeit wanderten meine Augen an ihm auf und ab. Und seine an mir.

»Jameson«, sagte er merkwürdig zaghaft. »Nicholas Jameson. Freut mich.« Er nahm meine Hand und schüttelte sie. Warm. Trocken. Fest. So war sein Händedruck. Passte überhaupt nicht zu seinen Worten.

»Freut mich auch. Nehmen Sie Platz.«

Für einen Touristen war er einen Ticken zu elegant, trotz seines Siebentagebartes und der Jeans, die er trug. Das weiße Hemd, an den Ärmeln hochgekrempelt, und die exquisiten Ledersneaker an seinen Füßen zeugten eher von vornehmem Understatement.

Er blickte sich prüfend im Zimmer um, bevor er mich wieder ansah. Schöne Augen hatte er. Ozeangrün. Oder doch eher blau? Jedenfalls schien das Meer seiner Augen aufgewühlt. Es stand im Gegensatz zu der ruhigen Gelassenheit, mit der er im Besucherstuhl Platz nahm und die ausgestreckten Beine übereinander kreuzte.

«Was kann ich für Sie tun, Mr Jameson?«

»Ihre Assistentin hat Sie sicher schon unterrichtet«, begann er. »Ich möchte eine vollkommen flexible Tour durch das Western Cape unternehmen. Mit allem, was Sie empfehlen.«

Grüngraublaues Flackern in seinen Augen. Schimmerte da eine Narbe da unter seinem Bart hervor? Ich räusperte mich, um Zeit zu gewinnen. »Was stellen Sie sich genau vor, Mr Jameson?«

»Nun ja, ich würde sehr gerne die Sehenswürdigkeiten der Garden Route erleben. Aber in einer Reihenfolge, die ich festlege. Es gibt da … nun, es gibt da gewisse Sachzwänge, die sich unter Umständen ändern könnten. Ich zahle auch gut.«

»Das habe ich angenommen«, erwiderte ich, ein wenig zu spontan.

Ein Grinsen huschte über sein Gesicht, das alles

bedeuten konnte: Verächtlich, spöttisch oder einverständlich? Fuck! Er würde den Preis drücken.

»Wir verstehen uns. Was ich brauche, ist eine Tour auf einer Route, die ich ganz allein bestimme, mit einem Fahrzeug, das größten Belastungen standhält, und mit Unterkünften, die nichts zu wünschen übrig lassen.«

»Selbstverständlich. So individuell, wie Sie wünschen.« Oh mein Gott, hatte ich das eben wirklich gesagt? Kroch ich da einem Kunden in den Allerwertesten? Nur wegen dieser Scheiß-Mieterhöhung?

»Was kostet eine derart individuelle Tour?«, fragte er und holte ein Bündel Geldscheine aus der Innentasche des Sakkos, das er die ganze Zeit über dem Arm getragen hatte. Ein beeindruckend dickes Bündel. Bei dem Anblick schluckte ich, bemüht, dass es ihm nicht auffiel.

»Was ist es Ihnen wert?«, fragte ich zurück.

»Sie haben keine festen Preise?«, stellte er fest.

»Dafür nicht. Das geht nach Aufwand. Wie lange, was möchten Sie genau sehen und erleben, welche Orte möchten Sie besuchen? Wenn ich das weiß, kann ich Ihnen ein Angebot machen.« *Nicht hinsehen*, beschwor ich mich. *Jetzt bloß nicht hinsehen!*

Er fasste sich mit Daumen und Zeigefinger ans Kinn und schürzte nachdenklich die Lippen.

»Ich denke, wir werden ungefähr zwei Wochen unterwegs sein und cirka zweitausend Kilometer zurücklegen.« Er sah mir direkt in die Augen und fügte hinzu: »Die Spesen übernehme ich. Sie brauchen nur die Unterkünfte zu buchen. Ihre persönlichen Dienste honoriere ich darüber hinaus mit 10.000 Dollar. Amerikanische.«

Während ich krampfhaft meinen Unterkiefer am Herunterklappen hinderte, überschlug ich im Kopf die Summe in Rand. Ich kam auf mehr als 142.000 und schnappte nach Luft.

»Das scheint mir ein reelles Angebot zu sein«, sagte ich und versuchte, meiner Stimme einen festen Klang zu geben.

Wider Erwarten nickte er zustimmend. »Natürlich.«

Mühsam unterdrückte ich ein breites Grinsen. *Pokerface, Darnes, Pokerface!* »Ich muss aber darauf bestehen, dass Sie meine Sicherheitsanweisungen immer und unter allen Umständen befolgen.«

»Selbstverständlich. Wenn Sie mich fahren, wohin ich will. Und Sie buchen nur sichere, geeignete Unterkünfte. Keine Gemeinschaftsduschen!«

Damit brachte er mich zum Lachen. Gemeinschaftsduschen! »Wir sind keine studentische Wohnungsvermittlung, sondern ein exklusives Reiseunternehmen, und ich garantiere die beste Unterbringung und Verpflegung.«

Er stand auf, und ich musste den Kopf ein Stück heben, um ihn ansehen zu können.

»Dann sind wir uns ja einig. Ich würde gerne morgen früh starten. Wenn das für Sie möglich ist.« Er warf sich das Sakko in einer nonchalanten Geste über die Schulter.

»Moment, Mr Jameson. So schnell geht das nicht. Wir haben noch nicht über die – Anzahlung gesprochen.« Herzklopfen. War das zu frech?

»Oh, natürlich. Reicht das hier?«

Er schob mir das Geldbündel herüber. »Zählen Sie nach.«

Erneut beschwor ich mich selbst, ein Pokerface zu bewahren, und zählte. Zweitausend US-Dollar!

»Danke, als Anzahlung ist das okay. Wollen Sie wirklich morgen schon losfahren? Ich habe noch keine Hotels ausgesucht ...« Meine Stimme zitterte nur ganz wenig. Eigentlich überhaupt nicht. Aber meine Hände. Ich verbarg sie unter der Schreibtischkante auf dem Schoß.

»Das brauchen Sie noch nicht. Wie gesagt, müssen wir

das flexibel handhaben. Ich erwarte Sie morgen jedenfalls gegen neun vor meinem Hotel.« Er machte Anstalten zu gehen, und ich sprang auf.

»Halt, wir sind noch nicht fertig!«

Mit einem Lächeln, das ihn plötzlich tausend Prozent anziehender machte, drehte er sich noch einmal zu mir um. »Was brauchen Sie denn noch von mir?«

Die Frage brachte mich aus dem Konzept. Aber nur für eine Sekunde.

»Im Moment nichts. Aber ich muss Ihnen mindestens eine Quittung geben.«

»Wenn es Ihnen ein inneres Bedürfnis ist«, erwiderte er amüsiert.

Über meine inneren Bedürfnisse dachte ich in Gegenwart dieses Gentlemans lieber nicht nach, wenn ich nicht völlig den Verstand verlieren wollte. Stattdessen füllte ich eilig den Quittungsvordruck aus. Mein zukünftiger Kunde schaute mir im Stehen dabei zu. Ein Wunder, dass ich mich unter diesen Blicken nicht verschrieb.

Hastiger als geplant, stand ich auf, riss die Quittung vom Formularblock ab und kam um meinen Schreibtisch herum auf ihn zu. Einem so guten Kunden würde ich nicht einfach von meinem Chefsessel aus zuwinken. *Vor allem keinem mit solchen Augen*, flüsterte mir ein böses Stimmchen im Kopf hämisch zu.

»Hier bitte«, sagte ich und reichte ihm den Wisch.

Er nahm ihn mir ab, und ich schwöre, dass er dabei absichtlich meine Hand mit einer angedeuteten Bewegung der Fingerspitzen streichelte. »Danke und bis morgen. Ich freue mich darauf.«

»Ich auch«, rutschte mir heraus. Oh weh. Das war leider die Wahrheit.

CAMERON

Ms Darnes ging an ihm vorbei und öffnete die Tür zum Ladenraum. Ein Hauch ihres Duftes streifte ihn. Ihr Aroma war eine Mischung aus Sonnenschein und Zitrusfrucht, anziehend und warm. Er unterdrückte den Impuls, näher an sie heranzutreten und an ihr zu schnuppern.

»Saartjie, kannst du den Wachdienst rufen?«

Die junge Angestellte sprang auf und drehte sich zu ihnen um, die schwarzen Augen aufgerissen. »Wie bitte?« Dann starrte sie Cameron an, als ob er ihr gerade einen unanständigen Antrag gemacht hätte. Fragend wanderte ihr Blick weiter zu Jenna Darnes.

»Alles gut, Süße. Wir müssen nur ein wenig Geld abholen lassen«, beruhigte sie sie.

»Äh, ja. Okay.« Das Misstrauen verschwand aus Sartjies Blick. »Na, dann werd ich mal …« Langsam drehte sie sich wieder um und griff sich den Telefonhörer.

Mit ausgestreckter Hand trat Ms Darnes näher. Noch einmal ihre Hand nehmen, noch einmal dieses sanfte Prickeln ihrer Finger spüren. Zwei Wochen mit ihr verbringen – oder sogar mehr?

In der Eingangstür sah er über die Schulter zurück zu ihr. Ihre Augen trafen sich für einen letzten kurzen Moment. Fast wäre er in ein älteres Pärchen hineingestolpert, als er das Geschäft verließ. Er murmelte eine Entschuldigung.

Dann musste er grinsen. Diese Jenna Darnes war erstaunlich cool geblieben, als er ihr das Geld herübergeschoben hatte. Keine Dollarzeichen in ihren Augen. Er verbuchte das als Pluspunkt auf ihrem Sympathiekonto.

Cameron fuhr sich mit der Hand über den Nacken. Diese Frau hatte etwas an sich, das er nicht benennen konnte. Ihr erster Blick, zunächst undurchdringlich, bis das

Blau ihrer Augen plötzlich aufflammte. Und dann ihr Grinsen. Ihr Lächeln zum Abschied. Was war das nur?

Er schüttelte die Erinnerung ab wie ein paar Wassertropfen und beschleunigte den Schritt. Der Verkehr wälzte sich träge über die zwei Fahrspuren in der Long Street, große rote Stadtrundfahrtbusse spuckten an allen Ecken und Enden Touristen aus und nahmen neue auf. Die Abgase unzähliger Pkws übertönten den Geruch nach fettigem Essen und frisch geröstetem Kaffee, der aus den zahllosen Bistros und Coffeeshops drang. Menschen aller Hautfarben drängten sich auf den Bürgersteigen, manche von ihnen wohlgekleidet, mit Anzug, Krawatte und Aktentasche, andere erbärmlich abgerissen, mit trüben Augen, in denen Hoffnungslosigkeit und Leere standen. Abgemagerte Gestalten bevölkerten die wenigen Parklücken und dirigierten Parkplatzsuchende hinein, um dann ein vermutlich mickriges Trinkgeld zu kassieren. Trotzdem lächelten sie erfreut, wenn man ihnen ein paar Münzen in die Hand drückte. Die meisten von ihnen besaßen kaum noch Zähne.

Cameron schlenderte unter den mit geschnitzten Säulen verzierten Balkons der viktorianischen Häuser entlang, bis er ein winziges Café entdeckte, in dem eine Kaffeeröstmaschine köstliche Düfte verbreitete. Bis auf zwei Bedienungen, die hinter dem Tresen Gläser spülten, war der Laden leer.

Er trat ein und suchte sich einen Platz im Halbdunkel der hintersten Ecke. Die Holztäfelung schluckte das Licht und dämpfte auch die Jazzmusik, die aus unsichtbaren Lautsprechern an der Decke klang. Aus einer Innentasche des Sakkos fischte er das Smartphone. Es hatte jetzt eine südafrikanische SIM-Karte, und er gab die neue Nummer an Lynn und an Rechtsanwalt Prestons Sekretariat weiter. Dann wählte er Victorias Nummer.

Sie nahm das Gespräch sofort an. Ein überraschtes

»Hach!« entfuhr ihr, als sie seine Stimme hörte. »Cameron! Lebst du auch noch!«

»Sorry. Ich bin gestern erst angekommen. Hast du meinen Brief erhalten?«

Sie senkte die Stimme. »Ja, danke. Wie gut, dass du jetzt in Sicherheit bist. Es tut mir so leid, dass sie dich zusammengeschlagen haben. Und überhaupt, dass man dich verhaftet hat. Ich habe nie daran geglaubt, dass du so etwas Schreckliches tun könntest! Wie geht es dir? Hast du noch Schmerzen?«

»Es geht. Du hättest mich besuchen können.«

Ein kurzes Schweigen am anderen Ende. »Ich habe keine Erlaubnis bekommen. Ich hätte dich abgeholt, aber ich wusste ja nichts von deiner Entlassung. Warum bist du nicht zu mir gekommen?«

»Ich wollte dich nicht in Gefahr bringen.«

Ein junger Schwarzer in strahlend weißem Hemd reichte ihm mit einem ebenso strahlenden Lächeln die Karte. »Moment«, raunte Cameron ins Telefon und bestellte einen Latte macchiato.

»Gefahr?« Victorias Stimme vibrierte.

»Das lässt sich am Telefon schlecht erklären.«

»Versuch es.«

Jetzt war er es, der die Stimme senkte. »Ich bin ein wichtiger Zeuge. Das wissen die. Also sind sie auch hinter mir her. Verstehst du das nicht?«

»Stehst du nicht mehr unter Mordverdacht?«

Er schluckte einen Kloß im Hals hinunter. »Nein. Also, sie haben mich auf Kaution rausgelassen.«

»Cam! Du kannst doch nicht so dumm sein, dann einfach zu verschwinden!«

»Ich bin nicht verschwunden, ich suche nur Mr Preston. Es geht auch um das, was Robert getan hat. Außerdem war die Botschaft eindeutig: Wenn ich nicht verschwinde, bin ich tot.«

»Oh verflixt, Cam. Du sitzt richtig in der …«

»Scheiße«, vollendete er ihren Satz. »Ja. Aber ich komme wieder heraus. Alles wird sich aufklären.«

»Das hoffe ich doch. Sonst können wir den Termin im Mai nicht halten.«

Ach ja. Der Hochzeitstermin. Er unterdrückte die Bemerkung: *Dann eben später.*

»Im Moment muss ich erst mal bis dahin überleben.«

Victoria zog scharf die Luft ein. »Ich dachte, du bist jetzt in Sicherheit.«

»Solange ich nicht weiß, wer Robert das angetan hat, nicht. Höchstens vorläufig.«

»Ich habe Angst um dich, Darling.« Das klang so, als hätte sie gesagt: Pass auf, wenn du über die Straße gehst.

»Ich bin hier safe. Ich melde mich wieder, wenn ich mehr weiß.«

Der Kellner brachte den Latte, Cam murmelte ein Dankeschön und steckte den langen Löffel in das Glas. Er verrührte die Schicht aus Milchschaum mit dem Kaffee, was ihm einen entsetzten Blick der Tresenkräfte eintrug. Im Gegensatz zu den meisten Latte-Macchiato-Trinkern bevorzugte er nun mal die Mischung beider Komponenten, anstatt den Milchschaum vorher extra zu löffeln.

»Bitte ruf mich auf gar keinen Fall an. Ich wechsle das Handy.«

»Mir ist gar nicht wohl dabei. Ist das wirklich nötig?«, räsonierte sie.

»Bitte, Vic. Wir sind erwachsen.«

»Auf mich trifft das zu. Bei dir weiß ich nicht genau.«

»Mach dir keine Sorgen um mich.«

Sie schnaubte. »Ich soll mir keine Sorgen machen, wenn mein Zukünftiger erst im Knast landet, sich dann dort zusammenschlagen lässt und anschließend ans andere Ende der Welt verschwindet, ohne sich zu verabschieden? Hast du einmal daran gedacht, was unsere Freunde jetzt denken? Meine Eltern?«

»Vic, ich habe echt andere Sorgen. Ich muss jetzt Schluss machen.«

»Auf Wiedersehen, *Mister* Ashford!« Klack. Sie hatte aufgelegt.

Wann war es so weit gekommen, dass er Gespräche mit Victoria als *anstrengend* empfand? Um nicht zu sagen, als lästige Pflicht?

KAPITEL DREI

JENNA

Saartjie und ich sahen Jameson hinterher, wie er auf die Straße trat, dabei fast mit einem älteren Ehepaar kollidierte und dann davoneilte.

»Der Mann ist schick«, bemerkte sie. »Aber wenn er dir wirklich zweitausend Dollar in bar übergeben hat, dann kann etwas mit ihm nicht stimmen. Entweder ist er grenzenlos naiv oder kriminell.«

»Kriminell?« Mein Kopf fuhr herum, und sie starrte immer noch mit dem Zeigefinger am Mund und gerunzelter Stirn auf die Ladentür.

»Jeder ordentliche Mensch benutzt Kreditkarten für so etwas. Was soll das, dir diese Summe auf den Tisch zu legen?«

»Überschreitet wahrscheinlich sein Limit.«

»Ja klar«, spöttelte sie und tippte sich an die Stirn. »Zwei Mille in der Brusttasche, aber ein Kreditkartenlimit.«

»Egal. Unsere Geldsorgen sind passé. Kennst du nicht

den Spruch ‚Bargeld lacht‘? Wir können sogar noch eine Inspektion am Jeep machen lassen, bevor es losgeht.«

Saartjie stemmte die Hände in die Hüften. »Du willst das wirklich durchziehen, stimmt’s? Was, wenn er ein Serienmörder ist, der es auf dich abgesehen hat? Oder ein international gesuchter Terrorist, der über Leichen geht?«

»Du siehst echt zu viele Thriller.«

»Und du bist gutgläubig wie ein Schaf. Hat er dir wenigstens seinen Reisepass gezeigt?«

»Ich bin überhaupt nicht gutgläubig. Er ist britischer Staatsbürger und kennt sich hier nicht aus. Das ist alles.« Jedenfalls wollte ich das glauben. Ein Stimmchen im Hinterkopf machte sich bemerkbar und versuchte mir einzuflüstern, dass Saartjie so unrecht nicht hatte. Ein völlig Fremder, ganz allein mit mir auf Tour, mit ‚Sachzwängen‘, die alles Mögliche bedeuten konnten.

Andererseits wohnte er im Oxford House, dessen Rezeptionist für ihn bei uns angefragt hatte. Das war ein renommiertes kleines Hotel bei mir um die Ecke. Außerdem war er unwahrscheinlich – nun ja – attraktiv, wie ich mir widerwillig eingestand.

Wenn ich jedem meiner Kunden mit solchem Misstrauen begegnen würde, hätte ich bald keinen mehr.

»Investier die Kohle lieber in eine Pistole statt in die Inspektion«, brummte sie.

»Du wirst lachen: Ich habe eine.«

»Ha. Das dachte ich mir. Natürlich hast du auch einen Waffenschein, eine Lagererlaubnis …«

Ich boxte sie in die Schulter. »Hey! Was dachtest du denn? Ich bin Tourguide!«

Sie boxte mich zurück und grinste. »Nützt dir alles gar nichts, wenn du nicht schießen kannst.«

»Lass uns mal raus zu William und meinem Vater

fahren, da zeige ich dir, wie ich schießen kann. Dad hat uns schon als Kinder üben lassen.«

»Junge, Junge …« Kopfschüttelnd ließ sie sich zurück in ihren Stuhl fallen und sortierte einen Stapel Buchungsunterlagen, die der Drucker gerade ausgespuckt hatte. »Das glaub ich jetzt alles nicht. Und ich dachte, ich kenne dich!«

»Tust du. Und zu deiner Beruhigung: Ich nehm die Waffe mit. Du weißt nie, was dir unterwegs begegnet.«

»Na, da bin ich jetzt aber beruhigt«, spottete sie. »Sicher hast du auch eine Nahkampfausbildung, um mit Typen wie ihm fertig zu werden. Hast du nicht seine Oberarme gesehen?«

Und ob ich die gesehen hatte. Wenn auch nur flüchtig. Muskulös, aber nicht aufgepumpt. Mit einer Waffe könnte ich ihn mühelos in Schach halten. Aber ich war überzeugt davon, dass das nicht nötig sein würde.

Laut sagte ich: »Er wirkte ehrlich auf mich.«

»Gib's zu: Du hast dich überrumpeln lassen. Da steht ein Kerl wie ein Baum vor dir, mit so einem unverschämten Auftreten und einer Stange Geld, und du lässt dich wie ein Lamm zur Schlachtbank führen.« Saartjie fischte einen Bissen Biltong aus der kleinen Tüte in ihrer Schreibtischschublade und schob es sich in den Mund. Sie hatte immer einen Vorrat dieser getrockneten und leicht gewürzten Fleischstreifen dabei, die für uns Südafrikaner eine Art Nationalsnack sind.

»Schlachtbank. Du spinnst! Nichts und niemand überrumpelt mich mehr. Schon gar kein Kerl. Dass das klar ist!«, trumpfte ich auf und versuchte, das Flattern in meinem Magen zu ignorieren. »Und außerdem solltest du aufhören, dauernd Biltong zu essen und den ganzen Tisch vollzukrümeln.«

Sie bedachte mich mit einem langen, nachdenklichen Blick und verschränkte kauend die Arme vor der Brust.

Mit zusammengepressten Lippen erwiderte ich eine Weile ihren Blick. Dann brachen wir beide gleichzeitig in Lachen aus.

»Echt mal, Jenna. Wenn es dich nicht gäbe, müsste man dich erfinden.«

Anders als in der Innenstadt hörte man hier in der ruhigen Seitenstraße in Green Point frühmorgens die Vögel zwitschern. Der Verkehrslärm der Main Road drang nur als gedämpftes Rauschen hier herauf in die Wessels Street, die rechtwinklig von der Hauptstraße abzweigte und steil bergauf führte.

Mr Jameson hievte einen schweren Koffer in den Laderaum des Geländewagens und warf einen Tagesrucksack auf den Beifahrersitz. Dann wandte er sich zu mir um. »Wo ist unser Fahrer?«

»Fahrerin, bitte!« Ich öffnete die Fahrertür. »Es kann losgehen.«

»Fahrerin?«, fragte er und zog die Augenbrauen hoch. Auch machte er keine Anstalten, einzusteigen, sondern lehnte sich mit verschränkten Armen an den Kofferraum.

»Problem damit?« Ich stemmte eine Faust in die Hüfte und deutete mit dem Kinn die Straße hinunter. »Wenn ja, es steht Ihnen frei, sich ein Taxi zu nehmen.«

»Hey, schon gut.« Er hob die Hände und stieß sich vom Kofferraum ab. »Man wird ja wohl noch fragen dürfen. Eine Frau …«

»… kann nicht Auto fahren, oder was?«, stieß ich aus.

Amüsiert sah er mich aus seinen ozeangrünen Augen an, die ich ihm am liebsten auskratzen würde. Macho! Aber echt!

»Was ich sagen wollte: Eine so attraktive Frau sieht man selten am Steuer eines Geländewagens.«

»Verarschen kann ich mich alleine, *Mister* Jameson. Wenn wir nicht heil am Ziel ankommen, liegt das allein daran, dass ich Ihnen vorher das Licht ausgeblasen habe, weil Sie mich zur Weißglut treiben.«

Er legte einen Finger an den Mund und den Kopf ein wenig schief. »Und ich dachte, dass nichts Sie aus der Ruhe bringt. Sie wirken so … cool.«

»Und Sie wirken wie ein aufgeblasener Macho. Fahren bei Ihnen in England nur die Männer Auto?«

»Nur die *echten* Männer«, bestätigte er ernst, aber mit einem Zucken um die Mundwinkel.

»Fein! Und hier fahren die echten Frauen!« Mit einem verächtlichen Blick machte ich mich daran, einzusteigen. »Was ist nun. Fahren wir oder möchten Sie Ihr Geld zurück?«, warf ich ihm über die Schulter zu.

»Moment noch.«

Ungeduldig sah ich ihm dabei zu, wie er gemächlich das Auto umrundete, an jeden Reifen klopfte und mit dem Finger an den Scheinwerfern entlangfuhr. »Sagen Sie mal, haben Sie ein Problem mit Frauen? Nur zur Info: Der Wagen war gestern noch in der Inspektion. Und ein Mann hat ihn durchgesehen. Sind Sie jetzt beruhigter?«

Auf was verdammt noch mal hatte ich mich da nur eingelassen?

Er kam zu mir an die Fahrertür und stützte – was für eine Unverschämtheit! – eine Hand neben meinem Kopf an den Rahmen. »Entschuldigen Sie vielmals, dass meine Sicherheit mir im Gegensatz zu gestern ab heute sehr am Herzen liegt. Ihre übrigens auch.«

Verblüfft starrte ich ihn an, unfähig, mich zu bewegen. Er erwiderte gelassen meinen Blick. Ozeangrün. Sah aus, als wenn er es ernst meinte mit der Sicherheit. Oh. Er roch gut. Frisch, nach Meer und nach Gras.

Nur wenig besänftigt, rückte ich ein Stück von ihm ab. »Dann sollten Sie jetzt endlich einsteigen. Sie sind mein Kunde. Also steht Ihre Sicherheit für mich an erster Stelle. Das hätten Sie mit einigem Verstand auch schon gestern merken können.«

Mit einer trägen Bewegung nahm er die Hand vom Rahmen weg und richtete sich auf. Dann schmunzelte er und sagte: »Sie gefallen mir. Ich mag es, wenn man mir unverblümt die Meinung sagt.«

Na danke, du Macho. Dann mach dich auf etwas gefasst.

Wir kletterten in den Jeep, und Jameson entfaltete eine Straßenkarte auf dem Schoß. Mit dem Finger folgte er der Küstenlinie an der False Bay.

»Wir haben ein Navi«, sagte ich und deutete auf das Gerät an der Windschutzscheibe. »Oder brauchen *echte* Männer Straßenkarten?«

Er quittierte das mit einem kurzen Auflachen, aus dem mehr Spott als Amüsement herausklang. »Wir sollten zuerst ein Ziel festlegen, bevor wir es ins Navi eingeben.«

»Ihre ‚Sachzwänge‘«, zitierte ich mit hochgezogenen Brauen, »werden Ihnen das Ziel hoffentlich in Kürze diktieren.«

Davon ließ er sich nicht beirren. »Die kommen noch früh genug. Morgen zum Beispiel. Da würde ich gerne in Stellenbosch sein. Heute können Sie mir einen Vorschlag machen.«

Wie großzügig.

»Camps Bay, und dann zum Cape Point zum Beispiel? Jeder Kapstadt-Tourist sollte das gesehen haben.«

»Was ist mit dem Tafelberg?«

Ich zeigte auf den Signal Hill, der sich schräg seitlich hinter uns befand und über dessen runder Kuppe wattige

Wolken schwebten. »Wenn das so aussieht, ist auf dem Tafelberg nichts zu sehen. Das Tischtuch, wissen Sie.«

»Tischtuch?«

»So nennt man die Wolke, die oft auf dem Gipfel des Tafelbergs liegt und ihn einhüllt.«

»Ach so. Dann also Cape Point. Wenn man das gesehen haben muss.«

»Der Kunde ist König. Also, Majestät, wenn Sie keine Lust dazu haben … wir können auch ins nächste Pub gehen, wo Sie sich volllaufen lassen können.«

Er hob die Hand und grinste mich an. »Nicht um diese Uhrzeit. Ich habe noch nicht gefrühstückt.«

»Dann können wir unterwegs halt machen in Noordhoek oder in Simon´s Town, und wir kehren zu einem Frühstück ein.«

»Das klingt nach einem guten Plan. Von mir aus können wir dann gerne zum Cape Point.«

»*Von mir aus?* Ich frage mich langsam, ob Sie wirklich eine Tour machen wollen.«

»Ich möchte nur gern die Fäden in der Hand behalten.«

»Warum sind Sie dann nicht alleine losgefahren?«, knurrte ich und drehte den Schlüssel im Zündschloss. Der Motor startete mit einem satten Grollen.

»Ohne Sie wäre es nur halb so unterhaltsam.«

»Bei jedem anderen Menschen würde ich das als Kompliment durchgehen lassen.«

»Das war auch so gemeint.« Er sah mich von der Seite an, und obwohl ich beim Einfädeln in den Verkehr die Straße im Blick behielt, konnte ich aus dem Augenwinkel sein Lächeln sehen.

Der Anfang der Fahrt verlief schweigend. Jenna, wie er sie inzwischen heimlich nannte, war ganz auf den Verkehr konzentriert, als müsse sie ihm beweisen, dass seine Zweifel an ihren Fähigkeiten gänzlich unberechtigt waren. Vielleicht war sie auch beleidigt, weil er sich so stur angestellt hatte.

Cameron war das recht. So würde sie ihn nicht mit Fragen löchern, die er weder beantworten konnte noch wollte. Er betrachtete die Hügellandschaft mit ihrem kargen Bewuchs. Der Himmel darüber hatte diese charakteristische Farbe, ein Blau von tiefer Klarheit, das er so noch nirgendwo anders auf der Welt gesehen hatte.

»Gibt es Musik an Bord?«, fragte er.

In dem Moment drückte Jenna das Gaspedal durch, um einen Motorroller zu überholen. Cameron hielt sich am Haltegriff über der Tür fest.

»Entschuldigung. Was haben Sie gesagt? Ich war gerade auf den Verkehr konzentriert.«

»Musik. Ob Sie Musik an Bord haben. Oder sollten wir es doch lieber mit einem Gespräch versuchen – so ganz unverbindlich?«

Ihre Lippen verzogen sich zu einem Schmunzeln. Das gab ihr etwas sehr Apartes. Wenn er sie doch einmal laut lachen sehen könnte!

»Wir können das eine tun, ohne das andere zu lassen«, erwiderte sie und drückte einen Knopf am Autoradio. »Ta-ta-ta-taaaaaaa!«

»Beethovens 5. Sinfonie? Ich bin beeindruckt.«

Sie wandte kurz den Kopf. »Sie kennen Beethoven?«

»Jeder kennt Beethoven. Aber ich liebe auch seine Musik.« Zum Beweis summte er die Melodie mit, gerade kam die Pianissimo-Partie mit den Violinen.

»Nun bin ich beeindruckt.« Sie drehte den Ton etwas leiser. »Jetzt können wir uns unterhalten.«

»Ich dachte schon, Sie wollen mich mit Schweigen strafen.«

»Verdient hätten Sie's.«

»Aber?«

»Das wäre nur halb so unterhaltsam«, zitierte sie seinen Satz von vorhin, und er lachte leise.

»Der Punkt geht an Sie.«

Ein Lächeln umspielte ihre Lippen. Cameron betrachtete ihr Profil, die Linie ihres Halses, die aufrechte Haltung. Das blonde Haar hatte sie zu einem lässigen Pferdeschwanz zurückgebunden. Wie es wohl offen aussah, ein goldglänzender Vorhang vielleicht? Oder fiel es in Wellen ihren Rücken hinab? Sie bemerkte seinen Blick, und er wandte hastig die Augen ab.

»Da vorne ist Hout Bay. Von dort nehmen wir den Chapman's Peak Drive nach Noordhoek«, sagte sie. »Das ist eine der schönsten Küstenstraßen der Welt. Sie wurde von 1915 bis 1922 erbaut, ist neun Kilometer lang, und …«

»So viel Information auf nüchternen Magen«, seufzte er. »Ich würde gerne jetzt frühstücken.«

»Wir sind gerade mal zwanzig Minuten unterwegs!«

»Ich weiß. Haben Sie denn gar keinen Hunger?«

»Doch. Ein bisschen. Aber ich wollte Ihnen ein hübsches Café in Noordhoek zeigen, mit Blick aufs Meer und wunderbaren süßen und salzigen Waffeln und drei Sorten Obstsalat. Wir könnten aber natürlich auch da reingehen«, sie zeigte auf einen baufälligen Kiosk am Straßenrand mit zwei klapprigen Tischchen und wackeligen Stühlen davor. »Der Kaffee dort ist exzellent. Nur das Essen … na ja. Sie sind der Kunde, Sie bestimmen.«

Jedenfalls wollte sie ihn das wohl glauben machen! Er grinste. »Sie machen einem die Wahl nicht leicht.«

»Nicht wahr?« Jetzt feixte sie auch.

»Fahren Sie weiter.«

»Aye aye, Sir.« Mit zwei Fingern tippte sie an die Stirn wie ein Soldat, ihr Grinsen verbreiterte sich.

Sie bogen nach links ab, und rechts von ihnen breitete sich der halbmondförmige Strand von Hout Bay aus. Der Sand schneeweiß, das Meer dahinter spiegelte den Himmel in tiefem Blau. In der Ferne erhob sich eine niedrige Halbinsel, scharf hoben sich ihre Konturen vom Horizont ab.

Sie passierten den malerischen Hafen zu ihrer Rechten, voller Fischerboote und kleiner Yachten in bunten Farben.

Vor ihnen erschien eine Mautstation. Sie reihten sich hinter eine kleine Schlange von Autos und Motorrädern ein. Ein Trupp in schrillem Gelb gewandeter Radfahrer mit engen Trikots und unförmigen Helmen auf dem Kopf fuhr an der Schlange vorbei.

»Die kommen gratis rein«, bemerkte Jenna mit einem Blick auf die Radler.

»Wo rein?«

»Chapman´s Peak Drive. Sagte ich doch. Die Straße ist mautpflichtig. Für Motorisierte, nicht für Radfahrer.«

Die Autos und Motorräder vor ihnen wurden schnell abgefertigt, und keine fünf Minuten später passierten sie den Schlagbaum.

Jenna hatte nicht zuviel versprochen, als sie von der ,schönsten Küstenstraße‘ gesprochen hatte. Sie wand sich spektakulär um Felsvorsprünge, war teilweise in den Fels hineingebaut, der die Straße an einigen Stellen wie ein Dach überwölbte. Hinter jeder Kurve öffneten sich neue Ausblicke auf das Meer weit unter ihnen und die Berge, die sich steil aus dem Wasser erhoben.

Eigentlich war er ein Stadtkind, dessen Erfahrungen mit der Natur sich auf die Londoner Parks, ein paar Strandurlaube und einige Ausflüge nach Irland und Schottland beschränkten. Wenn er weite Reisen antrat, so waren das meist Geschäftsreisen, die ihn in fremde Städte führten. Doch was er hier zu sehen bekam, weckte in ihm eine ganz neue Sehnsucht. Beethoven passte irgendwie dazu.

In Noordhoek angekommen, betraten sie ein winziges Café in einem weißen Häuschen im kapholländischen Stil, aus dem es verführerisch nach frisch geröstetem Kaffee duftete. Vor der hölzernen Terrasse waren zwei Pferde angebunden, daneben standen etwa ein Dutzend Fahrräder.

Jenna und Cam ließen sich auf einer der schlichten Holzbänke vor dem Haus nieder, jeder eine Tasse Flat White mit einem kunstvollen Herzmuster auf dem Milchschaum vor sich.

Heißhungrig stürzte Cameron sich auf die dampfende Waffel mit Champignonsoße und gemischtem Salat. Jenna löffelte einen Obstsalat voller exotischer Früchte, gekrönt von einem Sahnehäubchen. Es war ein sinnliches Vergnügen, sie beim Essen zu beobachten. Wie ihre Zungenspitze über die Lippen fuhr, um auch das letzte Sahnetröpfchen aufzufangen. Ihre halbgeschlossenen Augen, als sie in ein Stück Melone biss, wobei sie ein wohliges »Hmmm!« von sich gab.

»Es ist sympathisch, eine Frau zu treffen, die mit Genuss isst«, sagte er.

Überrascht schaute sie auf, Skepsis im Blick. »Finden Sie?«

»Sind Sie immun gegen Komplimente?«

Ein Lächeln entschlüpfte ihr. »Jede Frau mag Komplimente. Das hier ist nur ein wenig ungewöhnlich. Normalerweise wird man für seine Figur gelobt, oder für die Kleider …«

»Oh, kein Problem. Ihre Figur ist sensationell.« Er unterstrich die Bemerkung, indem er seinen Blick über ihren Oberkörper schweifen ließ und dabei kurz auf ihren Brüsten verweilte, die unter ihrer Trekkingbluse mit zwei Brusttaschen nur zu ahnen waren.

»Besten Dank«, erwiderte sie trocken. »Bisher sind Sie mir nicht durch Süßholzraspeln aufgefallen.«

»Ihr Charme ist auch nicht auf den ersten Blick zu entdecken.«

»Ein Kompliment, das ich voll und ganz zurückgeben kann.« Ein verschmitztes Grinsen tauchte in ihrem Gesicht auf. Er konnte nicht anders, als es zu erwidern. Die Zeit mit ihr könnte spannender werden, als er erwartet hatte.

KAPITEL VIER

CAMERON

Sie setzten ihren Weg entlang der False Bay fort, der ‚falschen Bucht‘, in der das Wasser so kalt war, dass man selbst im Hochsommer dort nicht schwimmen ging. Weiter ging es durch Simons Town auf die Kaphalbinsel.

Niedrige Büsche und gelb blühende Proteen säumten die Straße. Ein Duft nach Heu und Kräutern stieg ihm durch die geöffneten Fenster in die Nase.

»Achtung!« Jenna bremste abrupt, schraubte die Seitenfenster hoch und deutete nach vorne. »Baboons!«

Vor ihnen überquerte eine kleine Herde Paviane die Straße, wobei sie sich neugierig nach dem Jeep umsahen.

»Warum schließen Sie die Fenster?«

»Die Viecher sind dreist. Die klauen Ihnen gerne mal das Essen aus der Hand oder die Kamera. Und beißen tun sie auch noch.« Mit einem Knopfdruck verriegelte sie die Zentralverriegelung.

Ein Auto kam ihnen entgegen und musste ebenfalls anhalten. Die Affen veranstalteten ein Sit-in mitten auf der

Fahrbahn. Jenna hupte. Das beeindruckte jedoch keinen von ihnen. Im Gegenteil: Einer der größeren Affen hüpfte auf die Motorhaube und entblößte sein furchterregendes Gebiss mit riesigen Reißzähnen. Cameron zuckte zusammen.

»Verhalten Sie sich still«, raunte Jenna.

Atemlos beobachteten sie, wie ein anderer Pavian eine Tür des Autos gegenüber aufriss und hineinsprang. Schreckensschreie der Insassen waren zu hören, dann öffneten sich die anderen Türen. Ein Mann und eine Frau hasteten aus dem Auto und flüchteten sich an den Straßenrand.

»Shit!« Jenna hupte erneut, fuhr mit einem kurzen Ruck an und bremste abrupt. Der Affe sprang von der Motorhaube und schloss sich seinen Kameraden an, die das Fahrzeug gegenüber mit einer Plastiktüte verließen. Mit ihrer Beute kletterten sie auf einen Hügel und verschanzten sich in einem niedrigen Gebüsch. Dort verstreuten sie den Inhalt der Tüte in der Gegend, wahrscheinlich auf der Suche nach Essbarem.

»Bleiben Sie sitzen und schließen Sie hinter mir ab, sonst haben wir die Biester gleich auf unserem Rücksitz«, rief Jenna und stieg aus.

»Aber ...« Doch sie lief schon zu dem jungen Paar am Straßenrand und redete beruhigend auf beide ein. Cameron beeilte sich, den Verriegelungsknopf zu drücken.

Jenna führte die junge Frau am Arm zurück zu ihrem Auto und half ihr beim Einsteigen. Der Mann nahm wieder auf dem Fahrersitz Platz. Beide beobachteten mit ängstlichen Gesichtern, wie Jenna die verstreuten Utensilien am Straßenrand aufsammelte und ihnen durch das geöffnete Beifahrerfenster reichte. Sie bedankten sich lächelnd, und Jenna winkte ihnen lässig, bevor sie sich wieder dem Jeep zuwandte und an die Scheibe klopfte.

Cameron öffnete ihr die Tür, und sie kletterte auf den

Fahrersitz. »Uff. Die Menschen sind so gedankenlos. Überall steht geschrieben, dass sie Türen und Fenster geschlossen halten sollen. Und trotzdem passiert jede Woche so etwas.« Sie schob sich ein paar Haarsträhnen hinters Ohr, die aus ihrem Pferdeschwanz gerutscht waren, und ließ den Wagen wieder an.

»Haben Sie keine Angst vor den Baboons? Das war sehr mutig von Ihnen, da rauszugehen.«

Ein Lächeln erhellte ihr Gesicht, und er staunte über die Wärme, die ihn dabei durchflutete. »Nein. Es sind nur Tiere, die tun, was sie tun müssen. Ich bin fast jede Woche hier oben, und inzwischen kennen mich die meisten. Ich habe nie was Essbares dabei, in mein Auto kommen sie nie rein.«

Der gelbe Toyota gegenüber setzte sich mit quietschenden Reifen in Bewegung. Verständlich, nach dem, was den beiden gerade widerfahren war. Ein dumpfes Aufprallgeräusch und schrille Schreie stoppten das Fahrzeug.

»Oh verdammt!« Anstatt loszufahren, steuerte Jenna den Jeep an den Straßenrand und sprang erneut aus dem Wagen. Diesmal ließ Cameron sich nicht sagen, was er zu tun hatte, sondern folgte ihr, nicht, ohne vorher den Zündschlüssel abzuziehen und die Zentralverriegelung zu betätigen.

Vor ihnen lag ein junger Pavian auf der Straße. Das Pärchen im gelben Toyota blieb regungslos und schockstarr sitzen. Die Frau presste beide Hände auf den Mund, der Mann umkrallte das Lenkrad. Jenna hockte neben dem Tier, das bewusstlos zu sein schien. Sie schaute zu Cameron auf. »Er ist wohl plötzlich aus dem Gebüsch gerannt und denen vors Auto gelaufen. Wir müssen ihn mitnehmen.«

Dann beugte sie sich über den kleinen Affen, streichelte

ihn und redete beruhigend auf ihn ein. Cameron ging neben ihr in die Hocke. »Lebt er noch?«

Sie nickte stumm. Vorsichtig betastete sie Arme und Beine des verletzten Tieres, fuhr dann mit der Hand über Schädel und Rippen. »Er könnte sich was gebrochen haben. Wir bringen ihn rauf nach Buffelsfontein. Dort kann ihn jemand von der Baboon's Foundation abholen.«

Eine Autotür klappte. Die junge Frau aus dem Toyota kam zu ihnen. Ihr Gesicht war weiß wie die Wand. »Es tut mir so leid«, flüsterte sie. »Wir haben ihn nicht gesehen … Was können wir tun?«

»Ist Ihr Auto beschädigt?«

Die junge Frau betrachtete die Kühlerhaube und schüttelte dann den Kopf.

»Dann fahren Sie einfach weiter. Ich kümmere mich um ihn. Aber denken Sie daran, möglichst nicht anzuhalten und Fenster und Türen geschlossen zu halten.«

»Ja, danke … okay. Ich – wir danken Ihnen.« Ihre Stimme zitterte.

»Nicht dafür«, erwiderte Jenna mit einem flüchtigen Lächeln. »Sie können nichts dafür. Es sind halt wilde Tiere.«

Die Frau kehrte zu ihrem Auto zurück, und diesmal fuhren sie im Schritttempo an ihnen vorbei.

Jenna hob den jungen Pavian vorsichtig hoch. »Können Sie fahren? Ich gehe mit ihm auf den Rücksitz.«

»Sie wollen das wilde Tier wirklich in unseren Wagen lassen? Sind Sie sicher?«

»Absolut. Der tut nichts mehr, das sehen Sie doch.«

Tatsächlich hatte der Affe die Augen geschlossen. Gelegentlich stöhnte er leise. Seine Glieder hingen schlaff herab, als Jenna mit ihm auf dem Arm den Rücksitz bestieg.

Cameron startete den Jeep und fuhr sachte an. Über die

Schulter sagte er: »Ich habe keinen internationalen Führerschein.«

»Das interessiert hier oben keinen. Hauptsache, Sie besitzen überhaupt eine Fahrerlaubnis.«

Die hatte er. Und sie war dank Lynnies Bemühungen auf Nicholas Jameson ausgestellt.

Die Straße wand sich weiter den Bergkamm hinauf. Nach einigen Kilometern tauchte ein Wegweiser nach Buffelsfontein auf. »Dort vorne links auf den Parkplatz«, wies Jenna ihn an.

Der Ort erwies sich als einzelnes Gebäude, in dem ein kleines Naturkundemuseum untergebracht war. Als sie mit dem verletzten Pavian an der Pförtnerloge erschienen, sprang dahinter eine rundliche Schwarze aus dem Stuhl und schlug die Hände vor den Mund. »Jesses, Doktor Darnes!«, rief sie und eilte durch die Tür zu ihnen in den Vorraum.

»Können wir ihn bei Ihnen lassen, bis der Tierarzt von der Baboon's Foundation kommt? Ich habe ihn gerade erreicht. Er wird in etwa einer Stunde hier sein.«

»Aber ja, klar, wir haben eine Transportbox für solche Fälle. Immer wieder passiert so etwas … Kommen Sie.« Die Pförtnerin verschwand mit Jenna in der Loge.

Erst nannte sie sie ‚Biester‘, um dann einen von ihnen liebevoll zu retten. Cameron schmunzelte. Er durfte sich höchstwahrscheinlich auf weitere Überraschungen bei dieser *Doktor* Jenna Darnes gefasst machen.

JENNA

Wir standen in der Warteschlange zur Zahnradbahn, die uns auf den Gipfel des Kaps der Guten Hoffnung bringen würde. Der Wind wehte einen Hauch von salziger Seeluft zu uns herauf, die sich mit dem Duft des Fynbos um uns herum zu einem würzigen Cocktail vermischte.

»Danke, dass Sie mir geholfen haben, den kleinen Affen zu retten.«

Jameson machte eine wegwerfende Handbewegung. »Nicht dafür. Es hat mich beeindruckt, wie Sie damit umgegangen sind.«

»Ich habe nichts Besonderes gemacht.«

»Doch. Wer traut sich schon, ein wildes Affenkind von der Straße zu holen, wenn seine Familie im nächsten Gebüsch wartet?«

Ich lachte auf. »Das ist für mich ziemlich alltäglich. Ich kenne mich halt ein bisschen damit aus. Von Ihnen hätte das sicher niemand erwartet.«

Er schaute ein bisschen konsterniert. Hatte ich ihn beleidigt? Die Antwort auf diese Frage blieb mir erspart, denn gerade rumpelte die Zahnradbahn in die Talstation und spuckte ihre Passagiere aus.

Mitsamt einem neuen Schwung an Touristen stiegen wir in die volle Kabine ein und quetschten uns nebeneinander in eine Ecke. Seine Körperwärme übertrug sich als angenehmes Kribbeln auf meinen Arm, der an seinem ruhte.

»Wird er durchkommen?«, fragte er plötzlich.

Ich sah zu ihm auf. »Wahrscheinlich. Aber er muss operiert werden, hat der Tierarzt am Telefon gesagt. Rippe gebrochen, und ein Beinchen ist ausgerenkt gewesen. Ist Ihnen das wichtig?«

»Ich hoffe, Ihnen ist selbst klar, wie überflüssig diese Frage gerade ist«, grollte er.

»Sorry. Ich dachte nur.«

»Sie denken zu viel, fürchte ich.«

»Ich muss ja für Sie mitdenken.«

»Wie bitte?!«

Einige Fahrgäste wandten den Kopf und starrten meinen Kunden an. Er reckte das Kinn und verschränkte die Arme vor der Brust.

»Das muss ich wirklich, schließlich bin ich für Sie verantwortlich und muss darauf achten, dass Sie nicht zu Schaden kommen. Das ist mein Job«, verteidigte ich mich.

Einen Moment lang betrachtete er mich nachdenklich, bis er mit einem Schmunzeln den Kopf schüttelte. »Ich hoffe, Sie machen diesen Job wirklich gut.« Es klang, als rede er nicht mit mir, sondern mit sich selbst.

»Ich gebe mein Bestes.«

Wir waren oben. Mit einem unsanften Ruck kam die Zahnradbahn zum Stehen. Wir betraten die Terrasse der Bergstation, und Jameson sog die Luft tief ein. »Hier riecht es nach Meer.«

»Ja, schön, nicht wahr? Könnte daran liegen, das unter uns das Meer liegt. Lassen Sie uns da rauf gehen.« Ich wies auf den schmalen Pfad mit den Treppen, die zum Gipfel des Cape Point führten.

Der Felsen fiel an dieser Stelle steil ins Meer ab. An seinen Vorsprüngen und Höhlen nisteten unzählige Seevögel. Möwen, deren Schreie die Luft zerrissen, Kormorane, die elegant ins Wasser tauchten, schwarze Austernfischer mit knallroten Beinen und Schnäbeln. Sie landeten nach halsbrecherischen Flugmanövern mit schlafwandlerischer Sicherheit auf den winzigsten Felsvorsprüngen, wo ihre Jungen auf Futter warteten. Ein einziges Kommen und Gehen, begleitet von Geschrei und dem Rauschen der Brandung, die viele hundert Meter weiter unten an den Felsen schlug.

»Eine Wahnsinnsaussicht«, befand Mr Jameson, als wir auf der kleinen Aussichtsplattform oben angekommen waren und er sich einmal um die eigene Achse gedreht hatte. Im Nordwesten hoben sich die Konturen der False

Bay ab, Richtung Süden gab es nur noch das Meer, das am Horizont mit dem inzwischen dunstigen Himmel verschwamm.

»Da hinten irgendwo kommt irgendwann der Südpol«, sinnierte er.

Ich musste lächeln, wie jedes Mal, wenn Menschen hier oben standen und die Faszination sie überwältigte.

»Wussten Sie, dass dies nicht der südlichste Punkt Afrikas ist?«, fragte ich, um meine Fremdenführerqualitäten herauszustellen.

Er antwortete nicht sofort, zu sehr war er in die Betrachtung einer weit entfernten Schar Seehunde vertieft, die das Wasser weit draußen mit ihren Sprüngen zum Schäumen brachten.

»Ich weiß«, sagte er schließlich. »Das hier gehört alles noch zum Atlantik. Schauen Sie doch, was ist das dort? Delfine?«

»Seehunde. Sie jagen. Wahrscheinlich gibt es dort Fischschwärme.«

»Kann man sie aus der Nähe beobachten?«

»Wenn Sie wollen. Wir könnten nach Hermanus fahren. Dort kann man auch Wale sehen. Jedenfalls jetzt noch, Anfang November. In zwei Wochen ziehen sie weiter nach Süden.«

Der Wind zog mir an den Haaren und löste langsam meine Frisur auf. An der Haartracht meines Kunden konnte er nichts ausrichten, sein dunkelblondes Haar war akkurat kurz geschnitten und bot keine Angriffsfläche. Er schaute immer noch aufs Meer hinaus, die Augen wegen der Sonne zusammengekniffen.

»Was ist mit Ihrem Gesicht geschehen?«, fragte ich aus einem Impuls heraus. Die Narbe unter dem Bart schimmerte rötlich, war aber etwas abgeschwollen.

Mit der Hand fuhr er sich über das Kinn, ohne den Blick vom Meer abzuwenden. »Ein Unfall. Nichts Ernstes.«

Das klang ausweichend, und ich verzichtete auf Nachfragen. Wahrscheinlich würde er mir ohnehin nur Märchen auftischen. Wie auch immer, es ging mich nichts an. Spontan bot ich ihm an, ein Foto von ihm vor dem Schild mit der Aufschrift »Cape of good Hope« zu schießen.

»Nein danke. Ich – ich behalte das Ganze auch ohne Bild in meinem Gedächtnis.«

»Wie Sie wollen.« Ich zuckte die Achseln. »Möchten Sie nun nach Hermanus?«

Statt einer Antwort zog er ein Smartphone aus der Tasche und starrte auf das Display. »Entschuldigung«, murmelte er und wandte sich ab.

Ich entfernte mich ein paar Schritte und ließ ihn in Ruhe telefonieren oder was immer er sonst vorhatte. Wenn dieser Tag vorbei war, hätte ich mir die ersten tausend Dollar – oder in unserer Währung gut 13.000 Rand – verdient, genau der Betrag, den ich von der Anzahlung in bar behalten hatte und der in meiner geheimen Gürteltasche steckte. Hatte ich ihm für diese Summe genug geboten?

Egal. Bisher schien er zufrieden mit dem Programm zu sein. Seine Sache, wenn er dafür so viel Geld ausgeben wollte. Obwohl – warum war ihm das so viel wert? Warum wollte er keine der üblichen Rundreisen mitmachen? Was meinte er mit ‚total flexibel‘? Was stimmte hier nicht?

»*Doktor* Darnes«, raunte seine dunkle Stimme neben mir, und ich zuckte zusammen. »Woran haben Sie eben gedacht?«

»Nennen Sie mich einfach Jenna.«

»Es ist mir eine Ehre und ein Vergnügen. Ich heiße übrigens Nicholas. Nennen Sie mich Nick.« Er lächelte dabei, und für einen Moment tauchte mein Blick in seine ozeangrünen Augen ein. »Kehren wir um?«

»Sie haben meine Frage von eben noch nicht beantwortet. Möchten Sie morgen nach Hermanus fahren?«

»Nein. Die Sachzwänge – Sie verstehen … Ich muss morgen nach Stellenbosch.«

»Was sind das für Sachzwänge, Mr Jameson – ich meine: Nick?«

Sein Gesicht verschloss sich. »Keine, die Sie zu interessieren brauchen.«

»Sie wollen sagen, das geht mich nichts an.«

Schmallippig erwiderte er: »Exakt. Sie fahren mich dorthin, ich erledige, was ich erledigen muss, und dann sehen wir weiter.«

»Nur dass Sie es gleich wissen: Ich unterstütze nichts Illegales«, fauchte ich.

Seine Ozeanaugen umwölkten sich. »Natürlich nicht. Sie unterstützen wilde Affenbabys und hilflose Touristen.«

»Solche wie Sie?«

»Hören Sie. Ich zahle Ihnen eine Menge Geld dafür, dass Sie tun, was ich sage, ohne Fragen zu stellen.«

Wenn ich nur das verdammte Geld nicht bräuchte. Dann wäre ich jetzt wortlos auf dem Absatz umgekehrt. Kein Kerl würde mich jemals wieder verarschen. Egal ob beruflich oder privat. Ich presste die Lippen zusammen und widerstand der Versuchung, mit dem Fuß aufzustampfen.

»Gut und schön, Mister … Nick. Aber halten Sie mich da raus.«

»Sie sollen mich nur fahren.«

»Das wird noch zu beweisen sein.« Ich drehte mich um und stieg die Treppe wieder herab.

Er hielt mich an der Schulter fest. »Laufen Sie nicht weg. Ich brauche Sie noch.«

~

»Und? Wie war er?« Saartjie nippte an ihrem Mojito. Wir saßen auf der Dachterrasse des *Bistro 75* in Kapstadt und betrachteten die spektakulären roten, rosa und lila Streifen, die die untergehende Sonne an den Himmel zauberte. Mr Jameson war an diesem ersten Abend unserer Tour in sein Hotel in der Wessels Street zurückgekehrt, wo ich ihn morgen früh abholen sollte.

»Frag besser, wie *es* war. Es war ... anstrengend.« Ich schilderte ihr unsere Begegnung mit den Baboons.

»Du treibst aber auch überall irgendwelche Viecher auf«, spöttelte sie.

»Gar nicht wahr.«

»Und was ist mit dem Vogel, der gegen deine Balkontür geflogen ist? Und der Katze deiner Nachbarin?«

»Ach das«, winkte ich ab. »Ich kann doch die Viecher nicht sich selbst überlassen, wenn ich ihnen helfen kann.«

»Du solltest mal lieber dir selbst helfen.«

»Ich weiß nicht, was du meinst.«

Saartjie beugte sich vor. »Du solltest dir endlich ein richtiges Zuhause suchen, mit einem Mann und allem Drum und Dran. Diese ewige Herumzigeunerei. Das ist doch nichts.«

Ich lachte auf, und es klang bitter. »Ich bin sehr zufrieden damit. Außerdem sichert meine ‚Herumzigeunerei‘ deinen Arbeitsplatz.«

»Den könntest du auch von deinem Büro aus sichern.«

»Ich verdiene gerade für unsere Firma einen Haufen Geld, was beschwerst du dich?«

Ihre Locken flogen mal wieder von links nach rechts. »Ich beschwere mich gar nicht. Ich finde nur, dass du nicht zufrieden so bist.«

»Doch.«

»Nein.«

»Doch! Wirklich. Ich habe ein aufregendes Leben, unsere Gäste mögen mich, und ich kann ihnen die schönsten Orte der Welt zeigen.«

Saartjie spitzte die Lippen und schüttelte abermals den Kopf. »Alles schön und gut. Aber was ist mit der Liebe?«

»Was soll damit sein? Ich glaube nicht daran. Du siehst doch, wie es mit Peter gewesen ist.«

»Ha!« Sie zeigte mit dem Finger auf mich. Beinahe stieß sie damit mein Weinglas um. »Peter! Dieser … na, ich sag's lieber nicht. Aber es gibt auch andere. Nette.«

Ich schnaubte verächtlich. »Nett! Komm mir nicht mit nett. Alle sind zuerst nett. Aber dann gestehen sie dir, dass sie entweder verheiratet sind, oder sie erzählen dir, sie seien noch nicht reif für eine Beziehung, oder sie landen mal kurz bei einer ‚alten Freundin‘ im Bett.«

»Du hast halt den Richtigen noch nicht gefunden.«

»Für mich gibt's keinen Richtigen.« Auf einen Schlag leerte ich das Weinglas und bestellte sogleich einen neuen.

«So ein Quatsch. Für jeden Topf gibt´s einen Deckel!«

»Ich will keinen Richtigen. Mir reicht ein bisschen Spaß im Bett. Diesen ganzen Romantik-Scheiß können die sich sonst wohin stecken.«

Meine Freundin und Angestellte wiegte den Kopf und sog an ihrem Strohhalm, ohne mich aus den Augen zu lassen. Ein blubberndes Geräusch in ihrem Glas zeigte an, dass es leer war. Sie schob es von sich weg und musterte mich mit nachdenklichem Gesicht.

»Dann kannst du dir ja eine Affäre mit deinem heißen Kunden gönnen«, sagte sie spitz.

»Mein Kunde ist nicht … also gut. Er sieht schon interessant aus. Aber ich werd einen Teufel tun. Wer weiß, was der auf dem Kerbholz hat.«

Saartjie kicherte. »Ein Serienmörder ist er schon mal

58

nicht. Sonst säßest du jetzt nicht hier. Hat er verdächtige Aktivitäten am Cape Point gezeigt?«

»Immerhin hat er keinen Ton gesagt, als ich den kleinen Affen wegbringen musste, und sich erstaunlich geduldig gezeigt. Psychopathen tun so was. Sie warten so lange ab, bis du dich in ihren Fängen befindest. Erst dann schlagen sie zu.«

Jetzt lachte sie laut heraus. »Er könnte doch auch einfach nur ein nachsichtiger Mensch sein. Einer, dem es gefällt, dass du dich um verletzte Tiere kümmerst. Ich finde, du könntest ein bisschen mehr Vertrauen aufbringen.«

»Pah. Ich vertraue dir, meiner Familie und meiner zukünftigen Schwägerin. Aber doch keinem fremden Mann. Glaub mir, wenn ich die Wahl hätte, würde ich ihn vor dem Marriott Hotel absetzen und den Portier fragen, ob er nicht etwas anderes für ihn organisieren kann.«

»Mach's doch einfach.« Ein provokantes Lächeln spielte um Saartjies breiten Mund.

»Sprachen wir nicht gerade von deinem Arbeitsplatz? Der sicher sein muss?«

»Blöde Zicke.« Sie grinste.

»Dumme Kuh.«

»Hey!«

»Aua!« Ihr Faustschlag auf meinem Oberarm fiel heftiger aus, als ich erwartet hatte. »Morgen hab ich einen blauen Fleck!«

»Den kriegt dein Herr Psychopath ja sowieso nicht zu sehen«, erwiderte sie feixend.

»Echt mal, Saartjie. Warum sollte ich was mit ihm anfangen?«

»Ihr fahrt zusammen durch das Western Cape, ihr verbringt den ganzen Tag miteinander … da lernt man sich kennen. Bisher hast du nichts Negatives über ihn gesagt.«

»Das trifft auf ungefähr 99,9 Prozent der Weltbevölkerung zu!«

»Logik ist nicht deine Stärke, eh?«

»Logisch wäre, wenn ich meinen Job erledige und basta.«

»Wir werden sehen«, sagte sie und lehnte sich mit einem widerlich triumphierenden Grinsen zurück. »Eigentlich müsste er doch genau dein Typ sein.«

Pah. »Ich habe keinen Typen. Und kein Beuteschema.«

»Oh, guck mal«, raunte Saartjie plötzlich und beugte sich zu mir herüber. »Ich habe gerade diesen Peter gesehen. In Begleitung! Da hinten.«

»Was?« Verstohlen hielt ich Ausschau nach meinem Ex. Ich entdeckte ihn am anderen Ende der Terrasse, zusammen mit einer dunkelhaarigen Frau im eleganten Etuikleid und mit riesigen goldenen Kreolen.

Beide studierten die Getränkekarte. An der Hand der Frau prangte ein goldener Ring. Sicher der Ehering.

»Bestell mir noch einen Wein, ja?«, murmelte ich und stand auf.

Saartjie warf mir einen alarmierten Blick zu. »Was hast du vor? Sag nicht, dass du …«

»Nichts Besonderes. Ich sage ihm nur guten Abend.«

»Nein, Jenna!« Sie versuchte mich am Arm festzuhalten, doch ich war schneller. Mit wenigen Schritten erreichte ich Peters Tisch.

»Guten Abend, Peter«, hauchte ich mit zuckersüßer Stimme.

Er zuckte zusammen und sein Blick flog zwischen mir und seiner Begleitung hin und her, wie der eines Wildtieres, das in die Enge getrieben wird. »Jenna! Was …«

»Ich wollte euch nur einen guten Abend wünschen«, säuselte ich. Dann wandte ich mich der Frau zu, die die Augen weit aufriss. »Sie müssen Susan sein! Wie schön, Sie einmal persönlich kennenzulernen … Peter hat mir so viel von Ihnen erzählt.«

»Äh …«, machte Susan verdattert.

In Peters Gesicht stieg die Röte einer überreifen Erdbeere. »Jenna, es ist gut jetzt!«

»Alles klar, ich bin schon wieder weg.« Nonchalant winkte ihnen zu. »Einen schönen Abend noch, ihr beiden.«

Gelassen schlenderte ich an unseren Tisch zurück. Ihre Blicke waren zwischen meinen Schulterblättern zu spüren. Saartjie hielt sich eine Hand vor den Mund, um ihr Kichern zu unterdrücken.

»Oh mein Gott. Die werden jetzt aber wirklich einen tollen Abend haben …« Sie beugte sich vor zu mir und raunte: »Gerade zeigt sie mit dem Finger auf ihn, als wolle sie ihn damit erstechen … du müsstest sein Gesicht sehen …«

Befriedigt zog ich meinen Stuhl zurück, setzte mich und prostete ihr zu. »Mir reicht es vollkommen, mir das jetzt vorzustellen.«

»Du Hexe!«

KAPITEL FÜNF

CAMERON

Cameron legte die Kapsel in die Maschine, verschloss sie und drückte auf den Knopf. Ein vibrierendes Röhren ertönte, zu dem sich das Plätschern des Kaffees in die Tasse gesellte. Der Duft erfüllte sein Hotelzimmer, und er atmete ihn tief ein. Mit dem Badetuch um die Hüften und der Tasse in der Hand stellte er sich ans Fenster. Viel zu sehen gab es da nicht, die weiße Mauer, mit der das Grundstück eingefriedet war, der kleine Pool, und dahinter das Nachbarhaus. Nur der Himmel war sehenswert, wie er zum wiederholten Mal feststellte. Das tiefe Blau, durchzogen von weißen Wölkchen, die der Wind gemächlich vor sich hertrieb.

Sein Handy gab ein Anrufsignal und schlitterte durch die Vibration auf dem Nachttisch hin und her.

»Ja?«

»Hallo Boss.« Lynnies Stimme war trotz der Entfernung glasklar zu hören. »Wollte Ihnen nur berichten, dass

Ihr Büro renoviert wird. Und dass Scotland Yard nach Ihnen gefragt hat. Wie geht es Ihnen?«

»Was haben Sie denen gesagt?«, fragte er statt einer Antwort.

»Geschäftsreise nach Rio. Ich weiß aber nicht, ob sie's geschluckt haben.«

»Danke, Lynn.«

»Und Preston ist wirklich in Stellenbosch. Ich hab mich extra noch mal bei seiner Privatsekretärin erkundigt. Sie schuldete mir noch einen Gefallen, wissen Sie?«

»Ihre Beziehungen möchte ich haben!«

Lynn lachte auf. »Lieber nicht, Boss. Da sind so einige dabei … die möchten Sie nicht wirklich kennenlernen.«

»Leute, wie sie offenbar auch Robert gekannt hat …?«, sinnierte er.

»In der Art, schätze ich. Nur, dass ich nicht den Fehler mache, mich mit ihnen einzulassen.«

»Hat man schon etwas herausgefunden?«

»Wenn, dann haben sie nichts dazu gesagt. Die Bücher werden gerade vom Steuerberater ausgewertet. Die anderen Sachen sind beschlagnahmt.«

Die anderen Sachen. Dazu gehörte mit Sicherheit die kleine Pistole, die er in Roberts Hand gefunden hatte. Und die Kugeln, die die Wand am Tresor durchschlagen hatten. Cameron schüttelte sich in Gedanken an den Blutfleck neben seinem Schreibtisch.

»Bitte seien Sie vorsichtig, Lynnie. Ich fahre jetzt gleich nach Stellenbosch und sehe zu, dass ich Preston erwische. Wenn ich mit ihm gesprochen habe, melde ich mich wieder.«

»Ist alles in Ordnung mit Ihnen?«

»Den Umständen entsprechend.«

»Viel Glück!«

Zehn Minuten später stand er vor der Tür des Hotels.

Der Jeep bog um die Ecke und stoppte neben ihm. Jenna stieß die Beifahrertür auf. »Guten Morgen, steigen Sie ein.«

Er wuchtete den Koffer nach hinten und nahm neben ihr Platz. Ein Hauch ihres Duftes stieg ihm in die Nase, und er konnte den Impuls, näher an sie heranzurücken, nur schwer unterdrücken.

»Hi, Jenna. Auf nach Stellenbosch«, sagte er zu kurz angebunden, um es freundlich klingen zu lassen. Er entschärfte die knappe Ansage mit einem Lächeln.

Der schwere Wagen fuhr an, und sie wendeten. Langsam rollten sie bergab in Richtung Main Street. »Haben Sie einen Termin in Stellenbosch? Der Weg dorthin dauert höchstens eine Stunde. Wenn Sie möchten, könnten wir vorher noch die Pinguine von Boulders Beach besichtigen.«

»Ich möchte zeitig in Stellenbosch sein. Außerdem bin ich nicht zum Vergnügen hier«, entfuhr es ihm. Verdammt. Jetzt würde sie erst recht Fragen stellen!

Doch Jenna blieb ungerührt. Sie schürzte lediglich die Lippen. »Schon klar. Sachzwänge. Ich wünschte, Sie würden mir mehr darüber erzählen. Dann könnten wir eine passende Route ausarbeiten.«

»Wir hatten ausgemacht: Völlig flexibel, völlig spontan«, erinnerte er sie.

»Und in völligem Schweigen?« An einer roten Ampel stoppten sie, und Jenna fixierte ihn.

»Verzeihen Sie, dass ich keine Plaudertasche bin. Ich kann Ihnen über meine Pläne nichts sagen. Weil die sich täglich ändern können.«

»Aber vielleicht, wie es Ihnen heute geht, ob Sie schon gefrühstückt haben, wie Ihnen der gestrige Ausflug gefallen hat? All so was. Ihr Engländer versteht euch doch angeblich auf Small Talk.«

Er lachte auf. »Sind Sie sicher, dass Sie Wert darauf legen?«

»Ich lege Wert auf zufriedene Kunden. Wenn Sie lieber schweigen möchten, bitte.« Jetzt kniff sie die Lippen zusammen und beschleunigte beim Anfahren, bis die Reifen quietschten. Dann schaltete sie die Stereoanlage ein, und statt Beethoven erklang »Uptown Funk«. Jenna sprach den Rap leise mit, die Augen starr auf die Straße gerichtet.

Sie nahmen den Weg nach Fish Hoek, von wo aus sie auf die Küstenstraße an der False Bay einbogen. Rechts von ihnen das Meer, links erhoben sich Dünen. Der Wind trieb die Gischt der hohen Wellen bis zu ihnen, vermischt mit aufgewirbeltem Sand, der in kleinen Häufchen auf der Straße lag.

Kitesurfer schwebten über die weißen Wellenkämme, die kleinen Schirme hoch über ihnen malten bunte Tupfen in den Himmel, die im Rhythmus der Wellen auf- und ab tanzten. Die Surfer trugen lange Neoprenanzüge. Die Zuschauer am Strand langärmlige Jacken, einige sogar Mütze oder Kapuze.

Cameron hielt den Blick auf den Strand und das Meer gerichtet. Hinter Muizenberg öffnete sich plötzlich der Ausblick auf Kapstadt mit dem Tafelberg, der über dem Dunst des Meeres zu schweben schien. Ein majestätischer Anblick, der Cameron den Atem verschlug. Hinter jeder Kurve erschien das Bild erneut, jedes Mal ein wenig anders, aber jedes Mal von imposanter Schönheit.

Sie passierten die schmale Zufahrt zu einem Strandparkplatz, zu spät, als dass Cameron um einen Stopp bitten konnte. Doch dort vorn gab es schon den nächsten Strandzugang.

»Halten Sie bitte dort einmal an«, bat er und deutete auf das Schild, das den Weg zum Parkplatz wies. »Diese Aussicht ist grandios.«

Jenna schenkte ihm einen zweifelnden Blick und setzte den Blinker. »Sie sind ja direkt begeisterungsfähig«, erklärte sie spitz.

»Und ob. Wer wäre das nicht bei diesem Anblick?«

Sie bogen auf einen kleinen asphaltierten Parkplatz ein, von dem aus eine hölzerne Treppe hinunter zum Strand führte. An dieser Stelle war er völlig einsam. Außer Sand und Wasser gab es hier nur knorrige Äste und allerlei Treibgut, das sich am Meeressaum sammelte.

»Grandios.« Cameron öffnete die Tür und sprang aus dem Wagen.

»Kommen Sie sofort zurück!«, rief Jenna.

»Warum?« Er machte ein paar Schritte in Richtung der Treppe. Die Luft schmeckte salzig, der Wind wehte ihm die Meeresfeuchte ins Gesicht. Er schloss die Augen.

Das dumpfe Rumsen der Autotür ließ ihn aufschauen. Jenna stand neben ihm, die Augen blitzten vor Zorn. »Steigen Sie sofort wieder ein, Nick. Wir sind hier ganz allein, und …«

»Und was? Lassen Sie mich ein Foto machen.« Mit einer Hand fuhr er in die Hosentasche und holte das Handy heraus. »Lächeln Sie.«

»Verdammt, Nick.«

Doch er hatte schon den Blick aufs Display gerichtet und tippte auf die Kamerafunktion. Jennas Gesicht erschien auf dem kleinen Bildschirm, trotz ihres wütenden Gesichtsausdrucks umwerfend schön mit den geröteten Wangen und den Strähnen, die der Wind aus ihrem Pferdeschwanz gerissen hatte. Er drückte mehrmals ab und betrachtete das Ergebnis.

Ein schriller Schrei ließ ihn zusammenschrecken. War das Jenna? Er hob den Blick – und starrte direkt auf das riesige Jagdmesser, das eine zerlumpte Gestalt an Jennas

Hals hielt. Der Mann schaute mit unsteten schwarzen Augen zwischen ihnen beiden hin und her.

Cameron löste sich aus seiner Schockstarre und trat entschlossen auf den Mann zu. Weit kam er nicht, denn nun stürzte sich die Gestalt mit erhobenem Messer auf ihn. Cameron trat nach ihm, ohne ihn zu treffen, wich zurück.

Der Mann folgte ihm mit erhobenem Messer und stach dabei mehrmals nach ihm. Cam duckte sich unter dem Messer weg, so gut er konnte. Dann ging er zum Gegenangriff über. Mit einem entschlossenen Tritt vor die Brust des Angreifers brachte er Abstand zwischen sie. Der Kerl taumelte, fing sich aber sofort wieder. Cameron setzte ihm nach, griff nach dem Arm des Mannes, der das Messer hielt. Doch der riss sich los, stach mehrmals mit dem Messer in seine Richtung, und Cameron verspürte plötzlich einen scharfen Schmerz an der linken Schulter, der ihn aus dem Gleichgewicht brachte.

Jenna schrie auf und aus dem Augenwinkel sah er, wie sie neben ihn auf die Knie stürzte. Scheppernd fiel ihr Handy zu Boden.

Für eine Sekunde ließ er den Angreifer aus den Augen. Dieser bückte sich plötzlich eilig nach Jennas Handy, drehte ab und rannte davon.

Cameron setzte zu einem Spurt an, um ihm zu folgen, doch Jennas Stimme stoppte ihn. »Nicht! Es ist nur ein Handy, lassen Sie ihn!«

Er sah der zerlumpten Gestalt nach, die barfüßig die Straße überquerte und in die Dünen hinauflief, hockte sich dann neben Jenna und keuchte atemlos.

Jenna war schon wieder auf den Beinen, sie griff nach seiner Hand. Kreidebleich war sie im Gesicht.

»Alles in Ordnung?« Besorgt sah sie auf ihn herunter.

Obwohl seine Beine sich ziemlich weich anfühlten,

richtete er sich auf, behielt ihre Hand in seiner, und tauchte in ihren Blick ein. »Dasselbe müsste ich Sie fragen.«

Sie legte ihm impulsiv eine Handfläche an die Wange. Oh, wie kühl und zugleich warm und beruhigend. Er spürte seinen Herzschlag wieder.

»Mir geht es gut«, hauchte sie. »Kommen Sie.«

Er legte ihr einen Arm um die Schulter, sie umfasste seine Taille, und so stützten sie sich gegenseitig auf dem Weg zum Auto.

Noch im Laufen öffnete Jenna die Türen mit der Fernbedienung, die Schlösser klackten. Eilig stiegen sie ein, knallten die Türen zu und Jenna verriegelte sie von innen. Dann musterte sie ihn von oben bis unten, bevor sie sich mit geschlossenen Augen in den Sitz zurücklehnte und murmelte: »Sie sind verletzt.«

Ein brennender, stechender Schmerz durchfuhr ihn, und an der Schulter spürte er Feuchtigkeit. Es war Blut, das langsam durch sein T-Shirt sickerte.

JENNA

Mein Herz raste, und Schweiß stand mir auf der Stirn. Ungeachtet der Sonne, die den Innenraum des Jeeps erhitzte, fühlte sich alles kalt an. Ich konnte kaum den Zündschlüssel ins Schloss stecken, so sehr zitterten mir die Hände.

Der Motor sprang mit einem satten Brummen an, und die Klimaanlage nahm ihre Arbeit auf.

Verdammt, verdammt, verdammt. Nick starrte auf seine Schulter, an der das Blut hinunterlief. Dann wandte er sich mir zu, Erstaunen im Blick, die ozeangrünen Augen dunkel und starr.

»Sie bluten«, krächzte ich, überflüssigerweise. »Ziehen Sie das Hemd aus.«

»Erst mal weg hier.« Es war nur ein Flüstern. Die Lippen waren blutleer, genau so leer wie sein Blick, der ins Unendliche ging, ohne wirklich etwas wahrzunehmen.

Zusammenreißen, Darnes. Kuppeln, schalten, Gas geben. Blinker setzen. Langsam.

Wir fädelten uns wieder in den lebhaften Verkehr ein, der nur wenige Meter neben dem, was sich eben ereignet hatte, gleichmäßig weiter floss, ein Auto am anderen, geschäftige Menschen mit Terminen und Plänen, die nichts davon ahnten, wie nahe man hier dem Verderben war.

Nach Stellenbosch waren es nur noch dreißig Kilometer. Die Straße bog in einer langen Kurve Richtung Norden ab, weg vom Meer, hinein in die Vinelands. Ein Rastplatz tauchte vor uns auf, und kurzerhand steuerte ich darauf zu. Ein sicherer Ort, direkt an der befahrenen Straße. Hier würde uns niemand überfallen. Nick atmete hörbar auf, als wir anhielten. Oder war das ein Stöhnen?

»Sie haben Schmerzen«, konstatierte ich mit einem Blick auf sein blutgetränktes Shirt. »Lassen Sie mich das ansehen. Ich bringe Sie gleich zum Arzt.«

Anstatt zu protestieren wie erwartet, nickte er nur. Ich ließ die Fenster herunter, um etwas von der frischen Luft hineinzulassen, dann holte ich den Erste-Hilfe-Kasten aus dem Kofferraum.

Widerstandslos ließ er sich das T-Shirt über den Kopf ziehen. Es landete zusammengeknüllt im Fußraum. Die Wunde war nicht groß, ein kurzer Schnitt von vielleicht zwei Zentimetern. Das dünne Rinnsal aus Blut trocknete bereits langsam, und ich tupfte es vorsichtig mit einem alkoholgetränkten Tupfer ab. Am Oberarm hatte er zwei weitere blutige Schrammen.

Ich desinfizierte die frischen Wunden mit Jodspray. Er stöhnte auf. »Muss das sein? Das brennt!«

»Geht gleich vorbei.« Mit beiden Händen strich ich das sterile Wundpflaster über dem Schnitt glatt.

Doch was war das? Blaue Flecken, so weit das Auge reichte. An den Armen, am Hals. Kratzer, die älter schienen, etwas, das wie eine fast verheilte Platzwunde aussah. Sein Oberkörper war übersät von Verletzungen.

»Scheint nicht der erste Überfall zu sein, wenn ich mir so Ihren Oberkörper ansehe. Das da sieht stark nach einer Rippenprellung aus.« Meine Finger glitten über einen großen Bluterguss direkt unter dem Brustmuskel, und er zuckte zusammen. Himmel, wie durchtrainiert er war. Unter der glatten Haut war das Spiel seiner Muskeln zu spüren, ein dezentes Sixpack zierte seinen Bauch. Gerne wäre ich mit der Hand länger darauf verweilt.

»Ein Unfall, kein Überfall.« Nick mied meinen Blick. War es ihm peinlich, darauf angesprochen zu werden?

»Hat ein Lastwagen Sie überrollt? Bei Ihrem Leichtsinn würde mich das nicht wundern.«

»Bitte Jenna«, stöhnte er. »Mir ist nicht nach Scherzen zumute. Könnten wir jetzt weiter fahren? Und danke übrigens.«

»Schon gut. Ich hole Ihnen ein T-Shirt aus dem Koffer.«

»Nein, nicht nötig!«

»Doch. So können wir nirgendwo hin.«

»Sie haben recht. Bitte das dunkelblaue. Liegt obenauf.«

Ich reichte es ihm, und er zog es ohne Hilfe über. Ein flüchtiges Lächeln glitt über sein Gesicht. Es brachte die lähmende Kälte in meinem Körper zum Verschwinden.

»Es tut mir leid. Ich hätte wohl besser auf Ihren Rat hören sollen«, murmelte er, gerade in dem Moment, als ich zu einer gepfefferten Standpauke ansetzen wollte.

Überrumpelt erwiderte ich: »Entschuldigung angenommen. Ich hätte Sie vielleicht eher warnen sollen.«

Er nickte müde. »Vielleicht.«

Für eine Weile schwiegen wir.

»Was hat es denn nun mit Ihrem Unfall auf sich?«, unterbrach ich schließlich das gleichmäßige Brummen des Motors.

»Was soll es damit auf sich haben? Es ist passiert, basta.«

»Und was genau?«

»Sie sind zu neugierig.«

»Ich mache nur Small Talk.«

»Das ist ein Verhör, kein Small Talk. Befragen Sie alle Ihre Kunden so?«

»Nur die mit Rippenprellungen und Hämatomen.«

Wenigstens brachte ich ihn damit zum Lachen, obwohl er dabei Schmerzen zu haben schien, wie sein Fluch »Au, verdammt« nahelegte. Warum war mir das bisher nicht aufgefallen?

»Es war ein ganz ordinärer Autounfall«, sagte er.

»Sorry, sooo genau wollte ich es gar nicht wissen.«

»Wollten Sie doch!«

Ich musste grinsen. Der Schrecken von eben zog sich zurück und schwächte sich ab. Er saß jetzt nur noch in der Magengegend und in entlegeneren Hirnwindungen. Bald konnte ich wieder klar denken.

An der nächsten Kreuzung bog ich links zum Zentrum von Stellenbosch ab. »Wir fahren zu Dr. DuToit. Vielleicht muss das genäht werden.«

»So tief ist die Wunde nicht. Ich brauche keinen Arzt, sondern einen Whisky. Oder besser zwei.«

Meine Augenbrauen wanderten in die Höhe. »Um diese Uhrzeit? Warten wir besser ab, was der Doc sagt.«

»Sie können es nicht lassen, einen herumzukommandieren, was?«

»Es ist nur zu Ihrem Besten. Sie sind mein Kunde, ich bin für Sie verantwortlich.«

Er stöhnte theatralisch und verdrehte die Augen. »Also gut. Wenn es Sie beruhigt …«

»Sie könnten dort auch gleich ein Schmerzmittel bekommen und etwas für Ihre Hämatome. Doktor DuToit ist ein sehr kompetenter Arzt.«

»Ich habe noch einen Termin heute.«

»Wären Sie nicht so leichtsinnig gewesen, wäre es kein Problem gewesen, den einzuhalten. In diesem Zustand können Sie doch nirgendwo hin. Sie sind immer noch ganz blutig. Ich bringe Sie zum Arzt und danach auf Darnes Manor. Wir haben dort seit neuestem ein Gästehaus. Dort können Sie sich auskurieren.«

»Wer ist ‚wir‘?«

»Meine Familie. Darnes Manor ist unser Weingut. Ich habe im Gästehaus schon ein Zimmer für Sie reservieren lassen. Keine Gemeinschaftsduschen, WLAN auf dem Zimmer, Fernseher, Bad, Fön und alle Annehmlichkeiten.«

Sein nachdenklicher Blick glitt an mir auf und ab, die Finger strichen über seinen Bart. »Darnes Manor. Soso.«

»Dort könnten Sie sich auch rasieren.«

»Gefällt Ihnen mein Bart nicht?«, erkundigte er sich mit einem spöttischen Grinsen.

»Ich fürchte nein. Aber Sie werden sicher keine Rücksicht auf meinen Geschmack nehmen. Und da ist ja auch noch Ihre Naht im Gesicht …«

Instinktiv fasste er sich ans Jochbein. »Für Sie würde ich mir den Bart abnehmen. Vielleicht. Schließlich haben Sie mich heute gerettet. Ich schulde Ihnen zum Dank etwas.«

»Wie wäre es mit einem neuen Handy?«

»Abgemacht. Aber sperren Sie um Himmels Willen Ihr altes.«

»Und der Bart?«

»Wir werden sehen.«

KAPITEL SECHS

CAMERON

Zwei Stunden später war der Schnitt in seiner Schulter frisch desinfiziert und verpflastert. Aus der Naht am Jochbein hatte Dr. DuToit die Fäden gezogen und dabei halblaut vor sich hin geschimpft, dass Cameron das nicht schon letzte Woche hatte machen lassen.

Jenna parkte den Jeep im Parkhaus des Einkaufszentrums. Beim Aussteigen betrachtete sie ihn kritisch. »Sie sehen besser aus.«

Das war nur äußerlich. Er sehnte sich immer noch nach einem Glas Whisky und hätte einiges darum gegeben, seine schmerzenden Glieder auszustrecken. Aber Jenna bestand unerbittlich auf der Anschaffung neuer Mobiltelefone. Sein Handy war beim Sturz am Strand zu Boden gefallen, es ließ sich nicht mehr anschalten und das Display war gesprungen. Und Jennas Smartphone befand sich jetzt in den schmierigen Händen dieses miesen kleinen Verbrechers. Cameron fragte sich, was er damit anfangen würde. Telefonieren? Verkaufen? Oder verbrennen und die Rohstoffe verticken?

Wie arm musste man sein, um sich mit einem Handy als Beute zufriedenzugeben?

Das Einkaufszentrum sah exakt so aus wie die Shopping Mails, die er aus London, Berlin und Paris kannte. Vielleicht war es ein wenig kleiner, doch all die weltweit bekannten Ladenketten waren auch hier vertreten.

Sie betraten den Handy-Shop, der ebenfalls mit jedem Shop in Mitteleuropa hätte mithalten können, und erstanden zwei Mobiltelefone mit allem Drum und Dran. Kurz brach Cameron der Schweiß aus, als der superfreundliche Verkäufer seinen Reisepass sehen wollte und seine Kreditkarte durch den Scanner zog. Doch das gab sich, nachdem der junge Schwarze dem Computerdisplay zustimmend zunickte und »alles okay, Mr Jameson« sagte.

Er bemühte sich, nicht allzu offensichtlich aufzuatmen, und setzte ein Lächeln auf, das der Verkäufer umgehend erwiderte.

Beim Verlassen des Geschäfts hakte Jenna ihn vertraulich unter. »Und jetzt gehen wir zu mir«, verkündete sie mit einem schelmischen Grinsen.

Sie hatte keine Ahnung, welche Assoziationen sie damit weckte. Verdammt angenehm, aber auch verdammt ungelegen waren diese Bilder in seinem Kopf, sie und er …

Zuversichtlich schritt sie aus und zog ihn mit sich, zurück ins Parkhaus, hinein ins Auto.

»Sie wohnen also in Stellenbosch?«, fragte er.

»Sagte ich doch. Darnes Manor. Das ist mein Elternhaus. Normal wohne ich in Kapstadt.«

»Ich muss ins … Scheiße!« Ihm wurde bewusst, dass er soeben alle Daten seines Smartphones verloren hatte – darunter die Adresse des Hotels, in dem Preston residierte.

»Was ist?« Jenna bog auf die Ausfallstraße ab, die hinaus in die Vinelands führte.

»Alle Daten sind weg.«

Sie machte ein verächtliches Schnaubgeräusch. »Da sind Sie in bester Gesellschaft.«

»Das ist kein Trost.«

»Das lässt sich alles wiederherstellen. Ihre Gesundheit ist jetzt wichtiger. Ich hörte etwas von Rippenprellung.«

»Die Sie auch gleich haben werden, wenn Sie weiter die Besserwisserin spielen.«

»Erlauben Sie mal! Mister Jameson!« Jenna boxte ihn in gespielter Empörung auf den Oberarm. »Oh, Entschuldigung. Ich vergaß«, schob sie hinterher, als er schmerzlich aufstöhnte.

»Ich sollte Sie übers Knie legen«, knurrte er. Was war das für eine impertinente Person? Jetzt lachte sie auch noch.

»Versuchen Sie's einfach. Aber wundern Sie sich nicht über das Echo«, fauchte sie.

Raubkatze, Krallen ausfahren. Das war ihre Taktik. Aus irgendeinem vermaledeiten Grund fand er das anregend. Victoria fuhr nie die Krallen aus. Die sagte irgendetwas wie »Mein Lieber, soll ich dir einen Tee bringen lassen?« Genausogut hätte sie sagen können, man solle ihm sein Valium bringen, damit er sich nicht unnötig aufrege. Warum nur verzog er jetzt das Gesicht?

Jenna schien seine Grimasse gesehen zu haben und grinste. »Ich sag es ungern, aber – ich habe eine Schusswaffe dabei.«

»Die hätten Sie vorhin ziehen sollen!«, fuhr er auf.

Sie zuckte die Schultern. »Tut mir leid. Aber ich war zu perplex, als der Typ neben mir stand. Das Ding liegt im Handschuhfach.«

Tatsache. Ein Griff, und das kleine Modell lag in seiner

Hand. Er bewegte es hin und her. Es war eine ähnliche Pistole wie seine eigene Waffe, die man bei Robert gefunden hatte. Erinnerte ihn denn alles an diese grauenvolle Nacht? Er versuchte, die Bilder wegzuwischen, die sich vor ihm aufbauten, und sich auf das zu konzentrieren, was vor ihm lag.

»Vorsicht, sie ist geladen. Legen Sie sie lieber weg. Bei Ihrem Glück schießen Sie sich sonst noch ins Knie.«

Sie hielt ihn für einen Pechvogel. Nun, in gewisser Weise stimmte das auch. Jedenfalls in letzter Zeit. Nichts schien ihm mehr zu gelingen. Den großen Auftrag der Kosmetikfirma hatten sie an die Konkurrenz verloren. Dann die Sache mit der Buchhaltung. Und jetzt war Robert tot und er selbst auf der Flucht. Glück sah anders aus.

Wenigstens hatte er Jenna Darnes neben sich. Sie war ein echter Lichtblick, trotz ihrer rotzigen Art und ihrer praktischen Klamotten und ihrer ungeschminkten Sprüche. Er wünschte, sie wäre etwas zugänglicher. Gleich darauf schalt er sich dafür. Er durfte sich das nicht wünschen. Schließlich hatte er Victoria. Ach ja – er musste daran denken, sich bei ihr zu melden. So schwer ihm das auch im Moment fiel.

»Es macht keinen guten Eindruck, wenn Sie mit einer geladenen Waffe in die Polizeiwache hineinspazieren«, sagte Jenna in seine Gedanken hinein.

»Keine Polizei!«

Ihr Kopf ruckte herum, die Augen aufgerissen. »Aber der Überfall –«

»Nein, bitte. Was soll das bringen? Ein zerlumpter Bettler, der uns ein Handy abgezogen hat. Mehr ist doch nicht passiert. Ich würde ihn noch nicht mal wiedererkennen, wenn ich ihn sehe.«

»Es muss doch angezeigt werden. Vielleicht hat er das schon öfter gemacht.«

»Das können wir uns sparen. Wir sitzen uns den Hintern auf der Wache breit, müssen stundenlange Verhöre über uns ergehen lassen, während mein Termin … nun ja. Es bringt absolut nichts.«

Hatte er sie überzeugt? Es durfte nicht sein, dass sie auf der Wache seinen Pass näher in Augenschein nahmen! Die Kehle wurde ihm eng.

»Sie sind verletzt. Wir wurden mit einem Messer bedroht, mit dem man einen Bullen abschlachten könnte.«

»Hören Sie, Jenna. Ich habe diese Tour nicht gebucht, damit offizielle Seiten von meiner Anwesenheit hier erfahren. Verstehen Sie? Verdammt, wie soll ich es ausdrücken!«

Jenna steuerte den Wagen in eine Parkbucht auf der Dorp Street. Mit einer scheuchenden Handbewegung vertrieb sie zwei Parkwächter in gelben Warnwesten, die diensteifrig auf sie zueilten. Dann drehte sie sich zu ihm um, die Stirn gerunzelt, die Augen schmal.

»Versuchen Sie's einfach mal mit der Wahrheit«, zischte sie.

Es war schwierig, ihrem Blick standzuhalten. Ihre blauen Augen bohrten sich in seine, und ihm kam es vor, als würde sie ihn laserscharf zu durchleuchten versuchen. »Ich möchte einfach keine Komplikationen. Nicht noch mehr, als es ohnehin schon sind. Mein Termin heute droht zu platzen, und der ist existenziell wichtig für mich. Was bedeutet da schon ein bitterarmer Bettler, der ein Smartphone erbeutet hat. Was haben Sie davon, wenn Sie mich jetzt auf die Wache schleppen?«

Sie lehnte sich zurück in ihren Sitz, verschränkte die Arme und starrte aus dem Fenster. Genau diese Reaktion hatte er vermeiden wollen. Er stützte die Ellenbogen auf die Knie und den Kopf in beide Hände.

»Sie haben recht«, sagte sie zögernd. Immer noch

schmallippig. »Dieser Tag sollte angenehmer enden, als er angefangen hat. Aber dafür schulden Sie mir was.«

»Was Sie wollen«, erwiderte er.

»Die Wahrheit. Ich möchte irgendwann die Wahrheit wissen. Wenn Sie nicht mehr in Schwierigkeiten stecken.«

Niemand wünschte sich dringender als er selbst, dass dieser Moment bald käme. Doch danach sah es nicht aus. Laut sagte er: »Ich fürchte, dieser Augenblick ist noch lange nicht gekommen.«

Sie bogen auf eine breite Auffahrt ein, gesäumt von geschwungenen Mauern zu beiden Seiten. Am Eingangstor stand »Darnes Manor«. Ein heckengesäumter Kiesweg führte auf das zweistöckige Haus im kapholländischen Stil zu. Daneben erkannte man eine Tordurchfahrt mit Scheunen und Nebengebäuden.

Jenna steuerte den Wagen durch die Durchfahrt auf den Hof. »Kommen Sie. Ich glaube, wir werden erwartet.«

Eine dunkelhaarige Frau in Jeans und kariertem Hemd kam auf sie zu und strahlte. Jenna und sie fielen sich in die Arme. »Anny! Darf ich dir unseren Gast vorstellen? Das ist Nicholas Jameson, mit dem ich gerade zu einer Tour durch das Western Cape unterwegs bin.«

»Wie schön, dass ihr bei uns halt macht. Mr Jameson, herzlich Willkommen. Ich bin Anny Sharpe. Sie können Ihr Zimmer sofort beziehen.«

»Sie ist meine zukünftige Schwägerin«, erläuterte Jenna. »Wo ist eigentlich William?«

»Unterwegs im Wein, zusammen mit Steven. Sie wollen die Reben spritzen.«

Anny führte sie zu einer Scheune, die zu einem Weinbistro umgebaut worden war. Helle Sonnenschirme und

Korbmöbel standen auf der Terrasse davor, jeder Tisch war mit einem kleinen Blumenstrauß geschmückt. Einige Tische waren bereits jetzt besetzt mit Gästen, die ein Weinglas vor sich hatten.

»Ihr seht mächtig erschöpft aus. Ich lasse euch einen Kaffee bringen«, sagte Anny und winkte eine sehr junge schwarze Bedienung herbei, die schüchtern lächelnd an ihren Tisch kam und ein Tablett mit drei Gläsern und einer Karaffe voll augenscheinlich selbstgemachter Limonade abstellte.

»Hi Lala. Gut siehst du aus«, sagte Jenna.

Das Mädchen lächelte. »Danke. Es geht auch schon viel besser. Was wollt ihr trinken?«

Cameron bat endlich um seinen Whisky, was das junge Mädchen ohne jede Regung zur Kenntnis nahm.

Anny beobachtete ihn aufmerksam. Dann schweifte ihr Blick zu Jenna. »Irgendwas ist los mit euch«, stellte sie fest.

»Wir wurden überfallen«, erklärte Jenna lapidar.

Anny schlug sich die Hand vor den Mund.

Cameron fluchte innerlich. War sie die Nächste, die ihn zur nächsten Polizeiwache schleppen wollte?

»Erzählt!«, verlangte Anny und nahm einen großen Schluck von der selbstgemachten Limonade.

Bitte nicht, flehte er innerlich, doch Jenna schilderte das ganze Geschehen in epischer Breite.

Zu seiner Überraschung erwähnte Anny die Polizei mit keinem Wort. Sie schüttelte nur mehrmals den Kopf und legte Jenna tröstend die Hand auf den Arm. »Ich musste mich an diese Kriminalität auch erst mal gewöhnen. Gerade haben sie hier in Stellenbosch einen Weingutsbesitzer erschossen. Wir stehen alle noch unter Schock. Es ist furchtbar, wie sehr solche Verbrechen bei uns an der Tagesordnung sind.«

»Trotzdem möchte ich nirgendwo anders leben«, sagte Jenna nachdenklich.

»Nein, ich auch nicht mehr«, erwiderte Anny und lächelte. Ihre Wangen färbten sich zart rosa. Sie hauchte Jenna einen Kuss auf die Wange. »Und das liegt auch an dir.«

Darnes Manor war in der Tat ein lebenswerter Ort, fand Cameron. Die Landschaft, die hier anders als am Cape Point aus lieblichen Hügeln voller Weinstöcke bestand, umrahmt von Bergen, der Himmel darüber und die Freundlichkeit und gute Laune der Menschen ringsherum. Jenna als zukünftige Schwägerin. Auch auf ihn übte die Gegend und die Atmosphäre des Weinguts einen Reiz aus. Nur, dass er diesem nicht nachgeben durfte.

Lala servierte ihnen ein leichtes Mittagessen unter den Sonnenschirmen. Ein delikater Duft nach Butter, Zitronenschale und einem Hauch Knoblauch entstieg den Tellern, auf denen zarte Gnocchi mit Thunfisch und Kapern dampften. Cameron lief das Wasser im Mund zusammen.

»Das riecht fantastisch«, stellte er fest.

Jenna lächelte. »Es schmeckt auch so. Eine Spezialität des neuen Kochs. Er hat drei Jahre in Italien gearbeitet. Greifen Sie zu.«

Das ließ er sich nicht zweimal sagen.

Eine Schar Touristen stieg aus einem Kleinbus und sah sich staunend auf dem Gut um.

»Ihr Bus?«, erkundigte Cameron sich und zeigte auf das Logo »Capetown Wonders«.

Jenna schüttelte den Kopf. »Ein Busunternehmen, mit dem wir zusammenarbeiten. Sie fahren für uns.«

»Ich mag den Namen Capetown Wonders. Bin gespannt, welche Wunder Sie mir so alles zeigen werden.«

Anny, die ihnen beim Essen Gesellschaft leistete, und

Jenna lächelten und tauschten einen einverständlichen Blick. »Das, was Sie zu sehen wünschen«, bemerkte Jenna.

Daran zweifelte er. Es gab etwas, das er sehen wollte, und das sie ihm auf keinen Fall zeigen würde. Sie selbst. Nackt. Oh verdammt. Er musste aufpassen, was er sagte. Und auf seine Gedanken achten. Darauf noch viel mehr.

»Ich zeige Ihnen am besten jetzt Ihr Zimmer«, sagte Anny, als er das Besteck zurück auf den Teller legte und einen abschließenden Schluck von dem Weißwein nahm. »Sieht so aus, als ob Sie eine kleine Pause vertragen könnten, nach all der Aufregung.«

»Dankeschön. Hat das noch einen Moment Zeit? Ich muss zuerst noch etwas erledigen. Wäre es möglich, dass Sie mir ein Taxi rufen?«

Er ignorierte Jennas fragenden Blick. Anny nickte nur, schlug aber vor, wenigstens zuerst das Gepäck heraufzubringen. Damit erklärte er sich einverstanden. Auf die paar Minuten kam es nicht an.

Anny ging ihm voraus über eine hölzerne Stiege, deren Stufen unter ihren Schritten sanft knarzten. Ein schmaler Flur schloss sich an, ein orientalisch aussehender Läufer dämpfte hier die Schritte. Vor einer der hölzernen Türen blieb Anny stehen und legte die Hand auf die Klinke aus Messing.

»Bitte sehr.« Sie lächelte und öffnete schwungvoll die Zimmertür.

Es duftete nach gewachstem Holz und frischer Farbe. Schlichte weiße Wände, dunkle Balken an der Decke und ein einladend großes Bett mit geschnitztem Betthaupt aus Eichenholz. Es kostete ihn sämtliche Willenskraft, sich nicht sofort darauf fallenzulassen.

»Danke Ihnen, das ist sehr einladend.«

Anny lächelte. »Freut mich. Ich wünsche Ihnen eine

gute Zeit.« Dann verließ sie den Raum und schloss leise die Tür hinter sich.

Seufzend legte Cameron den Koffer ab, setzte sich aufs Bett und stellte als Erstes die Daten seines WhatsApp-Accounts wieder her. Das war einfacher, als er erwartet hatte, und so fand er schnell Lynnies Nachricht mit der Adresse des Hotels. Und dazu ein Dutzend WhatsApps von Victoria.

Wo bist du? Die Polizei hat nach dir gefragt.
Bitte antworte. In Rio bist du nicht!
Was ist los mit dir? Ich mache mir Sorgen!

Und so weiter und so fort. Er verfasste eine nichtssagende Antwort, die sie hoffentlich für die nächsten 48 Stunden ruhigstellen würde, und schaltete dann die Benachrichtigungen aus.

Vom Hof klang ein Hupen herauf. Cameron verließ das Gästehaus und bestieg das Taxi, das direkt vor dem Eingang wartete.

»Oude Werf Hotel bitte.«

Das Hotel lag mitten im Stadtzentrum in der Church Street, ein viktorianisches Haus mit Vorgarten und altmodischen Sprossenfenstern. Erst beim Betreten entdeckte er den eleganten Kronleuchter im Foyer, die gemütlichen Sessel, die Rezeption aus dunklem Holz und die unzähligen Bilder aller Epochen an den Wänden. Ein dicker Teppich dämpfte die Schritte und das Knarzen des Parkettbodens.

Die Rezeptionistin schüttelte bedauernd den Kopf, als er nach Rechtsanwalt Preston fragte. »Er ist vorhin abgereist.«

»Wissen Sie, wohin?«

»Ich fürchte, das darf ich Ihnen nicht verraten.«

Cameron mahnte sich zur Ruhe. Aus der Hosentasche holte er ein paar Geldscheine heraus und schob sie über den Tresen. Es mussten um die hundert Rand sein. »Vielleicht kann ich Ihrem Gedächtnis doch ein wenig auf die Sprünge helfen? Sie würden mir damit einen sehr großen Gefallen tun.«

Die Rezeptionistin sah nach rechts und links und steckte das Geld eilig und mit einem verschwörerischen Grinsen ein. Dann beugte sie sich zu ihm vor. »Mr Preston wollte überraschend nach Oudtshoorn. Er erzählte mir etwas von einer Mischung aus privat und geschäftlich. Ich soll ihm seine Post nachschicken, wenn er mir das Hotel genannt hat. Er scheint aber noch nicht angekommen zu sein. Ich kann Ihnen also nicht sagen, wo Sie ihn dort finden können.«

Oudtshoorn. Warum nur ging Preston nicht an sein verficktes Handy?

Eilig wandte Cameron sich ab, warf ein »Danke!« über die Schulter und ließ sich wieder ins Taxi fallen. Fuck! Ausgerechnet jetzt hatte er zugesagt, einige Tage hierzubleiben!

KAPITEL SIEBEN

JENNA

»Hast du ein wenig Zeit?«
»Ein wenig. Die Gästeliste ist fertig, aber ich muss noch die Einladungen in Auftrag geben. Herrgott, bin ich aufgeregt!« Anny drückte mich an sich.

»Ich freue mich so für euch.«

»Süß von dir. Komm, noch einen Wein?« Anny zog mich an der Hand auf die kleine Terrasse vor unserer Küche. »Dein Dad ist mit William unterwegs, den kannst du heute Abend begrüßen.«

»Ich weiß nicht, ob ich heute noch fahren muss. Nick, also mein Kunde ... er ist immer auf dem Sprung.«

»Ach was. Er wirkte völlig fertig auf mich. Der ist froh, wenn er sich nachher gleich hinlegen kann. Wo soll der jetzt noch hin wollen?« Anny öffnete den Kühlschrank und holte einen Chardonnay heraus. »Guck mal hier. Von unseren Nachbarn. William ist ganz neidisch.«

»Überredet.« Es ist so leicht, verführt zu werden, dachte ich bei mir.

Sie streckte mir ein Glas hin und schenkte ein.

»Wie ist dieser Mr Jameson denn so?«, wollte sie nach dem ersten Schluck wissen.

»Warum interessiert dich das? Er ist nur ein Kunde.«

Ihre dunklen Augen musterten mich abwägend. »Er scheint das anders zu sehen.«

»Ein Kunde mit Sonderkonditionen«, verbesserte ich mich.

Das brachte sie zum Kichern. »Ich frag jetzt besser nicht, wie diese ‚Sonderkonditionen‘ aussehen, oder?«

»Nicht was du denkst. Um Gottes Willen. Er zahlt mir einen Haufen Geld dafür, dass er die Route bestimmt und niemand anders mitfährt.«

Sie wog den Kopf und nahm einen Schluck Wein, den sie zuerst langsam im Mund hin- und herbewegte. Mit geschlossenen Augen schluckte sie ihn herunter. »Mmh. Der ist lecker.«

Doch ihre Aufmerksamkeit galt mir. Ihr abwägender Blick bereitete mir Unbehagen. »Er sieht dich so an«, stellte sie fest.

»Wie – so?«

»Na so eben. Wie Männer halt gucken, wenn sie eine Frau gut finden.«

Ich lachte auf. Natürlich. Mr Rastlos-Jameson stand auf mich. Ja klar. »So ein Quatsch.«

»Wäre das so schlimm?«

»Wenn er eine Abfuhr vertragen kann, nicht. Ich mag keine Bärte.«

»Bärte kann man abrasieren.«

»Ich mag keine Männer mehr. Bart hin oder her.«

»Okay, letztens hattest du Pech. Hab ich mitbekommen. Aber …«

»Nichts aber. Es ist nicht das erste Pech, das ich hatte. Aber ganz bestimmt das letzte. Mit meinem Bruder magst du ja Glück gehabt haben. Aber für mich ist das nichts. Für ein bisschen Sex brauche ich nicht gleich eine Beziehung. Das ist vorbei.« Das klang schlimmer als ich vorgehabt hatte. Herrgottnochmal!

»Wie schade. Mir gefällt dieser Mr Jameson. Er hat eine ruhige Art. Angenehm.«

»Du willst mir doch jetzt nicht diesen Typen aufschwatzen. Er ist schuld, dass wir überfallen wurden! Ist einfach am Strand ausgestiegen, ohne Rücksicht auf Verluste. Und er verschweigt mir was. Ich habe noch nicht herausbekommen, was es ist. Aber irgendwas stimmt bei ihm nicht. Darauf lasse ich mich nun wirklich nicht ein!«

»Mir kam er ganz normal vor. Abgesehen von dieser Verletzung und dem Schock, den euch beiden das versetzt haben muss.«

»Ha. Normal. Er will mir noch nicht einmal sagen, was er das für einen rätselhaften Termin heute hat, den er angeblich versäumt. Ganz zu schweigen von seinen wirklichen Zielen. Ich habe keine Ahnung, wo er morgen oder übermorgen hin will und warum.«

Anny drehte den Stiel ihres Weinglases in den Händen. Der Wind trug den Duft der allerersten Rosen zu uns herüber. Ich schilderte ihr, wie er in mein Büro gekommen war, gerade nachdem wir den Brief mit der Mieterhöhung geöffnet hatten.

»Ich wäre doch doof gewesen, diesen Auftrag abzulehnen. Das war genau das, was wir gerade brauchen«, schloss ich.

»William hätte dir auch Geld leihen können.«

Ich schüttelte den Kopf. »Nein. Verdientes Geld ist besser als geliehenes.«

»Aber er ist dir suspekt. Dabei hat er durchaus so eine Art …« Anny grinste. »Ich glaube nicht, dass er etwas

Schlimmes vorhat. Außer du findest es schlimm, wenn er dich anbaggert.«

»Er baggert nicht. Ach, ich weiß auch nicht.«

»Du kennst ihn jetzt drei Tage. Das ist nichts. Warte einmal ab.«

»Worauf soll ich warten? Ich will nichts von ihm, er will nichts von mir. Ich möchte nur meinen Job gut erledigen.«

Annys zweifelnder Blick sagte mir, dass sie mir nicht glaubte. Was sollte ich mit einem Touristen, so hinreißend sein Lächeln auch sein mochte? Mit einem Typen, der offensichtlich Geheimnisse hatte und der uns ständig in Schwierigkeiten brachte? Und der sich in Kürze wieder auf die andere Seite des Erdballs begeben würde?

Der rhythmisch knirschende Kies auf dem Weg zur Terrasse kündigte einen Besucher an. William trat zu uns, und Anny fiel ihm um den Hals. Gott, war das rührend, wie verliebt die beiden waren. Sie sahen so glücklich aus. Fast war ich ein bisschen neidisch.

Sie lösten sich voneinander, und mein Bruder umarmte mich. »Schön, dass du da bist. Wir könnten heute Abend grillen. Dad ist guter Dinge!«

»Gottseidank. Darf ich meinen Gast mitbringen?«

»Frag nicht so dumm. Natürlich.«

Er setzte sich mit einem Glas Wein zu uns und erkundigte sich, wie es mir in den letzten Wochen ergangen war.

»Abgesehen davon, dass wir heute früh beraubt wurden und ich gerade eine fette Mieterhöhung für den Laden bekommen habe, geht es mir gut.«

Williams Augen weiteten sich. »Beraubt?«

Ein weiteres Mal wiederholte ich die Geschichte. »Aber bitte erzähl Dad nichts davon, er macht sich sonst unnötig Sorgen.«

»Unnötig, sagst du? Ich finde die absolut nötig«, schimpfte William. »Du hast die wichtigsten Sicherheitsvorkehrungen außer Acht gelassen. Warum hältst du auf einem einsamen Parkplatz?«

»Weil der Kunde König ist. Und weil ich nicht den blassesten Schimmer hatte, dass er aussteigen würde. Und weil ich ihn gewarnt habe, nicht auszusteigen. Was kann ich dafür, wenn er so dickköpfig ist?«, blaffte ich.

»Und den willst du heute Abend also mitbringen. Den dickköpfigen König Kunde.« William warf mir einen prüfenden Blick zu.

»Er ist allein hier. Warum sollten wir ihm nicht ein wenig Gesellschaft bieten? Immerhin zahlt er gut.«

»Soso«, machte er. Und dazu ein ungläubiges Gesicht. »Weil er gut zahlt.«

»Was ist bloß mit euch los? Ich biete meinem Kunden das Beste vom Besten, weil es mein Job ist.« Herrgott noch mal. Was glaubten sie denn? Dass ich ihm schöne Augen machte?

William sandte einen gottergebenen Blick zum Himmel. »Schon klar, Schwester. Du machst einen Superjob.«

»Pff. Kann er nun kommen oder nicht?«

»Jetzt hast du mich so neugierig gemacht, dass er sogar kommen *muss*.«

Zwei Stunden später klopfte ich an seine Zimmertür. Draußen brach langsam die Dämmerung herein, die Schatten auf den Weinbergen wurden immer länger und krochen allmählich die Berghänge hinauf und tauchten sie in tiefes Schwarz. Von draußen wehte der Duft der glühenden Holzkohle auf dem Grill herein, ein Signal, das mir das Wasser im Mund zusammenlaufen ließ.

»Nick! Sind Sie da?«

Dumpf klang es hinter der Tür »Moment!«

Dann öffnete sich die Tür ruckartig, und mir blieb der Mund offen stehen. Der Mann trug nichts als Boxershorts! Instinktiv heftete ich den Blick auf seinen muskulösen Oberkörper mit dem breiten Pflaster an der Schulter, blieb an definierten Bauchmuskeln hängen, schaute dann eilig weiter nach oben, bis ich in sein Gesicht sah. Ein ozeangrünes Schmunzeln. Verstrubbelte Haare. »Verzeihung. Ich habe gerade versucht, ein Nickerchen zu machen. Kommen Sie herein.«

Er trat einen Schritt zurück und hielt mir die Tür auf.

»Ich wollte nicht stören. Aber wir grillen heute Abend, und vielleicht haben Sie ja Lust, sich anzuschließen? Es gibt Springbock, Hühnchen und gegrilltes Gemüse.«

»Kommen Sie schon rein.«

Oh. Ich stand immer noch in der Tür. Zögernd setzte ich einen Schritt in sein Zimmer. Er schloss die Tür hinter uns und nahm eine Jeans von dem Sessel am Fenster, die er sich überstreifte. Trotz seiner Verletzungen waren die Bewegungen geschmeidig. Mir blieb gar nichts anderes übrig, als auf seine Hände zu starren, die den Reißverschluss und Hosenknopf schlossen.

»Was ist?«, fragte er belustigt. »Haben Sie noch nie dabei zugesehen, wie ein Mann sich ankleidet?«

Ich musste einen Kloß im Hals wegräuspern. »Sie erwarten nicht ernsthaft eine Antwort auf diese Frage.«

Zu meinem heimlichen Bedauern streifte er ein schneeweißes T-Shirt über und zog es an seinem bewunderungswürdigen Bauch herunter. Dabei erwiderte er grinsend: »Interessieren würde es mich schon.«

Himmel noch mal. Flirtete er da mit mir? Ich verschränkte die Arme vor der Brust und lehnte mich an den Türrahmen. »Mich interessiert, ob Sie nun heute Abend mit uns essen oder nicht.«

Er trat einen Schritt näher an mich heran, einen

undeutbaren Ausdruck im Gesicht. »Es wäre mir ein Vergnügen. Wenn Sie das interessiert.«

Ich musste raus hier. Das Ganze wurde brenzlig. »Dann also in dreißig Minuten unten auf unserer Terrasse. Gehen Sie den Kiesweg bis zum Ende, dann um die Hecke herum. Dort finden Sie uns.«

Abrupt drehte ich mich um und flüchtete.

»Danke«, hörte ich ihn hinter mir rufen. Dann stürmte ich die Treppe hinunter und stieß unten fast mit meinem Vater zusammen.

KAPITEL ACHT

JENNA

»Jenna! Was zum ...« Dad wich einen Schritt zurück. Dann breitete er die Arme aus und umarmte mich. »Wie schön, dass du hier bist. Wohin so eilig?«

»Hallo Dad! Ich habe nur unseren Gast zum Grillen eingeladen. Wie geht es dir?«

Er trat einen Schritt zurück und schenkte mir ein verschmitztes Grinsen. »Wie du siehst, geht es mir bestens. Dobby, hier!«

»Waffwaff!« Ein schwarzweiß geschecktes Hündchen sprang um uns herum und kläffte freudig erregt. Dad ging mit einem verstohlenen Ächzen neben ihm in die Knie und tätschelte seine Schulter.

»Darf ich vorstellen? Das ist Dobby.«

Der kleine Hund wedelte heftig mit dem Schwanz. Sein ganzes Hinterteil wackelte mit. Ich ging ebenfalls in die Hocke und hielt ihm meine Hand hin, an der er interessiert schnüffelte. »Der ist ja niedlich! Seit wann hast du ihn? Anny hat gar nichts erzählt.«

Dobby ließ es zu, dass ich seine Knickohren in beide Hände nahm und ein wenig knetete. Er stieß ein wohliges Brummen aus und schloss die Augen.

»Er mag dich«, stellte Dad befriedigt fest und richtete sich wieder auf. »Er ist ein uneheliches Kind des Hundes von Stellas Schwester. Sie wusste nicht, wie sie alle Welpen unterbringen sollte, und da hat Stella mir Dobby mitgebracht.«

»Und ich dachte, du magst keine Hunde …«

»Ich konnte doch Stella nicht im Stich lassen. Außerdem ist das ein Gerücht. Wir hatten doch früher auch Zuzu. Weißt du nicht mehr?«

Und ob ich das noch wusste. Zuzu war der Hund meiner Mutter. Oft genug hatte Dad sich über ihn beschwert und ihn genervt verscheucht, wenn er mit ihm spielen wollte. »Bleibt mir mit dem Vieh weg!«, zitierte ich einen seiner Sprüche von damals. »Das hast du immer gesagt.«

»Das war etwas anderes«, verteidigte er sich und warf mir unter seinen buschigen Brauen einen verschmitzten Blick zu. Dann beugte er sich wieder zu Dobby hinunter. »Du kommst mit zum Grillen, nicht wahr, mein Kleiner? Bestimmt hat Tante Stella für dich ein Häppchen vorbereitet.«

Es war das erste Mal seit dem Tod meiner Mutter, dass ich ihn in diesem Ton sprechen hörte. Ein Lächeln schlich sich in mein Gesicht.

Dobby machte wieder »waffwaff« und hüpfte freudig an meinem Vater hoch. »Aus!«, befahl er. Artig setzte sich der Hund und hechelte.

»Komm mit. Wir können vorher noch einen Apéritif nehmen.«

»Ich hatte aber schon einen oder zwei«, gestand ich grinsend.

Dad zwinkerte mir zu. »Na und? Wir feiern heute. Dobby, komm mit!«

Ich folgte ihm zur Küchenterrasse, wo William am Grill stand, assistiert von Anny und Stella, unserer Haushälterin. Als sie mich sah, stellte sie die Schüssel mit dem vorbereiteten Gemüse ab und eilte auf mich zu.

»Jenna, Liebes!« Sie drückte mich an sich und verpasste mir einen dicken Schmatzer auf die Wange. »So lange nicht gesehen.«

»Das waren doch nur drei Wochen«, wehrte ich lachend ab.

»Uns kam es ewig vor. Ich sehe, du hast schon Bekanntschaft mit Dobby gemacht?«

Der Angesprochene hatte sich vor Stella aufgebaut und schaute sie mit diesem flehenden Blick an, den Hunde drauf haben, wenn sie eine Futterquelle wittern.

»Ja, mein Süßer. Du kriegst auch was«, säuselte sie, nahm ein Stück Möhre aus der Schüssel und hielt sie ihm hin. Er schnappte eilig zu und kaute zufrieden.

»Stella!« Dad stemmte die Fäuste in die Hüften. »Verwöhne den Kerl nicht so. Der weicht uns nicht mehr von der Seite!«

»Das hoffe ich doch!« Stella strahlte ihn an.

»Tss, tss. Nächstens schläft er noch bei dir im Bett.« Mein Vater schüttelte tadelnd den Kopf, schmunzelte aber verstohlen.

William verteilte die inzwischen weißglühenden Kohlestückchen im Grill und schrubbte den Rost. Mit einer Drahtbürste bearbeitete er die Streben, dass es schepperte. Der Hund legte interessiert den Kopf schief und beobachtete jede Handbewegung, die mein Bruder machte.

»Habt ihr schon Fleisch für mich?«, fragte er über die Schulter.

Anny balancierte eine Platte mit appetitlich aussehenden Springbockfilets und Hühnerkeulen durch die Küchentür. »Das kriegst du nur, wenn ich auch mal an den Grill darf.« Zu mir gewandt fügte sie hinzu: »Warum müssen wir Frauen immer nur den Salat machen, während die Männer den Spaß haben?«

»Noch so eine Bemerkung, und die Hochzeit wird verschoben!«, schnaubte William.

»Macho!«, riefen Anny und ich im Chor.

Mein Bruder drehte sich zu uns um und griff nach der Platte mit den Köstlichkeiten. Anny reichte sie ihm, und mit einem Grinsen küsste er sie liebevoll auf die Wange. »Du weißt, dass ich das nicht so meine«, raunte er, aber für alle hörbar.

»Ich bin mir da noch nicht so sicher«, widersprach Anny kichernd.

»Jetzt faselt nicht lange, legt das Fleisch auf den Grill«, ließ sich unser Vater vernehmen.

»Moment. Mr Jameson fehlt noch.«

Der Himmel hatte sich dunkelblau gefärbt, die ersten Sterne ließen sich sehen. Zikaden zirpten leise. Stella zündete die Kerzen in den Laternen an, die Anny auf der Terrasse verteilt hatte. Sie verbreiteten ein warmes Licht.

William reichte die Beleuchtung nicht, er hatte einen Industriestrahler neben dem Grill installiert, der den Rost und den Tisch daneben grell beleuchtete. »Ich lege erst was auf, wenn der Herr erschienen ist.«

»Ich habe ihm gesagt, in einer halben Stunde. Das war vor einer Viertelstunde. Sorry, wenn ich da etwas missverstanden habe.«

»Waffwaff!« Dobby sprang auf, jeder Muskel gespannt, und starrte auf die Lücke in der Hecke, die den Zugang zu unserer Terrasse bildete.

Nick trat hervor und hob grüßend eine Hand. »Guten Abend allerseits.« Weiter kam er nicht, da der Hund auf ihn zuraste und an ihm hochsprang, offensichtlich hocherfreut über das Erscheinen dieses Fremden. Der ging in die Hocke und schob ihn an der Brust von sich. »Na Kleiner. Nicht so aufgeregt.« Dobby setzte sich und ließ sich am Kinn kraulen.

Mein Dad und Stella beobachteten das Schauspiel offenen Mundes. »Das hat er ja noch nie gemacht«, hauchte Stella.

Nick erhob sich und ging mit ausgestreckter Hand auf sie zu. »Guten Abend. Ich bin Nicholas Jameson. Vielen Dank für die Einladung.«

Sie lächelte selig. »Nicht dafür! Ich meine, ist ja nicht meine Einladung. Ach, ich bin übrigens Stella.« Hilfesuchend wandte sie sich nach unserem Vater um.

Der trat auf ihn zu, begrüßte ihn höflich und machte ihn mit allen bekannt. Die Männer schüttelten sich die Hand. Dobby blieb neben Nick stehen und schaute zu ihm auf, schwanzwedelnd und hechelnd.

»Sie haben einen neuen Fan«, bemerkte William belustigt, und Nick lächelte dazu. Seine Gesichtszüge wurden weicher, als er sich zu dem Hündchen herunterbeugte und ihm sanft den Kopf tätschelte.

Dann richtete er sich auf und warf mir einen provokanten Blick zu. »Wer sagt, dass ich außer ihm überhaupt Fans habe?«

Ich verkniff mir eine bissige Antwort.

Stella antwortete an meiner Stelle. »Oh, da gibt es doch sicher die eine oder andere Lady bei Ihnen zu Hause, ich mein …« Sie wackelte mit den Augenbrauen, und wir lachten.

Nick hingegen presste die Lippen zusammen. Das Lachen verstummte. Dieser Mann hatte wohl gar keinen Humor.

»Ja, also, ich werd dann mal«, murmelte Stella verlegen

und machte sich an der Schüssel mit dem Gemüse zu schaffen.

»Ich mach das schon.« William trat zu ihr und zwinkerte ihr zu. Außer mir schien das niemand zu bemerken, vor allem mein Vater nicht, der jetzt leutselig das Glas erhob.

»Auf unseren Gast und seine hoffentlich zahlreichen Fans.«

Jeder ergriff sein Glas, und wir tranken. Lecker. Das musste Williams neue Cuvée sein, von der er gerade die gesamte Partie an einen deutschen Weingroßhandel verkauft hatte. Nur ein paar Kisten hatte er behalten.

Endlich brutzelten die Fleischstücke und das Gemüse auf dem Grill. Nick stand neben William, und sie fachsimpelten über Gartemperaturen, Grillkonstruktionen und die richtige Würze.

»Warum können sie das eigentlich nur beim Grillen und nie, wenn sie in der Küche stehen? Dort können sie noch nicht mal ein Kartoffelschälmesser in die Hand nehmen!«, erboste ich mich spaßhaft, und Anny und Stella nickten zustimmend.

»Es ist wahrscheinlich aus der Steinzeit, wo es noch keine Küchen gab«, sagte William spöttisch.

»Dann seid ihr also Steinzeitmenschen, während wir die Modernen sind. Wusste ich's doch.«

»Hallo, wir sind auf dem Mond gelandet!«, protestierte Nick.

»Wer ist ‚wir‘?«

»Wir Menschen natürlich«, antwortete Stella, bevor Nick etwas sagen konnte.

»Menschen gleich Männer«, giftete ich. »Aber bedient mal einen Geschirrspüler.«

Sie lachten, und ich fiel mit ein. William trug eine riesige Platte mit dem fertigen Fleisch auf, Stella stellte die

Schale mit gegrilltem Gemüse daneben, das verführerisch nach Rosmarin und Knoblauch duftete.

Erst nach dem zweiten Springbock-Steak und einem halben Hühnerbein (die andere Hälfte hatte ich heimlich für Dobby in eine Serviette gewickelt) fiel mir auf, dass ich mehr als das Doppelte meiner sonstigen Portion vertilgt hatte.

Es musste der überstandene Schrecken des heutigen Tages gewesen sein, der meinen Appetit angefeuert hatte. Hier auf unserer Terrasse verblassten die Bilder und ließen Platz für die schlichten menschlichen Bedürfnisse nach Essen, Trinken und Gesellschaft.

Stella brachte einen großen Teller mit Käse, und William entkorkte eine weitere Flasche Wein. Den Probierschluck nahm er selbst, dann schenkte er uns allen ein. Dad schnüffelte misstrauisch am Glas und trank.

»Der Wein hat Kork«, stellte er missbilligend fest. Für einen kurzen Moment entstand Schweigen.

»Ich schmecke nichts davon«, widersprach ich nach dem ersten Schluck.

»Unmöglich.« William hielt den Korkenzieher hoch, die Stirn gerunzelt und mit kampflustig vorgerecktem Kinn. »Das ist ein Kunststoffkorken. Es muss an deinen Medikamenten liegen.«

Stella lehnte sich erschrocken zurück und versuchte, meinen Bruder mit Handzeichen zum Schweigen zu bringen. Leider vergeblich.

Mein Vater hieb mit der Faust auf den Tisch. Wir zuckten zusammen, und Anny sah hilfesuchend erst zu Stella, dann zu mir. »Ich habe dir doch immer gesagt: Kein Kunststoff, Junge! Das kommt nun dabei heraus.«

»Vater, sei nicht albern. Der Wein schmeckt ganz normal. Iss vielleicht mal ein Stück Käse, um den Geschmack zu neutralisieren«, mischte ich mich ein.

Williams Gesicht hatte inzwischen die Farbe reifer Tomaten angenommen. Ich wünschte mir ein Riesen-Erdloch, das uns alle verschlucken würde.

»Das ist meine Entscheidung! Misch dich nicht immer in meine geschäftlichen Angelegenheiten ein«, bellte er.

Anny legte ihm die Hand auf den Arm und warf mir einen verzweifelten Blick zu.

Dads Unterlippe zitterte. »Dass mein eigener Sohn sich so etwas erlaubt. Mein eigener Sohn!«, keuchte er. »Wer bitte hat dir dieses Weingut übertragen? Wer hat jahrzehntelang dafür geschuftet, dass du jetzt einen auf Edel-Bio-was-weiß-ich machen kannst und den dicken Max herauskehrst?«

»Dad!«

»John!«

»Hört auf!«

Alle redeten gleichzeitig. Nur William nicht. Er sprang auf, der Stuhl hinter ihm fiel um, und er entriss Anny seinen Arm. Blass vor Wut und mit zu Schlitzen verengten Augen stieß er hervor: »In diesem Zustand ist nicht mit dir zu reden. Stella, geben Sie ihm um Gottes Willen seine Medikamente. Gute Nacht allerseits.«

Ohne sich umzudrehen, stolzierte er davon in die Dunkelheit. Bis auf Anny, die mit einer gemurmelten Entschuldigung aufstand und ihm hinterherging, blieben wir alle wie gelähmt sitzen. Alle Blicke ruhten auf meinem Vater, der mit verschränkten Armen auf seinen leeren Teller starrte.

Auf dem Hof erklang ein metallisches Scheppern. William trat mal wieder gegen eins der leeren Weinfässer. Dobby zuckte zusammen und sprang mit einem Satz auf

Nicks Schoß, von wo aus er ängstlich zu meinem Dad herübersah. Nick streichelte ihn mechanisch, und der Hund lehnte sich Schutz suchend an seine Brust.

Mein Herz hämmerte wie eine Dampframme. Es war sinnlos, Dad in diesem Zustand zu bitten, sich zu entschuldigen. Die Einzige, auf die er jetzt hören würde, war Stella.

Sie erhob sich gemächlich aus ihrem Stuhl und verdrehte für Vater unsichtbar die Augen in unsere Richtung. »Kommen Sie, John. Sie wissen genau, dass Sie sich nicht immer so aufregen sollen.«

Er drehte sich trotzig von ihr weg, als sie ihn am Ärmel fasste. »Ist doch aber wahr«, brummte er, und es klang ein wenig kleinlaut.

»Sie gehen jetzt besser schlafen«, sagte sie wie zu einem bockigen Kleinkind. »Ich bringe Ihnen ein Glas von der Limonade, die Sie so mochten. Nun kommen Sie schon. Sie wissen, dass dieses lange Aufbleiben nicht gut für Sie ist.«

»Am wenigsten gut ist es, dass Sie mich bevormunden«, blaffte er.

»Dad, bitte.«

»Mr Darnes, dürfte ich einen Vorschlag machen?« Nick lächelte ihm zu, als hätte die gesamte Szene eben nicht stattgefunden.

»Was wollen Sie?«

»Oh, gar nichts. Ich hatte nur gerade die Idee, dass Stella eine neue Flasche für Sie holt. Jenna und ich trinken einfach den Rest aus dieser hier. Denn er schmeckt mir persönlich ganz ausgezeichnet.« Wie zum Beweis hielt er sein Glas hoch, betrachtete das Licht, das sich in dem Kristallschliff brach, und nahm einen Schluck. Dabei schloss er genüsslich die Augen.

»Netter Versuch, Mister …«, stieß mein Vater hervor.

»Jameson«, half Nick mit sanfter Stimme nach und warf mir einen bedeutungsvollen Blick zu.

Stella schüttelte hinter Dads Rücken energisch den Kopf. »Das ist wirklich ein guter Vorschlag. Aber Wein ist jetzt nicht das Richtige für Sie, John. Es verträgt sich nicht mit Ihren Medikamenten. Sie sollten zu Bett gehen.« Ihre Stimme war jetzt schmeichelnd, und fast zärtlich legte sie ihm die Hand auf die Schulter.

Ich wagte nichts zu sagen. Jedes Wort würde seinen Widerstand weiter anstacheln. Deshalb nickte ich nur und warf Stella einen dankbaren Blick zu.

Zögernd erhob er sich, wobei er brummte: »Also gut, wenn ihr mich nicht mehr dabeihaben wollt …«

»Zu jeder anderen Zeit immer, John. Aber jetzt ist es Zeit.« Stella imitierte ein Gähnen und hielt sich die Hand vor den Mund. »Lassen Sie uns gehen.«

Sie schob ihm die Hand unter den Arm und führte ihn durch die Küche hinaus. Dobby hüpfte von Nicks Schoß und schloss sich ihnen schwanzwedelnd an. Wir sahen den beiden nach, bis sie durch die Küchentür verschwunden waren.

»Ich sollte auch gehen«, sagte Nick mit einem verlegenen Grinsen.

»Bitte nicht. Noch nicht.«

Unsere Augen trafen sich, tief tauchte ich in dieses Ozeangrün ein, und mein Herzschlag beruhigte sich. Ich atmete befreit auf. Wie verwirrend. Hatte ich ihn eben wirklich gebeten zu bleiben?

Sein Blick schweifte zur Küchentür, hinter der es bis auf ein gedämpftes »Waffwaff« still geworden war. Mit Daumen und Zeigefinger strich er sich über den Bart. Herrgott, wenn er den doch abrasieren könnte!

»Es tut mir leid, dass Sie Zeuge dieser … dieser scheußlichen Szene geworden sind«, flüsterte ich. »Er kann nichts dafür, er ist …«

Eine warme Hand legte sich auf meine. Sie verursachte

ein verwirrendes Kribbeln und Prickeln, mein ganzer Körper schien aus Brausepulver zu bestehen. Und dabei hatte diese Geste so etwas Tröstliches und Warmes. Ich vergaß, die Hand wegzuziehen.

»Er ist krank«, vollendete Nick behutsam den Satz, den ich angefangen hatte. »Ich habe dieselben Dinge mit meinem Vater erlebt. Er – er hatte einen Hirntumor. Nicht behandelbar. Das hat seine Persönlichkeit verändert, ich hatte keine leichte Zeit mit ihm.«

»Das – das tut mir sehr leid. Ist er …?«

»Ja. Vor zwei Jahren.« Seine Stimme war rau. »Ist es bei Ihrem Vater etwas – Ähnliches?«

»Wahrscheinlich nicht. Wir können nur raten.«

Ein Lächeln erschien auf seinem Gesicht, und er drückte meine Hand. »Wie lange geht das schon so? Bei meinem Vater dauerte es nur neun Monate von der Diagnose bis zu seinem Tod.«

Ich schüttelte heftig den Kopf. »Er ist so, seit meine Mutter vor fünf Jahren starb. Es sind sicher – Depressionen. Oder so etwas. Er lässt sich nicht in die Karten gucken. Nur Stella darf seine Medikamente holen, nur sie darf ihn zum Arzt begleiten, uns vertraut er nichts an.«

»Immerhin hat er Ihrem Bruder das Weingut anvertraut.«

»Da war er noch klarer im Kopf. Und es war die einzig richtige Entscheidung.«

»Das merkt man am Wein. Wirklich außergewöhnlich.«

»Ich wünschte, Sie würden das William selbst sagen. Mein Vater ist häufig so – unduldsam.«

Ein Seufzer entfuhr mir. Warum erzählte ich das alles einem Fremden? Einem Fremden mit warmen Händen, von denen eine trostspendend über meiner lag.

»Er wird wohl heute nicht mehr auftauchen. Aber ich

verspreche, es ihm bei nächster Gelegenheit mitzuteilen, wenn es Ihnen hilft.«

Erst jetzt schien er zu bemerken, dass er meine Hand immer noch hielt. Aber anstatt sie wegzunehmen, verstärkte er sanft den Druck. Und studierte eindringlich mein Gesicht. »Ich mag Ihre Familie. Niemand kann etwas dafür, wenn Ihr Vater ein wenig – nun ja, anders ist.«

»Nein«, seufzte ich. »Sicher nicht. Danke, dass Sie das sagen.« Zögernd entzog ich ihm meine Hand und stand auf. »Lassen Sie uns schlafen gehen.«

Nick erhob sich sofort und hielt mir mit einem Grinsen seinen Ellenbogen hin.

»Darf ich Sie ein Stück begleiten?«

»Ich wohne hier oben, nicht nötig, danke«, erwiderte ich und deutete mit dem Kopf in Richtung der oberen Etage.

Das Lächeln in seinem Gesicht erlosch und machte einem enttäuschten Gesichtsausdruck Platz, der mich zum Lachen reizte.

»Vielleicht gehen wir dann ein Stück?«, schlug er vor und spreizte weiterhin einladend seinen Ellenbogen ab.

Warum nicht? Es schadete niemandem, wenn ich ein wenig freundlich zu meinem besten Kunden wäre, oder? Und heute war seine Gesellschaft überraschend angenehm, was sprach dagegen, sie ein bisschen länger zu genießen? Also schob ich meine Hand in seine Ellenbeuge, und so untergehakt verließen wir die Terrasse und schlenderten ein Stück den Kiesweg entlang, vorbei an den zusammen-geklappten Sonnenschirmen des Bistros in Richtung des Gartens, den Anny im Herbst angelegt hatte. Das Lied der Zikaden klang zu uns herüber, vermischt mit den nächtli-chen Schreien eines Vogels, der keinen Schlaf fand, und dem Knirschen des Kieses unter unseren Schritten.

Eine Hecke grenzte den Garten im hinteren Teil des

Grundstücks vom Hofgelände ab. Vor uns lag der Durchgang, ein grüner Torbogen, durch den wir auf die kleine Rasenfläche traten, hinter der sich ein langes Blumenbeet entlangzog.

Bewegungslos verharrten wir, atmeten den Rosenduft ein, und schauten auf die Silhouette der Berge vor uns, die sich schwarz vom Nachthimmel abhoben. Der Mond beleuchtete die Szenerie vor uns, silbern leuchteten die weißen Margeriten und Rosen auf.

»Ich hätte nicht damit gerechnet, dass ich auf dieser Reise Naturschönheiten genießen würde«, sagte Nick.

Mir kam zu Bewusstsein, dass meine Hand schon wieder an seinem Körper war, und ich zog sie zurück. Oder vielmehr, ich versuchte es. Aber er hielt sie plötzlich fest und zog mich ein wenig dichter an sich heran, ohne etwas zu sagen.

Für eine Sekunde erlag ich der Versuchung, mich diesem Moment auszuliefern. Ich atmete seinen Duft, ließ die Körperwärme dieses Mannes auf mich wirken, die sich auf mich übertrug und mir weiche Wellen durch die Nervenbahnen sandte. Ich ließ es zu, dass mein Atem flacher ging, dass mein Herz schneller schlug.

Den Blick starr auf das Blumenbeet vor mir gerichtet, konnte ich nur aus dem Augenwinkel sehen, wie er mir den Kopf zuwandte.

Jetzt nicht hinsehen, sonst bist du verloren, Darnes.

Sachte löste er den Griff um meine Finger und strich mir zart über die Wange. Mit sanftem Druck drehte er meinen Kopf zu sich hin und zwang mich, ihn anzusehen. »Jenna«, sagte er mit rauer Stimme.

Im Dunkel war sein Gesicht nicht genau zu erkennen, wohl aber das Funkeln in seinen Augen, das mich ein wenig atemlos machte.

»Sie sind ... ich wollte Ihnen danken. Es ... ich ... es war ein harter, ereignisreicher Tag, und Sie haben mich gerettet.« Immer noch ruhte sein forschender Blick auf mir, und irgendetwas darin zwang mich, ihm standzuhalten.

»Nicht dafür«, murmelte ich. Oh, wie nah sein Mund an meinem war. Verführerisch nah. Mein Herz stolperte plötzlich, und ich glaubte, seine Lippen schon auf meinen zu spüren. Oh verdammt, nein. Bitte nicht. Das darf nicht sein. Oder doch. Bitte doch. Verdammt, ja.

Er nutzte mein Zögern und küsste mich auf den Mund. Behutsam drängte er darauf, dass ich seinen Kuss erwiderte, und wir verschmolzen in einer Hülle aus Zärtlichkeit. Etliche Saiten in mir brachte dieser Kuss zum Klingen, seine warme Hand auf meinem Rücken sandte Schauer die Wirbelsäule hinab, mein Herz flog davon, und mein Verstand verabschiedete sich ohne Ankündigung ins Nichts.

Er schmeckte ein bisschen nach Wein und der Schokolade, die wir am Schluss gegessen hatten, süß und warm und sinnlich. Genau so sinnlich wie sein Duft, seine Wärme, das weiche Kratzen seines Bartes an meiner Wange, alles vermischte sich zu einer einzigen Symphonie der Versuchung, und ich war gerade dabei, dahinzuschmelzen und meinen Kopf zu verlieren.

Doch er löste sich abrupt von mir, ein verlegenes Lächeln auf den Lippen. »Verzeihung. Du sahst gerade so aus, als ob du einen Kuss dringend gebrauchen könntest.«

Der Boden der Tatsachen, auf den er mich stellte, war unerwartet hart.

Trotzdem gut, dass ich schon jetzt, nach nur einem Kuss, wieder hier gelandet war, und nicht, nachdem ich mich vollends in seine Hände begeben hätte.

»Danke für diese unerwartete Wohltat«, sagte ich sarkastisch und trat endlich einen Schritt zurück, hinaus aus der warmen Hülle, hinein in die kühle Realität.

Er lachte nur leise. »Das war es auch für mich. Unverhofft wohltuend.« Dann fügte er ernst hinzu: »Aber keine Angst, du brauchst keine unerwartete Wiederholung zu fürchten.«

»Du kannst dir überhaupt nicht vorstellen, wie sehr mich das beruhigt.«

Mit zusammengepressten Lippen wandte er den Blick ab. Hatte ich ihn verletzt?

Um so besser. Ich würde mich keinesfalls von ihm in Versuchung führen lassen. Das hier war eine freundschaftliche Ausnahme, basta.

CAMERON

Das Frühstück nahm Cameron nicht bei Jennas Familie ein, sondern im Bistro unter einem der Sonnenschirme, versteckt in einer Ecke, die vom Herrenhaus aus nicht ohne Weiteres einzusehen war. Nicht, dass er Jenna ausweichen wollte. Im Gegenteil. Aber der gestrige Abend erforderte ein wenig Abstand, bevor man sich wieder unbefangen begegnen konnte.

Was war da nur über ihn gekommen? Sicher war es der Wein, bei beiden. Dieser Kuss ... er war mit nichts vergleichbar, was er jemals mit einer Frau erlebt hatte.

Noch nicht einmal mit Sarah, von der er seit fünf Jahren geschieden war. Nach drei Jahren Ehe. Von seinen Gefühlen für sie war nichts außer Bedauern übriggeblieben. Schade, dass es soweit hatte kommen müssen. Seither hatte er sich auf ein Weiterleben ohne Liebe eingerichtet, und mit Victoria an seiner Seite fiel es ihm sogar leicht, darauf zu verzichten. So dachte er jedenfalls – bis heute.

Doch jetzt? Für einen Moment hatte sich dieser Kuss so perfekt angefühlt, so als ob Jenna sich ihm ganz hingegeben hätte. Ihr schneller Atem, der Herzschlag, den er bis an seine Brust spüren konnte, die schwindligmachende Weichheit ihrer Lippen. Das Gefühl ihres Körpers unter seinen Händen, so überraschend nachgiebig.

Cameron ahnte, dass er sein Versprechen, es werde zu keiner Wiederholung kommen, nur unter Aufbietung größter Willenskraft würde halten können. Nein, er sehnte sich geradezu nach einer Wiederholung. Ach was, nach tausend Wiederholungen!

Nur, dass sein Gewissen das verbot. Er konnte mit dieser Frau nichts anfangen, er durfte nicht. Nicht nur wegen Victoria. Es war auch das Lügengebäude, das er inzwischen errichtet hatte. Wenn es zum Einsturz kam, hätte er die denkbar schlechtesten Karten bei Jenna. Ausgerechnet bei ihr, die ihm jetzt schon mit Misstrauen begegnete. Er durfte nicht mal daran denken.

Geräuschvoll stellte er die Teetasse auf die Untertasse zurück und stand hastig auf. Es gab Wichtigeres als über dieses Geplänkel nachzudenken. Er legte einen Schein auf den Tisch, nickte der Kellnerin zu und verließ das Anwesen, vor dem das Taxi wartete.

Er wagte nicht, sein Handy allzu oft zu benutzen. Mit moderner Polizeitechnik wäre es vermutlich ein Leichtes, auch dieses neue Prepaid-Handy zu orten oder gar abzuhören. Vor allem, wenn jetzt Scotland Yard entdeckt hatte, dass er verschwunden war. Ihm blieb nichts anderes übrig, als persönlich im Oude Werf Hotel nach dem Verbleib seines Anwalts zu fragen. Sollte er ein zweites Mal das Smartphone tauschen, um seine Spuren zu verwischen? Er beschloss, dies gleich nach dem Besuch im Hotel zu erledigen.

»Mr Preston wollte hier eine Nachricht für mich hinterlassen, in welchem Hotel in Oudtshoorn er sich gerade befindet. Haben Sie bereits etwas von ihm gehört?«, fragte er den jungen Schwarzen, der heute statt der Rezeptionistin hinter dem Tresen saß.

»Bedaure, aber hier ist kein Anruf und auch keine Notiz verzeichnet. Ich könnte aber meine Kollegin fragen.« Der junge Mann drückte eine Kurzwahltaste auf dem Telefon und sagte etwas auf Afrikaans. Dann legte er auf und schüttelte bedauernd den Kopf.

»Es gibt leider keinerlei Nachrichten von Mr Preston. Tut mir leid.« Er lächelte entschuldigend.

Cameron unterdrückte einen Fluch und trat auf die Straße. Ob er wollte oder nicht, er musste das Smartphone jetzt benutzen. In den belebten Querstraßen der Dorp Street gab es unzählige Lokale, Restaurants, Läden und Cafés, nur wenige Schritte von diesem Hotel entfernt. Er entschied sich für einen schattigen Sitzplatz unter einer Markise vor einem winzigen Coffeeshop, der um diese Zeit leer war.

Ein junger Mann mit Nickelbrille fragte ihn nach seinen Wünschen, und er bestellte einen American Coffee. Am Nebentisch hatte jemand eine Zeitung vergessen, der Daily Telegraph vom Vortag. Aktuelle Ausgaben waren hier nicht zu haben, es sei denn, man las online. Der Besitzer dieser Zeitung bevorzugte offensichtlich altmodisches Papier und verzichtete dafür auf das Aktuellste. Cameron griff danach und schlug sie auf.

Brexit, Brexit, Brexit. Gab es denn keine anderen Nachrichten mehr? Gelangweilt blätterte er weiter bis zur Mitte – und starrte auf sein eigenes Konterfei. Nur ohne Bart.

»So bitte. Ihr Kaffee.« Der junge Mann stellte eine dampfende Tasse vor ihn hin, Cameron schrak zusammen und stieß dagegen. Es scheppterte, und ein Teil des Inhalts ergoss sich auf seine Hose.

»Fuck! Entschuldigung …«, entfuhr es ihm. Hastig

klappte er die Zeitung zusammen, während der Kellner ihm einen Stapel Servietten reichte. »Danke!«

Mit zitternden Fingern tupfte er den Fleck von der Hose, knüllte die feuchten Servietten zusammen und wartete, bis der Kellner sie auf einem vorsorglich mitgebrachten Tablett wieder entsorgte.

Himmelherrgottnochmal, warum stand er in der Zeitung? Er blätterte erneut bis zur Mitte und starrte auf die Abbildung. Es war zwar nur ein kleines und unscharfes Bild, doch es zeigte eindeutig ihn. Das Polizeifoto! Daneben die Schlagzeile:

»Cameron Ashford vermisst!«

Eine Polizeimeldung, mit der aufgefordert wurde, Auskunft über seinen – Camerons – Aufenthalt zu geben, wenn man etwas wisse. Er werde polizeilich als wichtiger Zeuge gesucht.

Cameron ließ die Zeitung sinken und faltete sie zusammen. Niemand hier würde ihn erkennen, da war er sicher. Doch wer hatte eine Vermisstenanzeige aufgegeben? Victoria? Oder war es die Polizei selbst, die von Amts wegen ermittelte?

Er ließ die Zeitung unauffällig in einem Papierkorb am Straßenrand verschwinden und setzte sich wieder. Vielleicht wusste Lynnie etwas. Oder Victoria.

Doch Lynnie ging nicht ans Telefon. Eine Nachricht auf dem Anrufbeantworter hinterlassen? Lieber nicht.

Bitte melden Sie sich, danke, textete er auf WhatsApp, zahlte und verließ das Café.

Trotz aller Misslichkeiten empfand er so etwas wie Vorfreude auf das Wiedersehen mit Jenna. Ob sie ihm noch einmal erlauben würde, sie zu küssen? Verdammt, unmöglich. Er durfte sich das nicht wünschen. Victoria wartete in London auf die Hochzeit!

Das Einkaufszentrum lag nur wenige Gehminuten von

der Dorp Street entfernt, und Cameron kaufte dort ein weiteres Handy und einen gepolsterten Briefumschlag. Dann nahm er ein Taxi nach Darnes Manor.

Der Hof des Weinguts war von geschäftigem Treiben erfüllt, Arbeiter luden Fässer von einem Lastwagen ab. Ihre Rufe, in einer fremden, gutturalen Sprache, hallten über den Platz. Unter den Sonnenschirmen am Bistro saßen die ersten Gäste. Doch weder William noch Jenna waren zu sehen. Cameron wusste nicht, ob er darüber erleichtert oder enttäuscht sein sollte.

Er überquerte den Hof und ging hinauf in sein Zimmer. Jemand hatte das Bett gemacht, seine Sachen ordentlich über einen Stuhl gehängt und das Bad geputzt. Ein frischer Blumenstrauß stand auf dem kleinen Tisch neben dem Fenster, der einen verführerischen Duft verbreitete. Pfingstrosen?

Mit dem alten Smartphone in der Hand ließ er sich in den bequemen altrosafarbenen Sessel fallen. Dann sicherte er alle gespeicherten Daten, versetzte das Handy in seinen Auslieferungszustand und steckte es in den gepolsterten Umschlag. Den adressierte er an sein Büro in London. Er ließ es angeschaltet. Falls jemand das Handy ortete, würde er feststellen können, dass es sich auf dem Weg nach Europa befand. Hoffentlich konnte er so eventuelle Verfolger täuschen.

Die Naht an seiner Wange juckte. Sollte er sich doch den Bart abnehmen? Dann hätte er verdammte Ähnlichkeit mit diesem verfickten Fahndungsfoto. Nein, im Moment blieb er besser so, wie er war.

Mit dem Umschlag in der Hand und dem frisch einge-richteten neuen Smartphone schlenderte er über den Hof. Ein Schild am Herrenhaus wies auf das Büro, und Cameron steuerte seine Schritte dorthin.

Das Büro war durch einen eigenen Eingang zugänglich.

Die Tür war nur angelehnt, und so trat er ein. Hinter einem wuchtigen Schreibtisch saß eine dunkelhäutige Sekretärin, die bei seinem Eintreten aufblickte und ein Lächeln aufsetzte. »Was kann ich für Sie tun, Sir?«

»Könnten Sie diesen Brief für mich in die Post geben?« Er schob ihr den Umschlag und einen Geldschein hin. »Hier ist Geld für das Porto.«

»Sehr gerne. Die Post wird um fünfzehn Uhr abgeholt. Ist es okay, wenn ich Ihren Brief einfach mitschicke, oder wollten Sie es als Einschreiben versenden?«

»Danke, es ist okay so. Wissen Sie zufällig, wo … Ms Jenna steckt?« Er musste sich räuspern.

»Leider nein. Versuchen Sie es am besten nebenan.« Sie deutete nach rechts in Richtung Herrenhaus.

»Besten Dank.«

Er wagte es nicht, über die Terrasse an der Küche zu gehen. Was, wenn er dem alten Griesgram Darnes begegnete? Lieber umrundete er das Haus und läutete am Haupteingang.

Stella öffnete ihm und lächelte. »Mr Jameson, kommen Sie herein. Jenna ist in der Küche. Folgen Sie mir.«

Jenna saß mit dem Rücken zu ihm an dem großzügigen Eichentisch und telefonierte. »Sag ihnen, sie sollen sich eine warme Jacke einpacken. Morgens um sechs ist es eiskalt in diesen offenen Jeeps.« Ein kurzes Auflachen. »Oh, der? Schwierig, fürchte ich.«

Stella tippte ihr auf die Schulter, und sie zuckte zusammen. »Sorry, ich muss Schluss machen. Bis später.«

Sie drehte sich langsam zu ihnen um, stand auf und streckte ihm die Hand entgegen. Wollte sie ihn damit auf Abstand halten? Das distanzierte Lächeln auf ihrem Gesicht sprach dafür. Nun gut, hier unter Stellas Augen war nicht der richtige Augenblick, um sich in die Arme zu fallen.

»Hallo Nick.«

»Hallo Jenna.« Er nahm ihre Hand und drückte sie sanft. Sein Versuch, sie länger in seiner Hand zu behalten, scheiterte. Sie entzog sich ihm, wandte den Blick zur Seite.

»Ich sehe mal nach der Wäsche«, entschuldigte sich Stella und verschwand. Behutsam schloss sie die Küchentür hinter sich.

»Kaffee?«

»Gern.«

Aus einer großen Porzellankanne, die auf einem Stövchen stand, schenkte sie ihm ein. Sie machte keine Anstalten, sich wieder zu setzen, und so blieb er ebenfalls stehen. Was sollte er sagen? Es breitete sich Befangenheit aus, wie eine Nebelwolke stand sie zwischen ihnen.

»Ich habe dich gesucht«, brachte er endlich hervor.

Das zauberte ein flüchtiges Lächeln auf ihr Gesicht, doch es lag keine Heiterkeit darin. Eher Bedauern. Nicht sehr ermutigend. Cameron war es nicht gewöhnt, dass eine Frau ihn so – so distanziert behandelte. Die meisten konnten ihre Begeisterung kaum verbergen, wenn er ihnen Aufmerksamkeit schenkte. Hatte er durch die jüngsten Ereignisse seinen Charme verloren?

»Hier bin ich. Ich habe Stella geholfen. Wo warst du?«

»In Stellenbosch.«

»Dein Termin. Sachzwänge«, stellte sie trocken fest.

»Darüber wollte ich mit dir reden. Allein.«

Jenna sah sich demonstrativ in der leeren Küche um. »Hier ist niemand.«

»Aber es könnte jemand kommen. Dein Vater, dein Bruder …«

Sie stieß einen Seufzer aus. »Na schön, gehen wir ein Stück. Der Garten ist auch tagsüber sehenswert.«

»So sehenswert wie du.«

Jetzt schmunzelte sie doch, und ihre Augen bekamen

wieder diesen Glanz von gestern. »Schmeichler.« Damit drehte sie sich um und trat auf die Terrasse.

Sie schritt schnell aus, und es dauerte einige Sekunden, bis er sie einholte. »Hast du es eilig?«

»Nein, warum?« Ihre Hände verschwanden in den Taschen ihrer Khakihose.

»Weil du rennst, als wolltest du die Flucht ergreifen.«

Abrupt stoppte sie und sah zu ihm auf. Schade, der Glanz von eben war schon wieder verschwunden. Ihr Blick blieb kühl. »Worüber wolltest du mit mir reden?«

»Die nächste Etappe. Und vielleicht über – gestern.« Woher nahm er den Mut? Warum tat er das, was er sich selbst gerade verboten hatte?

»Die nächste Etappe also«, sagte sie, ohne auf seinen zweiten Satz einzugehen, und ging weiter. Diesmal blieb er neben ihr. »Wo sollen uns deine Sachzwänge denn hinführen?«

»Nach Oudtshoorn. Mein Termin – wurde verlegt.«

»Damit war zu rechnen, wenn ich dein Anliegen richtig verstanden habe.«

»Ja. Er ist heute hier, morgen dort, und ich kann ihn nicht erreichen.«

»Hat er kein Handy?«

»Es ist ausgeschaltet. Vielleicht ist ihm das gleiche passiert wie uns.«

»Glaube ich eher nicht. Trotzdem merkwürdig.«

»Hmm. Ja.«

Eine kurze Stille entstand, während sie die Rasenfläche betraten, den Ort, der gestern diese Magie besessen hatte. Heute leuchtete das Blumenbeet in allen Farben. Kleine bunte Vögel flatterten dazwischen umher, ihr Gefieder schillerte grünlich.

»Ich werde uns ein Zimmer in Oudtshoorn reservieren«, sagte Jenna unvermittelt. »Aber heute schaffen wir es nicht mehr dorthin. Ist die Abfahrt morgen okay?«

»Vollkommen. Ich weiß ja noch nicht mal, ob er dort überhaupt schon eingetroffen ist.«

»Willst du mir nicht verraten, worum es bei dieser Sache geht?«

»Nein. Das heißt, ich täte es gerne. Aber ich kann nicht. Frag nicht weiter, bitte.«

Sie sah ein bisschen verletzt aus. Aber das musste er in Kauf nehmen.

»Ich nehme an, genau dafür bezahlst du mich«, versetzte sie trocken.

»Unter anderem«, gestand er. »Und bisher war die Aktion jeden Cent wert.«

Cameron rechnete es Jenna hoch an, dass sie ihn erneut zum Abendessen an den Familientisch der Darnes einlud. Obwohl dieser Kuss bis jetzt auf eine merkwürdige Weise zwischen ihnen stand. Mal abgesehen von den verfickten Sachzwängen.

Sie traf ihn vor der Tür des Gästehauses. Ihr Anblick beschleunigte seinen Atem. Es war das erste Mal, dass er sie in einem Kleid zu sehen bekam. Ein leichtes Sommerkleid in hellem Blau, passend zu ihren Augen, das ihre gebräunten Arme und Beine betonte und einen Einblick in ihr sehenswertes Dekolleté gewährte. Nur schwer konnte er sich von diesem Anblick losreißen.

»Du siehst wundervoll aus.«

Ein überraschter Blick unter hochgezogenen Augenbrauen. War sie sich ihres Aussehens gar nicht bewusst?

»Vielen Dank.« Die Spur eines Lächelns erhellte ihr Gesicht. »Du siehst aber auch nicht schlecht aus.«

Immerhin etwas. Er erwiderte ihr Lächeln und versank für einen Moment in ihren blauen Augen. Ein Hauch Zuneigung war darin zu lesen, ganz kurz nur, bis ihre Miene sich wieder verschloss, als sei ihr ein unangenehmer Gedanke gekommen. Er wurde nicht schlau aus ihr.

»Gehen wir?«

»Gehen wir.«

Innerlich wappnete Cameron sich für eine erneute Auseinandersetzung, die der alte Darnes anzetteln würde. Doch der gab sich heute Abend gutgelaunt und leutselig, als sei nichts geschehen. Alle taten so, als sei dies völlig normal, und bezogen ihn in ihre Gespräche ein.

»Ich habe gehört, Sie reisen morgen ab. Wohin geht es?«, erkundigte sich William beim Dessert.

»Ich muss, äh … möchte nach Oudtshoorn.«

»Straußen und Mohairziegen«, ließ sich John Darnes vernehmen. »Und Touristenrummel. Sind Sie sicher, dass Sie das möchten?«

»Es gibt dort noch viel mehr zu sehen, Dad. Denk nur mal an die Cango Caves und die Swartberge. Ich bin sicher, Nick wird es umgeben von dieser wunderschönen Landschaft gefallen«, wandte Jenna ein.

Cameron zwinkerte ihr zu, und sie zwinkerte zurück. Danke für die Rettung.

»Es soll dort eine wundervolle Führung durch die Tropfsteinhöhle geben«, schwärmte Anny. »Eine der Fremdenführerinnen dort singt für die Gäste in der größten Höhle eine Opernarie. Das hat mir ein Ehepaar erzählt, das neulich zu Gast war. Sie haben geweint, so berührend war es.«

»Dann werde ich es unbedingt in mein Reiseprogramm aufnehmen«, versprach Cameron mit einem Lächeln.

»Aber vergessen Sie die Straußenfarmen. Wenn Sie

Straußenvögel sehen wollen, fahren Sie lieber rauf zum Cape Point, wo einige wild leben,« sagte John.

»Dort waren wir schon, Dad. Aber leider haben wir nur ein paar wilde Affen getroffen.«

»Von denen du einem das Leben gerettet hast«, stellte Cameron fest und schilderte den Zwischenfall mit dem kleinen Baboon.

»So ist sie. Viecher sind ihr Leben«, spöttelte William.

Wie zum Beweis kam Dobby, setzte sich neben Jenna und hob eine Pfote. Sie beugte sich zu ihm herab und schmunzelte.

»Na du kleiner Racker. Ich habe nichts für dich. Wir gehen gleich in die Küche, da spendier ich dir was.« Sie blickte auf. »Warum habt ihr ihn eigentlich Dobby genannt?«

»Das war Stevens Idee«, sagte Stella. »Mein Sohn. Er meinte, der Hund hat Ohren wie diese Hauselfen aus Harry Potter. Außerdem hat er eine Vorliebe dafür, Socken zu klauen.«

Jenna lachte auf. »Dann schenkt ihm lieber keine Socke, sonst ist er frei!«

Die anderen fielen in ihr Gelächter mit ein.

In Camerons Hosentasche vibrierte es. Fuck, sein Handy! Mit einer gemurmelten Entschuldigung stand er auf und verließ die Terrasse.

»Cam!«, quietschte Victoria atemlos, sobald er das Gespräch annahm. Konnte sie nicht leiser sprechen?

»Ja, ich bins. Was willst du?«, antwortete er gedämpft.

»Wo bist du nur? Heute war ich in deiner Wohnung«, sie holte tief Luft, »Da ist eingebrochen worden!«

Sein Herz machte einen Satz, als wolle es ihm aus der Kehle springen.

»Sag doch was, Darling! Die Polizei meinte …«

»Du hast die Polizei gerufen?!« Shit, hoffentlich war er

weit genug weg, dass niemand diesen Ausruf hören konnte. Vorsichtshalber machte er ein paar eilige Schritte in Richtung Garten.

»Selbstverständlich! Zumal sie ja neulich schon bei mir waren und …«

»Sie waren bei dir?«

»Das wollte ich dir schon die ganze Zeit erzählen, aber du gehst ja nicht ran, wenn ich dich anrufe«, zischte sie indigniert. »Sie wollten wissen, wo du bist. Ich hab ihnen gesagt, in Rio, aber inzwischen glaube ich das selbst nicht mehr. Jedenfalls ist nichts weggekommen. Sie haben aber Fingerabdrücke gefunden, die nicht von dir oder von mir sind. Sie wurden nicht sehr gründlich weggewischt, und man konnte noch was erkennen. Darling? Bist du noch dran?«

»Ja doch«, stöhnte er.

»Wie geht es dir? Wo bist du wirklich? Was machst du gerade? Ich mache mir Sorgen. Was macht deine Wunde im Gesicht? Hast du noch Schmerzen? Mom lässt ausrichten, dass sie noch keine Gästeliste von dir hat, und …«

Cameron zwang sich zur Ruhe. »Victoria. Bitte, das hat Zeit. Ich bin gerade in einer verflixt unangenehmen Lage. Es geht mir gut, aber ich … verdammt, du weißt, dass ich gerade keinen Kopf für all diese Dinge habe. Ich melde mich, wenn ich alles klären konnte.«

»Wie kannst du etwas klären, wenn du nicht hier bist?«

»Mein Anwalt. Ich muss ihn sprechen. Und er ist auf Reisen. Ich werde ihn morgen treffen, spätestens übermorgen. Dann wird sich alles aufklären, und ich kann nach Hause kommen. Wir dürfen nicht so lange telefonieren.«

»Cameron …«, hauchte sie. »Warum nicht?«

Wie sollte er ihr das erklären, ohne dass jemand verdächtige Worte mithören konnte?

»Es ist zu deiner Sicherheit«, raunte er so leise wie möglich.

Victoria keuchte auf. »Zu meiner Sicherheit?«

»Hör zu, Victoria, es hat einen Grund, weshalb das alles passiert ist. Die Sache im Gefängnis. Jemand glaubt, ich weiß zu viel. Und wenn du auch zu viel weißt, dann ...«

»Cam!«, keuchte sie nochmals, diesmal lauter.

»Ich erkläre dir alles, wenn ich wieder zu Hause bin. Tut mir leid, Vic, ich muss jetzt wirklich Schluss machen.« *Bevor mir etwas Verdächtiges herausrutscht*, fügte er in Gedanken hinzu.

»Cam, nicht! Bitte bleib dran. Ich habe noch so viele Fragen, und ...«

»Sorry, Schatz. Ich melde mich. Alles Gute.« Er wartete nicht ab, bis sie sich von ihm verabschiedete. Sie würde ihn minutenlang mit Fragen und Vorwürfen bombardieren.

»Goodbye, Victoria.«

Was hatten die Einbrecher in seiner Wohnung gesucht? Die wichtigen Unterlagen und Papiere waren immer in seinem Büro und jetzt wahrscheinlich längst bei der Polizei. Größere Geldbeträge bewahrte er nie in der Wohnung auf, und auf seine Maßanzüge hatte es ganz bestimmt niemand abgesehen. Höchstens auf die goldenen Manschettenknöpfe. Aber die lagen sicher im Safe hinter dem kleinen Gemälde im Schlafzimmer.

Aufatmend stellte er bei seiner Rückkehr auf die Terrasse fest, dass die Familie sich angeregt unterhielt und Jenna in der Küche den Hund mit Hilfe einiger Fleischstückchen dazu brachte, »Sitz« und »Platz« zu machen. Hoffentlich hatte niemand sein Gespräch mit angehört.

KAPITEL NEUN

JENNA

D er Morgen war nebelverhangen und nieselig. In der Luft lag Feuchtigkeit. Zum Abschied hatten sich alle neben dem Jeep versammelt. Wir küssten und umarmten uns, begleitet von den besten Wünschen für meinen »charmanten Gast«, wie Stella Nick titulierte. Er nahm das mit einem gleichmütigen Lächeln auf.

»Falls Sie im Dezember noch hier sind, würde ich mich freuen, Sie auf unserer Hochzeit zu sehen«, sagte William und drückte Anny dabei fest an sich. Diese Blicke, die sie tauschten, diese Nähe, die man förmlich mit Händen greifen konnte – ich würde das niemals haben. Wollte ich auch gar nicht. Nur, warum stach dieser Anblick mir dann so in der Magengegend? Ach verdammt.

»Das würde mich sehr freuen«, erwiderte Nick höflich. »Ich bin aber nicht sicher, ob ich bis dahin nicht schon wieder abgereist bin. Jedenfalls herzlichen Dank für alles. Sie sind eine beneidenswerte Familie. Ich freue mich, Sie kennengelernt zu haben.«

Im Rückspiegel war zu sehen, wie sie uns alle hinterherwinkten. Leises Bedauern machte sich in mir breit. Ein paar Tage länger hätte ich es durchaus noch auf Darnes Manor ausgehalten. Aber okay. Das hier war mein Job, und er würde ‚Capetown Wonders‘ monatelang über Wasser halten.

Wir bogen auf die Annandale Road ein, Richtung Somerset West. Die Berge waren hinter einer Nebelwand versteckt, winzige Wassertröpfchen perlten auf die Windschutzscheibe.

Nick hatte sich entspannt zurückgelehnt und fuhr sich wieder mit Daumen und Zeigefinger über das bärtige Kinn, den Blick in die Ferne gerichtet.

Auch ich blieb in Gedanken versunken. Es war sinnlos, dumme Fragen zu stellen. Fragen nach seinen Zielen und Plänen. Und absolut sinnlos, noch länger an diesen vermaledeiten Kuss zu denken. Leider hielt sich mein Unterbewusstsein nicht daran. In einer Endlosschleife wiederholte mein Gedächtnis diese Szene, und ich verfluchte es dafür.

Je näher wir der Küste kamen, umso mehr lichtete sich der Nebel. Nur hier und da hingen noch weiße Fetzen über den Weinstöcken. Am dunstigen Himmel entfaltete die Sonne ihre Kraft, und ich schaltete die Klimaanlage ein.

»Was hat dich so verletzt?«

Wie bitte? Was war das denn für eine Frage? Nick starrte weiterhin geradeaus auf die Straße. Hatte er das gerade wirklich gefragt?

»Wie kommst du darauf, das etwas mich verletzt hat?« Blöde Gegenfrage. Warum konnte ich es nicht einfach abstreiten? Er kannte mich doch gar nicht!

»Du verhältst dich so widersprüchlich. Einen Moment bist du anschmiegsam wie ein – nun ja, Kätzchen, und dann wieder fährst du die Krallen aus …«

»Das machen Katzen so. Krallen ausfahren.« Himmel,

worauf wollte er hinaus? Das gehörte definitiv nicht zu meinem Job!

»Um sich zu schützen. Vor Verletzungen. Also. Wovor schützt du dich?«

Das ging echt zu weit. Wie kam er darauf, was ging ihn das an! »Fragen wir doch lieber einmal, wer dir deine Verletzungen zugefügt hat. Die sind nämlich deutlich sichtbar! Ich glaube nicht mehr an einen Unfall«, zischte ich.

»Es ist kein guter Stil, Fragen mit einer Gegenfrage zu beantworten.« Nick verschränkte die Arme vor der Brust.

»Ach ja? Ich finde, es ist kein guter Stil, Fragen zu stellen, die einen nichts angehen. Ab-so-lut kein guter Stil.«

Er lachte auf. »Dann sind wir ja jetzt quitt. Was du wissen willst, geht dich nämlich genau so wenig etwas an. Mal ganz abgesehen davon, dass ich dir diese Frage sogar beantwortet habe.«

»Nur eben leider unvollständig.«

Jetzt presste er die Lippen zusammen. Selber schuld, dass ich ihn ertappt hatte. Was musste er auch in meinem Innenleben herumwühlen? Das tat ich ja selbst schon zur Genüge.

»Dann gib mir doch ebenfalls eine falsche Antwort«, sagte er leichthin.

»Du glaubst, du darfst alles von mir wissen, nur weil wir uns neulich …«, schnauzte ich.

»Gestern. Es war gestern«, korrigierte er. »… geküsst haben? Nein, das glaube ich nicht. Aber ich – wünsche mir, mehr über dich zu wissen.«

Warum nur flatterte mein Herz so komisch? »Ich wünsche mir auch vieles. Doch man bekommt nicht alles, was man sich wünscht. So ist das.« Herrgott noch mal.

»Aber bald ist Weihnachten.« Zuckten da seine Mundwinkel? Ich spürte es eher, als dass ich es sah, schließlich musste ich den Blick auf die Straße richten.

»Ich glaube nicht mehr an den Weihnachtsmann.« Auf irgendeine merkwürdige Weise schaffte er es, dass sich meine Mundwinkel zu einem Grinsen verzogen. Ach verdammt!

»Aber ich. Ich glaube fest, dass man bekommt, was man sich wirklich wünscht. Man muss es nur zulassen. Und verhindern, dass einen das Unterbewusstsein ausbremst.«

»Jetzt werden wir also philosophisch«, ätzte ich.

»Was ist daran falsch? Jeder sollte sich darüber Gedanken machen.«

»Wenn du dir über deine Wünsche Gedanken gemacht hättest, wärst du jetzt höchstwahrscheinlich nicht hier und in diesem Zustand. Dann säßest du schön gemütlich zu Hause in London in deinem vermutlich super durchgestylten Apartment und würdest Weihnachtslieder hören. Denn dann hätte dir niemand diese blauen Flecken und diese Wunde im Gesicht zugefügt. Weil du dir das unmöglich gewünscht haben kannst.«

»Wie du ganz richtig bemerkt hast, gehen nicht alle Wünsche in Erfüllung. Aber hey. Ich bin hier, um die Folgen dieser Geschehnisse zu beseitigen.«

»Dabei wünsche ich dir von Herzen viel Glück.«

»Du könntest mir dabei helfen.«

»Das tue ich. Ich erfülle deinen Wunsch, nach Oudtshoorn zu gelangen und deinen Sachzwängen nachzukommen.«

Nick stieß einen tiefen Seufzer aus. »Wie schade.«

Ja, schade. Ohne Sachzwänge wäre diese Tour weitaus erfreulicher. Wir könnten uns ungezwungen unterhalten, so wie neulich. Er hätte keine düsteren Geheimnisse vor mir, und ich … ach verdammt. Warum hatte er mich unbedingt küssen müssen?

»Können wir nicht einfach so tun, als wäre das eine Urlaubsreise?«, fragte ich. »Dann bräuchten wir uns um diesen ganzen Verletzungs-Scheiß keine Gedanken zu machen.«

»Du kannst dir gar nicht vorstellen, wie nahe du damit meinen Vorstellungen kommst. Dann hätte ich dich gerne als meine Begleiterin. Und nicht als Reiseführerin.«

»Ich begleite dich doch.« Vor uns tauchte eine Ampel auf. Ich schaltete einen Gang herunter, und plötzlich spürte ich seine Hand auf meiner.

»Aber nicht so, wie ich es mir wünsche«, sagte er sanft.

Warum konnte er nicht damit aufhören? Diese kleinen Glöckchen, die in meinem Inneren leise klingelten, das waren Alarmglocken! Sie waren dazu da, den Aufruhr in meinem Herzen zu stoppen, doch sie hörten sich so leicht an und so heiter. Das war eine gemeine Täuschung.

Es gab keine Antwort auf seine Bemerkung und keine andere Möglichkeit, als meine Hand unter seiner wegzuziehen. Wir verfielen in Schweigen. Ein Schweigen, das sich ganz und gar nicht einverständlich anfühlte. Er versuchte, hinter meine Stirn zu schauen. Genau so wie ich in seine Gedankenwelt eindringen wollte. Nur, dass keiner von uns das zugeben konnte.

Die Ampel schaltete auf Grün, und ich legte einen Kavaliersstart hin. Himmel, war ich bockig? Vor uns tauchten die Dünen auf, deren Konturen mit dem nebligen Dunst verschwammen. Hinter einer Kurve leuchtete das Meer.

Im Rückspiegel tauchte ein dunkelroter Pick-up auf. War der nicht eben schon hinter uns gewesen, am Ortsausgang von Stellenbosch?

Irgendetwas war merkwürdig. Dieser Wagen folgte uns schon seit einigen Kilometern. Normalerweise nichts Besonderes, aber der Pick-up hier machte jeden Überholvorgang mit. Kaum, dass mal zwei andere Autos zwischen uns lagen. Spontan bog ich an der nächsten Kreuzung links ab und gab Gas. Die Reifen wirbelten den Staub und Sand hinter uns auf, die Beschleunigung drückte uns in die Sitze. Und der Wagen folgte uns. Mir brach der Schweiß aus.

»Was tust du da?« Nick richtete sich auf und starrte mich an.

»Ich glaube, wir werden verfolgt.«

CAMERON

Das Adrenalin schoss durch Camerons Adern wie eine Explosion. Seine Handflächen wurden plötzlich feucht. Auf Jennas Stirn standen Schweißperlen, und sie presste die Lippen zusammen.

»Nicht umdrehen«, zischte sie ihm zu. »Sie sind recht weit hinten, aber dreh dich nicht um.«

»Seit wann folgen sie uns?«

»Seit Stellenbosch.« Die Reifen quietschten, als sie nach links abbog, ohne den Blinker zu setzen. »Der dunkelrote Pick-Up da hinten. Vielleicht siehst du etwas im Rückspiegel.«

Sie drückte einen Knopf am Lenkrad, und das Piepen eines Telefons klang aus dem Lautsprecher. Eine weibliche Stimme meldete sich.

»Hi Jenna!«

»Saartjie …« Mehr konnte er nicht verstehen, denn die Frauen sprachen Afrikaans. Jenna schien klare, knappe Anweisungen zu geben. Die andere Frau klang zuerst aufgeregt, doch dann beruhigte sich ihre Stimme, sie wiederholte, was Jenna gesagt hatte und sagte am Schluss mehrmals »okay!«

Cameron warf einen Blick in den linken Außenspiegel. Hinter der Staubwolke, die sie aufwirbelten, war ein Auto zu sehen, das ihnen folgte. Es hielt Abstand, doch er hatte keine Zweifel, dass Jenna alles richtig beobachtet hatte.

Die Straße wurde zu einem unbefestigten Weg. Sand

und Kies spritzten unter den Reifen auf, geschickt wich Jenna einigen Schlaglöchern aus, trotzdem rumpelte der Jeep und warf sie beide in den Sitzen hin und her. Cameron stöhnte vor Schmerzen und hielt die Hand auf die geprellten Rippen.

»Verdammt, Jenna, nicht so rabiat!«

»Sorry. Ich schüttle die Verfolger ab«, sagte sie knapp. »Halt dich fest.«

»Wie willst du sie abschütteln, hier gibt es keine Kreuzungen, noch nicht mal Häuser. Die können uns meilenweit sehen!«

»Wart´s ab.«

Vor ihnen tauchten ärmliche Wellblechhütten und Buden aus roh zusammengezimmertem Holz auf. Über den windschiefen Dächern stieg Rauch auf. Ein Schild mit »Khayelitsha«. Der Wagen donnerte mitten hinein in das Township. Die Menschen am Straßenrand hielten in der Bewegung inne und starrten sie an, die Münder geöffnet, einige ließen alles fallen, was sie in der Hand hatten.

Scharf bremste Jenna vor einem mageren Hund ab, der die Straße überquerte, um gleich darauf wieder Gas zu geben. Das Dröhnen des Motors übertönte das Knirschen des Kieses unter den schweren Rädern. Sie überfuhren ein Schlagloch, der Wagen machte einen Satz, der sie fast aus den Sitzen hob, und setzte hart auf.

»Achtung jetzt!« Jenna legte eine Vollbremsung hin. Mit blockierten Reifen schlitterte der schwere Wagen weiter geradeaus, Menschen brachten sich durch einen Sprung in die Eingänge der Hütten in Sicherheit, Hühner flatterten auf.

»Fahr weiter! Um Gottes Willen, warum hältst du an?«, brüllte Cameron.

In diesem Moment kamen die Menschen auf die Straße, umringten das Auto. Männer mit zerfurchten Gesichtern,

Frauen mit bunten Kleidern, halbnackte Kinder. Immer mehr kamen aus den Hütten ringsum. Cameron erstarrte in seinem Sitz.

Doch Jenna lächelte den Menschen freundlich zu, winkte ihnen sogar. Einige erwiderten ihr Lächeln. Mit dem Daumen deutete sie hinter sich. Die Männer folgten mit den Blicken. Dann lösten sie sich langsam vom Wagen und gingen nach hinten. Im Außenspiegel verfolgte Cameron, wie sie sich hinter dem Auto versammelten, Frauen und Kinder folgten ihnen in einigem Abstand, sie blieben hinter den Männern, alle schauten angespannt auf den Pick-up, der immer näher kam.

»Sie werden sie über den Haufen fahren«, keuchte Cameron. »Fahr weiter!«

»Das werden sie nicht«, sagte Jenna mit einer Gelassenheit, die ihn wahnsinnig machte.

»Woher weißt du das? Vielleicht sind sie bewaffnet und schießen in die Menge!«

»Das wäre ihr Todesurteil. Die Männer da vorne haben ein Gewehr.«

»Jenna, was hast du …«

Wie auf Kommando fingen die Leute hinter ihnen auf einmal zu tanzen an. Durch die geschlossenen Fensterscheiben drang der vielstimmige Gesang, eine Trommel ertönte, und sie bewegten sich im Rhythmus der Musik. Jetzt kamen auch aus den weiter entfernten Hütten die Menschen, das Auto der Verfolger war eingekeilt zwischen der tanzenden Menge, die sich um das Fahrzeug herum bewegte.

Die Gesichter der Verfolger waren nicht zu erkennen. Sie hupten mehrmals, doch das Geräusch ging unter in dem Lärm und Gesang und Durcheinander ringsum.

»Jetzt!«, sagte Jenna und fuhr an, vorsichtig diesmal, um den hinter ihnen stehenden Menschen nicht den Dreck um die Ohren zu schleudern, und bog in eine Seitenstraße ein, wo sie beschleunigte. In halsbrecherischem Tempo donnerten sie über die Piste, bogen einmal links ab und wieder rechts, ihm fehlte inzwischen die Orientierung, alles ging zu schnell.

Sie erreichten eine breitere Piste, die Hütten an den Seiten wurden weniger, schließlich überquerten sie einen Hügel und ließen das Township hinter sich. Jenna ging nicht vom Gas, in halsbrecherischem Tempo jagte sie den Jeep hinunter, schleudernd drifteten sie um eine Kurve, dann kam eine Asphaltstraße in Sicht. Jenna bog ein, ohne auf den Verkehr zu achten. Empörtes Hupen erklang. Sie hob die Hand wie zur Entschuldigung und setzte die Fahrt in unvermindertem Tempo fort, überholte zwei Lastwagen und einen Eselskarren, raste weiter durch Kurven und über Anhöhen.

Erst, als die Straße hinter ihnen frei war und im Rückspiegel nur noch die Lastwagen zu erkennen waren, reduzierte sie das Tempo ein wenig. Camerons Herzschlag normalisierte sich nur langsam. Unmöglich, in Worte zu fassen, was geschehen war. Er presste die Hände auf die Oberschenkel, krallte sich in den Stoff seiner Hose und atmete schwer.

»Wir müssen die Route ändern«, sagte Jenna, ebenso atemlos wie er. Mit dem Handrücken wischte sie sich über die verschwitzte Stirn. »Puh, ich denke, wir haben sie abgehängt.«

»Ich glaube, ich brauche jetzt eine Pause. Und einen Drink.«

Jenna ließ ein zittriges Lachen hören. »Ich glaube, das brauch ich auch. Aber erst, wenn wir wirklich sicher sind.«

Das würden sie nirgendwo sein. Nicht mehr jetzt. Aber Cameron verbiss sich diese Bemerkung. »Ich weiß nicht, wie ich dir danken soll«, sagte er rau.

»Lös mich ab.« Jenna steuerte den Wagen auf eine Tankstelle. Ein Tankwart füllte diensteifrig den Tank auf und putzte die verstaubten Scheiben.

Cameron stieg aus und eilte um den Wagen herum, um Jenna aufzufangen.

Sie stand schon vor dem Wagen, nach vorne gebeugt, die Hände auf den Knien wie nach einem 800-Meter-Lauf, und atmete tief ein und aus. Mit beiden Händen fasste er sie vorsichtig an den Schultern, half ihr, sich aufzurichten, und sah in ihr blasses, vom Schrecken gezeichnetes Gesicht. Impulsiv nahm er sie in die Arme, und sie leistete keinerlei Widerstand. Sie verbarg ihren Kopf sogar in seiner Halsbeuge, tief atmend. Er fühlte die Bewegungen ihres Brustkorbs unter seinen Händen.

Sie hielten sich aneinander fest, selten hatte er eine Berührung als so tröstlich erlebt wie jetzt ihr Gesicht an seinem Hals, ihre Brust an seiner.

»Ahem, das macht 850 Rand, Sir«, ließ sich der Tankwart vernehmen. »Bezahlen Sie drinnen.«

Cameron strich Jenna über das Haar, und im Zeitlupentempo lösten sie sich voneinander. Er wandte sich dem Kassenhäuschen zu, zahlte und kaufte zwei Tüten Biltong sowie ein Sixpack Cola. Am liebsten hätte er auch Rum dazu genommen, aber hier gab es keinen Alkohol, wie er mit Bedauern feststellte.

Auf dem Rückweg zum Auto drückte er dem Tankwart zehn Rand Trinkgeld in die Hand, was dieser mit einem »Gott vergelts« und einem strahlenden Lächeln quittierte, bei dem zahlreiche Zahnlücken zum Vorschein kamen.

Jenna hatte es sich auf dem Beifahrersitz bequem gemacht. Die Hände lagen aneinandergelegt zwischen ihren Knien. Cameron verstaute die Einkäufe im geräumigen Handschuhfach und justierte Fahrersitz und Spiegel. Mit einem Vibrieren startete der Motor, und

Cameron steuerte den Wagen vorsichtig auf die Straße zurück.

Jenna nahm eine Coladose heraus und öffnete sie. »Das ist zwar kein richtiger Drink, aber für den Anfang wird es reichen.« Damit hielt sie ihm die Dose hin, und er nahm ein paar durstige Schlucke.

»Danke. Für alles, meine ich. Wie hast du das gemacht?«

»Betriebsgeheimnis. Nein, Scherz. Ich habe einige Freunde im Township, und Saartjie hat sie für mich mobilisiert. Aber«, nun wandte sie den Kopf und musterte ihn scharf von oben bis unten, »wem habe ich hier verdammt noch mal den Arsch gerettet? Dir oder mir? Ich wüsste nicht, warum jemand hinter mir her sein sollte.«

Früher oder später musste diese Frage kommen. Er hatte sie erwartet. Trotzdem hatte er keine befriedigende Antwort parat.

»Ich weiß es selbst nicht«, sagte er schließlich nicht ganz wahrheitsgemäß. »Ich werde verfolgt. Aber ich habe keinerlei Ahnung, von wem.« Das war wenigstens nicht gelogen, wenn er auch einiges weggelassen hatte.

»Da vorne rechts«, sagte Jenna.

Der Wegweiser deutete zum Huguenot Tunnel und nach Worcester. »Okay.«

Sie fuhren auf die Autobahn, lebhafter Verkehr, aber kein verdächtiges Fahrzeug hinter ihnen. Der Weg führte bergauf, eine Mautstation mit zwei Tunnelröhren dahinter kam in Sicht.

Nachdem er die lächerliche Maut von 28 Rand beglichen hatte und sie in die linke Tunnelröhre hineinfuhren, beharrte Jenna auf ihrer Frage. »Wer oder was verfolgt dich bis hierher? Hast du Drogen geschmuggelt oder was?«

Er lachte auf. Weiter konnte sie kaum danebenliegen. »Dann wäre wohl ein Blaulicht auf dem Verfolgerauto gewesen.«

Das brachte sie selbst zum Kichern. »Also gut. Keine Drogen. Was dann?«

»Ich weiß es nicht.« Das stimmte allenfalls zur Hälfte. »Vielleicht habe ich etwas gesehen, was ich nicht sehen sollte. Oder habe etwas gehört, was ich nicht hören sollte.«

»Und deshalb verfolgt man dich 12.000 Kilometer weit?« Er konnte förmlich spüren, wie sie die Brauen hochzog.

»Nun, wenn das Leben oder die Freiheit von jemandem davon abhängt …?«, erwiderte er vage.

»Du verarschst mich, Nick.« Sie kniff die Lippen zusammen.

»Das tue ich nicht. Ich versuche nur, mir selbst die Zusammenhänge zurechtzureimen.« Dabei waren ihm diese inzwischen einigermaßen klar. Die Typen hatten herausbekommen, wo er sich aufhielt. Und sie wollten ihn zum Schweigen bringen. Aber konnte er das Jenna sagen? Unbedingt, verlangte eine Stimme in ihm. Doch eine andere hielt ihm vor, wie absolut undenkbar das war. Sie würde die Tour abbrechen. Sie würde ihn nie wiedersehen wollen. Und sie wäre unsagbar verletzt.

»Ich fasse zusammen: Du weißt zuviel und jemand will dich zum Schweigen bringen.« Jenna sagte das in diesem trockenen Ton, den er einerseits verabscheute und der ihn anderseits so unsagbar reizte.

»Eine andere Erklärung habe ich nicht. Nur was genau das ‚zuviel‘ ist … das … das kann ich nicht genau sagen.«

»Dann sag es ungenau.« Jenna setzte die Coladose an und leerte sie. Es knackte blechern, als sie sie zusammendrückte und achtlos hinter sich warf.

»Das habe ich bereits. Ich bin auf der Suche nach der genauen Antwort.«

»Daher diese Sachzwänge?«

»So ungefähr.«

Der Tunnel war zu Ende, er blickte über ein schmales Tal, eingefasst von Bergen voller gelb blühender Proteen mit handtellergroßen Blüten, die aus dem rötlich schimmernden, kahlen Boden wuchsen. Cameron konnte nicht umhin, diese Pracht zu bewundern.

Jenna riss ihn aus seinen Gedanken. »Dann bist du also in Gefahr. Und hast mich engagiert, um dich – zu retten?«

»Ja. Nein. Doch – in Gefahr bin ich wohl, wenn ich das, was eben passiert ist, richtig deute. Aber du solltest mich nicht wirklich retten. Nur helfen, von A nach B zu kommen – und vielleicht noch – ablenken. Und trotzdem hast du mich gerade gerettet. Zum zweiten Mal. Du bist wirklich tough, und das gefällt mir. Nicht nur, weil es mir nützt. Sondern …«

»Sondern?«

»Einfach so. Ich weiß nicht, wie ich es ausdrücken soll. Bisher habe ich noch keinen Menschen kennengelernt wie dich.«

Ihre Antwort war ein Prusten. »Ja nee, ist klar. Ich habe auch noch keinen Menschen wie dich kennengelernt. Weil jeder Mensch einfach mal anders ist.«

»Du weißt schon, wie ich das meine. Du bist – besonders.«

Aus dem Augenwinkel nahm er ihren skeptischen Blick wahr. Wie konnte sie jemandem wie ihm glauben, wenn er ihr eine Lüge nach der anderen auftischte? Aber das hier war die Wahrheit.

»Besonders. Besonders zickig, besonders kaltblütig, oder was?«

Oh Mann. Diese Frau war ein harter Brocken. Eine

Schale, so hart wie die einer Kokosnuss, unter der ein weicher Kern lag, ein Kern aus Hingabe, Zärtlichkeit und Leidenschaft. Der Vorgeschmack davon lag immer noch auf seiner Zunge und wenn er ehrlich war, heizte er seine Lenden an. »Besonders sexy und liebenswert«, rutschte ihm heraus.

Er konnte ihre Mimik nicht sehen, weil er sich auf den Verkehr konzentrieren musste. Aber sie atmete hörbar aus. War das ein gutes oder ein schlechtes Zeichen?

Offenbar hatte es ihr die Sprache verschlagen. Statt einer Antwort fummelte sie am Autoradio, und als Marvin Gaye mit »Let's Get It On« erklang, lehnte sie sich mit einem ironischen Lächeln zurück, wie er aus dem Augenwinkel sehen konnte. Oder kam es ihm nur so vor?

»Danke dafür, dass du mich sexy und liebenswert findest«, sagte sie. Warum klang ihre Stimme dabei so komisch? Sie zitterte ein bisschen, als ob sie gleich in Tränen ausbrechen würde.

»Nicht dafür«, erwiderte er. »Das ist wirklich, was ich empfinde.« Hätte er doch bloß das ›wirklich‹ weggelassen! Nur Lügner bekräftigten ihre Worte damit. Wenigstens fasste er sich dabei nicht ins Gesicht, wie es die meisten Lügner taten. Er musste ja das Lenkrad umklammern.

Sie sagte nichts mehr. Aber sie mochte Marvin Gaye. So wie er.

»Ich sollte jetzt geschmeichelt sein«, konstatierte sie mit ein wenig Spott in der Stimme.

»Du entscheidest, ob es dir schmeichelt. Ich bin nur der Überbringer der Botschaft. Aber ja – ich wollte dir schmeicheln. Ich wollte dir ein Lächeln abringen. Oder ein Lachen. Sorry, dass mir das nicht gelungen ist.«

»Oh, es ist dir gelungen. Du hast es nur nicht gesehen. Ist ja ziemlich viel Verkehr.«

»Und ziemlich viel Stress.«

KAPITEL ZEHN

JENNA

»Du hättest hier abbiegen müssen!« Verdammt, warum hatte ich dieses Schild übersehen? Und warum war das Navi aus?

Nick bremste abrupt. »Sorry, ich kenne den Weg nicht.«

»Tut mir leid. Ich hätte daran denken müssen.«

Ich hatte nach dem Vorfall im Township ohne Nicks Wissen die Route geändert. Wir brauchten einen Ort, an dem wir uns wenigstens für eine Nacht verstecken konnten. Wo nur Menschen hinkamen, die sich vorher angemeldet hatten. Inverdoorn war der erste, der mir in den Sinn gekommen war. Einsam gelegen, scharf bewacht und mit allem erdenklichen Luxus ausgestattet. Bis eben waren wir auf dem richtigen Weg gewesen.

Nick wendete und fuhr zurück zu der Abbiegung. »Hier?«

»Ja.«

»Hier steht ‚Ceres‘ dran. Und ‚Sutherland‘. Nix Oudtshoorn.«

»Wir müssen einen sicheren Umweg fahren. Ich habe einen Ort ausgesucht, der dir gefallen wird.«

»Verdammt, Jenna! Ich muss zu meinem Anwalt und kann mir keine Umwege leisten!«

Anwalt! Innerlich notierte ich mir diesen Stichpunkt. »Wir brauchen erst mal einen sicheren Ort, an dem wir verschnaufen können. Einen, zu dem uns niemand folgen wird. Das muss jeder verstehen, auch dein Anwalt.«

Sein konsterniertes Gesicht hätte mich fast zum Lachen gebracht. Wenn da nicht dieser dunkelrote Pick-up gewesen wäre.

»Fahr einfach da lang«, verlangte ich, und er bog ab.

»Ich muss nach Oudtshoorn«, beharrte er trotzdem.

»Aber nicht im Leichenwagen«, widersprach ich, und damit entlockte ich ihm ein verstohlenes Schmunzeln.

Er wandte mir den Kopf zu. »Du hast immer einen Plan B parat, stimmt's?«

Schön wär's. Ich unterdrückte einen Seufzer. »Nicht immer, aber manchmal.«

»Na gut. Schauen wir, wohin uns dein Plan B heute bringt.« Er trat das Gaspedal durch.

Wir passierten Ceres, eine typische Provinzstadt am Rand der Wüste, staubig und heiß und voller Menschen, denen die Armut anzusehen war. Dahinter teilte sich die Straße in zwei Schotterpisten, die ins Nichts zu führen schienen.

»Nimm die rechte«, wies ich Nick an.

Der Wagen wand sich die kurvige und unbefestigte Straße herunter, entlang an den trockenen Bergen in dieser Gegend, bis wir die karge Hochebene erreichten, auf der die Piste sich schnurgerade in Richtung Nordosten zog. Im Hintergrund die Silhouetten der Berge, neben und vor uns nur Sand und Staub und niedrige Büsche mit dicken Blättern, die das hier seltene und kostbare Wasser speicherten.

Es war später Nachmittag, als das Schild neben uns auftauchte: Inverdoorn Private Game Reserve.

»Bieg da links ab.«

Nick setzte wortlos den Blinker und fuhr auf die weitaus schmalere Piste, die aus seiner Sicht ins Nichts führen musste. Hoffentlich ließ man uns herein, ich verließ mich auf meine Bekanntschaft mit den Geschäftsführern und mit Mitch, dem Leiter der Sicherheitsabteilung. Hier draußen gab es kein Netz, über das ich mit ihnen hätte Kontakt aufnehmen können.

Vor uns kamen das Wachgebäude und ein Schlagbaum in Sicht. Zu beiden Seiten zog sich ein hoher Stahlzaun hin, darauf Warnschilder, dass alles videoüberwacht sei. Und dass bei unerlaubtem Eindringen ohne Vorwarnung geschossen würde.

Nick schienen diese Schilder zu beruhigen. Er ließ den Wagen langsam vor dem Schlagbaum ausrollen. Ein uniformierter Schwarzer von imposanter Größe kam aus dem Wachhaus. Er trug eine Pistole am Gürtel und machte ein amtliches Gesicht.

»Guten Tag, die Herrschaften. Sind Sie angemeldet?«, fragte er mit einem dienstlichen Lächeln. Doch er hatte die Hand am Pistolenholster.

Ich beugte mich zur Fahrerseite hinüber. Für einen Moment verwirrte mich Nicks Duft, der mir in die Nase stieg, und ich musste mich sammeln. »Hallo Sir. Nein, wir sind nicht angemeldet. Ich bin Jenna Darnes, und Sie kennen mich vermutlich. Oder jedenfalls die Busse von ‚Capetown Wonders‘, die bei Ihnen täglich vorfahren. Ich müsste einmal mit Mitch sprechen, bitte. Ist er hier?«

Der Wachmann warf uns einen zweifelnden Blick zu. »Ich kann Sie nicht durchlassen. Sorry.«

»Sie sollen mich nur telefonieren lassen. Bitte. Da draußen gibt es kein Netz, wie Sie wissen.«

Der Mann machte eine resignierende Geste. »Telefonieren Sie, mit wem Sie wollen. Aber hier draußen.«

»Hier gibt es kein Netz. Bitte lassen Sie mich in Ihrem Wachhaus mit Ihrem Chef sprechen. Wir kennen uns. Mitch DuPlessis. Bitte.«

Der Name ließ ihn wenigstens aufhorchen. »Sie meinen …«

»Ja genau. Mitchell DuPlessis. *Der* Mitchell DuPlessis.«

Endlich. Der Mann rief einen Kollegen aus dem Wachhaus herbei, der ein Auge auf Nick haben sollte. Dann ließ er mich aussteigen und bedeutete mir, ihm zu folgen.

In dem winzigen Gebäude war es stickig. Ein Hauch von Schweiß waberte durch den Raum, verbunden mit dem durchdringenden Geruch nach Bohnerwachs. Ein Ventilator röhrte über unseren Köpfen, vermochte aber keine Erfrischung zu spenden. Er verteilte lediglich die Hitze und wirbelte den Staub durcheinander.

»Hier bitte.« Der Wachmann hielt mir einen Telefonhörer hin und drückte am Apparat auf die 1.

»Was ist?«, tönte die Stimme aus dem Hörer.

»Hallo Mitch. Hier ist Jenna. Wir brauchen dringend ein Zimmer für heute Nacht.«

»Jenna! ‚Capetown Wonders' herself! Was verschafft mir denn diese außergewöhnliche Ehre?«

»Dürfen wir rein? Mein Kunde ist sauber, ich schwör´s. Oder wollt ihr erst seinen Reisepass sehen?«

»Nicht, wenn du dabei bist. Das regeln wir an der Rezeption. Gib mir Tlele, ich gebe ihm Bescheid.«

Fünf Minuten später befanden wir uns innerhalb des eingezäunten Geländes auf dem Weg zur Lodge. »Achtung Schildkröten«, warnten einige Schilder links und rechts neben der unbefestigten Straße. Vor uns tauchte das Lodge auf, eine kleine Siedlung mitten in der Wüste.

Wir parkten unter einem Strohdach, das die brennenden Sonnenstrahlen fernhielt, und bekamen in der Rezeption den Schlüssel für einen der kleinen Bungalows, die verstreut inmitten eines Wüstengartens lagen. Ringsum dekorativ aufgestellte Steine mit Aloe und anderen Wüstenpflanzen dazwischen. Ein Gärtner ging herum und wässerte sie.

»Hier ist es.« Wir standen vor einem kleinen Bungalow mit einer überdachten Terrasse, gemütlich mit Sitzbank und einem Tischchen ausgestattet. Nick nahm mir den Schlüssel aus der Hand und öffnete und trat ein.

Ich folgte ihm – und schlug die Hand vor den Mund. »Nein!«

»Was ist? Gemütlich hier, nicht?«

Schwungvoll stellte ich den Koffer ab. »Gemütlich, ja. Aber das da ist ein Doppelbett!«

Er grinste. »Du hast das Zimmer bestellt. Ich dachte, das ist Absicht.«

»Ich hatte einen Zweizimmer-Bungalow bestellt!«, fuhr ich ihn an. »Ich kann nicht mit dir in einem Bett schlafen!«

Sein Grinsen wurde breiter. Er ließ sich auf die kleine Couch fallen, die am Fußende des Steins des Anstoßes stand, und streckte die langen Beine aus. »Das ist doch nicht schwierig«, sagte er. »Du machst einfach die Augen zu und fertig.« Das Glitzern in seinen Augen strafte seine Worte Lügen. Er würde alles andere als fertig sein, wenn ich die Augen schloss.

»Das muss ein Irrtum sein. Ich gehe noch einmal nach vorne«, grollte ich. Bevor ich einen Schritt machen konnte, hatte ich seine Hand am Handgelenk, und er zog mich näher zu sich.

»Ich verspreche dir, nichts zu tun, was dir nicht gefällt. Wenn es sein muss, dann schlafe ich auf meinen Händen, um dich nicht anzurühren.«

Wie bekam ich nur das verschmitzte Grinsen aus

seinem Gesicht? Mich loszureißen funktionierte schon mal nicht. Im Gegenteil. Jetzt erhob er sich, griff nach meiner anderen Hand und zog mich ganz zu sich heran. Mein Wunsch, ihm an die Gurgel zu gehen, verschwand augenblicklich. Als hätte man eine Nadel in einen Luftballon gepikt. Genau so verpuffte gerade mein Ärger. Irgendetwas an ihm war unwiderstehlich, magnetisch, magisch. Das, was wir gerade durchgestanden hatten?

Ich leistete keinen Widerstand gegen seine Hände, die auf meinem Rücken lagen, und gegen seinen Körper, der mir auf einmal so nah war. Die restliche Distanz zwischen uns überbrückte ich, indem ich mich an ihn lehnte, mit geschlossenen Augen dem Rhythmus seines Herzens lauschte und seinen Duft einatmete. Und als ob das nicht genug wäre, hob ich den Kopf und ließ es zu, dass er meinen Mund eroberte.

Sanft und fordernd und süß erbat er sich mit der Zunge Einlass, und ich gewährte alles, was er verlangte, überließ mich seiner Zärtlichkeit und erwiderte sie. Nein, nicht erwiderte. Ich forcierte sie, legte ihm die Arme um den Hals, fuhr mit den Händen durch sein Haar, und sogar das Kitzeln seines Bartes an meiner Wange hatte etwas Erregendes. Eine Flut von Empfindungen durchrieselte mich, prickelnd und warm und verwirrend vertraut.

Diesmal lösten wir uns lange nicht voneinander, und am Ende war ich es, die sich ein wenig atemlos von ihm losmachte, seine Hände dabei in meinen behielt. Der Ozean in seinen Augen war aufgewühlt und dunkel.

»Ich bin nicht sicher, ob ich wirklich auf meinen Händen schlafen *möchte*«, raunte er und schmunzelte dabei. »Es gibt so viel Schöneres, was ich damit anstellen könnte …«

Das trug nicht dazu bei, mein aufgeregtes Herz zu beruhigen, dessen Schläge bis hinauf in den Hals zu spüren waren. »Nicht jetzt«, hauchte ich mit kratziger Stimme.

Erneut zog er mich an sich, und ich lehnte den Kopf an seine Schulter. Es gab keinen besseren Ort auf dieser Welt für meinen Kopf. Seine Arme gaben mir Sicherheit, die Anspannung der letzten Stunden fiel von mir ab wie ein schwerer Umhang, der langsam zu Boden glitt. Dieser Moment gehörte uns allein.

»Heißt ‚nicht jetzt‘ nie?«, fragte er, die Lippen an meinem Haaransatz, eine streichelnde Hand in meinem Nacken. Oh, wie gut das tat. Die wohligen Schauer, die über das Rückgrat liefen, und trotzdem kam da etwas in mir zur Ruhe, als hätte es den einen Ort gefunden, an dem es zu Hause war. Es war mehr als Versuchung. Es war nicht dieser durch und durch männliche Körper, nicht sein Duft und nicht sein Verlangen. Es war etwas völlig undefinierbar Anderes, das mich einhüllte und trug.

»Nicht jetzt heißt einfach nur nicht jetzt«, murmelte ich an seiner Schulter.

Er lachte unterdrückt und flüsterte: »Das ist ja fast so gut wie ein ‚ja‘.«

»Jedenfalls ist es kein kategorisches Nein.«

Immer noch gab er mich nicht frei, und ich machte keine Anstalten, mich zu lösen. Viel zu beruhigend und zugleich erregend waren diese Nähe und Ungewissheit. Ja, nein, vielleicht?

»Wenn Frauen Vielleicht sagen, heißt es ja«, stellte er fest und strich mir dabei eine Strähne hinters Ohr.

Ich schaute zu ihm auf, in dieses Ozeangrün, das jetzt Ozeanschwarz geworden war. »Wir müssen das nicht sofort entscheiden«, sagte ich leise und so sanft wie möglich.

»Aber bald«, flüsterte er.

»Ich brauche unbedingt eine kalte Dusche«, stellte Cameron fest. Seine Stimme war immer noch belegt. Das Glitzern in Jennas Augen sorgte für eine gewisse Dringlichkeit der kalten Dusche, ansonsten wäre es um seine Selbstbeherrschung geschehen.

Jenna ließ seine Hände los, strich ihm einmal über den Arm. »Aber nimm dir was zum Anziehen mit. Und rasieren könntest du dich auch mal«, fügte sie augenzwinkernd hinzu.

Mit der Hand strich er ihr über den Kopf und fasste nach ihrem Pferdeschwanz. »Und du könntest deine Haare mal offen tragen.« Damit zog er langsam das Haargummi herunter.

»Lass das«, sagte sie kichernd und versuchte seine Hand aufzuhalten. Doch er schob ihr das Haar zur Seite, und sie schüttelte den Kopf wie eine rassige Stute, die eine Fliege vertreiben will.

Bewundernd trat er einen Schritt zurück und betrachtete sie. In weichen Wellen fiel ihre blonde Mähne über die Schultern, und er zwang sich, der Versuchung zu widerstehen, Hände und Nase darin zu vergraben.

»Wunderschön.«

»Danke.« Sie lächelte. »Nun bin ich gespannt auf deine Gegenleistung.«

»Meine Gegenleistung wird dich überraschen und entspannen«, sagte er grinsend, und weidete sich an der sanften Röte, die ihre Wangen daraufhin überzog, und dem Leuchten ihrer Augen. Stellte sie sich das Gleiche unter seinen Worten vor wie er? Verflucht, seine Hose wurde schon wieder eng.

Eilig verschwand er in dem kleinen Bad, das nur durch eine gläserne Schwingtür vom Schlafraum abgetrennt war.

Die Vorstellung, sie könne ihn dabei sehen, wie er aus seinen Klamotten stieg, erregte ihn. Wenn sie keine Lust dazu hatte, sollte sie doch wegschauen. Demonstrativ eine Melodie pfeifend zog er sich die Sachen vom Körper, stieg betont lässig aus seinen Boxershorts und war sich bewusst, dass sie sehen könnte, wie sein bestes Stück sich in Vorfreude steil nach oben reckte.

Er stieg unter die Dusche. Noch war das Wasser warm, rieselte über Kopf und Nacken hinunter und verstärkte seine Erektion. Vor allem, weil er die Vorstellung von Jenna nicht aus dem Kopf bekam. Oh ja. Jenna hier mit ihm unter der Dusche. Das wäre es jetzt. Sein Schwanz zuckte erwartungsvoll bei der Idee.

Oh verdammt. Er wusste nicht einmal, wie sie aussah unter ihren langen Chinos und mit den kurzärmligen Blusen und den Sneakers an ihren Füßen. Er kannte bis jetzt nur die nackte Haut ihrer Arme und Beine. Den Rest musste er seiner Vorstellungskraft überlassen.

Ob sie untenrum rasiert war? Oder widerstand sie diesem Modetrend, und ihr Busch war genau so blond wie ihr Haupthaar? Oh, er konnte es kaum erwarten, ihre Geheimnisse zu enthüllen, und sein Schwanz platzte gleich. Wäre diese verfickte Badezimmertür nicht durchsichtig, würde er sich jetzt sofort einen runterholen. Stattdessen drehte er auf »Kalt«. Sie war noch nicht so weit – aber er würde sie dorthin bringen. Später, nach dem Essen.

Als er mit einem Handtuch um die Hüften, unter dem man Gottseidank keine Latte mehr erkennen konnte, aus der Dusche kam, stand sie vor ihm, und das einzige sichtbare Kleidungsstück, das sie trug, war ein Badetuch, um ihre Brust geschlungen. Verdammte Scheiße, wie sollte er mit ihr die Nacht in einem Bett verbringen, ohne sie anzurühren?

Sie grinste ein bisschen provozierend, hielt ihn dabei

mit zwei Händen auf Abstand. »Bitte sei angezogen, wenn ich fertig bin«, sagte sie mit rauer Stimme.

»Bitte sei *nicht* angezogen, wenn du fertig bist«, erwiderte er, während das Herz in seiner Brust schneller schlug.

Sie zögerte kurz, ihr Blick verhakte sich mit seinem, doch nach einem viel zu kurzen Moment schlängelte sie sich an ihm vorbei hinein ins Badezimmer. »Bitte sieh mir nicht zu!«, rief sie ihm über die Schulter zu und zwinkerte dabei.

»Ich gebe mein Bestes.«

Trotzdem konnte er sich nicht verkneifen, durch die Doppeltür zu spähen. Damit hatte sie wohl gerechnet, denn alles, was er sah, war das Badetuch, das durch den Raum flog und auf dem Waschbecken landete. Seufzend wandte er sich ab und zog sich an. Es war nicht der Moment, um den Bogen zu überspannen. Außerdem täte ihm jetzt eine Ruhepause gut.

Das Bett war lang genug für ihn, sehr bequem, und nicht zu weich. Cameron streckte sich darauf aus und schloss die Augen. Es war leider genau wie mit den grünen Elefanten: Sein Versuch, nicht daran zu denken, was Jenna jetzt tat, wie sie sich abseifte und dabei Stellen ihres Körpers berührte, die er selbst allzu gerne angefasst hätte, war zum Scheitern verurteilt. Er rief sich das kalte Wasser in Erinnerung, aber auch das half nicht. Trotzdem nickte er ein, mit Bildern von ihr im Kopf und einem fulminanten Ständer. Dass man in diesem Zustand überhaupt schlafen konnte.

Eine Berührung an der Schulter weckte ihn. Jenna stand an seinem Bett, sie trug enganliegende Jeans und ein ausgeschnittenes T-Shirt, unter dem ihre Brüste sich in ihrer ganzen sanft gerundeten Pracht abzeichneten. »Nick, möchtest du mitkommen? Es gibt eine Teestunde und danach könnten wir mit den anderen Gästen raus zu den Tieren fahren.«

Er blinzelte verschlafen. Könnte er sie nicht einfach zu sich aufs Bett ziehen und dann …?

Als hätte sie seine Gedanken erraten, schüttelte sie den Kopf. »Nein, ich lege mich nicht hin. Dann – dann kann ich heute Nacht nicht schlafen. Ich fahre mit raus. Hier gibt es auch eine Gepardenstation, die ist gerade erweitert worden.«

»Soso. Geparden«, murmelte er. Richtig reizvoll erschien ihm die Gepardenstation nicht. Vor allem nicht im Vergleich zu der Vorstellung von Jenna, neben ihm liegend. Doch allein im Bett liegen, wenn er stattdessen neben ihr in einem Jeep durchgeschüttelt werden konnte? Das kam nicht in Frage. Also richtete er sich auf und lächelte schief. »Dann muss ich wohl mitkommen.«

»Du kriegst den bequemsten Sitz, wegen deiner Rippen«, versprach sie, und in ihren Augen leuchtete etwas Zärtliches auf.

»Sehr fürsorglich von dir.«

Unter dem Strohdach am Haupthaus war ein kleines Kuchenbuffet aufgebaut, vor dem sich die Gäste in einer Schlange einfanden. Jenna stand vor ihm, so dicht, dass er ihren Duft und sogar ihre Wärme spürte. Es bedurfte hoher Willenskraft, um sich nicht von hinten an sie zu drängen und die Hände bei sich zu behalten.

Sie balancierten ihre vollen Kuchenteller zu einer der niedrigen Sitzecken, die sich um die Terrasse gruppierten.

Ein junges Paar saß neben ihnen, an den Ringfingern ihrer linken Hand glänzten schlichte Goldringe. Flitterwochen? Ein Stich durchfuhr ihn. Inzwischen waren Flitterwochen mit Vic in weite Ferne gerückt. Unvorstellbar weit.

Wollte er überhaupt welche, nachdem er hier auf Jenna getroffen war?

»Du siehst bedrückt aus«, sagte sie und schob sich ein Stück Kirschstreusel in den Mund.

»Kannst du mir das verdenken?« Seine Hand wanderte wie so oft zum Kinn und strich sich über den Bart. Er sollte ihn abnehmen. Nur der Weihnachtsmann strich sich über den Bart!

Mit vollem Mund schüttelte sie den Kopf. Dann spülte sie mit einem Schluck Tee nach. »Ich dachte, hier könnten wir – also könntest du ein bisschen verschnaufen.«

»Tue ich. Aber Gedanken lassen sich nur schwer steuern.«

Ein verstohlenes Lächeln umspielte ihre Lippen. »Das hab ich vorhin gesehen.«

Wieso schoss ihm bei diesen Worten schlagartig das Blut in die Lenden? Hatte sie ihm doch zugesehen im Bad? Er schluckte hart.

»Siehst du«, sagte sie sanft, »jetzt schaust du schon viel – fröhlicher.«

Das brachte ihn zum Lachen. »Fröhlicher. Der Ausdruck trifft es nicht ganz, aber du hast recht – jetzt denke ich an etwas ganz anderes …« Diesen Worten ließ er einen tiefen Blick in ihre wunderschönen Augen folgen.

»Man könnte meinen, du denkst pausenlos an … das eine.« Ihr Blick hielt den seinen fest, das Blau ihrer Iriden verdunkelte sich.

»Tue ich nicht. Ich denke an dich.« Mit einem breiten Grinsen setzte er hinzu: »Und an das eine, das wir tun könnten.«

Ihre Brust hob und senkte sich schneller. Verdammt, er musste seinen Blick losreißen. Doch es war wie bei einem Unglück: Man möchte dringend wegsehen, kann aber nicht.

Die Stimme des Guides erlöste ihn. »So, Herrschaften, wenn Sie hier zum Parkplatz kommen wollen? In fünf Minuten geht es los, ich möchte Ihnen noch einige Instruktionen geben.«

Sie folgten dem braun gebrannten, drahtigen Blonden zum Parkplatz, auf dem drei offene Jeeps mit Dach auf ihren Einsatz warteten. Daneben standen die Fahrer. Beziehungsweise Fahrerinnen, denn zwei von ihnen waren Frauen, nicht älter als Ende Zwanzig, in Khakianzügen und mit Basecaps auf dem Kopf. Sie sahen aus wie Studentinnen in ihren Semesterferien. Cameron stellte Gemeinsamkeiten mit Jenna fest. Sie passte genau hierher, sicher hatte auch sie früher in einem Game Reserve gejobbt.

Das Einzige, was er von den Instruktionen durch Pieter, den Guide, mitbekam, war, dass sie unter allen Umständen im Wagen zu bleiben hatten. Nun, den Rest würde er notfalls bei Jenna in Erfahrung bringen.

Sie bestiegen einen der Jeeps, und Cameron ächzte, als er sich am Haltegriff hochzog. Diese verdammten Rippen gaben immer noch keine Ruhe.

Wie erhofft setzte Jenna sich neben ihn. Die Passagiere mussten nah aneinander heranrücken, die Sitzbänke waren schmal. Was würde sie sagen, wenn er den Arm um ihre Schultern legte?

Ruckelnd setzte sich die Kolonne in Bewegung. Binnen weniger Minuten erreichten sie das eigentliche Wildgehege, das von einem hohen Stahlzaun umgeben war. Videokameras waren an den Zaunpfosten angebracht, und ein riesiges Schild informierte eventuelle Wilderer alle paar hundert Meter darüber, dass die Nashörner in diesem Game Reserve keine Hörner mehr hatten, um sie vor Tötung zu schützen.

Cameron nutzte eine Bodenwelle, die den Jeep durcheinander schüttelte und ihm schmerzhaft in die Rippen fuhr, um seinen Vorsatz wahr zu machen. Er legte Jenna den Arm um die Schultern und zog sie ein wenig an sich. Ein schneller Seitenblick von ihr, der Einverständnis verhieß. Oder mindestens Duldung. Dann machte sie es sich in seinem Arm bequem, und er lächelte vor sich hin. Trotz der Schmerzen, die jedes Mal auftraten, wenn sie wieder eine Unebenheit überquerten.

Ihre Fahrerin, die sich als Susanna vorgestellt hatte, kündigte eine Büffelherde an. Mit einer schwungvollen Drehung kam das Auto zum Stehen. Im hohen Gras weidete in einiger Entfernung eine Schar der schwarzen, riesigen Tiere. Etwas weiter und in sicherem Abstand zu den Büffeln stolzierten Straußenvögel umher.

Die ersten Gäste raunten »Ah« und »Oh«. Susanna hatte ihnen eingeschärft, leise zu sein. Sie hielt einen kleinen Vortrag über jede Tierart, die sie zu sehen bekamen. Zebras, Giraffen, Antilopen. Langsam rollte der Jeep weiter, über kleine Brücken, die trockene Wasserläufe überspannten, vorbei an einem Tümpel, in dem sich Nilpferde aalten.

»Dort vorne sind Nashörner«, wisperte sie plötzlich ins Mikrofon und hielt an.

Zwei der gewaltigen Tiere traten auf die Straße, eine Mutter mit ihrem Jungen. Gemächlichen Schrittes kamen sie auf das Fahrzeug zu. Tatsächlich waren ihre Hörner zu Stümpfen gekürzt.

Atemlose Stille entstand, als das größere der Tiere direkt neben der Motorhaube des Jeeps stehen blieb. Cameron hätte es mit der Hand berühren können. Das Nashorn rührte sich nicht, reglos stand es direkt am Auto. Die Leute auf der anderen Seite des Fahrzeugs reckten die Hälse, Handykameras klickten, und man meinte den Herzschlag eines jeden Mitfahrers zu hören.

Minutenlang verharrten alle im Wagen bewegungslos,

genau wie das Tier davor. Endlich entschloss es sich, gemeinsam mit seinem Kind weiterzugehen, und verschwand seitlich im Gebüsch. Das Aufatmen der Fahrgäste war mit Händen zu greifen.

Die Sonne tauchte die weite Ebene in rötliches Licht, von dem sich schwarz die schattige Bergkette im Hintergrund abhob. Staubig und trocken war der Boden, nur die genügsamsten Gewächse gediehen hier. Trotzdem war es voller Tiere. Bis auf Leoparden sahen sie alles, was man in Afrika unter »Big Five« verstand: Elefanten, Büffel, Löwen und die kleine Nashornfamilie. Den Mangel an Leoparden glich Susanna mit einem Abstecher zur Gepardenstation aus, wo sie gleich mehrere der eleganten Raubkatzen in voller Aktion bewundern konnten.

Doch am meisten faszinierte ihn Jenna. Ihre kindliche Freude, wenn die kleinen Springböcke ihre Kapriolen vollführten, ihr Strahlen beim Anblick der beiden Nashörner, ihre Begeisterung für die wilde Natur, die ihr Gesicht zum Leuchten brachte. Und das, obwohl sie solche Touren schon hunderte Male mitgemacht haben musste.

Diese fünf bis zehn Sommersprossen auf ihrer Nase, die sie beim Lachen so ein bisschen kräuselte. Ihre Lippen, rosig und voll und warm. Das Funkeln ihrer Augen, wenn sie sich zu ihm umdrehte und »Wunderschön, nicht wahr?«, hauchte.

Irgendwo zwischen den Löwen und den Zebras kam ihm die Erkenntnis, dass es nicht ihr Körper war, der ihn anzog. Er wollte die ganze Jenna, wollte, dass ihr Lachen ihm galt, dass sie sich nach ihm sehnte so wie er sich nach ihr. Und diese Erkenntnis erschreckte ihn mehr, als es der Anblick seines toten Geschäftspartners getan hatte.

KAPITEL ELF

JENNA

Am Ende der Tour vermeldete Susanna stolz, wir
hätten heute alle seltenen Geschöpfe gesehen, die
dieses Game Reserve zu bieten hatte, etwas, das man auf
keiner Fahrt garantieren könne. Beim Passieren des
Einfahrtstores klatschten die Leute Beifall.

Nick ließ mich die ganze Zeit nicht mehr los. Sein Arm
lag um meine Schultern und hielt mich fest. Und meine
Gedanken und diese verwirrenden Gefühle kreisten
ständig um ihn. Seine Gegenwart durchdrang alle meine
Poren, sickerte in meinen Körper und in meinen Geist wie
ein süßes Gift.

Ich ließ es geschehen und kostete es aus, solange wir in
diesem Jeep saßen. Zugleich erteilte ich mir die Erlaubnis,
alles geschehen zu lassen, was heute noch geschehen
würde, ohne an die Konsequenzen zu denken. Und im
Moment war dieses »Alles« vor allem eins: Sex.

Später, wenn wir wieder getrennte Wege gehen würden,
hätte ich noch genügend Zeit, etwas zu bereuen.

Dieser Gedanke durchfuhr mich wie ein kalter Blitz. Getrennte Wege.

Wenige Tage, dann wäre es soweit. Bis vor einigen Tagen sehnte ich diesen Tag herbei. Nun fürchtete ich ihn.

Nick half mir galant aus dem Jeep, behielt meine Hand in seiner. So schlenderten wir über die Terrasse und durch die weitläufige Anlage, die jetzt schon fast in der Dunkelheit lag. An den schmalen Wegen gingen niedrige Leuchten an.

»Ich ziehe mich nur schnell um. Aber nicht hingucken!«, warnte ich ihn.

»Das kann ich nicht garantieren. Ich warte lieber draußen.« Er grinste und hauchte mir einen Kuss auf die Schläfe.

Eilig zerrte ich das Kleid aus der Reisetasche, ein schmales Jerseykleid mit kurzen Ärmeln, von dem ich schon jetzt wusste, dass es heute Abend zu dünn sein würde. Trotzdem zog ich es an, dazu die Sandaletten mit den silbernen Riemchen, Eisfüße garantiert. Dann schlang ich mir den dicken Pullover um die Hüften, den ich auf jeder Tour und zu jeder Jahreszeit dabei hatte. Ein Modell aus feiner Alpakawolle, das so warm hielt wie ein Mantel. Sollte ich mich schminken? Ich entschied mich für Wimperntusche und Lipgloss. Zum Abschluss zog ich das Haargummi aus dem Pferdeschwanz, beugte den Kopf nach unten und bürstete mein Haar, bis es glänzend und locker über meine Schultern fiel. Dann trat ich vor die Tür.

»Ich bin soweit.«

Nick klappte der Unterkiefer runter, als ich vor ihm stand und mich drehte. »Wow. Du siehst zauberhaft aus. Ich weiß nicht, was ich sagen soll …«

»Als Kompliment reicht das schon«, grinste ich. Und bekam weiche Knie, weil er mich so ansah. Mich überkam der Wunsch, er würde mich aufheben, wieder durch die Tür tragen und mir das Kleid vom Leib reißen.

Konnte er Gedanken lesen? Plötzlich flackerte Verlangen in seinen Augen auf, dasselbe, das in meinem Inneren loderte.

»Ein Kompliment ist nichts im Vergleich zu dem, was ich noch für dich tun könnte,« raunte er, zog mich an sich und küsste mich, heiß und voller Zärtlichkeit.

»Ich habe Hunger«, flüsterte ich ihm ins Ohr. »Hörst du nicht, wie mein Magen knurrt?«

»Hunger habe ich auch. Aber Essen wird mich nicht satt machen.« Seine Hände wanderten hinab zu meinem Po, leicht drückte er mich an sich, sodass ich seine Erregung spüren konnte.

Ein Keuchen entwich mir. Wie ein Stromschlag durchfuhr mich das Begehren nach ihm, zwischen meinen Beinen pulsierte es und machte mich nass.

»Bitte«, hauchte ich unter Aufbietung meiner gesamten Willenskraft. »Lass uns bitte erst essen …«

Er stieß einen kehligen Seufzer aus und ließ mich los. »Dann lass uns schnell gehen, bevor ich es mir anders überlege.«

Das Abendessen wurde am Pool serviert, auf einer leicht erhöhten Terrasse, die von einem Zelt überspannt war. Das Schimmern der vielen Windlichter spiegelte sich in den kristallenen Gläsern. Es duftete verführerisch nach Knoblauch und Gewürzen.

Wir saßen uns gegenüber, genossen das köstliche Lammkotelett mit gegrilltem Gemüse und knusprigen Pommes frites, ohne viel zu reden. Nur über die Augen kommunizierten wir miteinander, versprachen uns gegenseitig die größten Genüsse und heiße Ekstase. Die Luft zwischen uns knisterte wie elektrisch aufgeladen. Atemlose Erwartung und Ungeduld umgab uns.

Wir bemerkten Mitch erst, als er bereits an unserem Tisch stand. Ein joviales Lächeln auf den Lippen, begrüßte er uns mit den Worten: »Guten Abend, ihr beiden. Wie schön, euch hier zu haben. Hat alles geklappt mit dem Bungalow?«

Er reichte mir die Hand, und ich stellte ihm Nick vor. »Vielen Dank, Mitch, du warst unsere Rettung«, sagte ich, und er grinste erfreut, nicht ahnend, wie sehr er uns gerettet hatte.

»Ich hoffe, alles ist auch zu Ihrer Zufriedenheit?«, erkundigte er sich bei Nick.

»Perfekt, vielen Dank.« Nick lächelte.

»Wunderbar, euch beiden turteln zu sehen«, bemerkte Mitch augenzwinkernd. »Hier bei uns ist ein herrlicher Ort für die Liebe.« Er nickte uns zu und wünschte uns einen schönen Abend.

Wir sahen ihm hinterher, wie er von Tisch zu Tisch ging und mit allen Gästen sprach. An einer langen Tafel saß eine große Reisegruppe, alles Leute in unserem Alter, die ihn lärmend begrüßten und übermütig verlangten, mit ihm anzustoßen. Gelächter und Wortfetzen der Gäste erfüllten die Luft, das Klirren von Gläsern und das Zirpen der Grillen verliehen dem Abend eine gelöste Stimmung.

Ein herrlicher Ort für die Liebe. Mich machten diese Worte bange. Und trotzdem verhakten sich Nicks und meine Blicke ineinander, kündigten das an, was gleich, hoffentlich gleich kommen würde.

Bedächtig löffelten wir das Dessert, einen Salat aus exotischen Früchten mit einem Klecks zarter Vanillecreme. Die Spannung zwischen uns ließ meine Hände zittern, genau so wie mein Herz.

Nick legte den Löffel neben die jetzt leere Schale und fasste nach meiner linken Hand. »Gehen wir?«, fragte er rau.

»Es – es gibt noch ein Lagerfeuer. Sehr romantisch, mit Musik und …«, wandte ich ein und lächelte. Es schadete nichts, die Vorfreude ein bisschen zu verlängern – oder?

»Sehr romantisch, soso.« Ein ironisches Glitzern trat in seine Augen. »Was ich mit dir vorhabe, ist wohl nicht romantisch genug?«

Oh doch, das war es. »Es ist so eine wundervolle Stimmung am Feuer. Wir – wir sollten das nicht versäumen. Nur eine Viertelstunde, vielleicht auf ein Bier?«

Er zog eine Augenbraue hoch, grinste dann und erhob sich. »Wenn es dich glücklich macht, dann lass uns dorthin gehen«, sagte er. »Aber lass dir nicht noch etwas Neues einfallen, um mich auf Abstand zu halten.«

Ich kicherte, albern wie ein Schulmädchen. Reiß dich zusammen, Darnes! »Ich verspreche, dass wir danach sofort …«

Er zog mich fester an sich und fuhr mir mit den Lippen über die Schläfe, federleicht und doch elektrisierend. »Du brauchst es nicht zu sagen«, flüsterte er dann. »Wir wissen beide, was dann geschieht.«

Oh ja, oh ja, oh ja, jubelte etwas tief in mir.

Die Feuerstelle war in den Boden eingelassen, umgeben von einer kreisförmig gestuften Mauer, wie in einem Amphitheater. Kissen waren darauf verteilt, und die Leute saßen schon in Grüppchen um das Feuer herum. Die Flammen loderten meterhoch in den Himmel hinauf. Es knackte und knisterte anheimelnd. Wir holten uns ein Bier, setzten uns und stießen mit den Flaschen an.

»Auf einen unvergesslichen Abend«, sagte Nick, setzte die Flasche an und leerte sie in einem Zug. »So, fertig.«

»Hey!« Spielerisch boxte ich ihm auf den Oberarm, und

er zuckte schmerzlich zusammen. »Oh, sorry, ich habe deine Verletzung vergessen! Aber was trinkt du auch so schnell? So hatten wir nicht gewettet.«

Er beugte sich zu mir und flüsterte: »Bitte erlöse mich bald. Ich halte das hier kaum aus.«

Gehorsam führte ich die Flasche an die Lippen und tat einen großen Zug. »Bist du im Bett auch so ungeduldig?«

Er grinste breit. »Normalerweise nicht, aber du hast mich jetzt angeheizt ... wir werden sehen.«

»Ich habe doch gar nichts gemacht«, verteidigte ich mich und setzte einen unschuldigen Blick auf.

»Oh doch, das hast du. Du hast vor mir gestanden, nur mit einem Badetuch bekleidet. Du hast mich geküsst, du ... du lächelst so unfassbar verführerisch, und du stellst meine Selbstbeherrschung auf eine sehr harte Probe«, wisperte er. »Und wenn du dich jetzt nicht beeilst, dann erregen wir hier öffentliches Ärgernis.«

»Was wirst du denn dann machen?«, erkundigte ich mich feixend.

Er rückte an mich heran und legte mir einen Arm um die Taille. »Dann werde ich dir hier vor allen Leuten die Bluse aufknöpfen. Oder nein, ich werde dich anfassen, streicheln ... hier zum Beispiel ...«

»Lass das!«, zischte ich, als seine Hand mir über die Hüfte strich. »Ich beeile mich ja schon! Darf ich noch austrinken?«

»So will ich dich hören«, raunte er und lachte leise. Sein Lachen war wie eine Berührung, die mir eine Gänsehaut bescherte.

Die Flasche war noch zu einem Viertel voll, und ich beeilte mich, sie zu leeren. Nick zog mich an der Hand hoch und mit sich, fast im Laufschritt stürmte er auf unseren Bungalow zu.

»Nicht so schnell, sonst stolpern wir noch«, kicherte ich. Doch er ließ sich nicht bremsen, nestelte schon den Schlüssel aus seiner Hosentasche hervor und schloss eilig auf.

Wir stießen die Tür gemeinsam auf. Gerade konnte ich noch den Schlüssel aus dem Schloss ziehen, bevor er sie mit einem Tritt hinter sich schloss und mich in seine Arme riss und mir den heißesten, schamlosesten und wildesten Kuss verpasste, den ich je erlebt hatte.

Mit beiden Händen schob er mir das Kleid nach oben, zog es mir über den Kopf, doch ich hatte noch den Schlüssel in der Hand. Der Ärmel blieb daran hängen.

»Moment!« Ich wandte mich um, steckte den Schlüssel von innen ins Schloss und drehte ihn zweimal herum. Von hinten trat Nick an mich heran und zog mir endgültig das Kleid aus, das im hohen Bogen auf der kleinen Couch landete. Dann drehte er mich um, verharrte einen Moment und betrachtete mich von oben bis unten, die Augen dunkel verhangen, die Lippen leicht geöffnet, schwer atmend.

»Wie schön du bist.« Ohne mich aus den Augen zu lassen, griff er um mich herum nach meinem BH-Verschluss, öffnete ihn und streifte mir das Ding ab.

Dann umfasste er mit beiden Händen meine Brüste, und ein wollüstiger Schauer durchlief mich, der direkt zwischen meinen Beinen landete. Mit den Daumen strich er mir über die Nippel, alles in mir zog sich wollüstig zusammen, ich stieß ein Seufzen aus und schloss die Augen. Mit dem Mund zog er eine Spur vom Hals hinab auf diese hochempfindlichen Spitzen, ich erzitterte unter seiner Liebkosung.

Forschend fuhr er mir über den Rücken, strich über den Po, dann streifte er meinen Slip herab. Vorsichtig schob er mich ein kleines Stück von sich weg, wieder musterte er mich von Kopf bis Fuß, wie ich, zitternd vor Begierde und Ungeduld, vor ihm stand.

Ich hielt es nicht mehr aus und trat auf ihn zu, gierig fummelte ich an den Knöpfen seines Hemdes, er half mir, und mit einer ungeduldigen Bewegung streiften wir gemeinsam das Hemd ab. Jetzt war es an mir, bewundernd über seine Brust zu streichen, die glatte Haut zu spüren und der verführerischen Spur dunkler Haare zu folgen, die in seiner Hose verschwanden. Mit fliegenden Fingern öffnete ich Gürtel, Knopf und Reißverschluss, und er keuchte auf, als ich dabei seine Erektion berührte.

Er streifte sich die restlichen Klamotten mit eiligen Bewegungen ab und riss mich an sich, Haut an Haut, sein Schwanz pochte verheißungsvoll an meinem Bauch, und er zog mich rückwärts gehend auf das Bett. Wir ließen uns darauf fallen, mit seinen Lippen auf meinen packte er mich bei den Schultern und drehte mich auf den Rücken, presste sein hammerhartes Ding gegen meinen Oberschenkel und schob ein Knie zwischen meine Beine. Ich spreizte sie bereitwillig, gierig nach seinen Händen, seinen Zärtlichkeiten. Gleichzeitig stöhnten wir auf, als seine Finger dazwischen glitten, direkt zwischen meine nassen, bereiten Schamlippen, die fast schmerzhaft pochten vor Lust und Begierde und Verlangen.

»Das ist besser als auf meinen Händen zu liegen, oder? Sag, dass das besser ist«, keuchte er an meinem Mundwinkel, und seine Finger fuhren am Zentrum meiner Lust entlang, sanft und so wahnsinnig erregend, dass ich kaum antworten konnte.

»Oh Gott … das ist so, so viel besser … oh mein Gott …«

»Dann genieße es jetzt …«

Und das tat ich voll und ganz. Ich ließ zu, dass seine Lippen an meinem Bauch herabfuhren, schrie auf, als sie sich um meinen Kitzler schlossen, und kam sofort, viel zu schnell und wie aus heiterem Himmel. Ein Feuerwerk aus Schauern explodierte in mir, kaum dass seine Zunge mich dort berührte.

Er richtete sich auf und wir sahen uns ins Gesicht, seine Augen standen in Flammen, dunkel und glühend bohrten sie sich in meine. »So schnell, Jenna, zu schnell«, hauchte er.

»Sorry, es war so gut, ich konnte nicht mehr. Jetzt komm zu mir, bitte …«

Er rutschte zu mir hoch, kniete sich über mich, sodass ich seinen heißen, harten Schaft vor mir hatte, ich legte meine Hände darum, und er warf den Kopf zurück, stöhnte leise. »Bitte hör auf, bitte lass mich in dir kommen, bitte lass los«, flehte er. »Ich hab auch ein Gummi …«

Verblüfft sah ich zu, wie er in die Nachttischschublade langte, aus seiner Brieftasche ein Kondomtütchen nahm und es mithilfe der Zähne entzweiriss. Doch mir blieb nicht viel Zeit, darüber zu staunen, wo er das herhatte. Ich wollte ihn endlich in mir haben, endlich ausgefüllt werden von diesem herrlichen Exemplar von Schwanz, das erregt und heiß vor mir aufragte, und so nahm ich Nick das Gummi aus der Hand und streifte es ihm mit fester Hand über, so fest, dass er ein kehliges Ächzen von sich gab und die Augen verdrehte.

Er schob ihn in mich hinein und biss sich vor Wonne auf die Unterlippe, zog scharf die Luft ein. Dann legte er beide Hände um meinen Kopf, küsste mich unsagbar sanft, und ich erzitterte, als er mir danach in die Augen blickte, ein Meer von Zärtlichkeit ergoss sich über mich. Er und ich waren jetzt eins, das köstliche Gefühl der Dehnung pulsierte in mir, und gleichzeitig weitete sich mein Herz und nahm ihn ebenso auf wie mein Körper.

»Es wird jetzt leider sehr schnell gehen, aber die Nacht

ist noch lang«, flüsterte er, und dann stemmte er sich in mich hinein, nahm mich mit schnellen Stößen, wieder und wieder und wieder. Das Bett hämmerte in unserem Rhythmus gegen die Wand, bum, bum, bum, doch das war uns egal, es zählte nur die Leidenschaft, die Kraft, mit der er mich erfüllte, das Blut in unseren Lenden und unsere Herzen, die füreinander schlugen.

Prickelnd stieg ein neuer Höhepunkt in mir auf, langsam durchflutete er mich vom Zentrum aus bis in die Finger- und Zehenspitzen, ich hörte mich wie von weitem jauchzen vor Glückseligkeit, und das war für ihn das Zeichen, mit einem donnernden »Ahh!« innezuhalten und sich in mir zu ergießen, ich spürte das Zucken und Pulsieren in mir, und es befriedigte mich mehr als mein eigener Orgasmus.

Er ließ sich auf mich fallen, seine schweißnasse Brust lag auf meiner, Stirn an Stirn, tief atmend ließen wir uns langsam wieder auf die Erde sinken, eine sanfte Landung, die uns einander näher brachte als alles, was vorher gewesen war.

Der ganze Raum war erfüllt von unserer Befriedigung, als wenn er darauf gewartet hätte, dass zwei Menschen sich hier finden und das ausleben, wofür Menschen gemacht sind.

Nick rollte sich neben mich, den Kopf auf den Arm gelegt, und die Zärtlichkeit in seinen Augen überwältigte mich. »Ich habe noch nie so etwas Schönes erlebt«, flüsterte ich.

Er kräuselte belustigt die Lippen. »Sicher?«

»Ganz sicher.«

»Aber Jungfrau bist du nicht, das habe ich gemerkt.« Zart küsste er mich auf die Schläfe, und dabei legte er mir eine Hand auf die Brust. Nicht lüstern, sondern – einverständlich.

»Das wäre in meinem Alter auch etwas seltsam. Ich werde bald dreißig.« Ich legte eine Hand auf seinen Oberarm, spürte der glatten Haut nach und den festen Muskeln, die sich darunter bewegten.

»Umso größer ist das Kompliment.« Jetzt grinste er erfreut.

Ich verzichtete darauf, ihm mitzuteilen, wie enttäuschend Sex sein konnte, wenn ein Mann nichts mit seinen gottgegebenen Gaben anzufangen wusste. Und vor allem verzichtete ich darauf, ihm zu sagen, wie oft ich diese frustrierende Erfahrung gemacht hatte. Sogar mit Typen, in die ich verliebt war. Das alles zählte jetzt nichts mehr, nicht mit ihm, und ich schüttelte diese Erinnerungen ab wie ein Hund die Wassertropfen nach einem Regen.

KAPITEL ZWÖLF

CAMERON

Jenna schlief, sie drehte ihm den Rücken zu, die Wirbelsäule zeichnete sich zart ab, alles an ihr atmete Frieden und Mattigkeit. Genau wie es sein sollte nach einer Nacht wie dieser. Nie mehr wollte er sie loslassen, so glücklich war er.

Heilige Scheiße, er lag hier neben der begehrenswertesten Frau der Welt. Gerade hatte sie ihm einen geblasen, dass ihm förmlich das Hirn rausflog.

Und jetzt summte sein Handy. Ausgerechnet Victoria war dran.

Er erhob sich leise, schlich nackt auf die Terrasse, wo alles in tiefer Dunkelheit lag, nur der Halbmond beleuchtete die Szenerie schwach. Die Pflanzen mit den langen spitzen Blättern schimmerten in seinem Licht, die Dächer der Bungalows reflektierten es. Überall war schon das Licht ausgegangen, selbst die Laternen an den Wegen.

Er ließ sich auf der gepolsterten Bank nieder.

»Ja?«, sage er so leise wie möglich.

»Cam – wie geht es dir? Ich mache mir Sorgen um dich. Gestern habe ich dich nicht erreicht.«

Woher hatte sie überhaupt seine neue Nummer? Das musste Lynnie gewesen sein!

»Mir geht es gut«, sagte er, und das schlechte Gewissen drückte ihn nieder. Es legte sich auf ihn wie ein Gewicht, das er kaum tragen konnte.

»Ich bin gerade in Manchester. Ein Künstler ist ausgefallen für das Konzert nächste Woche.«

»Das tut mir leid.«

»Muss es nicht. Ich habe ein wunderbares Hotelzimmer und es gibt eine Riesen-Wellnesslandschaft. Ich komme zurecht. Aber wie geht es dir?«

»Sagte ich doch. Gut.« Gottseidank konnte sie nicht sein Gesicht sehen. Sonst wüsste sie, was er getrieben hatte, sonst wüsste sie alles. Doch er musste es ihr jetzt ohnehin sagen. Er wappnete sich für diesen Moment, nahm alle Kraft zusammen, und das war mehr, als er am Anfang des Abends hatte. Die Nacht hatte ihm Stärke verliehen.

»Wann wirst du zurückkommen, Darling? Meine Eltern warten schon ungeduldig …«

»Da kann ich deinen Eltern nicht helfen, ich weiß es nicht. Ich habe Preston noch immer nicht getroffen, und ich werde verfolgt. Wir sind hier gestrandet, nachdem meine – ähm – Reiseführerin sie abgehängt hat.«

»Reiseführerin?«, fragte sie konsterniert. »Abgehängt?«

Hatte er ihr etwa noch nicht von Jenna erzählt? Cameron beschrieb die Verfolgungsjagd, gab sich dabei Mühe, keine Details über Jenna und ihren Aufenthalt in Stellenbosch und vor allem nicht über die heutige Nacht preiszugeben.

Victoria schwieg für eine Weile. »Ich werde dich also noch länger nicht zu Gesicht bekommen.«

»Nein. Victoria …«

»Ich hätte gedacht, du brauchst eher einen Bodyguard als eine … Frau.«

Bis vor einigen Tagen hätte er ihr da zugestimmt. Aber jetzt brauchte er eine Frau. Er brauchte Jenna. Das wurde ihm in diesem Moment bewusst.

»Das stimmt wohl. Aber es hat sich so ergeben. Und sie ist echt kaltblütig.«

»Na besser als heißblütig«, kam die bissige Antwort.

»Vic, ich …«

»Schon gut. Sie ist abgebrüht, das bin ich auch. Fang nichts mit ihr an.«

Wie sie das sagte! Eine Ader pochte an seiner Stirn. »Vic, das wollte ich dir gerade sagen.«

»Was? Was genau?« Ihre Stimme wurde scharf.

Er fasste sich in den Nacken. *Sag es, sag es, sag es.* »Dass ich etwas mit ihr angefangen habe. Es – wir – es ist vorbei, Victoria. Tut mir leid. Aber es ist vorbei. Du – wir wussten immer, dass nicht die richtigen Gefühle im Spiel sind.«

Aus dem Hörer kam nur ein Keuchen.

»Bitte verzeih mir. Es geht nicht. Ich habe gedacht, dass es geht, aber … ich weiß es jetzt besser. Ich kann nicht das für dich sein, was du verdient hast. Ich bin nicht der Mann, der dich aus vollem Herzen liebt. Das war ich nie, du weißt das, Vic. Wir waren nie …«

Ein Schluchzer kam durch das Telefon. Erstickt, aber deutlich zu hören. Alles, was er für sie jetzt noch empfand, war Mitleid. Neben diesem scheiß-schlechten Gewissen.

»Wir waren nie verliebt«, sagte sie mit erstickter Stimme. »Ich weiß. Freundschaft mit Mehrwert und so. Immer haben wir uns das so verkauft, aber … oh Scheiße, Cam! Du Arsch!«

Noch nie hatte er sie diese Worte benutzen hören. »Vic, wir sind nicht geschaffen füreinander. Das hätte ich längst begreifen sollen, und du auch. Du hast etwas Besseres verdient als jemand, der nur Freundschaft plus für dich empfindet. Irgendwann musst du mir vergeben.«

»Ich muss gar nichts, du verlogener, egoistischer Arsch!«

»Ich kann dich nicht heiraten, Vic. Das hat nichts mit Egoismus zu tun. Es wäre falsch, und es tut mir leid, dass ich das erst jetzt erkannt habe. Es wäre falsch für dich, es wäre falsch für mich. Du brauchst mich nicht, und ich …«

»Du brauchst mich auch nicht, schon klar. Aber du hast mich mal gebraucht, für deine Spielchen und für dein Ego, und dafür, dass du deinen miesen Geschäftsfreunden eine glückliche Beziehung vorspielen konntest. Du – du – du kannst mich mal!«

Ein letzter Schluchzer drang durch den Hörer, dann knackte es. Cameron schloss die Augen und lehnte sich zurück, das Handy glitt neben ihm auf den Sitz. Er hatte es getan. Etwas, das er schon lange hätte tun sollen, vor Monaten, oder sogar Jahren.

Wenn er es Jenna jetzt erzählen müsste, dann nur in der Vergangenheitsform. Verdammt, er fühlte sich trotzdem wie ein elender Lügner.

Er schaute hinauf in den Himmel. Der Mond versteckte sich hinter den Bungalows auf der gegenüberliegenden Seite. Dafür erleuchtete jetzt eine Unmenge von Sternen das Firmament, viel heller, als er es jemals gesehen hatte. Sie glitzerten wie funkelnde Brillanten, die jemand auf eine Decke aus Samt genäht hatte. Ein Nachtvogel rief, und über allem der Gesang der Zikaden. Ihn befiel die Ahnung, dass keine der kommenden Nächte so friedlich verlaufen würde.

Cameron kehrte zurück in die Wärme des Bungalows,

schmiegte sich an die schlafende Jenna und vergrub den Kopf in ihrem Haar.

»Huh«, brummte sie unwillig. »Du bist eiskalt.«

»Bitte wärme mich«, murmelte er schläfrig.

Sie seufzte, er wusste nicht, ob wohlig oder ergeben, aber sie rückte nicht von ihm ab und streckte ihren Bauch seiner kalten Hand entgegen, sodass er sie streicheln durfte. Nicht lange, und er wurde wieder hart.

Verdammt, wo sollte das hinführen? Sie reckte ihm den Hintern entgegen, ein wohliger Seufzer entkam ihr. Vor allem, als seine Hand ihre Brust umfasste. Er angelte nach einem weiteren Kondom. Gottseidank hatte er sich an der Tanke mit genügend davon eingedeckt, aus einem Impuls heraus, den er nicht hätte erklären können.

Mit einer routinierten Bewegung streifte er es über seinen harten Schwanz, er konnte kaum erwarten, wieder in ihr zu sein und noch einmal ihr Stöhnen zu hören und die Kontraktionen zu spüren, die ihm ihre Wollust signalisierten. Oh ja, sie ließ sich noch einmal ficken, diesmal von hinten, schläfrige Seufzer entschlüpften ihr bei jedem Stoß, den er ihr versetzte. Er kam schnell. Zu schnell für sie, und er machte es wieder gut mit seiner Hand, indem er Jenna sanft auf den Rücken drehte und sie streichelte, über den kleinen, gestutzten und tatsächlich blonden Busch. Tiefer und tiefer drangen seine Finger, sanft und doch schnell, bis sie den Rücken durchdrückte und ein Geräusch machte, das wie ein Schluchzen klang, und doch wusste er, dass sie noch einmal kam.

Sie barg den Kopf an seinem Hals, ihm war, als leckte sie kurz darüber, dankbar und befriedigt und erschöpft. Genau so schliefen sie ein, gerade noch gelang es ihm, die Bettdecke über sie beide zu ziehen.

Eine streichelnde Hand weckte ihn. Zuerst wusste er nicht, wo er war. Aber dass sie bei ihm war. Im Grunde war es egal, wo sie sich befanden, Hauptsache, sie war hier. Ah. Ihre Hand auf seinem Rücken, entlang der Wirbelsäule, an seinem Hintern. Pure Zärtlichkeit umgab ihn wie ein hauchdünner unsichtbarer Mantel.

»Ich stehe jetzt auf«, verkündete sie.

»Bitte nicht«, murmelte er.

Sie ließ ein heiseres Lachen hören. Der Sex hatte ihre Stimme strapaziert. Seine Mundwinkel zogen sich nach oben.

»Es ist zehn. Eigentlich sollten wir schon das Zimmer geräumt haben. Die anderen sind schon gleich von der Safari zurück.«

Knabberte sie da an seiner Schulter? Oh Mann. Das war zu aufreizend.

Trotzdem gelang es ihm mit Mühe, sich aufzurichten. »Okay, ich habe verstanden. Kein Morgensex. Aber schau dir meine Latte an.«

Sie lachte, glockenhell leuchtete ihre Stimme, und dann fasste sie seinen Ständer an, sanft und zugleich fest, und er ließ sich auf den Rücken fallen und schloss die Augen.

»Nix da, wir müssen aufstehen«, flüsterte sie zärtlich.

»Spielverderberin«, brummte er und brachte sie damit wieder zum Lachen.

»Wir holen das nach«, sagte sie leise, ließ ihn los und drückte ihm einen Kuss auf die Wange. Dann sprang sie ins Bad.

Cam hörte das Wasser rauschen und wie sie ein Liedchen summte. Wenn er sie doch immer so glücklich erleben könnte.

Mit einem Seufzer erhob er sich und suchte seine Sachen zusammen.

Sie mussten Schlange stehen, um ein oder zwei Spiegeleier

zu ergattern. Mit vollbeladenen Tellern sicherten sie sich schließlich einen Sitzplatz unter dem Zeltdach. Die Blicke, die sie ihm zuwarf, waren so ... wie konnte man es ausdrücken? Es war reine Zuneigung und Sinnlichkeit. Wie sollte er ihr nur jemals die Wahrheit gestehen? Bevor er darüber nachdachte, widmete er sich lieber dem reichhaltigen Frühstück. Und das konnte er echt gebrauchen. Eiweiß pur, die Stärkung hatte er sich verdient.

Jenna aß genau so schnell wie er, und als das Spiegelei von ihrem Teller verschwunden war, stützte sie den Kopf in die Hände und betrachtete ihn.

»Wie sehen deine nächsten Sachzwänge aus, Mister Jameson?«

»Immer noch Oudtshoorn. Ich treffe dort hoffentlich endlich meinen Rechtsanwalt.«

»Deinen Rechtsanwalt. So. Warum konntest du ihn nicht in London treffen?«

»Dumme Frage. Weil er nicht da war.«

»Was ist das für ein Anwalt, der nicht für seine Mandanten da ist? Ich als Anwalt würde mich nicht einfach aus dem Staub machen.« Sie rührte in ihrem Kaffee.

»Auch Anwälte machen mal Urlaub.«

»Was ist so dringend, dass man ihnen hinterherreisen muss?«

»Untreue. Mein Geschäftspartner hat Geld veruntreut, und ich will wissen, wo es geblieben ist.« Warum konnte er ihr nicht einfach gleich alles erzählen? Dass er so mit der Wahrheit hinter dem Berg halten musste, beschämte ihn selber. Das hatte sie nicht verdient. Doch würde sie die Wahrheit ertragen können?

Prompt lachte sie auf. »Ja nee, schon klar. Das hat natürlich keine Zeit bis er wieder daheim ist.«

»Es ist nicht so einfach. Ich will nicht pleite gehen.«

Sie neigte den Kopf zur Seite und betrachtete ihn skeptisch. Sie war immer noch misstrauisch. Wunderte ihn das wirklich? Er senkte den Kopf. »Ich weiß immer noch nicht, was genau passiert ist.«

»Sag mir doch, was du weißt«, versetzte sie sanft, sanfter als er verdient hatte.

»Es würde dich in Gefahr bringen.«

»Mich? Wir kennen uns erst ein paar Tage!«

»Und wurden verfolgt. Möchtest du das noch mal erleben?«

Sie schaute auf ihren Teller, auf dem ein einsames Tomatenviertel darauf wartete, verzehrt zu werden. »Natürlich nicht. Nicht überall finden wir die Hilfe, die wir Saartjie zu verdanken haben.«

»Saartjie, ist das deine Freundin?«

Sie nickte. »Meine Freundin und Angestellte. Mit Umsatzbeteiligung!«

»Die Frau, die mich in deinem Laden in Empfang genommen hat.«

»Ja. Aber du lenkst ab.« Sie warf ihm einen provozierenden Blick zu.

»Jenna, ich stehe unter Mordverdacht. Mein Geschäftspartner ist tot. Erschossen. In meinem Büro«, stieß er hervor und bereute es sogleich.

Sie riss die Augen auf. »In deinem Büro. Erschossen«, wiederholte sie, mechanisch. »Und warum bist du auf der Flucht? Weil man dich für den Täter hält?«

»Besser hätte ich es auch nicht ausdrücken können.«

»Und hast du es getan? Nachdem er dieses Geld veruntreut hat?«

Angespannt studierte er ihren Gesichtsausdruck. War sie schockiert? Würde sie ihm jetzt den Laufpass geben? Oder wollte sie erst die Wahrheit wissen?

»Nein. Aber manche glauben es.«

»Ich fasse zusammen: Dein Geschäftspartner wurde

ermordet, und alle glauben, du wärst es gewesen. Unsere Verfolger waren also Polizisten.«

»Eben nicht. Ich glaube, ich habe die Täter gesehen. Sie kamen mir entgegen, als ich ins Büro kam. Sie haben Angst, dass ich mir ihre Gesichter gemerkt habe. Darum haben sie …«

Sie setzte eine fragende Miene auf. »Dann haben sie …«

»… offensichtlich herausgefunden, wo ich bin.«

»Ist das der Grund für diese Verletzungen, die ich gesehen habe?«

»Ja. Im Gefängnis, da haben sie mich verprügeln lassen. Das waren sie.« Er zeigte auf die Narbe an seinem Jochbein. »Ich sollte versprechen, nichts zu sagen, wenn mir mein Leben lieb wäre.«

»Du warst im Gefängnis?« Jetzt stand ihr Mund offen. »Also so richtig hinter Gittern?«

»Untersuchungshaft«, stellte er richtig. »Weil ich Robert gefunden habe.«

Sie blickte sich nach allen Seiten um. »Das hat jetzt hoffentlich keiner gehört.«

Ein kurzes Lächeln entschlüpfte ihm. »Du hast selbst gesagt, hier wären wir in Sicherheit.«

»Sind wir auch. Aber gleich willst du nach Oudtshoorn. Wie sicher sind wir dort?«

Dass sie von ‚wir‘ redete und sich um ihn sorgte, rührte ihn. Er streckte die Hand nach ihr aus. »Ich weiß es nicht. Wenn wir meinen Anwalt finden, vielleicht ziemlich sicher.«

Sie lächelte. »Dann lass uns fahren.«

JENNA

Wir verabschiedeten uns von Mitch und luden die Koffer in den Jeep. Es war diesig heute, die Luft war immer noch kühl, die Berge verschwanden hinter einer Wand aus Wolken. Hoffentlich regnete es endlich mal.

Nick fragte: »Wer fährt heute?«

»Du bist der Kunde«, erwiderte ich und musste dabei lächeln. Obwohl mir nach seinen Eröffnungen nicht danach zumute sein sollte. Müsste ich ihn nicht zum Mond schießen?

Aber er drückte mich an sich, mein Herz wusste das zu schätzen und schlug schon wieder schneller als erlaubt.

»Und der Kunde ist König. Und der verfügt, dass du die erste Etappe fährst, denn du kennst dich aus.« Zur Bestätigung küsste er meinen Scheitel.

»Damit willst du mich nur weichklopfen«, murrte ich. »Aber da du der King bist …«

»… Und du mein Guide …« fuhr er mit einem Lachen in der Stimme fort.

Ja ja, er bezahlte mich dafür. Aber jetzt, nachdem ich definitiv wusste, dass ihn übelwollende Zeitgenossen verfolgten, war mir nicht wohl bei der Sache.

Trotzdem kletterte ich entschlossen auf der Fahrerseite ins Auto und ließ es an.

Er setzte sich neben mich, und wir schwenkten auf diese behelfsmäßige Straße ein, die zum Ausgang des Game Reserve führte.

Die Wachmänner salutierten lächelnd beim Passieren des Wächterhauses, ich winkte ihnen kurz zu. Dann schaltete ich die Klimaanlage an, der Dunst hatte sich verzogen und stattdessen knallte die Sonne auf unser Auto.

Nach etwa dreißig Minuten erreichten wir die Straße nach Touwsrivier. Nick schweigsam bis jetzt, er schaute aus dem Fenster auf die karge Landschaft, zwischendurch schloss er die Augen. Kein Wunder, heute Nacht hatte er sich bis zur Erschöpfung verausgabt. Kein Mann hatte mir bisher so viele Höhepunkte in einer einzigen Nacht verschafft, und keiner war danach so ansprechbar und zärtlich gewesen wie er.

»Ich möchte dir noch etwas sagen.« Seine Hand ruhte auf meinem Oberschenkel.

»Aber nicht, dass du verheiratet bist.« Oh Gott, ich machte schon wieder alles falsch.

»Dann wären wir wohl jetzt nicht hier, wo wir jetzt sind.«

»Wer weiß?«

Jetzt nahm er die Hand weg, und augenblicklich wünschte ich mir, er würde sie wieder dort hinlegen. Verdammt, ich kam mir wie eine blöde Zicke vor.

»Ich bin nicht verheiratet. Wie kommst du darauf?«

»Ich bin schon auf einen verheirateten Mann reingefallen. Nicht, dass ich darauf stolz bin. Aber ich lasse mich ungern verarschen.«

Keine Antwort. Mindestens dreißig Sekunden nicht. Dann: »Ich verarsche dich nicht. Ich bin geschieden. Aber was ich dir sagen wollte …«

Das ging unter. Der Wagen rumpelte plötzlich, es ruckelte hin und her und die Geräusche, die er machte, waren alles andere als beruhigend. Mein Gleichgewichtssinn sagte mir, dass hinten rechts irgendetwas gar nicht in Ordnung war.

Ich trat auf die Bremse und sprang aus dem Auto. Nick stand im nächsten Moment neben mir.

»Scheiße. Wir haben einen Platten!« Der rechte Hinterreifen war platt wie eine Flunder.

»Wo ist der Wagenheber?« Nick öffnete die rückwärtige Tür und hob die Kofferraumabdeckung an.

»Ich hoffe, das Ding hält, was diese Scheiß-Gebrauchsanweisung verspricht!«

Nick wuchtete den schweren Wagenheber heraus, positionierte ihn unter dem Türschweller und kurbelte den

Wagen hoch. Dabei verzog er schmerzhaft das Gesicht. »Scheiße«, fluchte er.

«Lass das bleiben, ich kann das erledigen!«, sagte ich mit Rücksicht auf seine Rippen, die wahrscheinlich immer noch mörderisch schmerzten.

»Quatsch. Wenn du was tun willst, dann löse die Radbolzen des Reserverades. Das ist mindestens genau so anstrengend.« Er wischte sich mit dem Handrücken über Augen und Stirn.

»Na gut. Aber wenn du zu große Schmerzen hast, sag Bescheid.«

Er warf mir einen Blick voll purer Zärtlichkeit zu. »Ich komm schon klar, Schönheit.«

Schönheit nannte er mich. Unter den gegebenen Umständen amüsierte mich das, und ich musste grinsen.

Das Ersatzrad war hinten an der Kofferraumtür befestigt. Doch die dämlichen Radbolzen rückten und rührten sich nicht. »Verfluchter Mist!«

»Warte, ich mach das.«

Die Sonne brannte inzwischen erbarmungslos vom Himmel. Uns stand der Schweiß auf der Stirn, ich bereute, keinen Hut mitgenommen zu haben.

Nick griff sich den Bolzenschlüssel und setzte ihn an. »Verdammt, die Dinger sitzen fest. Hast du einen Hammer oder etwas ähnliches?«

»Himmel, wo soll ich denn jetzt einen Hammer hernehmen?«

Mit dem Handrücken fuhr er sich über die verschwitzte Stirn. »Irgendetwas, womit ich hier draufschlagen kann.«

Ich beugte mich in den Kofferraum, zog die kleine Werkzeugkiste hervor und klappte sie auf. »Hier ist eine Rohrzange. Vielleicht geht das als Hammerersatz.«

Nick versetzte dem Radkreuz damit ein paar kräftige Schläge, doch es bewegte sich nichts.

Wir starrten auf das Radkreuz, das an einem der Bolzen steckte. Nick kniff die Augen zusammen und fasste sich ans Kinn.

»Ich hab's. Ich steige da drauf und nutze mein Körpergewicht.«

»Auf das Radkreuz?«, fragte er verblüfft. »Wenn das Teil sich bewegt, fällst du runter!«

»Nein, ich setze mich aufs Dach und versuche, mit dem Fuß dagegenzutreten. Das müsste gehen. Hilf mir rauf.«

»Das ist verrückt.« Er tippte sich an die Stirn, und ich lachte auf.

»Na klar ist das verrückt. Aber das ist diese ganze Tour, oder?«

Ich ließ mir von ihm aufs Wagendach helfen, setzte mich so hin, dass der Ersatzreifen mit dem Radkreuz direkt unterhalb meiner Beine war, und trat so fest ich konnte dagegen.

»Los, noch mal«, feuerte er mich an. »Es bewegt sich.«

Es brauchte etwa zehn feste Tritte, dann drehte sich das verdammte Ding endlich und wir bekamen den ersten Radbolzen abgeschraubt.

»Noch dreimal, und wir haben es geschafft«, scherzte Nick.

Zum Glück war das nicht mehr nötig. Zwei der verbliebenen Radbolzen ließen sich ohne Kraftanstrengung lösen, nur beim letzten mussten wir die Trettechnik erneut anwenden.

Mit vereinten Kräften wuchteten wir das schwere Ersatzrad von der Halterung. Der Schweiß lief mir in die Augen und brannte wie Feuer, keuchend vor Anstrengung lehnte ich mich ans Auto und wischte vergeblich mit dem Handrücken über die Augen, um die Schweißtropfen loszuwerden.

»Verdammt, das Scheißrad anmontiert zu bekommen ist diesmal echt schwer«, stöhnte ich.

»Wir bekommen das hin. Du wirst sehen.« Nick öffnete die Beifahrertür und holte eine Dose Cola aus dem Handschuhfach. »Trink erst mal was.«

»Boah, die ist lauwarm!« Fast hätte ich das Getränk wieder ausgespuckt. »Lass uns lieber das Wasser aus dem Kanister trinken.« Als Notreserve hatte ich immer einen oder zwei 20-Liter-Wasserkanister dabei.

Nick wuchtete den vollen Kanister aus dem Kofferraum und wir gossen uns daraus etwas in die Pappbecher aus dem Handschuhfach, die ich dort extra deponiert hatte.

Es dauerte fast zwei Stunden, bis wir den kaputten Reifen abmontiert, an die Kofferraumtür geschraubt und das Ersatzrad angebracht hatten. Ich assistierte Nick, so gut ich konnte, doch mehr als die Radbolzen halten und ihm Werkzeug anzureichen brachte ich nicht zustande. Zwischendurch erfrischten wir uns mit dem restlichen Wasser aus dem Kanister. Wir gossen es uns gegenseitig über Kopf und Oberkörper und spülten Hitze und Schweiß damit weg. Doch lange hielt das nicht vor.

Am Ende teilten wir uns die letzten Schlucke, auf der Schattenseite ans Auto gelehnt, um den leichten Wind zu genießen, der jetzt aufgekommen war und uns ein wenig Abkühlung spendete.

Er lachte plötzlich auf. »Du müsstest dich sehen!« Mit dem Zeigefinger strich er mir über die Stirn. »Dein ganzes Gesicht ist schwarz.«

»Sehr witzig. Dann guck mal in den Spiegel.« Wir lachten und machten uns gegenseitig auf den Schmutz aufmerksam, der überall an uns haftete. Reifenabrieb und Staub und Schweiß an unseren nassgeschwitzten T-Shirts, im Gesicht und an den Händen und Unterarmen. Unsere

Fingernägel sahen aus, als hätten wir sie in Kohlenstaub gesteckt.

»Und das jetzt, wo wir kein Wasser mehr haben«, stöhnte ich.

Er warf einen skeptischen Blick erst auf mich, dann auf die ausgetrocknete Landschaft, in der der Wind die Erde zu kleinen Staubwolken aufwirbelte. »Das ist nicht gut. Wie viel Kilometer sind es bis zur nächsten menschlichen Siedlung? Fuck!«

»Vielleicht hat uns die letzte Nacht ein wenig – unvorsichtig werden lassen.« Ich hätte mich selbst ohrfeigen können, dass wir in dem kleinen Laden im Game Reserve nicht wenigstens noch ein Sixpack Wasserflaschen mitgenommen hatten.

Das Ozeangrün seiner Augen hellte sich auf, ein Lächeln stand darin. »Es war die beste Nacht meines Lebens«, sagte er dann leise und strich mir mit dem Fingerrücken über die Wange. »Dafür durste ich gerne ein paar Stunden.«

Mein Herz schmolz dahin. Woher hatte er dieses Talent, das immer in den ungeeignetsten Momenten zu schaffen? »Das war es auf jeden Fall mehr als wert«, flüsterte ich, nahm seine Hand und küsste ihn auf die Handfläche, auf all den Dreck und Reifenabrieb und Staub.

KAPITEL 14

JENNA

So dreckig wie wir waren, setzten wir den Weg nach Touwsrivier fort. Uns klebte die Zunge am Gaumen, durstig und erschöpft vom Reifenwechsel starrten wir auf die Straße vor uns, auf der Suche nach einer Tankstelle, wo wir uns frisch machen konnten.

Aber es kam keine. Kilometer um Kilometer ohne größere Ortschaft, nur hier und da ein paar einzelne Farmen oder abseits der Straße gelegene, winzige Nester.

Es war schon Nachmittag, als wir endlich eine Tankstelle fanden, an der wir uns mit Getränken und etwas Biltong als Imbiss eindeckten. Sie hatte sogar eine Toilette mit Waschbecken, wo wir uns den gröbsten Dreck abwaschen konnten.

Einigermaßen erfrischt tauschten wir und fuhren weiter. Nick saß am Steuer und schien in Gedanken versunken, oder vielleicht konzentrierte er sich auch nur auf den Verkehr vor uns, schleichende Lastwagen wollten überholt werden. Ab und zu kamen wir zum Stillstand, weil Baustellen die Spur verengten.

»Ich glaube, die Reifenpanne ist nicht unser größtes Problem heute«, sagte er plötzlich langsam und sah in den Rückspiegel.

Mir sackte das Herz eine Etage tiefer. Es fiel mir schwer, die Frage auszusprechen: »Ist jemand – ist jemand hinter uns?«

»Sieht fast so aus. Noch weit weg, aber das Auto ist mindestens das Gleiche wie das von vorgestern.« Er setzte zu einem Überholmanöver an, fuhr an einem LKW vorbei und scherte hinter einem anderen wieder ein.

Fieberhaft dachte ich darüber nach, wie wir diesmal die Verfolger abhängen könnten. Township? Fehlanzeige, hier gab es nur vereinzelt winzige Dörfchen mit einer Handvoll Hütten, und ich kannte niemanden dort. Außerdem würden die Verfolger, wenn es denn welche waren, auf den Trick gewiss nicht noch einmal hereinfallen.

»Wo ist das Auto genau?«, wollte ich wissen.

Nick sah in den Außenspiegel und schüttelte dann den Kopf. »Vielleicht habe ich mich geirrt. Eben war das Auto vielleicht einen Kilometer entfernt, möglicherweise auch mehr. Aufgeholt kann es nicht haben, zu viel Gegenverkehr.«

»Nur, dass wir jetzt hier gleich rechts abbiegen müssen. Auf die Prince Albert Road. Die ist kilometerweit einsehbar.«

»Um so besser, dann behalten wir sie im Blick.«

»Und wenn sie uns einholen?«

»Das würde mich sehr wundern. Dein Jeep ist ein bulliges Kraftwerk. Damit hängen wir zwar keinen Porsche ab, aber einen simplen Pick-up mit Sicherheit. Vor allem, wenn die Straße so schlecht ist wie die, von der wir kommen.«

»Dann bieg hier rechts ab, aber so, dass die es nicht mitkriegen.« Zum gefühlt hundertsten Mal stellte ich mir die Frage, auf was ich mich hier eingelassen hatte. Eine »Rundreise« war das definitiv nicht!

Er lachte auf. »Dazu müsste ich schon fliegen. Nein, wir machen es anders.«

An der Kreuzung riss er den Wagen nach links und bog in die kleine Siedlung ein, die sich neben der Straße befand, über einen holprigen Weg verschwanden wir aus der Sichtachse der Autofahrer. »Wir können sie vorbeifahren lassen und dann einfach über die Kreuzung fahren.«

»Du bist verrückt! Die haben doch sicher gesehen, dass wir hier eingebogen sind!«

»Eben nicht. Ich habe darauf geachtet, dass sie außer Sichtweite waren.«

»Aber wenn sie nun trotzdem die Prince Albert Road nehmen?«

»Dann sind sie vor uns.«

Er sah mich an, ernst und gespannt. »Sag mir etwas Besseres.«

»Mir fällt nichts ein«, gestand ich kleinlaut.

»Eben. Mir auch nicht.« Er wendete den Wagen auf dem schmalen Weg, fuhr wieder hinunter und überquerte die Straße mit Vollgas, hinauf auf die Prince Albert. Die Straße führte über eine Anhöhe, und als wir sie passiert hatten, gab er Entwarnung. »Hinter uns ist nichts.«

Mit unvermindertem Tempo raste er über die schnurgerade Straße, die sich vor uns in langen Wellen über weitere Anhöhen und durch Täler erstreckte. Kein Fahrzeug war weit und breit zu sehen, nur die Wüste zu beiden Seiten und am Horizont die Spitzen der Swartberge, auf die wir direkt zufuhren.

Geschickt wich Nick den Schlaglöchern und Unebenheiten aus, die den Asphalt häufig unterbrachen. An einigen Stellen lag Sand auf der Straße, der hinter uns hochwirbelte. Immer wieder versuchte ich, durch den Außenspiegel die Straße hinter uns zu beobachten, obwohl das völlig sinnlos war. Nick war der Fahrer, er hatte den besseren Blick auf die Straße, und er wirkte vollkommen ruhig und konzentriert.

Die Berge vor uns wurden größer, sie erhoben sich steil aus der kargen Ebene. Wir waren schon etwa eine Stunde auf dieser Straße unterwegs.

»Jetzt sehe ich ein Auto«, sagte Nick. »Aber es ist nicht das von vorhin.«

»Ich weiß nicht, ob ich aufatmen soll.« Die Anspannung hielt mich fest im Griff und machte sich als unangenehme Gänsehaut bemerkbar.

Er warf mir einen Seitenblick zu und lächelte flüchtig. »Tu es einfach. Im Moment ist das die beste Wahl.«

»Ich habe Angst.«

Er griff nach meiner rechten Hand und drückte sie. »Ich auch. Aber was hilft es? Das Auto ist weit, weit weg. Bitte bleib ruhig.«

Ja, was half es schon? Wir hatten einen Weg eingeschlagen, der keine Umkehr ermöglichte. Und auch kein Abweichen, schnurgerade führte die Straße auf die Berge zu, wo sie in einer langen Rechtskurve abbog und zum einzigen Ort weit und breit führte, das kleine Nest Prince Albert. Es nahm sich wie eine Oase in dieser Einöde aus. Am Straßenrand standen lilablühende Jacarandabäume, in den Gärten blühten Blumen in allen Farben, bunte Inseln in sattgrünen Rasenflächen. Passanten schlenderten an einer Ladenzeile entlang, nichts erinnerte mehr an die Wüste, die wir durchfahren hatten.

Endlich erschien das Straßenschild, das den Weg nach Oudtshoorn wies.

Die Straße schlängelte sich jetzt zwischen den rötlichen

Felsen des Bergmassivs bergauf, überquerte Flüsschen und Schluchten. Eine Szenerie, die uns unter günstigeren Umständen mit ihrer Schönheit beeindruckt hätte, doch momentan hatten wir andere Sorgen.

»Wir werden es wohl heute nicht mehr bis Oudtshoorn schaffen«, stellte ich nach einem Blick auf die Uhr fest.

»Dann sind wir schon den zweiten Tag in Verzug. Wir müssen so weit fahren, wie wir können. Es ist noch früh. Und du hast schon ein Zimmer reserviert. Warten die nicht auf uns?«

»Sie schließen um 19 Uhr ab. Danach kein Check-in mehr möglich.«

»Was ist das für ein Saftladen?«

»Es ist das schönste Bed&Breakfast in Oudtshoorn«, verteidigte ich mich. »Mit Pool und allem Drum und Dran.«

»Scheiß auf den Pool!«, knurrte er. »Gibt es da kein vernünftiges Hotel?«

»Das war ausgebucht! Was soll ich machen?«

Er gab ein unwilliges Grunzen von sich.

»Wir schaffen es bestimmt bis De Rust«, sagte ich. »Dort können wir auch die Reifen tauschen. Von dort aus ist es nicht mehr weit. Und du kannst deinen Sachzwängen nachkommen.«

Nick presste die Lippen zusammen. »Das ist so ein Mist. Ich weiß nicht, ob er morgen nicht schon wieder weiterzieht. Keine Ahnung, was in den Mann gefahren ist.«

»Erzähl mir endlich ein bisschen mehr.«

Jetzt stieß er einen Seufzer aus. »Ich fürchte, es bringt nichts, es weiter für mich zu behalten. Kannst du eine schlechte Nachricht vertragen?« Sein Blick schweifte für einen Augenblick zu mir, nervös und fragend und unsicher.

»Du musst mir nichts sagen«, erwiderte ich, obwohl ich nichts dringender wollte. Mit guten Nachrichten rechnete ich schon länger nicht mehr, vor allem nicht in Herzensangelegenheiten – sprich: Männer. Und wenn es keine guten Nachrichten für mich gab, dann wollte ich die schlechten wenigstens kennen.

Er umklammerte das Lenkrad mit beiden Händen. Wir waren an der ersten Passhöhe angelangt, vor uns weitete sich ein grünes Tal voller Bäume und Felder und Weinstöcke, ein irrer Kontrast zu den karstigen Bergen, zwischen denen es eingebettet war.

Langsam fing er an zu sprechen. »Ich bin auf der Suche nach meinem Rechtsanwalt, Herbert Preston. Er ist der Hausanwalt unserer Firma – das heißt: Jetzt ist es nur noch meine Firma …«

»Und es geht um die Geschäftsanteile deines toten Geschäftspartners«, vermutete ich.

»Nicht nur. Das hatten wir vertraglich geregelt.«

»Aber?«

»Er hat eine halbe Million Pfund veruntreut. Das entspricht in etwa dem Wert seines Anteils. Ich habe es erst vor vier Wochen entdeckt, und er versprach, es wieder zu beschaffen. Dann kam ich von einer Geschäftsreise wieder, und um mich zu versichern, dass Robert nicht noch mehr Unheil anrichtet, bin ich noch spätabends in mein Büro gefahren. Im Foyer traf ich auf drei Typen, die das Haus verließen. Niemand kommt so einfach in das Gebäude, also musste jemand sie reingelassen haben. Zuerst dachte ich mir nichts dabei. Doch dann betrat ich mein Büro, und – und dort fand ich Robert. Tot. Erschossen …«

Er schüttelte den Kopf, während ich kaum zu atmen wagte. Fassungslosigkeit spiegelte sich in seinem Gesicht, als sähe er die ganze Szene vor sich. »All das Blut …«, fuhr er leise fort. »All das Blut und das Durcheinander, der Tresor stand offen, daraus fehlte auch Geld, und die Waffe.«

»Die Waffe«, wiederholte ich mechanisch.

»Ich hatte eine Pistole im Tresor. Sie lag neben – neben Robert. Zuerst wusste ich nicht, was ich tun sollte. Ich zwang mich, nichts anzufassen, starrte nur auf das Desaster. Dann rief ich die Polizei. Ein Fehler. Sie haben mich sofort festgenommen.«

»Kein Wunder. Du am Tatort, deine Pistole am Tatort …«, warf ich ein.

»Und es war gerade erst passiert. Er – Robert war noch warm.« Nick schüttelte sich und blinzelte einmal. »Ich träume nachts davon. Jede Nacht«, flüsterte er.

Eine Stille entstand, ausgefüllt von einem Gedanken-durcheinander. Er hätte es gleich sagen können. Aber hätte ich dann den Auftrag angenommen? Hätte ich anders gehandelt? Die beschissenste Frage war: Hätte ich mich auf ihn eingelassen? Mir fiel nichts Besseres zu sagen ein als: »Es tut mir leid.«

»Jedenfalls kam ich in Untersuchungshaft, nach Penton-ville«, fuhr er fort. »Einen Tag, bevor Preston meine Entlassung erreichte, kamen ein paar Typen in meine Zelle und schlugen mich zusammen.«

Er fasste sich an die Narbe auf dem Jochbein. »Ich sollte schweigen und am besten verschwinden, wenn mir mein Leben lieb wäre. Erst in diesem Moment erkannte ich einen Zusammenhang zu den Kerlen, denen ich im Büro-gebäude begegnet bin. Das müssen seine Mörder gewesen sein.«

»Dann hat dein Geschäftspartner ihnen den Tresor geöffnet, und danach wurde er mit deiner Waffe erschos-sen?« In meinem Kopf reimten sich noch ganz andere Sachverhalte zusammen, und mir wurde schwindelig. Was, wenn er diesen Robert dabei ertappt hatte, wie er den Tresor ausräumte, und es selbst getan hatte? Oder gab es einen Kampf um die Pistole? Warum sollte sein

Geschäftspartner fremden Eindringlingen den Tresor öffnen? Oder wurde er überrascht, als der Tresor offenstand?

»Du glaubst mir nicht«, stellte er plötzlich fest.

»Ich … ich weiß es nicht. Wie hast du es denn hierher geschafft, ohne Geld? Woher stammen die zweitausend Dollar, die du mir angezahlt hast, wenn er die ganze Kohle ausgeräumt hat? Ich weiß nicht mehr, was ich glauben soll …«

»Bitte, du musst mir glauben«, sagte er eindringlich. »Das Geld ist ein Teil meiner private Reserve. Ich hatte sie an einem geheimen Ort aufbewahrt. Für den Fall, dass wir mal pleite gehen und ich irgendwo und irgendwie neu anfangen muss.«

»Das ist absurd! Wer bewahrt so viel Geld anderswo als im Tresor auf? Und warum?«

Nick schaltete mit einem Ruck den Gang herunter, die Straße führte wieder aus dem Prince Albert-Valley heraus und hinauf zur nächsten Passhöhe, die uns in Richtung der Swartberge bringen würde. Wir durchfuhren eine Haarnadelkurve.

Bei der Ausfahrt aus der Kurve trat er das Gaspedal, der Wagen machte einen Satz.

»Nick, nicht so heftig. Bitte, wir wollen lebend ankommen.«

Er schnaubte wütend. »Allerdings. Und ich will, dass du mir Glauben schenkst.«

»Erklär´s mir!«

»Ich hatte immer eine eiserne Reserve. Mein eigenes Geld. Und ich hatte ein sicheres Versteck. Selbst Robert hat es nicht entdeckt. Sonst hätte er es mit Sicherheit als Erstes genommen. Wer immer in meinem Büro war, hat es nicht gefunden. Niemand außer mir kannte das Versteck, und selbst die Polizei hat es bei der Durchsuchung nicht entdeckt. So konnte ich es mitnehmen und nun bin ich hier.«

»Genau wie deine Verfolger«, konstatierte ich trocken. »Offenbar reicht es ihnen nicht, dass du abgehauen bist. Sie wollen dich tot sehen.«

Er zuckte hilflos die Achseln. »Das habe ich auch gemerkt. Aber diesen Triumph gönne ich ihnen nicht. Dabei kann ich ihnen doch nichts anhaben. Ich weiß ja nicht mal, wer sie sind.«

»Du hast sie gesehen, das reicht denen.«

»Ohne dich wäre ich vielleicht schon …« Seine linke Hand lag auf einmal auf meinem Oberschenkel. Oh, mein Körper war ein Verräter. Er wollte es, wollte diese Berührung so sehr. »Ich habe dir so viel zu verdanken.«

»So viel nun auch wieder nicht«, wehrte ich ab. »Vielleicht wärst du ohne mich nie in diese Situation gekommen.«

»Aber dann würde ich dich nicht kennen, und das wäre einfach nur katastrophal«, sagte er leise, und obwohl sich alles in mir dagegen sträubte, noch einmal auf Schmeicheleien hereinzufallen, rührten diese Worte mein Herz.

In den schmalen Schluchten, die wir jetzt durchquerten, lagen schon lange Schatten. Nur die Gipfel schimmerten rötlich im restlichen Sonnenlicht, darüber der wolkenlose Himmel in tiefem Blau, das immer dunkler wurde. Wir würden es nicht mehr nach Oudtshoorn schaffen. Vor uns lag die Abzweigung über den Swartbergpass, eine Abkürzung von etwa 60 km. Doch die Straße war steil und unbefestigt, und mit dem Reserverad am Wagen wäre die Fahrt darüber zu riskant. Deshalb nahmen wir die Straße nach De Rust, die sich malerisch durch die Berge über eine schmale Passhöhe zog.

Ein pittoresker kleiner Ort, schon fast am Fuße der Berge, die Häuser und Villen mit viktorianischen geschnitzten Balkonbrüstungen verziert, kleine Läden mit bunten Blechschildern davor, die an weißen Holzmasten angebracht waren.Altmodisch und freundlich wirkte alles.

Die Touristeninformation hatte bereits geschlossen, und so mussten wir mehrere Bed & Breakfasts abklappern, bis wir endlich ein Zimmer fanden.

Ich wollte auf zwei Einzelzimmern bestehen, noch eine Nacht wie die letzte würde mir endgültig den Verstand rauben. Auf keinen Fall durfte ich mich zu sehr in seine Nähe begeben. Die Enttäuschung, das kalte Erwachen danach, wenn er wieder in London wäre und ich hier, wenn er wieder sein gewohntes Leben aufnehmen würde und ich auch, das brauchte ich mir nicht zu geben. Und dass es so kommen würde, stand völlig außer Zweifel. Was sollte er hier, wenn seine Unschuld sich einmal herausgestellt hatte? Und erst recht, wenn sich möglicherweise herausstellte, dass er schuldig war?

Doch es gab nur ein Zimmer. Mit einem Doppelbett. Sollte ich ihn bitten, auf der Couch zu schlafen? Ratlos stand ich neben ihm in der Tür, betrachtete den einladenden Raum, gestützt von dicken Holzbalken und weiß getüncht, mit dem breiten Bett in der Mitte. Was sollte ich nur tun?

Behutsam nahm mir Nick den Koffer aus der Hand und stellte ihn ab. »Was ist los?«, fragte er sanft.

»Nichts. Nur – es ist nicht richtig, dass ich hier bin – mit dir. Dass wir ... nun ja.« Ich hob die Schultern und schüttelte den Kopf. Und dabei fühlte es sich so richtig an. Doch das war eine Täuschung, eine gemeine Selbsttäuschung, die mein dummes Herz mir vorgaukelte.

»Ist es, weil ich – weil ich ein Mordverdächtiger bin? Weil ich ein Fremder für dich bin? Weil du Angst hast?«

»Ich habe keine Angst. Nicht vor dir.« Sondern vor den Gefühlen, denen ich nie, niemals mehr die Kontrolle überlassen würde.

Seine Hand auf meiner Schulter fühlte sich so herrlich warm und beruhigend an. Trotzdem schob ich sie langsam von mir herunter. Der Ozean in seinen Augen war aufgewühlt, grünblau wogte es darin, für einen Moment verlor ich mich in seiner Tiefe.

»Ich frage nicht weiter, Jenna. Nimm dir die Zeit, die du brauchst.« Damit wandte er sich ab, kramte in seiner Reisetasche und verschwand im Bad, während ich immer noch vor diesem Bett stand, in dem ich unmöglich mit ihm liegen konnte. Eine weitere Nacht wie die letzte würde mir unweigerlich das Herz brechen. Langsam machte ich kehrt und verließ das Zimmer.

Das kleine Bed & Breakfast hatte eine hölzerne Terrasse, die auf einen üppigen Garten hinausging. Schmucklilien blühten dort in dicken Büscheln, streckten ihre blauen Blütenkugeln dem Himmel entgegen, es duftete nach Rosen und nach Pinien und nach gemähtem Gras. Ich setzte mich auf eine Bank, die unterhalb der Terrasse im Garten stand, lauschte dem Gesang der Zikaden und Nachtvögel in der Dämmerung. Was sollte ich nur tun?

Der Hunger nagte an mir, ich musste etwas essen, vorher duschen und etwas Frisches anziehen. Aber was dann? Ich wünschte mir einen kräftigen Drink herbei, oder eine Zigarette. Obwohl ich doch seit fünf Jahren nicht mehr rauchte …

»Na, Miss, Sie sehen aus, als ob Sie einen Drink gebrauchen könnten.« Die Wirtin Missis Yelborne stand plötzlich neben mir und hielt mir ein Glas mit einer honigfarbenen Flüssigkeit hin. »Ich habe Sie beobachtet. Sie sind unglücklich.«

Dankbar nahm ich das Glas und schnüffelte daran. Whisky. »Woher wussten Sie …?«

Ms Yelborne lächelte weise und nahm neben mir Platz. Ihr eisengraues Haar war raspelkurz geschnitten und stand in allen Richtungen ab. Ein bisschen erinnerte sie mich an Judi Dench, nur dass sie etwas dicker war. »Ich sehe jeden Tag fremde Menschen kommen und gehen. Und jedes Mal mache ich mir Gedanken darüber, wie sie so sind, und warum.« In ihrer Hand, an der rotlackierte Fingernägel im sanften Licht zweier Laternen leuchteten, drehte sie ein Whiskyglas und nippte daran.

»Ich bin nicht unglücklich«, sagte ich nach einem Schluck von der wärmenden Flüssigkeit.

»Entschuldigen Sie, es geht mich absolut nichts an. Aber Sie sitzen hier, während Ihr Freund …«

»Er ist nicht mein Freund«, fuhr ich sie an, und sie zuckte zusammen.

»Nun gut, das erklärt, warum Sie hier sitzen und nicht in Ihrem Zimmer sind.« Ihr prüfender Blick wanderte über mein Gesicht. »Jedenfalls bedrückt Sie etwas. Ich will nicht wissen, was es ist, beileibe nicht. Wenn ich das von jedem Gast wissen wollte, wäre ich Psychiaterin geworden.« Sie kicherte kurz und heiser. »Aber hier können Sie zur Ruhe kommen. Sehen Sie nur den wundervollen Himmel über uns.«

Ich legte den Kopf in den Nacken. Lilafarben leuchtete der Sonnenuntergang, am Horizont waren rosa und orangene Streifen zu erkennen. »Ja«, sagte ich nur. »Wundervoll. Vielen Dank für den Drink.«

»Zigarette?« Ms Yelborne hielt mir eine Packung Zigaretten vor die Nase. »Ich weiß, es ist ein Laster und ungesund. Aber manchmal braucht man eine. Möchten Sie?«

Verdammt, ja. Ich wollte. Und nahm eine aus dem Päckchen, sie gab mir Feuer und zündete sich selbst eine an. Gedankenvoll stieß sie den Rauch aus.

Schweigend nahmen wir ein paar Züge, in die Betrachtung des dunkler werdenden Himmels vertieft.

»Manchmal liegt die Lösung für alle Sorgen direkt vor einem, und man erkennt es nicht, weil man den Blick ganz woanders hat. Nach der dunkelsten Nacht kommt immer wieder ein neuer Tag. Vielleicht sind Sie morgen schon Ihrem Ziel ein ganzes Stück näher gekommen, auf eine Weise, die Sie heute noch nicht ahnen.« Sie lächelte und drückte ihre Zigarette aus. »Ich wünsche Ihnen beiden alles Gute, wie immer auch Ihre Beziehung beschaffen ist.«

»Danke«, stotterte ich, während sie sich erhob, mir kurz zuwinkte und wieder im Haus verschwand.

Mein Ziel. Ich hatte doch gar kein richtiges Ziel. Alles was ich wollte, war, diese Tour schnellstmöglich zu einem guten Ende zu bringen und das Geld zu verdienen. Hart verdientes Geld, wie ich jetzt wusste. Nicht nur wegen unserer Verfolger.

KAPITEL 15

CAMERON

Befriedigt betrachtete Cameron sich im Spiegel. Der Bart war ab, die Wangen waren viel heller als die Stirn und die Gegend um die Augen. Er grinste seinem Spiegelbild zu. Jenna würde erkennen, wie ernst es ihm mit ihr war, wenn er sich so präsentierte. Und Cam ohne Bart würde ihr gefallen. Oder besser: *Nick* ohne Bart.

Er verließ das Badezimmer, als Jenna durch die Tür kam. Sie schaute zu Boden, erst als er sie anrief: »Jenna!«, hob sie den Blick.

»Für dich«, sagte er und strich sich über die glattrasierten Wangen.

Ein flüchtiges Lächeln glitt über ihr Gesicht, ließ ihre Augen kurz aufleuchten. Doch es erlosch viel zu schnell. »Das sieht gut aus. Wäre aber nicht nötig gewesen.«

»Doch, das war es«, erwiderte er nachdrücklich. »Dir gefiel das nicht. Und mir auch nicht mehr. Außerdem sehe ich jetzt so aus, wie ich immer aussehe. Und ich möchte, dass du mich so kennst, wie ich bin.«

»Das ist … wirklich sehr zuvorkommend von dir«, presste sie hervor. »Und es sieht gut aus. Ich muss jetzt unter die Dusche.« Sie marschierte an ihm vorbei ins Bad, das sie hinter sich sorgfältig verschloss.

Er starrte auf die geschlossene Badezimmertür, hinter der das Wasser rauschte, und setzte sich langsam auf das Bett. Warum wollte sie alleine duschen? Warum nicht noch einmal eine Nacht wie die gestrige mit ihm verbringen? Ein dumpfer Schmerz breitete sich in seiner Magengegend aus, der verdammte Ähnlichkeit mit Sehnsucht hatte.

Irgendwie musste er sich davon ablenken, und so schlenderte er hinaus auf die Terrasse mit den Schnitzereien, wo einige andere Gäste zusammensaßen, den Himmel bewunderten und dazu einen Drink nahmen. Er fand einen freien Tisch und ließ sich dort nieder, studierte müßig die Getränkekarte. Etwas zu essen gab es hier nicht, sie würden in dem kleinen Restaurant zwei Häuser weiter einkehren, wenn Jenna fertig war. Aber einen Aperitif könnte er vertragen.

Ms Ylborne ging zwischen den Gästen umher, wechselte mit jedem ein paar freundliche Worte, notierte Bestellungen und brachte die Getränke selbst. Cameron suchte ihren Blick und sie nickte bestätigend. »Ich komme sofort.«

Er bestellte sich einen Rotwein, Pinotage aus Paarl.

»Gute Wahl, der neue Jahrgang ist fantastisch.« Ms Ylborne musterte ihn eingehend. »Genau wie Ihre Begleiterin. Haben Sie sich für sie rasiert?«

Mein Gott, was war die Frau neugierig. Und scharfsinnig. Gefährliche Kombination. »Hmm ja«, brummte er.

»Steht Ihnen gut. Sie wird begeistert sein.« Schwang da ein wenig Ironie in ihrer Stimme mit? Warum quatschte er überhaupt mit ihr?

»Wir werden sehen.«

»Ich wünsche Ihnen viel Glück bei ihr.« Sie zwinkerte ihm zu und wandte sich dem nächsten Tisch zu.

Oh Mann. Ja, Glück bei ihr. Das konnte er brauchen. Aber sein Geständnis heute hatte sie völlig aus der Bahn geworfen. Wie konnte er sie von seinen ehrlichen Absichten überzeugen, wenn sie ihm nicht über den Weg traute? Und das, obwohl sie sich ihm gestern so vertrauensvoll hingegeben hatte, wie Wachs in seinen Händen war sie, enthüllte ihm ihr wirkliches, wahres Wesen. Nur um heute eine Mauer um sich zu errichten.

Gedankenvoll nippte er an dem Wein, den eine Serviererin gerade gebracht hatte. Da kam sie. In diesem hübschen blauen Kleid, das sich eng um ihre schmale Figur schloss, mit Sandaletten an den Füßen. Wie wunderschön sie war. Bewundernde Blicke der männlichen Gäste begleiteten sie auf dem Weg an seinen Tisch, die sie mit leichtem Lächeln zur Kenntnis nahm.

»Du siehst umwerfend aus«, sagte er, als sie sich zu ihm setzte.

»Danke, du auch.« Es klang, als meine sie das ernst.

»Gehen wir. Ich könnte ein halbes gebratenes Pferd vertilgen.« Cameron legte einen Schein auf den Tisch und machte Anstalten, sich zu erheben.

Jenna kicherte. »Ich fürchte, wir müssen uns mit Straußensteak zufriedengeben.« Dann stand sie ebenfalls auf, nahm vertraulich seinen Arm – was ihn ziemlich irritierte – und so gingen sie die Straße hinab zu dem einzigen Restaurant, das hier fußläufig zu erreichen war.

Sie gönnten sich nicht nur ein Straußensteak, sondern danach ein Dessert aus Früchten und Eis und noch ein Glas Wein. Die Erschöpfung sorgte dafür, dass sie schweigend aßen, jeder in seine Gedanken versunken, und nur gelegentlich ein paar Belanglosigkeiten austauschten. Jenna verbarg ein verstohlenes Gähnen hinter der Hand.

Sie zahlten schnell und schlenderten zurück zum Bed & Breakfast. Cameron zog ihre Hand unter seinen Arm, und sie ließ es sich gefallen.

»Ich könnte auf der Couch schlafen«, schlug er vor, wenn auch halbherzig. Was war nur in ihn gefahren? Nichts wollte er weniger! Er wollte sie neben sich haben, ihre Haut unter seiner Hand spüren. Selbst wenn nichts zwischen ihnen passierte. Fuck!

Jenna blieb stehen und schaute ihm ins Gesicht. Ihre Augen waren verschleiert, er wusste nicht, ob vor Enttäuschung oder Trauer oder etwas anderem, von dem sie nichts verraten wollte. »Du kannst neben mir liegen. Aber behalt deine Hände bei dir. Ich – es – ich muss schlafen.«

»Ich weiß«, sagte er lahm. »Es war ein langer Tag.« Er könnte sich ohrfeigen. Warum sagte er nicht, was ihm auf der Zunge lag: *Ich will dich. Ich will dich mit der ganzen Macht meines Herzens und meines Körpers. Ich will dich nicht loslassen. Ich will, dass du glücklich bist.* Er war ein elender Feigling.

»Umdrehen«, verlangte Jenna beim Ausziehen in ihrem Zimmer.

»Ich hab dich schon nackt gesehen«, protestierte er, und sie musste grinsen.

»Das war etwas anderes. Bitte.«

Cameron stieß einen theatralischen Seufzer aus und verzog sich ins Badezimmer. Als er herauskam, lag sie im Bett, die Decke bis zum Hals hochgezogen, die Augen geschlossen. Zum ersten Mal bemerkte er diesen verletzlichen Zug um ihren Mund, und es erfüllte ihn mit Zärtlichkeit. »Gute Nacht«, raunte er ihr zu, und entgegen seinem Versprechen, sie nicht anzurühren, hauchte er ihr einen zarten Kuss auf die Stirn, was sie mit einem verschlafenen Lächeln quittierte.

Dann fiel er neben sie ins Kissen, erschöpft und zerschlagen. Seine Narbe juckte, in der Rippengegend stach der Schmerz, gedämpft, aber fühlbar. Doch die nächtlichen Geräusche eines kleinen Wasserspiels, das unter ihrem Fenster sanft plätscherte, umfingen ihn und ließen ihn trotz allem einschlafen, trotz Jennas beunruhigender Nähe und seiner Sehnsucht nach ihr.

JENNA

Das Stöhnen neben mir weckte mich auf. Nick warf sich im Bett hin und her und stieß einen Schrei aus. »Hört auf!«, oder so ähnlich, es war schwer zu verstehen.

Bevor ich etwas Beruhigendes zu ihm sagen konnte, lag er schon wieder regungslos auf der mir abgewandten Seite, seine Atemzüge gingen wieder gleichmäßig. Eine Weile betrachtete ich die regelmäßigen Auf- und Abbewegungen seines Brustkorbs. Wie gerne würde ich jetzt ganz nahe an ihn heranrücken, ihm eine Hand auf die Hüfte legen, meine Energie hindurchfließen lassen. Oh verdammt!

Es war frühmorgens, die Stunde der tiefsten Dunkelheit, bevor der neue Tag anbricht, und ich konnte nicht mehr einschlafen. Eine halbe Stunde lag ich neben ihm, lauschte seinen Atemzügen und widerstand dem Verlangen, die Hand nach ihm auszustrecken. *Nur ganz kurz an die Schulter fassen*, flüsterte eine Stimme in meinem Kopf. *Nur, um seine Wärme zu spüren. Er muss das nicht mal merken.*

Nein, nein, nein. Basta. Es geht nicht. Wenn ich ihn berühre, bin ich komplett verloren. Gefangen in meinen Gefühlen, und binnen Kurzem wieder allein. Er wird abreisen. Es geht wirklich nicht, versuchte ich dem Wunsch in meinem Kopf – oder war es eher in meinem Herzen? – zu widersprechen.

Ich schlug die Decke zurück und stand auf. Barfuß und mit einer Strickjacke um die Schultern verließ ich das Zimmer und schlich lautlos auf die Terrasse, deren geschnitzte Säulen und Möbel sich weiß von der Dunkelheit abhoben. Keins der Fenster war mehr erleuchtet, nur ein Scheinwerfer am Dachfirst warf einen breiten Lichtkegel in den Garten vor mir, ein Schutz gegen Eindringlinge, die hier wie überall in Südafrika stets erscheinen konnten.

Der Stuhl knarzte leise, als ich mich setzte. Ich hielt inne, hoffte, niemanden geweckt zu haben. Doch alles blieb still.

Dann hörte ich eine Stimme, leise und drängend, sie kam von ganz nah, aus der Richtung, in der der kleine Parkplatz lag. Ich hielt die Luft an und verharrte regungslos.

»Der Kerl ist hier«, sagte die Stimme. Männlich, britischer Akzent. »Ich weiß es genau.«

»So ein Scheiß. Warum sollte der hier sein? Er ist auf dem Weg nach Oudtshoorn, was soll der hier?« Die andere Stimme, rau und mit vulgärem Slang.

»Keine Ahnung. Aber ich habe das blaue Auto gesehen, das vorhin zur Werkstatt gefahren ist. Capetown Wonders. Damit ist er unterwegs.«

Alles Blut in meinem Körper gefror, meine Hände krampften sich um die Armlehnen des Stuhls, und ich biss mir auf die Lippen, um ein entsetztes Keuchen zurückzuhalten. Zitternd und mit zusammengepressten Lippen lauschte ich weiter.

»Warum hast du Idiot mir nicht Bescheid gesagt?«, keifte die erste Stimme. »Dann hätten wir ihn in der Werkstatt abpassen können!«

»Ich hab die Werkstatt beobachtet. Ashford kam aber nicht. Der ist drin geblieben oder durch den Hinterausgang oder was weiß ich. Ich kann doch da nicht rein und den Kerl mitten im Laden erledigen.«

»Wir müssen ihn suchen.«

»Ach was, du Oberschlaumeier. Und wo willst du

anfangen? Willst du vielleicht die Zimmer alle durchsuchen?«

»Du bist zu dämlich. Willst du einen Aufruhr?«, zischte die erste Stimme. »Nein, wir warten, bis er gemütlich rausspaziert und zack!«

»Der spaziert nicht gemütlich irgendwo hin. Hast du die Sache in diesem Slum schon vergessen?«

»Er muss ja irgendwann rauskommen.«

»Falls er hier drin ist.«

»Ich habe ihn nicht gesehen. Nur das Auto in der Werkstatt. Der kann überall sein. Wir müssen morgen die Augen offenhalten. Ich geh jetzt.«

»Warte. Da ist was.«

Der unwiderstehliche Drang, mir in die Hose zu machen, befiel mich.

»Was denn? Oh, ne Katze, guck, da läuft sie. Ich geh jetzt. Wir müssen morgen fit sein.«

Schritte entfernten sich, schlurfend der eine, eilig der andere, beide in Richtung des kleinen Parkplatzes vor dem Haus. Sie aktivierten den Bewegungsmelder, und der Lichtschein des Strahlers, der den Parkplatz ausleuchtete, drang fast bis in den Garten. Ein Motor sprang an, zwei Autotüren schlossen sich. Langsam entfernte sich das Motorengeräusch.

Ich blieb sitzen, immer noch zitternd, und lauschte meinem Herzschlag, der in der Brust im Stakkato hämmerte. Ich wagte erst, mich zu bewegen, als sämtliche Geräusche außer dem leisen Plätschern des Wasserspiels im Garten verstummt waren, und stand auf. Meine Knie fühlten sich an wie Wackelpudding, trotzdem schlich ich mich ins Haus, hinauf in unser Zimmer, dabei musste ich mich an der Wand abstützen.

Nick schlief weiter tief und fest, die Bettdecke bedeckte nur seine Beine.

Das Display meines Handys zeigte 4:56 Uhr an.

»Nick!« Ich rüttelte an seiner Schulter, immer und immer wieder, bis er sich unwillig umdrehte.

Verwirrt blinzelte er in die Dunkelheit, bis er mich erkannte. »Jenna, was ist?«

Es war schwer, die Panik aus meiner Stimme herauszuhalten. »Sie – sie sind hier! Ich habe sie gerade gehört, sie suchen uns! Sie haben unser Auto gesehen und sie wollen dich morgen …«

Mit einem Satz war er aus dem Bett und stieg hastig in seine Klamotten. »Wir hauen ab. Da hinten im Garten ist ein Zaun, da können wir rüber.«

»Nein, alles ist ausgeleuchtet. Wenn die in der Nähe sind … ich wecke Ms Ylborne. Vielleicht kann sie uns einen Rat geben, wie wir am besten ungesehen hier verschwinden. Sie wirkte sehr hilfsbereit.«

»Okay. Ich packe den Rest.«

Ich schlüpfte aus dem Zimmer, die schmale Treppe hinunter, dorthin, wo die kleine Küche war, in der das Frühstück zubereitet wurde. Unsere Wirtin lebte hier, ihre Privaträume lagen hinter der Küche. Zaghaft klopfte ich an die Tür mit der Aufschrift »Privat«.

Viel Hoffnung, dass sie erwachte und mir öffnete, hatte ich nicht, doch schlurfende Schritte hinter der Tür belehrten mich eines Besseren. Sie öffnete, komplett angezogen mit Jeans, einer adretten Bluse und bequemen Sandaletten an den Füßen, die blauen Augen umrahmt mit getuschten Wimpern. »Ms Darnes. Guten Morgen. Was kann ich für Sie tun?«

Besorgnis spiegelte sich in ihrer Miene, als sie meine Schilderung hörte. »Ich muss eine Mauer um das Grundstück ziehen«, sagte sie mehr zu sich selbst.

»Wir müssen fort, aber so, dass man uns nicht sieht.«

»Ich schalte die Beleuchtung aus. In einer halben Stunde

wird sie sowieso erlöschen, aber bis dahin haben wir noch genügend Dunkelheit. Bringen Sie Ihren Mr Jameson hierher, ich lasse Sie aus meinem Privateingang. Dann können Sie über den Zaun verschwinden, er grenzt an den Garten meines Nachbarn.«

»Hat hier nicht jeder eine Alarmanlage?«, gab ich zu bedenken.

»Ja, aber ich rufe ihn an und sage ihm, er soll sie abschalten.«

»Sie können ihn doch nicht so früh stören!«

Sie grinste verschmitzt. »Aber doch. Er hat ebenfalls Gäste, da ist er genau so früh auf den Beinen wie ich. Nehmen Sie den Greyhound-Bus nach Oudtshoorn um 6 Uhr dreißig. Er fährt vorne vor dem kleinen Supermarkt ab. Ich lasse Ihren Wagen aus der Werkstatt holen und bringe ihn in der Garage unter.«

»Danke, Ms Ylborne. Ich – ich weiß nicht, wie ich das wieder gut machen kann …«

»Keine Ursache.« Sie zwinkerte mir zu. »Sie sehen mir nicht so aus, als ob es ausgerechnet die Polizei ist, die Sie sucht. Das sind wohl eher unsere Gangster, von denen wir hier so viele haben. Gehen Sie schon, Kindchen, und holen Sie Ihren Mister Jameson.« Sie schob mich sanft zur Tür hinaus.

Ich hastete die Treppe wieder hoch, Nick stand bereits vor der Tür, mitsamt unserem Gepäck. »Komm mit, sie hilft uns«, raunte ich.

»Wir können nicht das ganze Gepäck mitnehmen, wenn wir zu Fuß unterwegs sind.«

»Doch, wir nehmen den Bus. Er fährt um halb Sieben am Supermarkt ab.«

Er überlegte kurz, dann fragte er: »Wie weit ist es bis zum Supermarkt? Mit Gepäck können wir uns nicht sehr schnell bewegen.«

»Ms Ylborne sagt, es sind nur wenige hundert Meter.«

»Okay, das schaffen wir.«

Es gab auch keine andere Möglichkeit. Entschlossen packte er seine Tasche und mein Köfferchen, und wir schlichen runter zu Ms Ylborne.

»Kommen Sie herein«, flüsterte sie und legte den Finger auf die Lippen. Dann führte sie uns durch ein geräumiges Wohnzimmer voller Bücherregale und vorbei an einer riesigen Ledercouch hinaus auf ihre private Terrasse. »Dort drüben können Sie rüber. Gehen Sie dann links und immer die Straße entlang, bis Sie zur Kreuzung kommen. Dort halten Sie sich ebenfalls links, immer bergauf bis zum Supermarkt.«

Nick drückte ihr einen Haufen Scheine in die Hand, mehr, als unsere Übernachtung gekostet hätte. »Ich schulde Ihnen sehr viel Dank«, sagte er ernst. »Viel mehr, als Sie sich vorstellen können. Möge das Schicksal es gut mit Ihnen meinen und Gott eine schützende Hand über Sie halten.«

Noch nie hatte ich ihn so etwas Schwülstiges sagen hören. Und doch hörte es sich aus seinem Mund ehrlich und warm an, als habe er genau das gemeint, was er sagte.

Geduckt hasteten wir durch die Blumenbeete und Rabatten, die kaum zu erkennen waren, bis der weiße Lattenzaun vor uns erschien. Wir warfen unser Gepäck hinüber, dann half mir Nick mit einer Räuberleiter über den Zaun und kam selbst hinterher. Wir landeten in einem hohen Gebüsch. Der Geruch nach feuchter Erde stieg auf.

»Wie sollen wir unsere Sachen ohne Lärm zu verursachen hier rauskriegen?«, flüsterte ich.

»Es raschelt doch nur ein bisschen. Und die Typen sind weggefahren, das hast du gesagt.«

Äste knackten, als wir das Gepäck durchs Gebüsch bugsierten. Endlich, vor uns der Rasen. Gebückt und die

Augen auf den Boden gerichtet, huschten wir darüber. Von der Straße trennte uns ein deutlich höherer Zaun als der, den wir eben überklettert hatten. Wir schauten hinauf, Nick fuhr sich über das Kinn.

»Es muss doch ein Tor geben. Ein Gartentor«, murmelte er.

»Da vorne rechts.«

Wir folgten dem Verlauf des Zaunes, bis wir zur Grundstücksausfahrt gelangten. Das Haus lag im Dunkeln, die Jalousien waren heruntergelassen. Das Tor hatte eine Automatik. In halber Höhe waren stählerne Hydraulikelemente angebracht.

»Da rauf«, bedeutete mir Nick.

Während ich mich abmühte, einen Fuß auf das Stahlgestänge zu setzen, stützte er mich von hinten. Endlich fanden meine Füße Halt, und ich klammerte mich am Gitter fest. »Wirf das Gepäck rüber.« Er reichte mir Rucksäcke und die Reisetasche, ich ließ sie nacheinander über das Tor fallen.

»Hoffentlich hört das keiner«, wisperte ich. »Der Koffer wird einen Höllenlärm machen, wenn wir den hier rüberwerfen.«

»Fuck!«

Nick zog den Handgriff aus dem Köfferchen und hielt es mir hin. »Lass ihn langsam am Griff runter, dann fällt er nicht so tief.«

»Tolle Idee«, keuchte ich. Aber es gelang mir, das Ding hinüberzuwuchten und es vorsichtig zu Boden gleiten zu lassen. Trotzdem hörte sich das Klackern der Räder auf dem Pflaster unnatürlich laut an, und ich zuckte zusammen.

»Los, rauf jetzt.«

Ich zog mich über das Gitter, Nick half von hinten nach, indem er mich am Hintern in die Höhe schob. Jetzt nur noch auf der anderen Seite herunterklettern! Das klang leichter als es war. Bevor meine Füße den Boden erreichten, rutschten meine Hände am Gitter ab, und ich landete unsanft auf dem Boden. Ein stechender Schmerz im Knöchel ließ mich laut aufstöhnen.

Im nächsten Moment war Nick neben mir. »Was ist?«

Mir liefen Tränen über die Wangen, nur mühsam unterdrückte ich einen Schmerzensschrei. »Verdammte Scheiße, ich bin umgeknickt«, schluchzte ich.

Er drückte mich an sich und strich mir übers Haar. »Kannst du laufen?«, flüsterte er.

»Ich versuche es.«

Sorgsam schnallte Nick sich meinen Rucksack vor die Brust und seinen eigenen auf den Rücken, während ich versuchte, den rechten Fuß zu belasten. Die Hölle!

Dann warf er sich die Reisetasche über die Schulter und hakte mich unter. »Kannst du den Koffergriff ziehen? Sonst kann ich dich nicht stützen.«

Ich nickte stöhnend und griff danach, und so humpelten wir mehr als wir liefen die Straße entlang. Vogelzwitschern kündigte den Tagesanbruch an, ein heller Streifen erschien am Horizont.

Es fühlte sich wie eine Ewigkeit an, wie wir – ich mit vor Schmerz zusammengebissenen Zähnen – die wenigen hundert Meter nahmen, die zwischen uns und der Bushaltestelle lagen. Die Straßen waren menschenleer.

Erst an der Haltestelle trafen wir auf Wartende, sie standen in kleinen Grüppchen herum. Hier ein paar junge Rucksacktouristen, die übernächtigt wirkten. Sie tranken Kaffee aus Thermoskannen und schwiegen sich an. Dort ein paar schwarze Frauen mit großen Einkaufstaschen, die sich mit gedämpften Stimmen in einer fremden Sprache unterhielten. Ein junger Mann lag auf der Bank im Wartehäuschen und schlief. Niemand beanspruchte den Platz, rücksichtsvoll wandte man ihm den Rücken zu.

Wir gesellten uns dazu, ich setzte mich auf meinen Koffer und streckte das rechte Bein aus, in dem jetzt ein scharfer, stechender Schmerz pulsierte. Der Knöchel war schon angeschwollen.

»Wie lange noch?«, fragte ich, und Nick holte sein Handy hervor.

»Zwanzig Minuten.«

»Hoffentlich sind sie nicht schon auf der Suche nach uns.«

»Glaube ich nicht. Die denken, wir holen nachher das Auto ab.« Er zog ein Basecap aus dem Rucksack und stülpte es sich auf den Kopf, zog es tief in die Stirn.

»Tolle Tarnung«, ätzte ich.

»Besser als nichts. Hier, die ist für dich.« Er reichte mir ein zweites Basecap und zwinkerte mir zu.

»Danke dir.« Unsere Hände trafen sich. Für einen Moment verschwand der Schmerz und machte diesem verdammten, süßen Prickeln Platz, nach dem ich mich so sehnte, und das ich doch unter allen Umständen vermeiden musste.

CAMERON

Rumpelnd setzte sich der Bus in Bewegung. Die Luft war erfüllt vom Schnattern der Frauenclique auf den hinteren Sitzen, von Bierdunst und Schweiß. Mit geschlossenen Augen lehnte Jenna sich in den Sitz zurück, alle Farbe war aus ihrem Gesicht gewichen, und sie atmete schwer.

Cameron beugte sich zu ihr, nahm ihre Hand und strei- chelte sie. Sie ließ es sich gefallen, gab aber mit keiner Miene zu erkennen, ob sie es nur duldete oder ob er ihr damit Trost spendete.

An ihrem Fenster zog die bergige Landschaft vorbei, sie durchquerten kleine ärmliche Ansiedlungen, die diesen Namen nicht verdienten, und auf den trockenen Weiden sah man immer mehr Mohairziegen und große Grüppchen von Straußenvögeln, die gemächlich das magere Gras abweideten.

Cameron kämpfte mit sich. Er musste es ihr sagen, die Sache mit Victoria, seinen richtigen Namen, einfach alles. Vielleicht würde er sie dann verlieren. Aber hatte er das nicht schon? Was würde geschehen, wenn er seinen Anwalt getroffen hätte? Wenn er doch ein paar entspannte Reisetage mit ihr verbringen könnte! Doch selbst die würden ihm niemals reichen, das erkannte er jetzt.

Andererseits war der Moment für ein Geständnis ungünstig. Hier im Bus alles auszuposaunen, wo gefühlt hundert Ohren gespitzt werden konnten, war undenkbar. Aber würde sie ihm überhaupt zuhören, wenn er sie irgendwo anders beiseitenahm und seine Beichte ablegte?

Das Gewissen und die Angst, sie zu verlieren, drückte ihn nieder. Dabei hatte er sie doch noch gar nicht wirklich für sich erobert, und ihm fiel im Augenblick auch nichts ein, mit dem er ihr Herz gewinnen konnte. So beschränkte er sich darauf, ihre Hand zu halten, die Augen zu schließen und ein wenig zu dösen.

Als er sie wieder öffnete, kamen die ersten Häuser der Stadt in Sicht, die Luft flimmerte auf dem Asphalt und die Hitze war trotz Klimaanlage durch die sonnenbeschienenen Fenster spürbar. Der Bus hielt mitten im Zentrum, an der Baron Van Reede Straat, und Cameron fasste Jenna an die Schulter. »Aufwachen. Wir sind da.«

Sie schlug die Augen auf, blinzelte für einen Moment verwirrt, als wüsste sie nicht, wo sie ist. Bis sie ihn erkannte. Ein schläfriges Lächeln erhellte ihr Gesicht, doch als sie aufstand, verzog sie es vor Schmerz.

»Noch nicht besser?«, erkundigte er sich besorgt.

Sie biss sich auf die Lippen und schüttelte den Kopf. »Ich müsste es hochlegen und kühlen. Ist mir schon öfter passiert, wenn man kühlt, geht der Schmerz schnell zurück.«

»Zeig mal her.« Er nahm ihren Fuß und legte ihn sich vorsichtig aufs Knie, befühlte dann ihren Knöchel. »Ein bisschen geschwollen ist es, fühlt sich aber nicht heiß an. Kannst du gehen?«

Jenna nickte. »Ich denke schon. Wenn du mich stützt.«

Er küsste sie auf die Wange und lächelte. »Natürlich.«

Dann half er ihr mit dem Gepäck und hob sie am Ende sogar aus dem Bus, was ihm die Gelegenheit verschaffte, sie kurz fest in seine Arme zu drücken, ihren ganzen Körper zu umfangen und ihr eine Ahnung zu geben, welche Gefühle sie in ihm auslöste.

Ein Räuspern an der Bustür beendete die Umarmung, die nächsten Passagiere drängten hinaus. Cameron fing einen dankbaren Blick von Jenna auf, als er Rucksäcke und Taschen schulterte, sie wieder unterhakte und ihr den Koffergriff in die Hand drückte.

»Ich bringe dich zum Arzt«, sagte er. »Kennst du dich hier aus?«

»Nein, aber da drüben ist die Touristeninformation. Gehen wir da rein und fragen. Ich versuche auch gleich, noch ein Zimmer zu bekommen. Das im Bed & Breakfast ist ja nicht mehr frei. Aber eigentlich muss ich nicht zum Arzt. Ich brauche nur einen Eisbeutel und einen Platz, wo ich das Bein hochlegen kann. Nachher wird alles besser.«

»Du hast vielleicht einen Bänderriss. Damit ist nicht zu spaßen. Ich hatte mal einen, mitten im Basketballspiel. Ich musste rausgetragen werden, dann haben sie mich operiert und ich ging wochenlang an Krücken.«

»Das glaube ich nicht. Ich kann auftreten, schau! Au

verdammt!« Sie schnitt eine Grimasse bei dem Versuch, ihre Behauptung zu beweisen. »Du bist ein Schwarzseher! Das ist nur eine Verstauchung. Schmerzhaft, aber harmlos.«

»Wir müssen was gegen die Schmerzen machen. Wer weiß, wo wir noch überall hinmüssen, um diesen Preston aufzuspüren. So kannst du nicht Autofahren, nicht laufen, gar nichts. Taxi!« Cameron winkte ein Taxi herbei.

»Nicht, Nick! Das ist vollkommen unnötig. Und wir wollten doch noch da rein …« Jenna wies auf das wuchtige Gebäude gegenüber.

»Nachher. Der Tag ist noch lang. Steig ein.« Das Taxi hielt direkt vor ihnen, und der Fahrer sprang heraus, um ihr Gepäck zu verstauen.

Seufzend gab sich Jenna geschlagen. »Also gut, wenn du unbedingt meinst …«

Sie landeten in einer Arztpraxis, die einem Hochsicherheitstrakt ähnelte. Eine Mauer, Elektrozäune, dahinter ein gepflegter Weg, der sich zwischen Blumenrabatten und grünem Rasen zu einem modernen weißen Haus schlängelte.

Im Wartezimmer ein Dutzend Patienten, die meisten ältere, korpulente Männer, die mit mürrischem Gesicht und verschränkten Armen in den Stühlen lümmelten.

»Ich hasse diese Warterei«, wisperte Jenna mit gerunzelter Stirn. »Lass uns gehen.«

»Nix da. Ich möchte nicht, dass du zu Schaden kommst.«

»Und wenn sie noch röntgen wollen oder was weiß ich?«

»Dann ist das so. So viel Zeit haben wir jetzt auch noch.«

»Es tut aber gar nicht mehr so weh.«

»Das hier ist Teil unserer Rundreise. Ich bezahle, ich

bestimme«, raunte er ihr ins Ohr und zauberte damit ein kurzes Grinsen auf ihr Gesicht.

»Also gut, Mister Boss. Wenn du dafür zahlen willst, dass wir hier rumsitzen …«

»Will ich.« Damit legte er ihr den Arm um die Schultern, und sie musste es sich gefallen lassen, wenn sie nicht ungewollte Aufmerksamkeit der anderen Menschen hier im Raum auf sich ziehen wollte.

KAPITEL 16

JENNA

Eineinhalb verfluchte Stunden dauerte die Tortur. Dann endlich konnten wir die Arztpraxis verlassen, ich mit einem Stützverband, einer geliehenen Krücke und einem Rezept für kühlende Salben. Und eindringlichen Ermahnungen, das Bein zu schonen und wenn möglich hochzulegen. Die Diagnose war nicht eindeutig, der Doktor schwankte zwischen Verstauchung und Bänderdehnung. Ich hatte versprochen, mich in Kapstadt röntgen zu lassen.

Wir mieteten ein Auto, einen unauffälligen Toyota, wie sie zu Tausenden am Western Cape herumfuhren, und ich buchte zwei Zimmer im Queens Hotel mitten in der Stadt. Zu Nicks großem Bedauern, aber für meinen Seelenfrieden war das dringend nötig. Ich konnte unmöglich neben ihm liegen und mich die ganze Zeit nach seinen Händen, seinen Lippen, seiner Zärtlichkeit zu sehnen. Dabei zu wissen, dass man all das nicht haben kann – jedenfalls nicht, ohne wieder Angst haben zu müssen, dass er mein Vertrauen nicht verdiente und wieder enttäuscht zu werden – das war unerträglich.

Er verlangte eine Erklärung für die Einzelzimmer, schließlich hätten wir doch auch in DeRust gemeinsam im Zimmer geschlafen, ohne dass etwas geschehen sei. Doch was sollte ich schon sagen? »Bald gehen wir auseinander, ich glaube sowieso nicht an die Liebe, und wenn du wieder weggehst, dann möchte ich nicht unnötig leiden müssen«? Nein.

»Ich kann kein Abenteuer mit dir haben, Nick«, sagte ich darum nur leise, als wir auf der Suche nach einer Apotheke durch die Stadt kurvten. Die Sonne brannte durch die Windschutzscheibe auf die Oberschenkel, dagegen konnte der kühle Luftstrom der Klimaanlage nichts ausrichten. Eine elektronische Anzeigetafel am Straßenrand verkündete, heute sei es sonnig und 32 Grad.

»Ich will kein Abenteuer, und das weißt du«, murmelte er missmutig.

»Nur so ein kleiner Two-Night-Stand oder was?« Gott, klang das sarkastisch.

Sein Kopf ruckte herum und er starrte mich ungläubig an.

»Bitte sieh auf die Straße beim Fahren!«, ermahnte ich ihn. Schon, damit ich seinen Blick nicht länger ertragen musste.

»Du glaubst also, ich will nur mit dir ins Bett. Weil es so großen Spaß macht, auf Reisen ein Betthäschen dabei zu haben.« Oh, er konnte auch sarkastisch sein. »Du hast wohl nicht gemerkt, wie anders sich … *das* mit uns angefühlt hat. Oder war es für dich so vorübergehend und etwas rein physisches? Waren es nur Hormone, die da gezwitschert haben?«

»Ich – ich bin nicht von dieser Sorte«, flüsterte ich.

»Ja siehst du. Ich auch nicht. Jedenfalls nicht … nicht bei dir.«

Irgendetwas schnürte mir den Hals zu und ich schluckte. War das mein Herz, das da so protestierend stolperte?

»Jenna, falls du es noch nicht gemerkt haben solltest: Du bedeutest mir was. Und ich glaube in deinen Augen gelesen zu haben, dass das auf Gegenseitigkeit beruht. Bitte sag mir, wenn ich mich irre.«

Ich sah auf meine heißen Oberschenkel und die ineinander verkrampften Hände, die ich zwischen die Knie geklemmt hatte. Oh verdammt. Ich durfte das nicht zugeben. Und doch tat ich es. »Du irrst dich nicht.«

»Warum dann?«

»Herrgott, ist das so schwer zu verstehen? Ich kenne dich nicht, du bist ein Fremder für mich, ein Kunde, der auch noch wegen Mordes gesucht wird, jemand trachtet uns nach dem Leben, und wenn das vorbei ist, dann bist du wieder weg. Ich … ich habe kein Vertrauen in dich, Nick Jameson. Dafür hab ich schon zu viel Scheiße erlebt.«

»Mit mir?«

»Oh ja, mit dir auch. Oder wie würdest du es nennen, wenn man erst überfallen und beraubt wird, dann Hals über Kopf die Flucht ergreifen muss, bei Gluthitze Reifen wechselt und dann noch über Zäune und durch fremde Gärten schleichen muss?«

»Du weißt genau, dass ich das nicht meine«, presste er hervor.

»Und du weißt genau, was ich meine«, trumpfte ich auf.

Schweigen lastete auf uns. Er steuerte den Toyota an den Straßenrand und zeigte auf die Apotheke. »Ich schlage vor, du bleibst sitzen, während ich die Medikamente hole. Und wehe, du rührst dich vom Fleck!«

»Darf ich wenigstens das Fenster aufmachen?«

215

»Lass lieber den Motor laufen, damit die Klimaanlage weiter arbeitet.«

»Und die Umwelt?«

»Die Umwelt ist mir bei deinem derzeitigen Zustand ausnahmsweise mal egal.«

Er knallte die Tür von außen zu und marschierte in die Apotheke rein. Ich sah ihm hinterher, kopfschüttelnd und verwirrt von all dem Durcheinander. Ich bedeutete ihm was. Das hatten alle behauptet. Um mich hinterher zurückzulassen mit all ihren Lügen und ihrer Bequemlichkeit und ihrer Gedankenlosigkeit. Und dieses Exemplar Mann würde es genauso machen. Er brauchte noch nicht mal viel anzustellen. Es reichte, dass er irgendwann, bald, zu bald, wieder abreisen würde.

Nur, dass ich diesmal so gerne daran glauben wollte, dass er es ehrlich meinte.

Nick kehrte zurück mit einer prall gefüllten Plastiktüte, die er mir beim Einsteigen überreichte. »Kühlende Salbe und das Schmerzmittel, das der Doc dir verschrieben hat«, sagte er lächelnd.

»Danke. Was schulde ich dir?«

Ein merkwürdiger Blick streifte mich. »Nichts. Alles ist meinetwegen passiert. Also finanziere ich auch deine Heilung. Obwohl …« Ein Funkeln trat in seine Augen.

»Obwohl …?«

Sein Funkeln wurde zu etwas, das einem flehenden Blick verdammt ähnlich sah, und schickte einen Schauer durch meinen Körper. Verdammt, warum konnte er nicht einsehen, dass das nicht gut für uns beide war?

»Küss mich wenigstens noch einmal.«

Oh, das klang so fürchterlich endgültig. Nur noch einmal. Dieser blöde Stein in meiner Magengegend … »Jetzt gleich?«, fragte ich mit kratziger Stimme.

»Frag nicht so dumm.« Damit beugte er sich zu mir

herüber, streifte mit den Lippen meine Schläfe und flüsterte: »Hier ist kein guter Ort zum Küssen. Aber wenn ich keine andere Gelegenheit mehr habe, dann nutze ich sie gerne.«

Das Mäuerchen, das ich um mein Herz gezogen hatte, bröckelte leise. Ich wandte ihm den Kopf zu, unsere Lippen trafen sich zu einem Abschiedskuss, der sich nicht wie das Ende, sondern wie der Anfang von etwas anfühlte. Von etwas verflucht Heißem. Durstig, hungrig kosteten wir voneinander, versicherten uns der Gegenseitigkeit dieser seltsamen Gefühle, die mich überfluteten wie eine Welle aus Wärme und Zärtlichkeit. Mein verräterischer Körper schmiegte sich an ihn, schüttete dabei einen Funkenregen der Erregung über mir aus, alle Zellen waren erfüllt von seinen Berührungen.

Mit einem leisen Stöhnen lösten wir uns voneinander. Meine Wangen waren heiß, mein Slip war feucht, mühsam brachte ich ein zittriges Lächeln zustande.

Er nahm mein Gesicht in beide Hände und zwang mich, ihm in die Augen zu schauen. In diesen grüngrauen Ozean, in dem die Wellen tobten und der mich gleichzeitig beruhigte und tröstete. »Wir werden Gelegenheiten finden. Ich wünsche mir noch viele, viele tausend Gelegenheiten«, raunte er. »Und ich weiß jetzt, du wünschst dir das auch.«

Wir durften vorzeitig im Hotel einchecken und unsere Zimmer beziehen. Sie lagen einander gegenüber, nur durch den Hotelflur getrennt. Nick zwinkerte mir zu, als er hinter seiner Tür verschwand. »Bis gleich.«

Ein Kingsize-Bett beherrschte den Raum. Es bot Platz genug für zwei, wie ein bösartiges Stimmchen in meinem Kopf mir sofort mitteilte. Aus irgendeinem verdammten Grund brachte mich das zum Grinsen. Sein Kuss von eben ging mir nicht aus dem Kopf, und auch tiefere Regionen hatten Teil an dieser erregenden Erinnerung, angereichert mit Details aus unserer Nacht in Inverdoorn.

Seufzend und humpelnd räumte ich meine Sachen an ihren Platz und stieg unter die Dusche. Das lauwarme Wasser vertrieb die Hitze, wenigstens die äußere. Anschließend schluckte ich eine der Anti-Schmerz-Bomben, die Nick besorgt hatte, und rieb den Knöchel mit der Salbe ein.

Einigermaßen erfrischt verließ ich das Bad, ein Handtuch um die Hüften, als es an der Tür klopfte.

»Moment bitte«, rief ich, völlig unvernünftigerweise, denn insgeheim erwartete ich Nick, und hoffte, dass er mich aufs Bett schob und mich noch einmal so nehmen würde wie in dieser Nacht vorgestern.

Doch eine fremde Stimme sagte: »Mr Mbulu ist hier, er wartet im Foyer. Er wollte, dass ich Ihnen das persönlich ausrichte.«

»Okay, danke. Ich komme, sobald ich fertig bin.«

Maxwell Mbulu. Der Bodyguard, den ich in Inverdoorn vergeblich zu erreichen versucht hatte und den Mitch uns hinterhergeschickt hatte. Im Grunde war er jetzt überflüssig, denn Nick hatte sich direkt nach dem Frühstück vergewissert, dass sein Anwalt sich hier in der Stadt aufhielt.

Trotzdem war ich erleichtert, als ich den Riesen, mit Oberarmen so dick wie mein Oberschenkel, im Foyer traf. Er hatte sich an die Wand gelehnt, die Arme vor dem gewaltigen Brustkorb verschränkt und den wachsamen Blick auf den Eingang gerichtet. Die Schusswaffe, die in einem Holster an seinem Gürtel steckte, hatte eine beruhigende Wirkung auf mich.

Er stieß sich ab und kam auf mich zu, streckte mir mit ernster Miene die Hand hin. »Miss Darnes. Danke, dass Sie mich engagiert haben. Versorgen Sie mich mit Einzelheiten.«

Ich schüttelte seine Pranke, meine Hand verschwand völlig in diesem festen Griff. Trotzdem gab er sich Mühe, nichts zu zerquetschen, was ihm höchstwahrscheinlich einige Anstrengung abverlangte. »Gehen wir hier hinüber«, schlug ich vor und wies auf eine Sitzgruppe mit wuchtigen Ledersesseln in einer Ecke.

In wenigen Worten versorgte ich ihn mit den nötigen Fakten und sagte zum Abschluss: »Bitte begleiten Sie meinen Kunden auf Schritt und Tritt. Ich habe Ihnen ein Zimmer mit Durchgang zu seinem Zimmer besorgt, sodass Sie notfalls auch nachts eingreifen können. Das erscheint mir zwar unwahrscheinlich, aber diese … diese Typen scheinen uns überallhin zu folgen.« Ich schilderte, wie wir unsere Verfolger im Township abgeschüttelt hatten, und erntete dafür einen anerkennenden Blick aus seinen dunklen Augen.

»Aber sie sind Ihnen bis nach De Rust gefolgt«, stellte er fest. »Woher kannten sie Ihre Reiseroute? Sie mussten dort doch nur wegen Ihrer Autopanne übernachten?«

»Ich weiß es nicht. Meinen Sie, die werden auch hier auftauchen?«

Er hob die Schultern und ließ sie wieder sinken. »Wahrscheinlich. Wenn die Verfolger sogar Ihre Pläne erraten können, dann erscheint es logisch, dass sie auch hierher kommen. Das war ja Ihr ursprüngliches Ziel.«

Plötzlich runzelte er die Stirn und seine Augen wurden schmal. »Ganz sicher haben diese Herrschaften Ihnen den Reifen beschädigt. Nur, damit Sie Ihre Route ändern.«

»Ausgeschlossen. Wir haben ja schon am Tag davor unsere Route geändert. Dann müssten sie schon über … Geheimwissen verfügen …?«

»Oder eins Ihrer Handys geortet«, sagte er grimmig.

»Bestimmt nicht. Mein Kunde hat ungefähr dreimal das

Handy gewechselt, und außerdem gibt es da draußen kein Netz.«

»Nicht da draußen. Aber im Game Reserve. Und was ist mit Ihrem Handy?«

Ich schüttelte den Kopf. »Wer soll denn mich schon abhören.«

»Ist auch egal«, sagte er und krempelte sich die Manschetten seines Uniformhemdes hoch. Unfassbar muskulöse Unterarme kamen zum Vorschein. »Ich bin jetzt da und wir werden das Problem in den Griff kriegen.«

Nick stand plötzlich vor uns, und mein Eindruck war, dass wir gerade ein Problem dazu bekommen hatten. Jedenfalls, wenn man seinen Gesichtsausdruck als Maßstab nahm. Seine Kiefermuskeln spannten sich an und er warf mir einen Blick zu, der gereicht hätte, ein mittelgroßes Säugetier schockzugefrieren.

»Darf ich fragen, was hier vorgeht?«

Mr Mbulu erhob sich diensteifrig und ohne Nicks eisigen Blick zu beachten, und reichte ihm die Hand. »Maxwell Mbulu. Sie müssen Ms Darnes´ Kunde sein. Freut mich.«

Zögernd erwiderte Nick den Gruß, seine Augen wanderten von ihm zu mir.

»Er ist unser neuer Bodyguard. Ich habe ihn von Inverdoorn aus engagiert.«

Mbulu nickte bestätigend. »Und damit den besten.«

An einem Mangel an Selbstbewusstsein schien er nicht zu leiden.

Nick klappte der Unterkiefer herunter. »Du hast … was?«

»Ich habe für unsere Sicherheit gesorgt. Dafür, dass dir nichts zustößt. Und mir auch nicht. Leider war Mr Mbulu erst heute abkömmlich und deshalb habe ich ihn gleich hierher gebeten. Ich konnte ja nicht ahnen, dass gestern Nacht schon jemand versucht hat, uns aufzuspüren.«

Er fuhr sich mit der Hand über das Kinn, die Lippen zusammengepresst. »Kann ich dich kurz allein sprechen, Jenna?«

Mbulu trat höflich einen Schritt zurück und setzte sich wieder, während Nick meinen Arm nahm und mich zur Seite zog. »Was hast du dir dabei gedacht?«, fauchte er. »So erregen wir völlig unnötiges Aufsehen!«

»So ein Blödsinn«, zischte ich zurück. »Jeder hat hier Bodyguards. Überall in Südafrika laufen Leute mit Uniformen rum, und du müsstest jetzt auch langsam wissen, warum!«

»Soll er mit uns mitfahren?!«

»Ja natürlich. Oder dachtest du, wir bezahlen ihn dafür, dass er hier gemütlich im Hotel sitzt, während wir unterwegs sind? Außerdem: Wo sollen wir jetzt noch hinfahren, wenn du deinen Anwalt gefunden hast?«

»Zum Beispiel dorthin, wo ich es sage. Von den zwei vereinbarten Wochen ist gerade mal eine um«, erwiderte er scharf.

»Na bitte. Da hast du dir ja deine Frage schon selbst beantwortet.« Ich verschränkte ebenfalls die Arme vor der Brust, nur sah es nicht halb so imposant aus wie bei Mr Mbulu.

»Ich hoffe doch, dass mein Anwalt mich genügend schützen kann.«

Boah, na klar. »Der wird sicher keine Waffe ziehen, wenn uns diese Straftäter auf der Spur sind«, giftete ich. »Mr Mbulu fährt mit, ansonsten kannst du dir die Weiterreise mit mir sonstwohin stecken. Dann bin ich raus.«

O weh, das war mir so rausgerutscht, und ich bereute es fast, als ich sein entgeistertes Gesicht sah. Aber nur fast. Kampflustig starrte ich ihn an. Bis sich seine Miene entspannte und seine Mundwinkel sich hoben und seine Augen diesen Glanz annahmen, den er immer beim Lächeln hatte. Dann lachte er auf.

»Jenna Darnes, ich glaube fast, ich habe dich unterschätzt.«

Wider Willen fiel ich in sein Gelächter mit ein. »Das glaube ich wohl.«

»Also gut, nehmen wir ihn mit.«

»Er schläft im Zimmer neben deinem«, gestand ich, ein wenig kleinlaut.

Jetzt schüttelte er den Kopf und hob die Hand. »Bitte sag mir nicht, wann, wie und wo du das eingefädelt hast.«

CAMERON

Wie inzwischen kaum noch anders zu erwarten, war Rechtsanwalt Preston ausgeflogen. Die Rezeptionistin versprach aber wenigstens, ihm eine Nachricht zu hinterlassen, er werde heute Abend wiederkommen.

Die Anwesenheit seines Bodyguards hatte ihre Auskunftsbereitschaft nicht gerade gestärkt. Ihr misstrauischer Blick folgte Mbulu, der ihn wie ein Schatten begleitete und dabei finster dreinschaute, nur dadurch etwas entschärft, dass er dabei Kaugummi kaute. Oder dieses Biltong, nach dem hier alle süchtig waren.

»Ich fahre Sie zum Hotel«, sagte er jetzt. »Missis Jenna wird schon auf Sie warten.«

Daran zweifelte er. Ja, sie hatte sich küssen lassen, war weich und nachgiebig in seinen Armen gewesen, nur um dann unnachgiebig auf ihrem eigenen Zimmer und ihrem eigenen Bett zu bestehen. Bedeutete ihr denn ihre Vertrautheit gar nichts? Frustriert ließ er sich in den Beifahrersitz fallen, froh, dass er nicht selbst fahren musste.

Hoffentlich ließ sie sich wenigstens dazu herab, mit

ihnen zu Abend zu essen, jetzt, wo er außer ihr weitere Gesellschaft hatte. Fuck, sie konnte doch diese Gefühle nicht ignorieren. Das war unmöglich.

Oder waren es nur die Schmerzen in ihrem Knöchel?

»Ist nicht so gelaufen, wie Sie wollten, oder?« Mbulu warf ihm beim Abbiegen einen Seitenblick zu.

»Nicht wirklich. Ich treffe meinen Kontakt erst morgen. Hoffentlich.«

»Ich meine mit Missis Darnes.«

Was ging ihn das an? »Sie ist meine Reiseführerin. Mehr nicht.«

»Natürlich«, sagte sein Bodyguard trocken und summte mit seiner tiefen Bassstimme ein Liedchen.

Besser so.

Mbulu steuerte den Toyota zur Auffahrt ihres Hotels. Beim Aussteigen bemerkte er: »Diese Dame wartet darauf, dass Sie sich ihr anvertrauen. Nur mal so.«

Cameron fühlte Wut in sich aufsteigen. Weniger auf Mbulu, mehr auf sich selbst. Wie dämlich war er, ihr nicht alles gesagt zu haben? Sie glaubte immer noch, er hieße Nick und sei schon lange Single. Wobei sie über Letzteres nie gesprochen hatten, und er seit zwei Tagen tatsächlich Single war.

»Mr Mbulu, ich fürchte, das geht Sie überhaupt nichts an.«

»Wie Sie meinen, Sir.« Der riesige Mann drückte unbeeindruckt auf die Fernbedienung, ein Klicken verkündete, dass alle Türen geschlossen waren. »Ist auch nicht meine Art, Kunden Ratschläge zu geben. Außer zu ihrer Sicherheit.«

»Das will ich Ihnen geraten haben.«

KAPITEL 17

JENNA

»Bitte begleite mich.« Nick half mir aus dem Wagen. Er hob mich einfach herunter. Eine Weile blieben wir aneinandergelehnt stehen. Mr Mbulu räusperte sich, sagte aber nichts.

»Was soll ich denn hier? Deinen Anwalt kennenlernen?« Ich schaute fragend zu ihm auf. Wir standen vor dem Hotel, in dem Nick seinen Rechtsanwalt vermutete.

»Ich möchte dich einfach in meiner Nähe wissen. Und danach müssen wir reden«, erwiderte er ernst, und etwas Kaltes krampfte sich in mir zusammen. Ich brachte es nicht fertig, ihn nach dem »worüber« zu fragen. Es war auch unnötig. Unsere Tour wäre vorbei, und es konnte nur noch um den Abschied gehen. Ich senkte den Blick. Mit dem Zeigefinger unter meinem Kinn zwang er mich, ihn anzusehen.

»Es ist nichts, was du nicht verkraften kannst«, sagte er weich.

Lieber Gott, lass es so sein, wie er sagt. »Dann mach es nicht so ernst.«

Mit einem kleinen Lächeln ließ er mich los, und wir betraten das Hotel, in dem wir endlich diesen Anwalt treffen würden.

Mbulu wich nicht von Nicks Seite und ließ sich durch die unzähligen Blicke, die uns im Foyer folgten, nicht aus der Ruhe bringen. Kaugummikauend und mit auf dem Rücken verschränkten Armen schritt er rechts neben Nick her. Ich hängte mich am Arm auf Nicks linker Seite ein, um mich zu stützen. Dieser Scheißknöchel war immer noch geschwollen.

An der Rezeption sagte man uns, Mr Preston werde sofort kommen, wir sollten in der Hotelbar auf ihn warten.

»Das scheint eine Spezialität von diesem Kerl zu sein, andere warten zu lassen«, murrte ich.

»Er ist vielbeschäftigt.«

»Das habe ich gemerkt.«

Wir ließen uns in einer gemütlichen Sitzecke aus burgunderroten Sesseln und einer Couch nieder. Mbulu nahm hinter Nick Aufstellung. Unsere Bitte, sich zu uns zu setzen, ignorierte er. »Ich bewache Mr Jameson und bin nicht sein Gesellschafter.«

Auf Nicks Gesicht breitete sich eine merkwürdige Blässe aus. Er beugte sich zu mir. »Es ist jetzt vielleicht der falsche Moment, es dir zu sagen, aber …«

»Cameron! Cameron Ashford! Schön, Sie zu sehen!« Ein schlanker, grauhaariger Mann mit Kinnbart kam mit ausgestreckter Hand auf Nick zu.

Ich erstarrte, Nick ebenso, doch er fing sich schnell. Nach einer Schrecksekunde erhob er sich und schüttelte die Hand des Anwalts, ein gequältes Lächeln auf den Lippen.

»Mr Preston. Schön – schön, dass Sie es einrichten konnten.«

Der Mann nickte leutselig. »Tut mir leid, dass Sie so weit reisen mussten, um mich zu sehen, ich hatte hier einen Riesenvertrag zu regeln, die Mandanten haben alles über den Haufen geworfen.«

Was sie weiter sagten, hörte ich kaum noch, gefangen in meiner Erstarrung. Etwas dröhnte in meinem Kopf, hämmerte immer wieder diesen Namen. Cameron Ashford.

»Jenna Darnes, meine Reisebegleiterin«, stellte der Mann, den ich bis eben für Nick Jameson gehalten hatte, mich dem Anwalt vor.

Oh ja. Seine Reisebegleiterin. Sein kleines Abenteuer.

Langsam erwachte ich aus meiner Starre, wenigstens mein Körper. Mechanisch brachte ich ein »Howdoyoudo« hervor, mein Mund verzog sich zu etwas Ähnlichem wie ein Begrüßungslächeln.

Unter anderen Umständen hätte mich der schuldbewusste Blick aus Nicks – nein, Mr Cameron Ashfords – Augen zum Lachen gereizt. Doch jetzt hatte ich das übermächtige Verlangen, ihm die Faust ins Gesicht zu rammen. Ich ballte meine Fäuste und schob sie dicht an den Körper, damit er es nicht sah.

»Wollen wir in den kleinen Konferenzsaal gehen?«, schlug Mr Preston vor, dem die Merkwürdigkeit dieser Situation entgangen war. »Missis Darnes, würden Sie hier auf uns warten? Ich bin sicher, es dauert nicht lange.«

Mehr als ein Nicken brachte ich nicht zustande. Die Männer erhoben sich, Maxwell Mbulu trat neben Nick – äh nein. Cameron.

»Ihr Bodyguard?«, erkundigte sich Preston. »Den brauchen Sie hier nicht.«

»Er kommt mit«, bestimmte mein Kunde. »Wenn Sie

hören, was uns alles passiert ist, würden Sie ihn auch dabei haben wollen.«

Dann wandte er sich an mich. »Jenna … nur ein Augenblick, ja?« Oh Gott, er sah so zerknirscht aus.

»In Ordnung, Mister Ashford.« Unter meinem mordlustigen Blick zuckte er zusammen.

Sie wandten sich um, kamen aber nicht weit. Denn nun kam eine brünette Frau auf sie zu, zwitscherte: »Cam! Cam, oh mein Gott!«, und fiel ihm um den Hals. »Ich habe mir solche Sorgen gemacht! Oh Cam, dass du lebst! Ich bin so froh, dass Mr Preston mir Bescheid gesagt hat.«

Jetzt küsste sie ihn auf die Wange. Nick – oder besser, *Cam* – griff nach ihren Handgelenken und schob sie weg von sich. »Victoria …«, hörte ich ihn verblüfft ausstoßen. Sein Gesicht konnte ich nicht sehen, dafür umso deutlicher das dieser Victoria, dezent geschminkt, ein strahlendes Lächeln auf den Lippen, pure Glückseligkeit. Sie plapperte auf ihn ein, ohne Punkt und Komma.

Dann stöckelte sie auf mich zu, lächelnd, streckte die Hand aus. Wie hypnotisiert stand ich auf und nahm sie. »Ich bin Victoria Tennant, Camerons Verlobte. Freut mich, Sie kennenzulernen. Sie sind Cams Reiseleiterin?«

Dieses Wort hallte in meinem Kopf nach wie ein vielfaches Echo. Verlobte … Ich brachte ein abgehacktes Nicken und ein knappes »Ja, bin ich« zustande, starrte sie an, ohne wirklich etwas zu sehen. Aus dem Augenwinkel nahm ich wahr, wie Nick, nein, Cameron mit zusammengezogenen Brauen und gerunzelter Stirn auf uns zutrat.

Abrupt drehte ich mich um, ignorierte das Stechen in meinem Knöchel und humpelte Richtung Ausgang. Nur als Echo hörte ich jemanden »Jenna!« rufen, doch ich war nicht mehr ansprechbar. Ohne anzuhalten, stolperte ich durch die weitläufige Grünanlage in Richtung Parkplatz, durch die unbarmherzige Sonnenhitze, erst an unserem

Auto – ach was, an dem Auto, das ich von seinem Geld gemietet hatte! – hielt ich inne, unter dem Strohdach, das die Wagen vor zuviel Sonne schützen sollte. Keuchend stützte ich die Hände auf die Knie, während die Tränen in mir aufstiegen und mich blind machten.

Der Autoschlüssel. Mbulu hatte ihn, ich konnte nicht weg. Verflucht noch eins!

Ich ging in die Knie, keine Ahnung, ob es Schwäche war oder dieses Stechen in meinem Knöchel, jedenfalls konnte ich nicht mehr stehen. Dann fummelte ich das Handy hervor und rief ein Taxi. Meine Worte kamen abgehackt, unterbrochen durch Schluchzer, die ich mühsam zu unterdrücken versuchte.

CAMERON

Jennas Anblick, wie sie aus dem Foyer humpelte, so eilig, als wäre eine Horde Affen hinter ihr her, fachte Camerons lodernde Wut an. Er hatte noch nie einer Frau wehgetan, aber im Augenblick befiel ihn der übermächtige Wunsch, seine Ex-Verlobte übers Knie zu legen.

Er wollte Jenna nacheilen, ihr alles erklären, doch Preston hielt ihn sanft am Arm zurück. »Ich weiß nicht, was vorgefallen ist, aber sie wird sich wieder beruhigen.«

Er riss sich los und fuhr herum. »Gar nichts wissen Sie. Ich muss mit ihr reden.«

Preston zuckte die Achseln und wandte sich ab. »Kommen Sie in den Konferenzsaal, wenn Sie fertig sind.«

»Cam, Schatz, was ist nur los?« Victoria riss die Augen auf, bis ihre Wimpern fast die Augenbrauen berührten.

Hart packte er sie am Arm, zog sie in eine Nische, drückte sie an die Wand.

»Was hast du hier zu suchen? Ich habe dir gesagt, es ist Schluss. Wie kommst du hier her? Warum ausgerechnet zu

Preston? Und was fällt dir ein, Jenna eine solche Lüge aufzutischen?«, fauchte er.

»Cam, Schatz …« In ihren Augen glitzerten Tränen. Cameron hätte sie am liebsten mit der Faust weggewischt.

»Ich bin nicht dein Schatz! Sag das nie wieder zu mir!« Er atmete einmal tief ein und aus. »Du fliegst sofort wieder nach Hause. Ich will dich nicht mehr in meinem Leben haben. Wir haben alles geklärt.«

Jetzt mischte sich Trotz in Victorias tränenverschleierten Blick. »Du kannst mich nicht einfach so abservieren. Alles ist schon abgemacht, was soll ich meinen Eltern sagen?«

»Sag deinen Eltern, dass es nicht passt. Es passte nie, und das weißt du. Wir haben uns beide etwas vorgemacht. Du fliegst jetzt nach Hause!«

»Ich dachte, wir fliegen zusammen, wenn das hier vorbei ist«, sagte sie, nun kleinlaut.

»Ich fliege nirgendwohin mit dir. Geh jetzt!«

»Ich wohne hier!«, rief sie empört und deutete nach oben.

Cameron stockte der Atem. »Das heißt, Preston hat dich hierhergebracht.«

»Als ich mir solche Sorgen gemacht habe, habe ich Lynnie angerufen, und sie hat mir gesagt, wo ihr seid. Also bin ich hergekommen, um dich mit nach Hause zu nehmen oder dir wahlweise auf deiner … deiner Flucht beizustehen.«

»Ich brauche deinen Beistand nicht!«, brüllte er, und die Hotelgäste im Foyer wandten ihm befremdet die Köpfe zu.

Mbulu trat zu ihnen, legte ihm behutsam die Hand auf die Schulter.

»Ma´am, es ist besser, Sie gehen jetzt. Sir, Sie sollten sich beruhigen und mit mir zu diesem Mr Anwalt kommen.«

»Wenn ich fertig bin, will ich dich hier nicht mehr sehen«, fauchte Cameron, zu Victoria gewandt. »Ist das klar?«

Damit drehte er sich abrupt um, verließ das Foyer und ging nach draußen. Mbulu folgte ihm.

Vor der Tür hielt er Ausschau nach Jenna. Weit konnte sie nicht sein, sie hatte keinen Autoschlüssel und laufen konnte sie auch nicht. Doch der Garten und der Parkplatz waren verwaist. Niemand dort.

»Wir müssen sie suchen«, sagte Cameron leise, und Mbulu nickte.

»Aber vergessen Sie nicht den Termin, wegen dem Sie hergekommen sind. Dieser Preston wird nicht ewig warten.«

»Verdammte, fucking Scheiße!« Alles, alles war falsch, alles schiefgelaufen. Die Erleichterung darüber, seinen Anwalt gefunden zu haben, war verschwunden, alles, was jetzt noch zählte, war Jenna.

»Sie hat wohl ein Taxi genommen«, stellte sein Bodyguard in sachlichem Ton fest. Seine unaufgeregte Art beruhigte Cameron, und er blieb stehen, die Hände in die Hüften gestemmt. Schweiß lief ihm den Rücken hinab und durchtränkte sein Hemd. Zum Schmerz in der Rippengegend kam jetzt ein schwerer Klumpen in der Magengegend dazu.

»Sie wird ins Hotel gefahren sein«, mutmaßte Mbulu. »Vielleicht will sie dann nach Hause.«

»Verdammt, wir haben einen Vertrag!«, schrie Cameron. »Einen Scheiß-Vertrag, den kann sie nicht einfach aufkündigen.«

»Mr äh … Ashford. Wenn ich das richtig sehe, ist dieser Vertrag unter falschen Voraussetzungen zustandekommen.«

Diese schlichten Worte prasselten mit einer Wucht auf

ihn ein, dass er ins Taumeln geriet. Ja, er hatte ihr die Wahrheit verheimlicht. Es war nie gut, ein Gebäude aus Lügen aufzubauen. Irgendwann stürzte es ein, und man musste von vorne anfangen. Nur ein ehrliches Gebäude hat ein festes Fundament. Natürlich, es war alles nur zu seinem und ihrem Schutz geschehen, die falschen Namen, die vielen Handys, die ganze Tour. Aber was war das Leben, wenn sie nicht darin vorkam? Ebenso konnte er tot sein. Unvorstellbar, ohne sie weiter zu leben.

Fuck, fuck, fuck!

«Lassen Sie uns endlich das erledigen, wozu Sie die weite Reise gemacht haben», sagte Mbulu und schob ihn sanft am Rücken vor sich her. Cameron unterdrückte den Impuls, seine Hand abzuschütteln. Er musste doch Jenna folgen.

»Es ist nicht mehr wichtig«, sagte er.

»Doch, das ist es. Sie sind den ganzen weiten Weg hierhergekommen um diesen Anwalt zu sehen, durch Wüsten und Berge und mit Reifenpannen und was weiß ich nicht alles. Jetzt gehen Sie da rein, tun, was Sie zu tun haben, und dann suchen wir Jenna.«

JENNA

Der Taxifahrer strahlte erfreut, als ich ihn anwies, vor dem Hotel zu warten und mit mir nach De Rust zu fahren. So eine Tour sicherte ihm höchstwahrscheinlich den Lohn für eine ganze Woche. Ich verzichtete darauf, mit ihm eingehend über den Preis zu verhandeln, und akzeptierte sein Angebot ohne mit der Wimper zu zucken, obwohl ich sicher war, die Summe war doppelt so hoch wie normalerweise üblich. Hauptsache, ich kam weg hier.

In aller Eile suchte ich meine Sachen zusammen und stürmte, so gut wie mein Knöchel das eben zuließ, aus dem

Hotel. Der Fahrer, ein hagerer Mittvierziger mit Dackelfalten auf der Stirn und einer Zahnlücke, packte den Koffer
in den Kofferraum und gab Gas.

Die Welt um mich herum versank in einem Schleier,
immer wieder liefen Tränen meine Wangen hinab, so sehr
ich auch darum kämpfte, sie zurückzuhalten. Zwischendurch warf mir der Taxifahrer mitfühlende Blicke zu.

»Musik?«, fragte er freundlich.

Ich konnte nur stumm nicken, und er schaltete das
Radio ein, in dem ausgerechnet »Nothing Else Matters«
von Metallica lief.

»Haben Sie Schmerzen?«, fragte er dann und deutete
auf meinen Knöchel.

»Nicht nur«, hörte ich mich hauchen.

»Also auch hier drin.« Er klopfte auf seine Brust.

Es gehört nicht zu meinen Angewohnheiten, Fremden
mein Herz auszuschütten. Aber heute war ein Ausnahme-
tag, und er wollte zuhören, und ich würde ihn anschließend nie wiedersehen.

»Ja«, bestätigte ich.

»Das ist schlimmer als nur am Bein, ich weiß«, stellte er
fest und nickte dabei bekräftigend. »Betrinken Sie sich.
Oder sehen Sie sich einen komischen Film an, der Sie zum
Lachen bringt.«

»Danke für diese Tipps. Da wäre ich jetzt selbst nicht
drauf gekommen.«

Der Mann lachte rau. »Sie befolgen sie ja doch nicht.«

Doch, das mit dem Betrinken würde ich ganz sicher
befolgen.

Das Vibrieren meines Handys enthob mich einer
Antwort. Saartjie war dran – und erkannte gleich, dass
etwas nicht stimmte.

»Was ist los? Du meldest dich nicht, du rufst nicht an,

ich hatte schon Angst, dir ist etwas zugestoßen. Seid ihr noch mal verfolgt worden?«

»Nein, doch, ach, es ist eine lange Geschichte. Aber es ist – alles ist viel, viel schlimmer«, flüsterte ich und wischte mit dem Handrücken die nächsten Tränen von den Wangen.

»Jenna, Süße … erzähl´s mir doch. Ist es wegen … deinem Kunden?« Ihre mitfühlende Stimme ließ mir die Augen überfließen.

Statt einer Antwort entkam mir nur ein Schluchzer, und ich presste die Hand vor den Mund. Sie wartete geduldig, bis ich mich wieder gefasst hatte und ein leises »Ich glaube, ja« hauchen konnte.

»Also hattest du was mit ihm und er hat dich danach sitzengelassen«, konstatierte Saartjie trocken.

»Nicht ganz. Er … er hat mir verschwiegen, dass er verlobt ist.«

Ein empörtes Prusten am anderen Ende. »So ein … Drecksack! Wie hast du es herausgefunden?«

»Er hat sie mir gerade vorgestellt. Aber das ist auch egal. Er … er kommt sowieso nicht für mich in Frage.«

»Wie – vorgestellt. Wo kommt die denn auf einmal her?«

»Sie ist ihm nachgereist.« Ich gab ihr einen kurzen Abriss von meinem Aufenthalt im Hotel des Anwalts, unterbrochen von ihren Ausrufen wie: »Nein, ist ja nicht wahr!«, und »Das glaub ich jetzt nicht!«

»Es ist leider die ganze Wahrheit«, schloss ich traurig.

Ich erzählte Saartjie davon, wie eindringlich er sich noch kurz vorher um mich bemüht hatte. Dass der Taxifahrer alles hörte, war mir völlig egal. Am Ende der Fahrt würde ich ihn nie wiedersehen.

»Jenna, er ist nicht verheiratet«, sagte sie am Ende langsam.

»Was willst du mir damit sagen?«

»Dass Verlobungen keine Ehen sind. Sie lassen sich lösen.«

»Wie kommst du darauf, dass N – äh, Cameron das vorhat?«

»Wenn er so um dich wirbt, wie du sagst ... dann ist das mit der Verlobung doch nur eine Farce.«

»Ich kann und will mich nie mehr auf jemanden einlassen, der schon vergeben ist. Egal ob formell oder inoffiziell.«

»Schon gut, schon gut. Was wirst du jetzt tun? Ist unser Honorar jetzt im Eimer?«

»Ich komme nach Hause. Und ich stelle ihm alles in Rechnung. So!«

Meine Freundin lachte auf. »So ist es recht. Melde dich, wenn du wieder da bist!«

Wir verabschiedeten uns mit dem festen Versprechen, uns nach meiner Rückkehr sofort zu treffen und uns alles zu erzählen, was vorgefallen war.

Vor dem Bed & Breakfast von Ms Ylborne legte ich auf den gesalzenen Fahrpreis ein paar Rand drauf. Wenigstens einer sollte heute glücklich durch den restlichen Tag gehen. Der Fahrer strahlte. »Ich werde Sie in meine Nachtgebete einschließen«, sagte er zum Abschied, und das trieb mir gleich wieder Tränen in die Augen.

»Leben Sie wohl«, flüsterte ich, stieg aus und klingelte.

Ms Ylborne öffnete die Tür, ihre Augen weiteten sich, als sie mich sah, und dann zog sie mich eilig in den Vorraum. »Ms Darnes! Wo haben Sie Ihren Kunden gelassen?«

»Bei seinem Anwalt. Mein Auftrag ist beendet.« Ich wich ihrem prüfenden Blick aus, der besorgt über mein Gesicht glitt.

Sie führte mich auf ihre private Terrasse, die durch ein

bewachsenes Spalier vom übrigen Grundstück getrennt war. »Setzen Sie sich erst mal. Tee? Ich habe gerade welchen gekocht.«

»Gerne!«

Sie brachte eine altmodische dickbauchige Kanne aus der Küche und goss mir eine Tasse ein, setzte sich mir gegenüber und legte die Fingerspitzen aneinander. »Ihr Auto ist gestern fertig geworden. Ich habe es abholen lassen und von dem Geld, das Mr Jameson mir dagelassen hat, die Rechnung bezahlt. Möchten Sie sie gleich haben?«

»Vielen Dank. Das war sehr freundlich von Ihnen. Ich nehme die Rechnung nachher mit.«

Sie nippte an ihrem Tee, behielt die Tasse in der Hand und lehnte sich ein wenig vor. »Sie sollten vielleicht nicht mit Ihrem Auto wegfahren«, sagte sie dann und sah mich eindringlich an. »Es waren Leute hier. Die haben nach dem Wagen gefragt.«

»Was für Leute?« Alarmiert setzte ich mich auf.

»Ein Schwarzer und ein Weißer. Beide in Jeans und T-Shirt. Nicht sehr … nun ja, vertrauenerweckend. Jedenfalls haben die nach einem Mr … Ashford gefragt. Er sei in diesem – Ihrem Auto unterwegs und sie müssten ihm dringend etwas geben.«

»Ashford ist der wahre Name von Mr Jameson«, sagte ich bitter.

»Gut, dass ich das nicht wusste. So konnte ich ihnen sagen, dass ich keinen Mr Ashford kenne und in diesem Auto niemand unterwegs ist, weil es kaputt ist.«

»Damit haben die sich doch unmöglich zufriedengegeben!«

»Sie haben ein bisschen untereinander diskutiert, aber ich konnte nichts hören, weil sie ein Stück weggegangen sind. Sah aus, als hätten sie sich gestritten.«

»Und dann?«, fragte ich atemlos.

Sie zuckte die Achseln. »Dann sind sie zu mir gekommen, haben ihn mir beschrieben, da wusste ich natürlich sofort, dass sie unseren Mr Jameson meinen. Aber ich habe natürlich nichts verraten«, schloss sie triumphierend.

»Er ist Zeuge eines Mordes geworden. Und jetzt soll er beseitigt werden. Dabei ist er extra so weit weggefahren, und nur eine Handvoll Menschen wussten, wo er hingereist ist.«

Sie schlug die Hand vor den Mund. »Was Sie nicht sagen! Nun, so etwas Ähnliches hatte ich mir schon gedacht. Aber wie will sein Anwalt ihm da helfen?«

»Ich habe keine Ahnung. Mich hat er nur engagiert, um ihn aufzuspüren. Dabei hätte er besser einen Bodyguard gebraucht … Und den habe ich ihm jetzt besorgt.«

»Kindchen, Sie sehen ein wenig mitgenommen aus«, stellte sie unvermittelt fest und legte den Kopf schief.

»Ich weiß.«

»Bleiben Sie heute Nacht hier. Hier sind Sie sicher, und für eine Weiterfahrt - wohin auch immer – ist es heute eh zu spät.«

»Ich kann ohnehin schlecht fahren mit dem verstauchten Knöchel«, sagte ich bedrückt und erzählte ihr von unserer Flucht durch den Garten ihres Nachbarn.

»Aber das ist nicht alles, nicht wahr? Sie haben sich in diesen Mann verliebt. Das habe ich gesehen. Er ist aber auch wirklich …« Sie schnalzte mit der Zunge.

»Er ist verlobt. Seine Verlobte ist heute eingetroffen. Und er hat es nie, mit keiner Silbe erwähnt.«

»Ich schätze, jetzt brauchen wir ein stärkeres Getränk«, sagte sie darauf und legte mir die Hand auf den Arm.

»Das hat mir der Taxifahrer auch schon geraten«, gestand ich kläglich, und wider Willen musste ich bei dem Gedanken lächeln.

Sie verschwand im Haus, und ich streckte die Beine aus

und betrachtete die Weinlaube, die rings um die Terrasse gezogen war und uns kühlen Schatten spendete. Die Blätter waren klein und gelbgrün, die Sonne malte goldene Pünktchen durch die Lücken.

Ich war so dumm. Saudumm. Wie hatte ich glauben können, ich bedeutete ihm etwas? Keinem Mann hatte ich bisher etwas bedeutet. Dabei fühlte es sich dieses Mal so anders an. Und gerade das das tat besonders weh. Die Blättchen und die Sonnenpünktchen verschwammen vor meinen Augen, und ich schimpfte mich eine Heulsuse.

Ms Ylborne erschien und stellte ein Glas mit einer goldfarbenen Flüssigkeit vor mir ab. Dann legte sie mir in einer mütterlichen Geste den Arm um die Schulter und drückte mich an sich. »Weinen Sie ruhig«, sagte sie weich. »Manchmal müssen wir unsere Seele mit Tränen waschen.«

KAPITEL 18

JENNA

Das mörderische Brummen in meinem Kopf weckte mich. Wo war ich? Schwer zu sagen, wenn man die Augen nicht aufbekam. Jemand hatte Gewichte an meine Augenlider getackert, und ich gab nach wenigen Sekunden auf, sie loszuwerden. Ich wälzte mich auf die Seite, was mein Kopf sofort mit einem schmerzhaften Stich bestrafte, und beschloss, so lange liegenzubleiben, bis dieses Stechen und Hämmern nachließ.

Doch es ließ nicht nach. Hinzu kam das Gefühl, als habe ein Hamster in meinem Mund übernachtet. Innerlich fluchend und mühsam erhob ich mich, stellte fest, dass ich mich in einem der gemütlichen Gästezimmer von Ms Ylborne befand, und tappte mit halbgeschlossenen Augen ins Bad, auf der Suche nach einer Kopfschmerztablette. Verflixt noch mal. Die ganze Kulturtasche musste ich ausräumen, bis ich endlich auf das Alupäckchen stieß. Eine einzelne Tablette befand sich darin, und ich spülte sie und das Hamstergefühl und meinen Durst mit drei vollen Zahnbechern Wasser hinunter.

Eine Flasche Wein zum Abendessen und zwei Cognac als Aperitif waren definitiv zu viel für meinen Körper.

Stöhnend versank ich wieder im Bett, und es gelang mir sogar, einzuschlafen. Wenigstens eine Stunde hatte ich Ruhe vor den kreisenden Gedanken und dem Hämmern und diesem Gefühl der Leere, als habe jemand mein Innenleben betäubt.

Dann erwärmte sich der Raum, die Sonne schien durch das Fenster und mir stand der Schweiß auf der Stirn. Es half nichts. Ich musste mich dem Leben da draußen stellen.

Nach einem reichhaltigen Frühstück und ebenso reichhaltigen Ratschlägen und Ermahnungen von Ms Ylborne, zum Beispiel, mich auf keinen Fall zu überanstrengen und den Knöchel zwischendurch zu kühlen, machte ich mich auf den Weg nach Kapstadt. Mein verletzter Fuß war bandagiert und die Salbe, die Cameron mir besorgt hatte, wirkte bereits. Es schmerzte kaum noch, wenn ich aufs Gaspedal trat.

Sechs Stunden, in denen niemand mich von meinen düsteren Gedanken ablenkte. Einen klaren Kopf bekam ich trotzdem nicht.

Als ich den Jeep auf den engen Parkplatz in unserer Tiefgarage einrangierte, war ich zu keinerlei Schluss gekommen, wie mein Leben weitergehen sollte. Ich würde also einfach wieder ins Büro gehen, als hätte es die vergangenen acht Tage nie gegeben. Aber ich würde Nick – nein, Cameron – eine Rechnung schreiben. Wenigstens über die Hälfte der vereinbarten Summe. Nur, wo sollte ich sie hinschicken?

Müde schlurfte ich nach oben in meine Wohnung, die ein wenig unbenutzt und fremd roch. Ich riss zuerst das Fenster auf, gedämpft drang der Lärm von der Straße zu mir herauf und feuchte, neblige Luft strömte herein. Endlich ein wenig Abkühlung nach der Hitze in Oudtshoorn. Hoffentlich würde es ein bisschen regnen.

Was, wenn ich Cameron Ashfords Postadresse in London herausbekäme? Dann könnte ich ihm die Rechnung zukommen lassen. Wenigstens für das Chaos, das er in meinem Leben angerichtet hatte, würde er bezahlen!

Ich fand eine Pizza im Tiefkühlfach und ein Sixpack Bier im Kühlschrank. Die Aussicht auf einen einsamen Abend mit einer Tiefkühlpizza auf der Couch zog mich erst richtig runter. Ich rief Saartjie an und lud sie ein. »Aber bring bitte noch ein bisschen was zu essen und zu trinken mit, ich kann mit meinem Knöchel immer noch so schlecht auftreten«, bat ich sie am Schluss. Sie versprach es mit einem Lachen in der Stimme.

Dreißig Minuten später stand sie vor meiner Tür, und wir umarmten uns, als hätten wir uns ein halbes Jahr nicht gesehen.

»Süße! Du siehst super aus«, begrüßte sie mich. »Die Sonne und die frische Luft haben dir gut getan.«

Na ja. Ich verzog das Gesicht und klopfte mir auf die Brust. »Das Gefühl hier drin ist anders.«

»Schon klar. Ich weiß.« Sie stellte eine geräumige Einkaufstüte auf meinem Küchentisch ab, aus der es köstlich nach asiatischem Essen duftete. »Ente süßsauer und Rindfleisch Sezuan. Das magst du doch so gerne!«

»Du bist ein Schatz!«

Wir machten es uns auf der Couch gemütlich. Während wir die Köstlichkeiten vertilgten und mit dem Craft Beer aus meinem Lieblingspub unten an der Main Street anstießen, klappte Saartjie mein Notebook auf dem Couchtisch auf.

»So, und jetzt zeig ich dir, was ich gefunden habe.« Dann tippte sie »Cameron Ashford« in die Suchleiste ein.

Oh. In London schien er so eine Art Promi zu sein. Schlagzeilen wie »*Cameron Ashford gibt Verlobung bekannt*« oder »*Ashford & Barton mit Werbepreis ausgezeichnet*« erschienen. Und Bilder. Jede Menge Fotos von ihm, mit anbetungswürdigem Lächeln schaute er in die Kameras, in Maßanzügen voller Eleganz, an seiner Seite diese Victoria. Die Bilder und die Schlagzeile von der Verlobung waren schon drei Jahre alt. Trotzdem schnitten sie mir mitten ins Herz.

»Der ist wirklich schick«, bemerkte Saartjie mit einem Seufzer. »Schau dir dieses Outfit an!«

Oh ja, schick war er. Aber diese Victoria nicht minder. »Leider hat er eine genau so schicke Verlobte. Hast du das Kleid auf dieser Gala gesehen?«

Meine Freundin tippte sich an die Stirn. »Jetzt sieh doch mal genauer hin. Du bist ein völlig anderer Typ.« Dann betrachtete sie mich kritisch und schüttelte mehrmals den Kopf. Einige Locken verirrten sich in ihrem Gesicht, und sie schob sie energisch beiseite.

»Eben. Völlig anders.« Ich fand das nicht sehr ermutigend.

»Wenn er sie so toll findet, warum hat er sie dann nicht längst geheiratet?«

Darauf fanden wir beide keine Antwort, und wir forschten weiter.

Wenigstens die Wahrheit über ihn zu wissen, wäre ein Trost. Wenn ich zumindest herausbekäme, dass er genau der verabscheuungswürdige Lügner wäre, für den ich ihn hielt, würde mir das wenigstens ein bisschen Genugtuung verschaffen. Doch unsere Recherchen gaben dazu nichts her.

Er führte gemeinsam mit einem gewissen Robert Barton diese Werbeagentur, große Namen als Kunden, tolles Renommee.

»Sieh doch, das ist die Firma, die diesen süßen Weih- nachtswerbespot für *Browns Lemonade* produziert hat!« Saartjie klickte auf ein Youtube-Video, ein niedlicher Animations-Trickfilm, zu dem Cameron Ashfords Firma das Skript entwickelt hatte. Das Video hatte millionenfache Aufrufe.

»Ja toll. Das hilft uns jetzt nicht«, brummte ich. »Mach weiter.«

»Er war sogar bei der Queen!«, staunte Saartjie nach einem Klick auf die Webseite der Agentur.

»Du wirst mir noch beibringen, dass er ein Heiliger ist«, stöhnte ich. Wo waren die Skandale und der Klatsch? Die kleinen Gemeinheiten, die die Presse so gerne streut?

«Bestimmt nicht«, widersprach meine Freundin und las mir zwei Schlagzeilen vor. »*Mysteriöser Mord in der Londoner City*, steht hier. Und *Ashford unter Mordverdacht verhaftet*«. Wir studierten die Artikel unter den Überschrif- ten. Keine Abweichungen zu dem, was Cameron mir geschildert hatte.

Ausführlich traten sie in der Presse die Mutmaßungen und vermeintlichen Beweise breit. Dass die Firma in Schieflage geraten war und der Verdacht, dieser Barton habe Geld veruntreut, weshalb nur Ashford der Täter sein könne.

Dann Haftentlassung gegen Kaution. Sein Verschwin- den, vergebliche Nachforschungen von Scotland Yard, die »die Ermittlungen indes mit ungebrochener Intensität weiterführen und in alle Richtungen ausdehnen« wollten.

Die Spurenlage deute auf einen anderen Täter hin, hieß es dann. Auch, dass seine Verlobte ihn für unschuldig hielt. Hatte sie den Ermittlern seinen Aufenthaltsort verschwie- gen? Jedenfalls behauptete sie in einem Interview, nicht zu wissen, wohin er gereist sei.

»*Wird sie ihm jetzt noch die Treue halten?*« Ein Klatschblatt, berüchtigt für seine oft erdachten Geschichten über Promis, das Königshaus und Berühmtheiten aller Art, spekulierte darüber, ob die Verlobung von Victoria und Cameron jetzt noch Bestand habe, nachdem er von der Bildfläche verschwunden sei.

Saartjie zeigte mit triumphierender Miene darauf. »Da siehst du es. Sie will ihn nicht mehr.«

»Das ist ein Käseblatt, die erfinden ihre Schlagzeilen nur«, widersprach ich heftig.

Sie lachte. »Wart´s ab.«

Ein Statement seines Anwalts: »*Mein Mandant wurde in der Haftanstalt von Mithäftlingen misshandelt!*« Er gab der Gefängnisleitung die Schuld und trat damit eine öffentliche Diskussion über die Zustände in Londoner Haftanstalten los.

»Das ist schon nach seiner Abreise hierher«, stellte ich nach einem Blick auf das Datum fest. »Du hättest seine Blutergüsse sehen sollen!«

Im selben Moment schlug ich mir die Hand vor den Mund, und Saartjie grinste breit. »Ja ja, das passiert, wenn man jemanden nackt sieht ...«, trällerte sie und zwinkerte dabei verschwörerisch.

»Im Ernst, die sahen übel aus.«

Sie tätschelte lächelnd meine Hand. »Schon gut, Süße. Ich weiß ja Bescheid.«

»Gar nichts weißt du«, widersprach ich und knuffte sie auf den Oberschenkel.

Wir lasen Berichte von der Spendengala einer wohltätigen Organisation, die er ins Leben gerufen hatte, zugunsten schwerkranker Kinder. Man sah ihn auf einer Bühne, wie er einen gigantischen Scheck über eine Million Pfund in die Kamera hielt. In vielen Artikeln lobten die Journalisten sein soziales Engagement, für Kinder, Flüchtlinge, misshandelte Frauen.

Es gab sogar einen Wikipedia-Eintrag über ihn! Was er alles für Preise gewonnen hatte – nicht nur für Werbekampagnen oder soziales Engagement. In seiner Jugend räumte er mit seiner Rugby-Mannschaft mehrere Pokale ab, darunter einen für »Fair Play«.

Zuletzt las ich ein Interview mit ihm selbst, die Überschrift lautete »Ich habe es mir zum Prinzip gemacht, die Welt ein wenig schöner zu machen«. Sympathieträger, titelten die Journalisten, Wohltäter, charmant und immer top gestylt. Welchen Fehler er habe? »Ich glaube zu sehr an das Gute im Menschen.«

»Boah, was für ein Schwulst!« Saartjie schüttelte ihre Locken. »Also das ist wirklich ... nee. Kitsch.«

Da gab ich ihr recht. Aber es war vermutlich die einzige öffentliche Lüge, bei der man ihn hätte ertappen können.

Ich klappte das Notebook zu und wir öffneten das nächste Bier. Kein Beweis für sein lügnerisches Wesen. Stattdessen schmierte man ihm Honig ums Maul, und er sonderte solche perfekten Statements ab. Skandalfrei, wenn man von diesem Mordfall absah.

Wir prosteten uns zu, und Saartjie fragte mit gerunzelter Stirn: »Warum ist er nicht einfach in London geblieben und hat das Ergebnis der Ermittlungen abgewartet? Er hätte sich Bodyguards en Mas leisten können, eine Villa mit Stacheldrahtverhau, alles. Stattdessen verschwindet er und reist in Jeans, T-Shirt und mit Bart in einem nicht mehr ganz neuen Jeep Wrangler herum – mit dir. Unter falschem Namen.«

Wenigstens das konnte ich jetzt, nach dieser Verfolgungsjagd, verstehen. Sicher wollte er auch mich damit schützen. Je weniger man weiß, um so weniger plaudert man aus ... darum diese Geheimniskrämerei.

Ich lehnte mich zurück und schloss die Augen. Sein Bild erschien mir, das Lächeln in ozeangrün, die kleine Narbe unter dem Jochbein, seine Hände. Oh weh. Er war nicht für mich, und in dem Punkt hatte er definitiv vorsätzlich geschwiegen.

Doch hatte ich ihn überhaupt gefragt, ob es da jemanden in seinem Leben gäbe? Hatte er mir eine solche Frage gestellt? Nein, wir beide hatten ausschließlich im Hier und Jetzt gelebt, als wenn es kein Morgen gäbe. Keine Fragen gestellt, keine Antworten verlangt. Ich war selbst schuld.

Ein weiteres Mal ließ ich diese wundervolle Nacht in Inverdoorn und den Tag danach Revue passieren, alles rief ich mir ins Gedächtnis zurück, jedes Wort, an das ich mich erinnerte, jede Geste, jeden Gesichtsausdruck. Den geplatzten Reifen.

»Ach Saartjie. Ich habe keine Ahnung, was ihn getrieben hat. Aber – jetzt fällt mir etwas ein. Kurz bevor dieser Reifen geplatzt ist – da wollte er mir irgendetwas sagen.«

»Vielleicht das mit seiner Verlobung«, mutmaßte sie. »Da hätte er doch nach dieser Nacht allen Grund zu gehabt.«

»Warum hat er dann später nicht mehr davon gesprochen?«

Saartjie legte einen Arm um mich und drückte mich an sich. »Du wirst es nur herausfinden, wenn du mit ihm redest.«

Etwas in mir sehnte sich danach, mit ihm darüber zu sprechen. Vielleicht war ich doch zu vorschnell abgereist?

Vielleicht brauchte er mich gerade jetzt, vielleicht hätte ich ihm mehr Vertrauen schenken sollen. Verrückt, dass mein Zorn und meine Enttäuschung plötzlich abflauten. Stattdessen verstand ich. Wenigstens, dass er mir so viele Dinge verschwiegen hatte.

Und ich räumte mir selbst widerwillig die Erlaubnis ein, zuzugeben, dass ich mich trotz allem in ihn verliebt hatte.

Oh ja, bis über beide Ohren. Es war nicht der überirdische Sex. Aber seine Art, das stille Einverständnis, das zwischen uns geherrscht hatte. Warum hatte ich nicht gleich diese geheime Verbindung zu ihm bemerkt – oder vielmehr: Warum hatte ich sie ignoriert? Nur wegen meines dämlichen Misstrauens.

Die Erkenntnis, dass ich mich verliebt hatte, traf mich wie ein Schlag. Ich wollte nicht wieder ein Opfer meiner Gefühle werden. Schon gar nicht dieser tiefen und unerklärlichen Verbundenheit, die kein anderer Mann je in mir ausgelöst hatte.

CAMERON

Mit Mbulu im Schlepptau drehte Cameron sich um und nahm den schmalen Fußweg vom Parkplatz zum Hotel. Ein Auto fuhr dicht an ihnen vorbei. Als er die Insassen erkannte, stoppte er abrupt. Mbulu lief fast in ihn hinein.

»Was ist?«

»Kommen Sie! Schnell!« Cameron deutete auf ein Gebüsch und stürzte sich dahinter, Mbulu blieb zunächst verdutzt stehen. »Schnell!«

Sein Leibwächter setzte sich zögernd in Bewegung und hockte sich neben ihn.

»Diese Typen kenne ich! Ich habe sie zuletzt in London gesehen, als … bevor ich meinen Partner tot aufgefunden habe!«

Mbulu kratzte sich am Kopf. »Was hat das zu bedeuten?«

»Was soll das schon bedeuten? Sie haben mich gefunden.«

»Noch nicht.« Mbulu reckte kampflustig das Kinn vor und griff sich an die Hüfte, wo das Holster mit der Schusswaffe hing.

»Sie können hier nicht schießen«, flüsterte Cameron. »Still jetzt, sie kommen vorbei.«

Schweiß lief ihm über die Stirn, als sie regungslos die beiden Männer beobachteten, wie sie gemächlich den Weg entlanggingen, den sie selbst eben genommen hatten. Sie trugen Jeans, T-Shirts und Basecaps. Trotzdem erkannte er sie als die Typen, die er im Treppenhaus des Bürogebäudes in London gesehen hatte. Und wenn sie hier waren, stimmten seine Vermutungen. Das waren Roberts Mörder.

Sie betraten das Hotel. Cameron wagte nicht, sich zu rühren, und auch Mbulu verharrte regungslos hinter dem Busch. Fieberhaft suchte Cameron nach einem Weg, ungesehen an ihnen vorbei zu Preston zu kommen. Er musste ihn warnen.

Von irgendwo war plötzlich eine Stimme zu hören. Sie schien aus dem Fenster über ihnen zu kommen, vermutlich befand sich dort der Konferenzraum, in dem Preston ihn sprechen wollte. Cameron erkannte seine – Prestons – Stimme. »Seid ihr wahnsinnig, hierher zu kommen?« Es folgte unverständliches Gemurmel. »Ich hab ihn fast soweit … wofür bezahl ich euch eigentlich … rufe euch, wenn ich euch brauche.«

Noch mehr Gemurmel, doch jetzt leiser. Alles, was er verstand: Sein Anwalt machte gemeinsame Sache mit Roberts Mördern. Die Wucht dieser Erkenntnis nahm ihm den Atem.

Unfähig, sich zu bewegen, hockte er in dem Gebüsch und lauschte.

»Haut ab und lasst mich in Ruhe mit ihm reden«, war das Letzte, was sie hörten.

Kurz darauf erschienen die Typen wieder auf dem Fußweg, gestikulierend beschwerten sie sich über den Ton, in dem »der Alte« mit ihnen geredet hatte, und dass sie sich den Arsch bis zum Stehkragen aufgerissen hatten, um ihren

Auftrag auszuführen. Dann stiegen sie ins Auto und fuhren davon.

Mühsam erhob sich Cameron aus der unbequemen Hocke und trat auf den Weg. »Ich kann das nicht glauben«, murmelte er und schüttelte immer wieder den Kopf.

»Ich fürchte, es ist die Wahrheit. Das war klar verständlich. Reden wir mit ihm.« Mbulu klopfte sich etwas Erde von der Uniformhose.

Cameron atmete tief ein und aus. »Nur, wenn er alleine in diesem Konferenzraum ist.«

»Das kann keiner garantieren. Aber wir sind ja zu zweit. Ich komme mit, Sie brauchen einen Zeugen.«

»Ja natürlich, gute Idee. Aber wie verfahren wir, wenn wir mit ihm gesprochen haben?«

»Polizei. Was sonst?«

»Die nehmen mich fest und liefern mich nach England aus.«

»Unsinn. Den Anwalt werden sie festnehmen.«

»Weswegen? Wenn der alles eingefädelt hat, habe ich null Beweise und null Hilfe.«

»Gehen wir erst mal rein.«

»Ich muss wenigstens Victoria warnen.«

Mbulu packte ihn am Arm. »Nein. Vielleicht steckt sie mit ihm unter einer Decke. Tun Sie das nicht.«

So hatte er das Ganze noch nicht betrachtet. Aber wenn es stimmte? Wie ein Gift fraß sich das Misstrauen durch seine Eingeweide.

»Ich muss Lynnie anrufen. Sie wird mir bestätigen, ob Victoria sich bei ihr erkundigt hat.«

»Das können Sie später immer noch tun. Jetzt haben wir keine Zeit. Der Mister Anwalt wartet auf Sie.«

Hastig tippte Cameron eine Mitteilung an Lynnie:

Preston ist Mittäter. Keine Nachrichten mehr an ihn, auch nicht an Victoria. Wir haben uns getrennt. Melde mich später, wünschen Sie mir Glück! Gruß, Cameron

Mbulu trat ungeduldig von einem Bein aufs andere. Cam steckte das Handy weg. »Gehen wir.«

Sie durchquerten das Foyer. Von Victoria keine Spur, Gottseidank. Später würde er sich an der Rezeption nach ihr erkundigen.

Vor der Tür zum Konferenzzimmer nickten sich beide zu, Cameron holte tief Luft, dann klopfte er an.

»Herein.« Preston erhob sich von der Spitze des kleinen Konferenztisches, auf dem ein Notebook und ein Paar Kopfhörer aufgebaut waren. Daneben lagen ein Smartphone und ein kleiner Stapel dünner Akten.

»Nehmen Sie Platz. Ich hoffe, Sie konnten die Unstimmigkeit mit Ihrer … äh … Verlobten klären.« Preston wies auf einen Stuhl an der Seite, der seinem Sitzplatz am nächsten war.

»Ich stehe lieber, danke.«

Der Anwalt lächelte leicht. »Vielleicht sollten Sie sich doch setzen, es könnte etwas länger dauern.«

»Das entscheide ich, wenn es so weit ist.«

»Wie Sie wollen. Ich lasse uns Tee bringen.«

Prompt klopfte es, und eine Kellnerin trug ein Tablett mit Getränken herein, Tee, Wasser, Saft. Der Anwalt schenkte sich bedächtig ein, Cameron und Mbulu lehnten dankend ab.

»Ihre Unterlagen sind in Sicherheit in meiner Kanzlei. Ich habe sie – abholen lassen. Sie dürften jedoch für Beweiszwecke nicht nötig sein.«

»Unmöglich. Daraus ergibt sich eindeutig, wieviel Robert veruntreut hat.«

Preston winkte ab. »Das ist auch den Büchern zu

entnehmen. Die Polizei lässt sie gerade prüfen. Jedenfalls liegt gegen Sie kein Verdacht mehr vor.«

»Da bin ich jetzt aber beruhigt«, versetzte Cameron ironisch. »Dann haben die beiden Herren mich ja ganz umsonst verfolgt.«

»Welche beiden Herren?« Der Anwalt hob die Brauen.

»Die beiden Männer, die gerade eben bei Ihnen zu Besuch waren.«

Ein Zucken glitt über Preston Gesicht, nur einen Sekundenbruchteil, und er erbleichte. Doch schnell hatte er sich wieder in der Gewalt, hob die Schultern und erwiderte kühl: »Ich weiß nicht, wovon Sie sprechen. Was für Männer?«

»Zwei Männer, einer schwarz, der andere weiß, beide habe ich am Abend, als Robert ermordet wurde, im Treppenhaus gesehen. Und nun treffe ich sie hier wieder. Mein Bodyguard und ich haben gehört, wie Sie mit ihnen gesprochen haben. ,Seid ihr wahnsinnig, hierher zu kommen' und ,wofür bezahl ich euch eigentlich'. Das haben Sie zu denen gesagt.«

»Ich fürchte, da liegt eine Verwechslung vor.« Immer noch wirkte Mr Preston vollkommen beherrscht, wenn man einmal davon absah, dass er jetzt einen Kugelschreiber in der Hand hielt und ihn nervös mit den Fingern herumwirbelte.

»Ich fürchte nein. Das sind dieselben Männer. Und sie haben mich bis hierher verfolgt, seit ich in Kapstadt losgefahren bin. Wir haben sie zweimal abgeschüttelt, nur, damit ich ihnen genau hier in diesem Hotel wiederbegegne. Und ich habe nur eine Erklärung dafür.«

Mit gerunzelter Stirn lehnte sich Preston in seinem Stuhl zurück und verschränkte die Arme vor der Brust. »Die Sie mir hoffentlich nicht schuldig bleiben werden«, sagte er betont beiläufig und gelassen.

»Sie waren es. Sie haben sie auf mich gehetzt, vermut-lich *wollten* Sie sogar, dass ich hierher nach Südafrika komme, um es leichter zu haben, mich aus dem Weg zu räumen. Nachdem es Ihnen nicht gelungen ist, mir den Mord in die Schuhe zu schieben, mussten Sie mich als unliebsamen Zeugen loswerden. Nun, das wird Ihnen nicht gelingen.«

Mit jedem Wort, das er sagte, entgleisten die Gesichts-züge seines Gegenübers ein wenig mehr. Der Kugel-schreiber in seiner Hand fiel zu Boden, und er beugte sich unter den Tisch, um ihn aufzuheben.

Dann tauchte er wieder auf, und er hielt eine Pistole in der Hand. Sie zielte direkt auf Camerons Brust. »Bisher, lieber Mr Ashford, ist mir im Leben alles gelungen. Und Sie sind der Letzte, der mich aufhalten wird. Das alles wäre nicht nötig gewesen. Leider waren Sie zur falschen Zeit am falschen Ort ...«

Ein Schuss hallte durch den Raum, etwas Heißes streifte Cameron an der Wange und sauste direkt an Camerons Ohr vorbei, und im nächsten Moment knallte ein zweiter. Preston sank auf den Stuhl hinter sich, mit schreckgeweiteten Augen starrte er auf seinen rechten Oberarm. In rasender Geschwindigkeit breitete sich dort eine Blutlache aus. Klackernd fiel die Waffe aus seiner Hand. Er verdrehte die Augen, dann fiel sein Kopf auf die Tischplatte, und der schlaffe Körper sank in Zeitlupen-tempo zu Boden.

»Gehen wir«, sagte Mbulu befriedigt und steckte seine Schusswaffe seelenruhig zurück ins Holster. »Der wird Ihnen nichts mehr tun.«

»Warten Sie. Der Mann verblutet!« Cameron hockte sich neben den Verletzten und knotete seine Krawatte auf, um damit Prestons Schusswunde abzubinden.

In diesem Moment öffnete sich die Tür, ein Sicherheitsmann stürmte mit gezogener Waffe herein, gefolgt von zwei Kellnern.

Cameron und Mbulu hoben langsam die Hände, während die Kellner zu dem bewusstlosen Anwalt eilten.

»Binden sie den Arm ab!«, rief Cameron ihnen zu. »Er verblutet sonst!«

Einer der Kellner wandte sich eilig ab und machte Würgegeräusche. Der andere beugte sich über den Verletzten, schimpfte in einer fremden Sprache mit seinem Kollegen und antwortete dann, an Cameron gerichtet: »Ich binde die Wunde ab.«

Der Mann in der Sicherheitsuniform blickte sich prüfend im Raum um, richtete dann seine Pistole auf Mbulu. »Ihre Waffe bitte.«

»Dieser Mann hat auf uns geschossen!« Cameron deutete mit einer Kopfbewegung auf den Bewusstlosen. Einer der Kellner rief mit dem Handy nach einem Krankenwagen.

»Lassen Sie die Waffe dort liegen«, ergänzte Mbulu. Dann wandte er sich seelenruhig dem Wachmann zu, die Hände immer noch erhoben.

»Nehmen Sie sie.« Er deutete mit den Augen auf das Holster an seiner Seite, und der Wachmann trat näher und nahm die Pistole aus dem Holster.

»Ich nehme jetzt die Hände runter«, kündigte Mbulu an und senkte langsam die Arme.

Cameron tat das Gleiche. Dann griff er langsam in die Hosentasche, die andere Hand beschwichtigend erhoben, und sagte: »Ich hole nur das Handy heraus, um die Polizei zu rufen.«

»In Ordnung«, erwiderte der Wachmann und steckte die Waffe weg. Dann betrachtete er Cameron eingehend. »Sie bluten. Er hat Sie getroffen.«

Erst jetzt spürte Cameron, wie etwas Feuchtes warm an

seiner Wange hinab lief, und griff sich instinktiv ins Gesicht.

»Na toll«, entfuhr es ihm, als er das Blut an seiner Hand sah. Erst danach durchzuckte ihn ein scharfer Schmerz, und er ließ sein Smartphone fallen.

Mbulu hinderte ihn daran, sich zu bücken, indem er ihn am Arm packte. »Ich ruf an, Boss. Holen Sie inzwischen Verbandsmaterial«, fuhr er an die Kellner gerichtet fort. Dann wählte er die Nummer der Polizei.

»Maxwell Mbulu, Capetown Security Corporation. Wir haben hier eine Schießerei, zwei Verletzte, ein Krankenwagen ist unterwegs.« Er nannte ihnen die Örtlichkeit, nickte ein paarmal, während er mit dem Handy am Ohr auf und abging, und verabschiedete sich mit »Selbstverständlich, Sir. Wir stehen zu Ihrer Verfügung.«

Die Kellner hockten immer noch neben dem Anwalt, der jetzt zu stöhnen begonnen hatte. Einer hatte ihm das Hemd aufgeknöpft, der andere, ein kaum zwanzigjähriger Farbiger mit langen, schlaksigen Gliedmaßen, raufte sich derweil die Haare. Beide berieten sich in einer fremden Sprache, die Cameron nicht einordnen konnte.

»Jessas, nun holen Sie doch endlich das Verbandmaterial!«, fuhr der Wachmann die beiden Männer an. »Ich achte auf den Verletzten.«

Erleichtert erhoben sich die Kellner und stoben davon.

»Bitte fesseln Sie ihn«, bat Cameron.

»Er hat auf meinen Kunden geschossen«, ergänzte Mbulu ein weiteres Mal. »Dort liegt seine Waffe.«

Der Wachmann folgte Mbulus Blick. »Ich sehe es. Wir lassen sie liegen, bis die Polizei kommt.« An Preston gerichtet fuhr fort: »Sir, können Sie mich hören?«

Dessen Augenlider flatterten, und der Mund war schmerzlich verzogen. »Bestens«, krächzte er.

»Haben Sie Schmerzen?«

»Was glauben Sie denn?«

»Gleich kommt der Krankenwagen. Wir haben auch die Polizei gerufen.«

Preston schloss erneut die Augen und ließ den Kopf, den er eben noch mühsam erhoben hielt, resigniert zurücksinken. Mit der Linken tastete er nach dem verletzten Arm.

»So viel Fürsorge. Das wäre doch nicht nötig gewesen«, murmelte er.

KAPITEL 19

CAMERON

Die Tür zum Konferenzraum wurde weit geöffnet, und zwei Sanitäter traten ein.

Sie stürzten sich gleich auf Preston und hoben ihn auf die mitgebrachte rollbare Trage, wo sie ihm einen Druckverband anlegten. »Könnte den Knochen erwischt haben«, murmelte einer der beiden.

»Jedenfalls hat´s ihm ein großes Blutgefäß zerfetzt, so wie er geblutet hat«, erwiderte der zweite und befestigte das Ende des Verbandes mit zwei Klammern. »Er muss in den OP.«

Währenddessen betraten drei uniformierte Polizeibeamte mit gezogenen Waffen den Raum und verteilten sich so, dass sie jeden Winkel im Blick hatten.

Der älteste von ihnen richtete das Wort an Mbulu. »Sie haben uns gerufen? Bitte schildern Sie, was passiert ist.«

»Dieser Mann da hat auf meinen Kunden geschossen. Die Waffe liegt dort hinten.« Mbulu wies zuerst auf den Verletzten und dann auf den Boden neben Prestons Sitzplatz, wo die kleine Pistole zu Boden gefallen war. »Wir haben nichts angefasst.«

Ein jüngerer Beamter streifte sich Einweghandschuhe über und hob die Waffe auf. Er sicherte sie und schnüffelte dann am Lauf. »Daraus wurde geschossen«, bestätigte er.

»Um meinen Kunden zu schützen, habe ich ebenfalls die Waffe gezogen und Mr Preston am Arm erwischt.«

»Das klären wir gleich. Sanitäter, kümmern Sie sich bitte auch um diesen Herrn hier«, erwiderte der älteste der drei Polizisten und deutete auf Cameron, der eine Serviette vom Tablett genommen hatte und sie sich jetzt an die Wunde auf der Wange drückte.

Die Sanitäter klappten die Trage hoch und rollten den Anwalt an ihnen vorbei.

»Wir kommen gleich und versorgen ihn«, sagte einer.

»Gehen Sie mit raus«, wies der Officer einen seiner beiden Untergebenen an, »und befragen Sie den Verletzten.«

»Er muss bewacht werden!«, protestierte Cameron, als die Sanitäter Preston hinaus schoben.

Der Polizeibeamte, der ihnen folgte, drehte sich zu ihm um. »Lassen Sie das unsere Sorge sein, Sir. Sie lassen sich jetzt besser erst mal verarzten.«

»Ich würde gerne mit ihm reden«, verlangte er.

»Jetzt nicht. Er wird behandelt und kommt ins Krankenhaus. Und wenn er danach wieder vernehmungsfähig ist, reden zuerst wir mit ihm«, sagte der Officer und drückte Cameron an der Schulter auf einen der Konferenzstühle. »Sie warten jetzt erst mal hier.«

In einem weiteren Konferenzraum hatte die Polizei ein provisorisches Büro errichtet, und dort mussten Cameron und Mbulu am Konferenztisch Platz nehmen und ihre Personalien angeben. Ein hochgewachsener Schwarzer in eleganter Anzughose und mit schneeweißem Hemd setzte sich ihnen gegenüber und fasste sie scharf ins Auge.

»Nun erzählen Sie mal, Mr Mbulu. Bringen Sie den anderen so lange raus«, ergänzte er und deutete mit dem Kopf auf Cameron.

Ein Beamter führte ihn hinaus. Im Foyer herrschte hektische Betriebsamkeit. Das Personal bemühte sich, die Hotelgäste zu beruhigen und aus dem Vorraum fernzuhalten, Polizisten eilten hin und her, Fotokameras klickten, Männer in weißen Schutzanzügen mit Alukoffern hasteten in den kleinen Konferenzsaal.

Vor dem Hoteleingang stand der Rettungswagen, in dem sich immer noch die beiden Sanitäter um Preston bemühten. Einer von ihnen legte gerade einen Tropf an. Der Polizeibeamte rief den anderen Sanitäter herbei. »Schauen Sie sich die Wunde an.«

Eine halbe Stunde später war Camerons Wunde desinfiziert und verpflastert. Die nächste Narbe im Gesicht. Er schloss die Augen. Das Schmerzmittel, das sie ihm gegeben hatten, begann zu wirken, das Brennen wurde dumpfer und dumpfer. Das heillose Umhertrudeln seiner Gedanken jedoch ließ sich nicht bremsen. Die Ereignisse machten ihn schwindelig.

»Achtung, er klappt uns zusammen«, war das Letzte, was er hörte.

Er fand sich wieder in einem kleinen hellen Zimmer auf einer Krankenliege. Sein linker Handrücken war mit einem Pflaster bedeckt, aus dem eine Kanüle nach oben zu einem Tropf führte. Die klare Flüssigkeit darin tropfte im Zweisekundenrhythmus in die Kanüle. Wie lange war er bewusstlos gewesen? Zehn Minuten, eine Stunde? Außer ihm war niemand hier.

»Hallo?«, krächzte er und versuchte, sich aufzurichten. Ein Gefühl der Schwäche übermannte ihn, wie bei einer Grippe.

Die Tür öffnete sich. Eine dralle Polizistin trat ein und setzte sich auf einen Hocker, der neben seiner Liege stand. »Mr Ashford, ich habe einige Fragen an Sie. Sind sie fit genug?«

»Ich hoffe doch«, presste er mühsam hervor.

»Wir mussten Sie ärztlich behandeln lassen. Ihr Kreislauf … Schätze, das war alles ein bisschen viel für Sie.« Behutsam legte die Beamtin ihm eine Hand auf die Schulter.

»Kann man so sagen.« Er schloss die Augen.

»Ich möchte von Ihnen eine Beschreibung der beiden Männer, die Sie verfolgt haben sollen.«

»Sie *haben* mich verfolgt.«

»Das hat Herr Mbulu auch ausgesagt. Wie sahen sie aus?«

Cameron beschrieb ihr die beiden Männer. »Einer schwarz, einer weiß, britischer Akzent, etwa Anfang dreißig, schlank. Der Schwarze hat eine Zahnlücke oben rechts. Ist Mr Preston noch hier? Er könnte Ihnen auch die Namen sagen.«

»Mr Preston ist im Hospital. Ein Blutgefäß ist verletzt, und er musste operiert werden. Im Moment ist er noch nicht vernehmungsfähig. Und als Anwalt wird er sowieso nichts sagen, was er nicht muss.«

Cameron schilderte noch einmal den Vorfall im Konferenzraum. Dann, wie die Typen ihn und Jenna verfolgt und belauert hatten. Zuletzt klärte er sie darüber auf, was vor nunmehr vier Wochen in London passiert war, soweit er sich das Geschehen jetzt zusammenreimen konnte.

Die Beamtin notierte sich seine Aussage in ihrem

Notizbuch und sagte zwischendurch ab und zu »soso« oder »hmhm«.

»Ihr eigener Anwalt hat Sie also aus dem Weg räumen wollen«, stellte sie fest, schüttelte gleichzeitig den Kopf. Dann warf sie einen Kontrollblick auf den Tropf. »Der ist gleich leer, ich sage der Krankenschwester Bescheid. Sie können dann gehen. Aber halten Sie sich zu unserer Verfügung.«

»Ich … ich muss nach Kapstadt«, murmelte er.

»Wenn unsere Vernehmungen abgeschlossen sind, kein Problem.«

»Und Mr Mbulu?«

»Wird noch vernommen.«

»Er hat mir das Leben gerettet. Er wurde engagiert, um mich zu schützen. Der Anwalt hat zuerst geschossen, weil ich ihn zur Rede gestellt habe …«

»Es wird sich alles aufklären«, sagte die Polizistin und tätschelte seinen Arm.

»Da ist noch die Sache mit meiner Ex-Verlobten …«

»Ihre Ex-Verlobte? Steckt sie da auch mit drin?«

»Das weiß ich nicht, aber sie ist mir hierher gefolgt. Ich habe sie vor der Schießerei im Foyer getroffen. Vielleicht haben diese beiden Typen es auch auf sie abgesehen …«

»Jetzt ruhen Sie sich erst einmal aus.«

»Machen Sie unsere Verfolger ausfindig!«

»Wir tun, was wir können.«

Damit ließ sie ihn allein, und Cameron blieb nichts übrig als die Tropfen zu zählen, die gleichmäßig und von allen Geschehnissen unbeeindruckt in die Kanüle liefen.

JENNA

Saartjie hob den Kopf, als ich am nächsten Morgen unseren Laden betrat, und lächelte mir zu.

»Jenna, Süße! Ich hoffe, du konntest schlafen nach gestern Abend?« Sie stand auf und umarmte mich. Dann schob sie mich ein Stück von sich weg und inspizierte mein Gesicht. »Du siehst furchtbar aus.«

»Danke für die Blumen. Ich fühle mich auch so«, gestand ich und schlurfte hinter den Tresen, ließ mich auf den Stuhl neben ihrem eigenen Arbeitsplatz fallen und stützte das Gesicht in beide Hände.

Sie huschte auf ihren Platz und legte mir einen Arm um die Schultern. »Zu viel Bier gestern? Oder immer noch die Verfolgungsjagd?«

»Einfach alles«, sagte ich zur Schreibtischunterlage vor mir, auf der Namen, Telefonnummern und Notizen bunt durcheinander geschrieben waren. Eine Träne fiel auf die Notiz »Kaffeemaschine im Angebot bei …« und verwischte den Namen des Shops. Ich blinzelte weitere Tränen weg.

»Was hat der Kerl angestellt?«, rief sie und schlug mit der Faust auf den Tisch.

»Alles und nichts …«

»Werd mal ein bisschen konkreter!« Saartjie öffnete ihre Schreibtischschublade und kramte ein Tütchen Biltong heraus. »Hier nimm.«

»Hast du nichts Süßes?«, murmelte ich unter Tränen.

Sanft strich sie mir über die Schulter. »Es müssten noch Gummibärchen da sein, warte …«

Erneutes Kramen. Vor mir verschwammen die Telefonnummern und Namen. Saartjie reichte mir ein Taschentuch und strich mir mitfühlend über den Arm. Dann schob sie eine Tüte Gummibärchen vor mich hin. Heidelbeere. Die hatte William uns mitgebracht, eines seiner kleinen Laster.

»Na bitte, geht doch«, sagte sie, als ich die Tüte aufriss, mir gleich drei Stück in den Mund steckte, mich kräftig schnäuzte und das Taschentuch in meine Hosentasche schob. »Und jetzt will ich alles wissen.«

»Ich wüsste auch gern alles«, seufzte ich und begann zu erzählen.

An der Stelle, wo wir die Verfolger im Township abgeschüttelt hatten, lachte sie triumphierend. »Ich glaube, du schuldest meinen Brüdern einen Schnaps.«

»Kann ich ihnen nicht was Nützlicheres geben?«

»Ich lass´ mir was einfallen. Achtung, Kunden im Anmarsch!«

Rasch verschwand ich in meinem Büro, um mein ramponiertes Äußeres wieder in Ordnung zu bringen.

Den Rest des Tages brachte ich damit zu, Saartjie beim Bewältigen des Kundenansturms zu unterstützen. Wir buchten Reisebusse, Rundfahrten, Restauranttische. Um 17 Uhr schloss ich den Laden ab, und wir ließen uns erschöpft in unsere Stühle plumpsen.

»Uff. So viel los war lange nicht mehr!«, seufzte sie.

»Die Saison hat angefangen.«

»Das feiern wir mit einem Sundowner zum Feierabend!« Saartjie grinste und tat, als würde sie ein Glas heben und mir zuprosten.

»Aber nicht mehr da, wo wir neulich Peter getroffen haben.«

»Doch, gerade! So schnell wird der da nicht mehr auftauchen.«

Und so fanden wir uns eine Stunde später auf der Terrasse des *Bistro 75* wieder, mit Blick auf das Meer und die Waterfront und mit einem Glas Wein in der Hand.

»Und jetzt erzähl endlich weiter«, drängte Saartjie nach dem ersten Schluck.

Das tat ich, aber ich ließ die kleinen Details aus. Wie wir uns geküsst hatten und den Sex in Inverdoorn.

Leider fiel das Saartjie sofort auf. »Du würdest nicht so ein Gesicht machen, wenn das alles gewesen wäre.«

»Reicht das nicht, verfolgt zu werden, geplatzte Reifen zu wechseln, eine Flucht über den Gartenzaun, von meinem Knöchel ganz zu schweigen?«, versuchte ich abzulenken.

Sie stellte ihr Glas ab, umfasste den Fuß mit beiden Händen und befühlte ihn vorsichtig. »Tut´s noch sehr weh? Geschwollen ist der Knöchel ja nicht mehr.«

Ich schüttelte den Kopf. »Nur noch, wenn ich viel stehe oder laufe. Es wird besser. Aber trotzdem …« Ein Seufzer entschlüpfte mir.

Saartjie ließ mein Bein los und durchforschte mein Gesicht. Ernst sagte sie: »Das ist alles sehr unschön. Aber da ist noch was. Mach mir nichts vor.«

»Dir kann man gar nichts vormachen. Du bist zu neugierig.«

»Ich will dir nur helfen.« Ein spitzbübisches Schmunzeln erschien auf ihrem Gesicht. »Also. Du hattest deine Affäre mit Mister Inkognito, stimmt's?«

»Ich … ich weiß nicht, wie man das nennen kann«, gab ich zu und schob mir ein paar Chips in den Mund, die eine Kellnerin zwischen uns gestellt hatte.

»Du sollst nicht essen, du sollst reden!«

»Ich weiß ehrlich nicht, wie ich das nennen soll. Er … ich … oh Saartjie …« Ich brach ab und rettete mich in einen Schluck Wein.

»Ihr hattet Sex«, stellte sie fest, und ihre schwarzen Augen funkelten.

»Aber nicht nur. Es war wie – nun ja, wir waren auch ein Team. Wir haben zusammengehalten. Wir haben uns beschützt und … ach Scheiße. Wir waren uns eben sehr nahe. Bis das in Oudtshoorn passiert ist.«

Ich schilderte ihr die Begegnung mit dieser Victoria und seinem Anwalt, und sie schürzte die Lippen.

»Da siehst du's. Wie willst du mir da helfen?«, sagte ich und hörte meine Stimme schon wieder beben.

»Verlobungen sind keine Ehen«, bemerkte sie und schaute nachdenklich in den Himmel, der sich langsam blaulilarot verfärbte. »Und sie können gelöst werden.«

»Ha. Genau wie Ehen geschieden werden können.«

»Vielleicht war das mit seiner Verlobung ja alles nur ein Irrtum.«

»Ja. Ein Irrtum meinerseits. Zu glauben, jemand könne es ernst meinen, das ist mein größter Fehler.«

»Jenna, es gibt Menschen, die es ernst meinen. Und so wie du es geschildert hast, gehört dieser – wie heißt er jetzt gleich richtig? – Cameron Ashford? Also der gehört für mich zu den ehrlichen.«

Ich stieß einen tiefen Seufzer aus. »Selbst wenn es so wäre – er wohnt am anderen Ende des Erdballs. Hat dort eine Werbeagentur und diese Victoria. Hier hat er nichts als Scherereien.«

»Ich hab gesehen, wie du ihn angeschaut hast. Und er dich. Das nennst du eine Schererei? Für mich war da was zwischen euch. Von Anfang an. Hast du ihn überhaupt angehört, nachdem du das mit dieser Victoria entdeckt hast?«

»Ich war so wütend und er brauchte mich ja da auch nicht mehr und überhaupt. Nein, ich – ich bin ins Taxi gestiegen und …«

»… abgehauen, ohne dir seine Version der Geschichte anzuhören«, setzte Saartjie meinen Satz fort.

»So war es wohl«, erwiderte ich und ließ den Kopf hängen.

»Und damit hast du auch gleich unser 15.000 – Pfund – Honorar in den Wind geschossen. Ganz toll, Jenna. Wirklich ganz, ganz toll. Alles hätte sich aufklären können, wenn du ein bisschen mehr Vertrauen gehabt hättest!«

Ein Windstoß fegte über die Terrasse. Klatschend landete eine Zeitung neben mir auf dem Boden und blätterte sich auf. Instinktiv griff ich danach – und stutzte über die Schlagzeile im Mittelteil:

Oudtshoorn: Schießerei in Hotel: Zwei Verletzte, eine Festnahme, weitere Täter auf der Flucht!

»Sieh dir das an«, flüsterte ich, starr vor Schreck und reichte die Zeitung meiner Freundin. »Das ist das Hotel, in dem wir den Anwalt getroffen haben.«

Mit gerunzelter Stirn las Saartjie den kurzen Artikel, ein Auszug aus dem Polizeibericht.

»Ein britischer Gast … Auseinandersetzung … Leibwächter … Anwalt verhaftet …«, murmelte sie.

»Ich muss wissen, ob es ihm gut geht«, sagte ich und presste die Fäuste gegen meine Wangen.

»Ruf ihn an.«

»Nein. Weitere Täter auf der Flucht! Das können nur die Typen sein, die uns verfolgt haben. Wenn sie nun sein Handy orten …? Ich muss ihn sehen!«

Plötzlich gab es nichts Dringenderes als das. Ich gehörte zu ihm, auch wenn es gefährlich war, wenn es ungewiss war, was daraus werden würde.

»Ich sag ja. Ruf ihn an. Sonst verfehlst du ihn noch, so wie ihr dauernd diesen Anwalt verfehlt habt.« Sie drückte ermutigend meinen Arm.

»Nein, nicht ihn. Ich rufe Mr Mbulu an.«

»Der hat auf den Anwalt geschossen, wenn ich alles richtig verstanden habe.«

»Aber warum?«

»Frag ihn.«

»Wenn er nicht auch verhaftet wurde.«

»Hier steht: Der britische Gast wurde verhaftet. Nicht der Leibwächter.«

Ich verstand gar nichts mehr. Nur, dass ich Cameron Ashford alias Nick Jameson unbedingt wiedersehen musste!

KAPITEL 20

CAMERON

Am zweiten Tag nach dem Schusswechsel ließen sie ihn und Mbulu endlich auf freien Fuß. Vorher jedoch musste Cameron unterschreiben, dass er sich in Kapstadt auf der Polizei melden müsse, und Mbulus Waffe wurde zu Beweiszwecken beschlagnahmt.

Als sie in den Mietwagen einstiegen, öffnete Cameron das Handschuhfach, zog Jennas Pistole heraus und reichte sie Mbulu. »Nehmen sie diese hier. Gehört Jenna. Sie können mit Sicherheit besser damit umgehen als ich. Und ich fürchte, wir brauchen sie noch.«

Der nickte bedächtig und wog das kleine Ding in seiner riesigen Pranke. »Sie ist geladen. Gibt es noch weitere Munition dafür?«

»Eher nicht. Wir haben nur die Waffe aus dem Jeep mitgenommen.«

»Hoffentlich ist es nicht nötig sie zu benutzen.« Damit steckte er die Pistole in den Hosenbund. Sein ledernes Holster war zu groß für das Teil.

»Sicher, dass Sie nach Capetown wollen?«, erkundigte er sich beim Einbiegen auf die Autostraße.

»Ganz sicher. Ich muss Ms Darnes noch etwas sagen. Etwas gestehen, wenn Sie so wollen. Und wir müssen sie bitten, eine Aussage bei der Polizei zu machen.«

»Hm, okay. Nebenbei bemerkt: Sie brauchen jetzt wohl einen neuen Anwalt.«

Die weitere Fahrt verlief schweigend. Cameron hing seinen Gedanken nach, und Mbulu hielt sich zurück, wie es seine Art war. Ab und zu summte er einen Song aus dem Radio mit.

Cameron ordnete seine Gedanken. In erster Linie musste er mit Jenna reden. Seine Versuche, sie ans Telefon zu bekommen, scheiterten jedoch. Jedes Mal, wenn er die Nummer von Capetown Wonders gewählt hatte, ertönte das Besetzt-Zeichen. Na schön. Dann würde er sie eben heute Nachmittag auf gut Glück in ihrem Geschäft aufsuchen.

Sie quälten sich durch den Feierabendverkehr in der Innenstadt, und bogen schließlich in die Long Street ein. Mbulu fluchte, denn Parkplätze waren hier Mangelware. Mehrmals kurvten sie um den Block, bis sich endlich eine Parklücke auftat.

»Beeilen wir uns, sie schließen gleich«, mahnte Cameron beim Aussteigen.

»Wenn sie Sie sieht, wird sie uns schon reinlassen.«

»Ich weiß nicht. Vielleicht schlägt sie mir auch die Tür vor der Nase zu.« Sein Herz schlug schneller, als er die Tür zu ‚Capetown Wonders‘ öffnete. Zitterte da seine Hand?

Jenna Assistentin erhob sich und kam auf sie zu, sie blinzelte ein wenig verwirrt, als sie in Camerons Gesicht sah. »Was kann ich für Sie tun?«

»Sie erkennen mich nicht, oder?« Cameron erinnerte

sich daran, dass er bei ihrem ersten Zusammentreffen einen Bart getragen hatte.

Saartjie legte einen Finger ans Kinn und neigte den Kopf zur Seite. »Doch, ich hab's. Sie sind Mr Jameson. Nur diesmal in der rasierten Version. Hab Sie an Ihrer Stimme erkannt.«

»Fast richtig, Miss. So habe ich mich Ihnen vorgestellt. Mein richtiger Name ist allerdings Cameron Ashford. Ich musste das nur aus – bestimmten Gründen geheimhalten.«

Sie maß ihn mit einem strengen Blick. »Wie noch so einige andere Dinge, Mister Ashford.«

Er hob die Hände auf Brusthöhe, die Handflächen nach oben. »Tut mir leid, wenn ich Ihnen damit Ungelegenheiten bereitet haben sollte. Das lag nicht in meiner Absicht.«

»Natürlich nicht«, fauchte sie. »Alles ist aus Versehen passiert.« Dann fiel ihr Blick auf Mbulu, der hinter Cameron hervorgetreten war und jetzt neben ihm stand. Eine kurze Stille trat ein, in der Saartjie und Mbulu einander betrachteten, als hätten sie gerade eine bahnbrechende Entdeckung gemacht. Saartjies Gesichtszüge entspannten sich zu einem zaghaften Lächeln, und sein riesenhafter Bodyguard erwiderte es mit einem Zucken seiner Mundwinkel.

»Das ist Maxwell Mbulu, mein Leibwächter«, stellte Cameron ihn vor, und der reichte Saartjie seine Pranke. Ihre zierliche Hand verschwand vollständig darin. Die Luft in dem kleinen Laden lud sich auf mit einer Energie, die selbst Cameron als Prickeln auf der Haut wahrnahm.

»Ja. Ähm«, machte Saartjie und zog ihre Hand zurück. »Wollen Sie Platz nehmen? Ich nehme an, Sie wollen zu Jenna. Die ist nicht hier!« Sie schob das Kinn vor und stemmte die Fäuste in die Hüften.

»Bitte, es ist dringend. Sagen Sie mir, wo ich sie finden kann.«

»Ich weiß nicht, ob sie mit Ihnen sprechen will.«

»Bitte, Miss … wie war doch gleich Ihr Name?«, sprang Mbulu ihm bei.

»Saartjie Temba.« Ihre Augen glitzerten.

»Bitte, Ms Temba, wir brauchen Ihre Hilfe. Jenna Darnes ist eine Zeugin, die meinen Kunden hier entlasten kann. Sie könnte zur Überführung zweier Straftäter beitragen.«

Alles Knurrige war aus Mbulus Stimme verschwunden. Fast klang sie sanft, fast bittend.

Saartjie schaute zwischen beiden Männern hin und her. »Ich werde sie anrufen. Aber sie ist nicht hier, sondern heute früh nach Stellenbosch gefahren. Zu ihrer Familie. Wenn Sie sie nicht dort haben will, dann tun Sie ihr den Gefallen und bleiben Sie weg.«

»Ich bin ganz sicher, dass Ms Darnes uns sehen will«, widersprach Mbulu. Nach einem Seitenblick auf Cameron fügte er hinzu: »Notfalls spreche ich mit ihr.«

»Sie gehen erst, wenn ich mit ihr telefoniert habe«, verlangte Saartjie und setzte sich wieder an ihren Schreibtisch.

»Nur zu gerne«, hörte Cameron seinen Bodyguard murmeln.

Saartjie hatte Jenna nicht erreicht, schrieb ihr stattdessen eine WhatsApp-Nachricht und wandte sich wieder an Cam und Mbulu.

»Tut mir leid, meine Herren, ich erreiche sie nicht, habe ihr aber eine Nachricht geschrieben. Dass Sie das nicht ausnutzen, um sich ihr aufzudrängen!«, sagte sie.

»Ich danke Ihnen.« Cameron streckte die Hand nach

ihrer aus. »Ich werde mich ihr nicht aufdrängen, versprochen.«

An Saartjies zweifelndem Blick war abzulesen, dass sie ihm nicht glaubte. Sie drückte seine Hand kurz und anschließend die von Mbulu.

Die beiden hielten sich aber lange die Hand. Cameron räusperte sich und sie zuckten zurück, als hätten sie einen elektrischen Schlag bekommen.

»Ich fürchte, wir müssen jetzt los, Ms Temba.« Cameron lächelte ihr zu und steuerte die Eingangstür an, stieß Mbulu dabei freundschaftlich den Ellenbogen in die Rippen.

»Viel Glück«, rief Saartjie ihnen hinterher.

Es war früher Abend, als sie Stellenbosch erreichten. Die Sonne stand tief und warf lange Schatten. Mbulu steuerte den Wagen auf den Platz gegenüber dem Einkaufszentrum.

»Fahren Sie nach Darnes Manor«, sagte Cameron, doch Mbulu schüttelte den Kopf.

»Wir brauchen ein Nachtquartier. Oder glauben Sie, Jenna Darnes lässt Sie in Ihrem Bett schlafen?«

»Das Manor hat Gästezimmer.«

»Alles ausgebucht.«

»Woher wissen Sie das?«

Mbulu fischte sein Handy aus der Brusttasche. »Steht auf deren Webseite. Ausgebucht bis 25. Januar.«

Cameron unterdrückte einen Fluch. Natürlich, es war Hauptsaison, und einen Aufenthalt auf einem malerischen Weingut ließen sich die wenigsten Touristen entgehen. »Also ein Hotel.«

»Die Touristeninformation hat schon geschlossen. Wir müssen wohl auf eigene Faust etwas suchen.«

Dies erwies sich als schwierig. Einzig im Hotel in der

Church Street, in dem Preston residiert hatte, war noch ein Zimmer frei, das sie sich teilen mussten.

»Na Mahlzeit«, entfuhr es Cameron beim Anblick des Bettes, das höchstens 1,40 m breit war. Wie sollte dieser Bär von Bodyguard und er gleichzeitig dort hineinpassen? Es gab keine Couch, auf die einer von ihnen hätte ausweichen können. Und auf Löffelchenstellung mit einem Typ hatte er ganz sicher keine Lust.

Mbulu zuckte die Achseln. »Ich schlaf auf dem Boden, Boss. So kann ich wenigstens gut auf Sie aufpassen.«

»Hoffentlich ist das bald nicht mehr nötig.« Cameron stieß einen Seufzer aus.

»Sie werden die Typen kriegen.«

JENNA

Saartjies Nachricht erreichte mich auf unserer Terrasse vor der Küche. Stella trug gerade die Teller unseres Abendessens ab und Anny balancierte ein Tablett mit Weingläsern, das sie auf dem Tisch abstellte. »Dein Cameron will zu dir nach Stellenbosch. Hab dich telefonisch nicht erreicht. Viel Glück!«

Ich lachte auf. Mein Cameron? Sollte das ironisch gemeint sein? Trotz allem klopfte mein Herz schneller.

»Was ist los?« William entkorkte eine Flasche von der samtigen Cuvée, mit der er letztes Jahr einen Preis für den besten Rotwein der Region gewonnen hatte. »Du siehst aus wie eine Kuh, wenn's donnert.«

»Sagst du so charmante Sachen auch zu Anny?«

Anny kicherte. »Ich verrate nichts, William.«

Mein Bruder warf ihr mit gerunzelter Stirn einen Seitenblick zu, sie erwiderte ihn mit einem Augenzwinkern. Seine Miene entspannte sich.

»Cameron … er möchte herkommen. Ich weiß nicht, was ich davon halten soll.«

Stella kam hinaus, William reichte ihr ein volles Weinglas.

»Mr Jameson – ahh – Ashford?«, fragte sie. Jeder in diesem Haushalt kannte inzwischen seinen richtigen Namen und eine Zusammenfassung dessen, was wir zusammen erlebt hatten. »Freust du dich nicht?«

Was für eine Frage. »Doch natürlich, aber …«

»Denk nicht zuviel. Lass ihn kommen und dann seht ihr weiter.«

»Aber …«

»Stella hat recht. Hör auf, ständig darüber nachzudenken, was ist und was werden soll.« Anny hob ihr Glas und wir prosteten uns zu. Der Wein schmeichelte warm und samtig meiner Kehle. Auf einmal wirkte die Welt freundlicher und ich empfand sogar so etwas wie bange Vorfreude auf ein Wiedersehen.

Dad kam aus der Küche, mit Stellas Sohn Steven im Schlepptau. »Habt ihr auch für uns ein Glas Wein? Steven, komm her, nimm auch eins.«

Steven sah aus, als hätte er ein Gespenst gesehen, und nickte nur stumm. Den Wein stürzte er in einem Zug hinunter, und mein Vater tadelte ihn: »Nicht so hastig, Steven. Das ist Williams beste Cuvee.« Dann drückte er ihn auf einen Stuhl und setzte sich daneben.

»Ich weiß doch, Boss«, erwiderte Steven und stellte das Glas ab.

»Erzähl, was du mir erzählt hast«, verlangte er.

Stella betrachtete beide mit besorgter Miene, sagte aber nichts.

»Da sind Leute in der … in der einsamen Scheune«, begann Steven zögernd. »Mr Darnes – also er hat mir erlaubt, den alten Dodge dort unterzustellen und zu reparieren.«

Steven hatte das alte Auto von einem unserer Arbeiter gekauft und wollte es wieder in einen benutzbaren Zustand versetzen. Jede freie Minute verbrachte er seither in der Scheune, zusammen mit einem Kofferradio und einem Haufen Werkzeug. Sehr zur Freude seiner Mutter, die jedes Mal die Hände über dem Kopf zusammenschlug, wenn er freudestrahlend, ölverschmiert und vor Dreck starrend vor unserer Tür stand.

»Ich war eben dort, wollte noch ein bisschen dran fummeln«, fuhr er fort. »Aber da stand so ein Jeep vor der Tür und … und zwei Männer haben sich gestritten. Das war irgendwie komisch, und ich habe mich in die Büsche geschlagen. Ich konnte nicht hören, was sie sagten, nur einen einzigen Satz. ‚Wir müssen ihn kriegen.‘«

Steven machte eine bedeutungsvolle Pause und schaute in die Runde. »Wir müssen ihn kriegen«, wiederholte er.

William nahm einen Schluck Wein, betrachtete nachdenklich das Glas und setzte es ab. »Und dann?«

»Ich hab mich nicht getraut, näher ranzugehen. Die Tür – das Tor zur Scheune – das stand offen. Wenn sie nun mein Auto klauen …«

»Bestimmt nicht«, beruhigte ihn Stella. »Es springt ja gar nicht an …«

»Noch nicht!«, fiel ihr Steven ins Wort. »Aber bald!«

»Jedenfalls müssten sie mit einem Anhänger wegschaffen. Warum sollten sie das tun? In ihren Augen ist es sicher Schrott.«

»Mum! Das ist kein Schrott!«

»Was hast du denn nun gemacht?«, beharrte William auf seiner Frage.

Steven hob die Schultern. »Na was schon. Ich bin

weggegangen und hierher gekommen. Hätte ich etwa die Polizei rufen sollen?«

»Das sollten wir auf jeden Fall tun.« Mein Vater stand auf.

Ich hielt ihn am Ärmel fest. »Warte mal, Dad. Steven, was für ein Auto war das? Also das vor dem Tor?«

»Hab ich doch gesagt. Ein Jeep. So ein ähnlicher wie deiner. Bisschen kleiner. Dunkelrot und verbeult.«

Irgendetwas Kaltes klammerte sich in mir fest. Vor meinem inneren Auge erschien der Wagen im Rückspiegel, wie wir in das Township fuhren, Staubwolken aufwirbelten und wie genau dieses Auto hinter uns zum Stehen kam. *Wir müssen ihn kriegen.*

»Ist dir nicht gut?« Stella legte mir eine Hand auf den Arm.

»Doch, doch. Oder nein. Das sind diese Typen ... die Typen, die hinter uns her waren. Wer sollte sonst in der Scheune etwas suchen? Steven, wie sahen die aus?«

»Ein Schwarzer, so einsachtzig, und ein Weißer, etwa genau so groß. Sie hatten Jeans an und Khakihemden. Der Schwarze hatte ein Basecap auf. Mehr weiß ich nicht.«

»Das sind sie! Ich sag euch, das sind sie.«

»Was sollen die denn hier? Mr Ashford ist wer weiß wo, keiner hat eine Ahnung, wo.« Stella tätschelte beruhigend meinen Unterarm.

»Er will herkommen, das habt ihr doch gehört. Vielleicht – vielleicht wissen die davon ...«

»Wir rufen die Polizei«, entschied mein Vater und machte sich sanft von meinem Griff um seinen Ärmel los.

»Mr ... also, Mr Darnes, ich glaub, die sind wieder weg. Als ich auf die Annandale Road eingebogen bin, fuhr das Auto an mir vorbei Richtung Baden Powell Drive, also Richtung Meer und Kapstadt«, sagte Steven.

»Warum sagst du das denn nicht gleich!«, donnerte Dad.

»Wollte ich doch, aber dann ...«

»Jedenfalls bringt es nichts, die Polizei zu rufen, wenn sie sowieso nicht mehr da sind. Wir müssen aber die Scheune im Auge behalten. Ich werde dort Wachen postieren.« William winkte Steven zu sich. »Machst du mit?«

»Klar, Boss, ich muss ja mein Auto beschützen.« Steven nickte eifrig und machte Anstalten, sofort aufzubrechen.

»William, nein!«, unterbrach ich. »Bitte nicht. Die sind bewaffnet. Die schießen gleich um sich! Überlass das der Polizei, bitte!«

»Die kommen nicht, um eine verlassene Scheune zu bewachen. Das müssen wir selbst erledigen.«

Anny schaltete sich ein: »Wir wissen doch gar nicht, ob diese Leute wiederkommen. Vielleicht haben sie gemerkt, dass jemand sie gesehen hat, und sich aus dem Staub gemacht.«

»Wir müssen ihn kriegen, haben sie gesagt. Das habt ihr doch gehört. Die sind hinter Cameron her, und der ist auf dem Weg zu uns. Natürlich kommen die wieder. Wir halten uns im Hintergrund, Anny, versprochen.«

»Bitte nicht«, flüsterte Anny. »Denk daran, was letztes Mal passiert ist ...«

William legte ihr den Arm um die Schultern und küsste sie auf die Schläfe. »Mach dir keine Sorgen. Sollte wirklich jemand dort auftauchen, rufen wir sofort Hilfe.«

»Ich habe Angst.«

»Ich auch«, bekräftigte ich. »Wenn doch Mbulu bei uns wäre.«

»Dein Cameron wird doch nicht wirklich immer noch mit einem Bodyguard unterwegs sein. Haben die jetzt nicht alles geregelt?« Mein Dad schüttelte den Kopf.

»Er ist nicht mein Cameron, und er wird immer noch verfolgt. Natürlich hat er Mbulu dabei. Ich bin sicher.«

»Dann solltest du sie warnen.« William reichte mir mein Handy, das auf dem Tisch lag. »Jetzt.«

»Das heißt, ich muss sie bitten wachsam zu sein und ... doch nicht herzukommen.« Dieser Gedanke war genau so wenig befriedigend wie die Aussicht, Cameron wiederzusehen, nur um festzustellen, dass sich nichts zwischen uns geändert hatte.

»Das solltest du tun. Und du, Steven, holst bitte Zach, Kanzi und Madu. Zach soll seinen Revolver mitbringen. Sie werden sich abwechseln, zwei Leute reichen.« William dirigierte Steven in Richtung der Arbeiterhäuser, und der sprintete los, voller Feuereifer.

Stella und ich sahen ihm nach. »Er ist zu leichtsinnig«, murmelte sie. Ich legte ihr den Arm um die Schultern. Mir war genau so mulmig zumute wie ihr.

»Jetzt ruf Cameron schon an«, sagte sie. »Wenn er wegbleibt, werden diese – *Menschen* ist wohl keine Bezeichnung, die sie verdienen – nicht mehr wiederkommen.«

»William, du *kannst* diese Leute doch nicht ins Verderben schicken«, empörte sich Anny.

»Lass das William entscheiden«, ließ sich Dad vernehmen. »Er weiß, was er tut.«

Anny fuhr herum. »In dieser Scheune ist schon so viel Unglück passiert!«

»Unsinn. Nur weil dieser Mark Snow dich damals dort gefesselt hat ...«

»Dad!« William trat auf ihn zu.

»Ist doch so. Und diesmal wird nichts passieren.« Dad reckte eigensinnig das Kinn vor. »Ich weiß das. Und ich vertraue dir.«

»Das wäre das erste Mal«, knurrte mein Bruder. »Und ich gebe dir recht.«

»Bitte, seht euch vor«, flehte Anny. »Ich habe Angst um euch.«

Männer. Wenn sie ein Abenteuer wittern, gehen die Pferde mit ihnen durch.

»Los, ruf an.« Stella schob mir den Ellenbogen sanft in die Seite.

Eilig wählte ich Camerons Nummer. Beziehungsweise die, die ich als letzte bekannte Nummer eingespeichert hatte.

»Diese Nummer ist vorübergehend nicht erreichbar«, schnarrte eine Automatenstimme. Verdammt! Hatte er schon wieder ein neues Handy?

Anschließend versuchte ich es bei Mbulu.

Er meldete sich sofort. »Ms Darnes. Alles in Ordnung?«

»Das müsste ich Sie fragen. Hier ist nichts in Ordnung. Die Männer, die uns verfolgt haben – sie waren hier. In Stellenbosch. Einer unserer Angestellten hat sie gesehen. Kommen Sie lieber nicht her, sondern bleiben Sie in – ach, wo immer Sie gerade sind.«

Ein kurzes Schweigen folgte. Dann sagte er: »Wir sind bereits in Stellenbosch. Cameron benötigt Sie als Zeugin. Und er hat Ihnen etwas mitzuteilen.«

»Das soll er tun, wenn die Kerle festgenommen sind. Bitte, seien Sie vorsichtig.«

»Das sind wir doch immer, Ms Darnes. Aber wir werden nicht abreisen. Nicht, bevor Cameron mit Ihnen gesprochen hat. Persönlich.«

»Die Männer haben sich auf unserem Land aufgehalten!«

»Wir werden kommen und dabei helfen, sie festzusetzen. Machen Sie sich keine Sorgen um uns. Wir sehen uns morgen.«

Meine Einwände schnitt er mit einem freundlichen

»Gute Nacht, Ms Darnes« ab und legte auf. Resigniert ließ ich das Handy sinken.

»Sie wollen trotz allem herkommen. Nur, um mit mir zu sprechen.«

»Fahr doch zu ihnen. So hältst du sie von Darnes Manor fern«, schlug William vor.

»Und wenn ich sie damit erst auf die richtige Spur bringe?«, fuhr ich ihn an.

»Schlaf darüber. Heute geschieht sicher nichts mehr. Ich möchte nur zur Sicherheit die Männer dort postieren. Geh einfach schlafen.«

Ich sah zu Stella. »Ich gehe mit.«

»Das wirst du nicht tun«, bellte mein Vater. »Das ist Männersache!«

»Dad, tut mir leid. Ich bleibe nicht tatenlos hier sitzen, während mein Bruder und unsere Angestellten die Scheune bewachen. Ich kann jetzt sowieso nicht schlafen.«

»Lassen Sie sie«, sagte Stella. »Im Moment ist ja niemand in Gefahr. Aber komm gleich wieder, hörst du?«

»Was will sie dort? Sie kennt die Scheune, und gleich sind vier Mann unterwegs, um sie zu bewachen.« Dad schlug mit der flachen Hand auf den Tisch.

»Ich möchte es mir ansehen. Es geht hier genau so um meine Sicherheit wie um die von Cameron und dem ganzen Weingut. Komm, William.«

Mein Bruder sah kritisch an mir herunter. »Zieh dir eine Jacke an. Es wird kühl werden.«

Während ich meine leichte Daunenjacke aus der Garderobe holte, entstand ein Durcheinander der Stimmen auf der Terrasse, sie diskutierten das Für und Wider der Bewachungsaktion. Und sie redeten über mich.

»Sie ist genau so eigensinnig wie ihre Mutter«, hörte ich meinen Dad schimpfen. Die Antwort war spöttisches Gelächter von Stella und William.

»Der Eigensinn kommt zu hundert Prozent von dir«, hörte ich meinen Bruder spotten.

Bei meiner Rückkehr auf die Terrasse hatte mein Vater die Arme vor der Brust verschränkt, ein Fuß wippte nervös auf und ab.

»Dann tu, was du nicht lassen kannst«, knurrte er. »Aber wehe, du beklagst dich hinterher.«

KAPITEL 21

JENNA

Wir gingen zu Fuß: William, Steven, Zach, Kanzi, Madu und ich. Ich bedauerte, meine Pistole im Handschuhfach des Wagens zurückgelassen zu haben. Andererseits war ich froh, dass niemand von diesem verbotenen Besitztum wusste. Es hätte mir wieder einen Haufen Vorwürfe und Belehrungen meiner Familie eingetragen.

Der Abend war im Gegensatz zu Williams Ankündigungen warm. Grillen zirpten, und ein leichter Wind rauschte durch die Weinpflanzungen. Unter unseren Schuhen knirschte der trockene Boden des unbefestigten Fahrwegs, der zwischen der Pflanzung hindurchführte. Es war eine helle Mondnacht. Die Taschenlampen, mit denen sich die Männer ausgestattet hatten, blieben ausgeschaltet.

Ich zog die Jacke aus, schlang sie mir um die Hüften und verknotete die Ärmel. Schweigend näherten wir uns dem Gebäude, das hinter den Weinstöcken aufragte, beleuchtet vom Mondlicht. William gab uns ein Zeichen, stehenzubleiben.

Alles war ruhig, nur das Tor der Scheune schien unverschlossen zu sein und bewegte sich bei jedem Windstoß quietschend in seinen Angeln.

»Scheiße«, murmelte Steven. »Ich weiß genau, dass ich letztes Mal abgeschlossen habe.«

William und Zach wandten sich zu ihm um und legten den Zeigefinger auf die Lippen. Dann schlichen sie sich näher heran, geduckt und geräuschlos, während wir anderen in der spärlichen Deckung eines alten Weinstocks zurückblieben und warteten.

Meine Hände wurden feucht, und ich wischte sie an den Hosenbeinen ab.

Zach postierte sich mit gezogener Waffe am Tor und spähte durch den schmalen Spalt ins Innere. Mit einer Handbewegung lotste er William zu sich und verschwand dann in der Scheune. William wies jedem von uns mit der Hand einen Platz zu, auf dem wir Wache stehen sollten. Wir verteilten uns links und rechts neben dem Gebäude. Als nach einer Weile Williams und Zachs Stimmen aus dem Inneren zu hören waren, schlich ich mich geduckt zum Scheunentor.

Das Vorhängeschloss, mit dem es normalerweise verriegelt war, hing offen in der metallenen Öse. Es war verbogen, die Öse aus der Halterung gerissen.

Aus dem Inneren der Scheune drang das Licht von Zachs Taschenlampe. Ich schlüpfte durch den Türspalt und betrachtete Stevens Auto im Lichtkegel.

»Hier war jemand drin«, flüsterte Steven. »Da sind Kippen.« Er deutete neben den linken Vorderreifen. Tatsächlich lagen dort drei Zigarettenkippen.

»Was sind das für Idioten, hier drinnen zu rauchen«, bemerkte William und bückte sich, um die Stummel mit einem Kaugummipapier aus seiner Hosentasche aufzuheben. »Die können wir als Beweismittel gebrauchen.«

»Lass sie liegen. Damit können wir beweisen, dass sie hier waren«, verlangte ich mit gedämpfter Stimme.

»Nein, wenn sie wiederkommen, nehmen sie sie vielleicht mit. Dann haben wir gar nichts«, widersprach William.

»Wieso? Dann haben wir sie persönlich!«

William ignorierte meinen Einwand und steckte die Zigarettenstummel ein. Zach leuchtete den Rest der Scheune aus.

»Hier ist nichts weiter, Boss. Keine Ahnung, was die hier gewollt haben.«

»Sie brauchen ein Versteck, von dem aus sie Cameron beobachten und dann erwischen können.« William leuchtete die Leiter aus, die auf den Boden hinauf führte.

»Du willst doch nicht da oben rauf?«, entfuhr es mir. »Wenn sie nun da oben sind!«

Er drehte sich zu mir um. »Quatsch. Dann hätten sie sich längst bemerkbar gemacht. Vielleicht finden wir oben noch etwas.«

»Ich schätze mal, Mäusedreck«, ließ sich Zach vernehmen, und William schnaubte. Dann stieg er hinauf, bis sein Oberkörper in der Luke verschwand.

»Nichts. Schlafen tun sie wohl im Hotel«, stellte er fest und kletterte wieder herunter. »Lasst uns gehen. Madu und Kanzi übernehmen die Wache für die ersten vier Stunden, dann lösen wir sie ab.«

Wir verließen das Gebäude. Das Tor ließ sich nicht mehr schließen, also lehnten wir es so an, wie wir es vorgefunden hatten.

Kanzi und Madu setzten sich mit dem Rücken an die Scheunenwand gelehnt und versprachen, William sofort zu benachrichtigen, falls jemand sich nähern würde. Sie winkten ab, als wir ihnen auftrugen, vorsichtig zu sein. »Ist nicht das erste Mal, dass wir irgendwo Wache halten«, sagte Madu gelassen. »Geht ruhig.«

Von »ruhig« konnte keine Rede sein. In meinem Kopf spielten sich die grausigsten Szenarien ab, als wir den Weg zurück zum Gut nahmen. Morgen würde ich Cameron wieder sehen. Vielleicht nur, weil er mich als Zeugin brauchte. Viel sprach dafür, schließlich war er vergeben. Was würde er tun, was würde er sagen? Würden unsere Verfolger hinter ihm her sein? Konnten wir sie endlich dingfest machen?

So viele Fragen, keine Antworten.

Vor dem Haus angelangt, verabschiedete sich Steven. »Ich leg mich die paar Stunden aufs Ohr, dann bin ich fit für nachher«, sagte er und machte sich in Richtung der Arbeiterquartiere davon, kleine Reihenhäuschen, die schon mein Großvater hatte errichten lassen, alle mit Garten.

William drückte mich kurz an sich. »Mach´s gut, Schwesterlein. Wir machen das schon. Leg dich einfach schlafen.«

»Und du?«

»Ich habe noch zu tun. Im Keller nach dem Rechten sehen. Da war heute eine Leitung undicht, und ich muss kontrollieren, ob die Reparatur geklappt hat. Und vorarbeiten für unsere Hochzeitsreise, du verstehst?« Er grinste schief, und ich schüttelte den Kopf.

»Es ist mitten in der Nacht, William. Was sagt Anny dazu?«

»Sie versteht das. Wahrscheinlich feilt sie auch noch an ihrem nächsten Artikel, bis ich komme.«

»Du wirst ja nicht kommen, sondern danach noch Wache halten«, widersprach ich.

Er seufzte. »Ich muss, Jenna. Nur noch die paar Wochen bis zur Trauung. Mach dir keine Sorgen um mich.«

»Also gut, du Sturkopf. Dann gute Nacht.« Ich hob mich

auf die Zehenspitzen, um ihn auf die Wange zu küssen, und dann gingen wir in entgegengesetzte Richtungen auseinander.

Ich strebte der vorderen Haustür zu, Küche und Büro waren verriegelt und ich hatte nur einen Schlüssel für den Haupteingang dabei.

Ich schob die Hand in die Hosentasche, um ihn herauszufischen, innerlich fluchend, dass ich kein vollständiges Schlüsselbund eingesteckt hatte.

Direkt neben mir raschelte es, und ich riss den Kopf herum und starrte in ein dunkles Gesicht, von dem nur das Weiße im Auge deutlich erkennbar war. Das Nächste, was ich verspürte, war ein dumpfer Schlag auf den Hinterkopf. Ich sackte zusammen, betäubt von der Schmerzexplosion, und spürte nur noch, wie Hände grob unter meine Achseln fassten. Alles, was danach geschah, versank im gnädigen Dunkel meiner Bewusstlosigkeit.

CAMERON

»Die sind direkt auf das Weingut vorgedrungen, Mr Ashford. Es wäre gut, wenn Sie eine Weile verschwinden. Fliegen Sie zurück nach England.« Mit diesen Worten leerte Mbulu seine gigantische Teetasse und stellte sie hart zurück auf den Tisch.

»Ich werde mich nicht verstecken. Sie haben mich trotz der weiten Reise hierher aufgespürt, und es bringt nichts, auf die Flucht zu gehen. Die ganze Reise hat nichts gebracht.« Oh doch, das hatte sie. Sie hatte ihm Jenna gebracht, kritisierte eine leise Stimme in seinem Kopf.

»Immerhin sind Sie noch am Leben.«

»Das ist nicht die Art Leben, die ich führen möchte.«

»Doch nur, bis dieser Preston verurteilt ist.«

»Wer weiß, wozu sie ihn verurteilen? Und wie lange das

dauert? So lange kann ich mich nicht verstecken. Wenn Prestons Leute mich hier gefunden haben, werden sie es in London erst recht.« Cameron faltete die Serviette und legte sie neben den leeren Teller. Dann sah er Mbulu ins Gesicht. »Wir müssen das beenden.«

»Indem Sie sich als Lockvogel anbieten? Das ist dumm!«, ereiferte der sich.

»Haben Sie eine bessere Idee?«

Mbulu ahmte Camerons Geste nach, sich mit Daumen und Zeigefinger über das Kinn zu fahren. »Wir müssten sie in eine Falle locken. Vielleicht wirklich auf dem Weingut … Aber nicht mit Ihnen als Lockvogel.«

»Das ist viel zu gefährlich. All die Menschen dort. Ich will keine Schießerei.«

»Sie könnten auch in diesem Augenblick genau hier an uns vorbeispazieren. Auf der Suche nach Ihnen. Hier ist es genau so belebt wie auf diesem Darnes Manor. Und dort haben sie mit Sicherheit Vorkehrungen getroffen.«

»Zuerst sollten wir das Auto gegen einen dieser unauffälligen Mietwagen tauschen, die hier überall rumfahren.«

Mbulu grinste. »Wir haben bereits einen dieser unauffälligen Mietwagen, Boss.«

»Aber den kennen unsere Verfolger vielleicht.« Damit stand Cameron auf, legte ein paar Münzen auf den Tisch und trat auf den Gehweg.

Mbulu folgte ihm, und sie suchten die Mietwagenstation auf. Die freundliche Servicedame hatte jedoch kein passendes Fahrzeug. »Es sind nur noch ein paar SUVs und einige Kleinwagen da, alle anderen Wagen sind bis nächste Woche ausgebucht«, sagte sie, während sie auf ihr Computerdisplay starrte und dabei an dem Kugelschreiber in ihrer Hand knabberte.

»Dann nehmen wir einen Kleinwagen.«

»Boss«, gab Mbulu zu bedenken, »die sind nicht geländetauglich. Wenn wir nun wieder ...«

»Na gut«, befand Cameron. »Wir nehmen einen dieser Jeeps.«

»Das sind keine Jeeps, Sir, sondern Nissan ...«, versuchte die junge Frau ihn zu belehren.

Cameron winkte ab. »Schon gut, Miss. Wenn wir einen in einer unauffälligen Farbe haben könnten?«

Zehn Minuten später fuhren sie mit einem Nissan Pathfinder in hellblaumetallic vom Hof. Nicht das, was Cameron sich vorgestellt hatte, aber wenigstens völlig anders als der Wagen, den sie bis eben benutzt hatten.

Diesmal saß Cameron am Steuer, und er schlug den Weg nach Darnes Manor ein. Alle zwanzig Sekunden kontrollierte er den Rückspiegel, aber niemand folgte ihnen, was er mit einer gewissen Befriedigung in der Stimme Mbulu mitteilte.

Der brummte nur. »Sie werden schon sehen, Boss. Mit diesem ,unauffälligen' Auto werden Sie nicht weit kommen.« Er malte Gänsefüßchen in die Luft.

Wenigstens auf dem Weingut kamen sie ohne Zwischenfälle an, wo Cameron den Wagen auf dem Touristenparkplatz abstellte.

»Könnten Sie sich nach Jenna erkundigen? Ich möchte ihr nicht im Kreis ihrer Familie unter die Augen treten, sondern sie an irgendeinem Ort treffen, an dem wir ungestört sind.« Es war unangenehm, die Frage zu stellen. Aber die Vorstellung, Jenna in Gesellschaft ihrer Familie und zahlreicher Touristen befangen die Hand zu schütteln, war noch unangenehmer.

»Sorry, Boss, aber ich bleibe bei Ihnen.« Mbulu sprang aus dem Wagen und postierte sich mit verschränkten Armen vor der Kühlerhaube.

»Schon gut, schon gut. Ihr Job, ich weiß.« Cameron seufzte.

Sie betraten das kleine Büro. Eine junge Frau hantierte an einem Schreibtisch mit Telefon, Prospekten und Terminkalender, während davor ein älteres Ehepaar wartete. Der Mann trommelte mit den Fingern auf den Tresen, die Frau schob ihre Hand darüber und warf ihm einen vorwurfsvollen Blick zu. »Muss das wirklich sein, Norman? All die Kisten …«

Norman schob eigensinnig das Kinn vor. »Dir hat der Wein doch auch geschmeckt.«

Die junge Frau legte den Telefonhörer beiseite und wandte sich beiden zu. »Es klappt. Wir müssen nur noch auf die Bestätigung der Spedition warten. Wenn Sie derweil eine Kleinigkeit im Bistro zu sich nehmen möchten …?«

»Sehr gerne, vielen Dank«, sagte die Frau und zog ihren zögernden Ehemann mit sich. Vor der Tür konnte man sie mit gedämpfter Stimme kabbeln hören.

»Was kann ich für Sie tun?«, erkundigte sich die junge Angestellte bei Cameron, wobei sie ihm ein schelmisches Lächeln zuwarf.

»Ich bin auf der Suche nach Ms Jenna Darnes.«

Das schelmische Lächeln erlosch. »Oh. Sie – sie ist heute noch nicht hier gewesen, Sir. Ich weiß nicht, ob … warten Sie.« Sie nahm das Telefon wieder auf und drückte eine Taste. Nichts tat sich. Dann stand sie auf und öffnete eine Tür hinter sich.

»Hast du Jenna heute schon gesehen?«

Aus dem Hintergrund erklang die Stimme von William. »Nein. Keine Ahnung, wo sie ist …«

»Tut mir leid, meine Herren. Sie hören es ja. Vielleicht sehen Sie sich ein bisschen auf dem Gut um.«

Doch Jenna war nicht zu finden. Niemand, auch nicht

Stella, hatte sie heute gesehen. Dabei stand das »Capetown Wonders«-Auto auf dem Parkplatz, wie Maxwell feststellte. »Vielleicht schläft sie noch«, meinte er achselzuckend.

»Unmöglich. Es ist elf Uhr vormittags.« Cameron verspürte ein ungutes Ziehen in der Magengegend. Irgendetwas stimmte nicht.

»Wenn sie nicht hier ist, sollten wir auch nicht hier sein«, befand Maxwell. »Wir bringen nur unnötig all die Leute hier in Gefahr.«

»Lassen Sie mich wenigstens mit William reden.« Cameron kehrte um und ging auf das Büro zu. Irgendjemand musste sie doch gesehen haben!

William marschierte in dem Vorzimmer auf und ab und diktierte der jungen Angestellten einen Brief. Er hob den Kopf, als sie eintraten, und nickte ihnen höflich zu. »Bitte einen Moment. Ich bin gleich fertig. Kommen Sie schon mal herein.«

Er führte sie in sein Zimmer und bot ihnen einen Sitzplatz an. Beide lehnten kopfschüttelnd ab, zu ungeduldig waren sie, um es sich jetzt bequem zu machen. »Wie Sie möchten, ich bin gleich wieder da.« William lächelte und setzte das Diktat im Vorzimmer fort.

Es dauerte keine drei Minuten, bis er zurückkehrte. »Sie suchen Jenna, sagten Sie?«, erkundigte er sich.

»Niemand hat sie bis jetzt gesehen. Wir haben auch Stella gefragt.«

William zuckte die Achseln. »Sie wird einkaufen gegangen sein. Oder im Pool. Möchten Sie dort nachsehen?«

»Stella sagte, dort sei sie nicht.«

William lehnte sich in seinem Stuhl zurück und runzelte die Stirn. »Beim Frühstück war sie auch nicht.«

»Vielleicht sollte jemand in ihrem Zimmer nachschauen«, schlug Cameron vor.

»Gute Idee. Tun Sie das doch.« Ein Grinsen breitete sich auf Williams Gesicht aus. »Gehen Sie hier durch, die Treppe rauf und dann die zweite Tür rechts. Ich bin sicher, sie möchte Sie sehen.«

Dieses Gefühl teilte Cameron keineswegs, doch es beruhigte ihn, das aus dem Mund ihres Bruders zu hören. »Ich möchte nicht in ihre Privatsphäre eindringen.«

»Ach was. Wenn sie nicht öffnen will, werden Sie das schon merken.«

»Danke. Dann gehe ich mal nachsehen.«

Cameron stieg die schwere Eichentreppe hinauf. Ein langer Teppich dämpfte die Geräusche in dem Flur, der sich oben anschloss. Auf sein Klopfen erfolgte keine Reaktion. Stille.

»Jenna. Bist du da drin?«

Keine Antwort, kein Geräusch. Er wartete ein paar Sekunden, klopfte erneut.

»Was machen Sie denn hier?« Der alte Mr Darnes stand plötzlich neben ihm, in Bademantel und Pyjama, das spärliche Haar stand ihm wirr vom Kopf ab, und seine buschigen Augenbrauen waren bis zum Anschlag gehoben.

»Oh. Mr Darnes. Ihr Sohn bat mich, nach Jenna zu sehen. Haben Sie sie heute schon angetroffen?«

»Sehe ich so aus?«

»Also nein. Darf ich fragen, wann Sie sie zum letzten Mal gesehen haben?«

Der alte Darnes kniff die Augen zusammen. »Darf ich fragen, was Sie das angeht?«

Eine heiße Blutwelle schoss Cameron ins Gesicht. »Eine Menge. Wir waren verabredet. Und sie ist eine wichtige Zeugin.« Der alte Darnes benahm sich wieder wie ein Arschloch.

Jetzt klopfte er an die Tür. »Jenna, mach auf. Mr Jame – ähh, Ashford ist hier.«

Keine Antwort. Darnes zuckte die Schultern. »Sie wird unterwegs sein.«

»Nein. Ihr Auto steht auf dem Parkplatz.«

»Ich bin gleich unten, dann suchen wir nach ihr. Gestern war sie gemeinsam mit William … ach, das kann er Ihnen selbst erzählen.« Darnes hob grüßend die Hand und machte kehrt.

Cameron sah ihm nach und drehte dann ebenfalls um.

Vor der Tür traf er auf Mbulu und William. Mit einem Kopfschütteln bedeutete er ihnen, dass er Jenna nicht gefunden hatte.

»Wir waren gestern an der alten Scheune, zusammen mit ein paar Männern, weil Steven dort ein fremdes Auto gesehen und ein paar Fremde beobachtet hat, die da offensichtlich eingebrochen sind«, berichtete William. »Die ganze Nacht haben wir Wache gehalten, aber sie sind nicht dorthin zurückgekehrt.«

»Und Jenna?« Cameron hatte plötzlich einen Kloß im Hals.

»Sie ist mit uns heute früh zurückgekommen und gleich schlafen gegangen. Ich war noch kurz im Weinkeller, eine defekte Leitung kontrollieren, aber sie wollte gleich hoch. Haben Sie sie nicht in ihrem Zimmer angetroffen?«

»Nein. Hat irgendjemand sie danach noch gesehen?«

»Mr Ashford, niemand dringt nachts in unser alarmgesichertes Haus ein, um sie zu entführen, falls Sie so etwas meinen.«

»Ich mache mir Sorgen.« Das war noch vorsichtig ausgedrückt. In Wirklichkeit krampften seine Eingeweide sich bei dem Gedanken zusammen, ihr könnte etwas zugestoßen sein.

»Ich auch. Jenna meinte, der Beschreibung nach könnte es sich bei den Fremden um die Typen handeln, die hinter Ihnen her sind. Auch das Auto, das Steven gesehen hat, soll so ausgesehen haben wie das, das Ihnen beiden gefolgt ist.«

»Wie sah es aus?«, rief Mbulu dazwischen. »Sagen Sie, wie es aussah.«

William runzelte die Stirn. »Steven meinte, es sei ein alter, zerbeulter Jeep. Dunkelrot oder so.«

Mbulu und Cameron wechselten einen alarmierten Blick. Eine Faust krampfte sich in seiner Magengegend zusammen.

»Was schauen Sie so?« Nun war auch William voller Anspannung.

»So ein Auto habe ich an der Tankstelle vorbeifahren gesehen, als wir das Auto gemietet haben.«

»Das sagen Sie mir erst jetzt?«, schnaubte Mbulu und fasste sich mit beiden Händen an den Kopf.

»Ich habe es eher unterbewusst registriert. Vielleicht habe ich auch nicht mit dieser Dreistigkeit gerechnet, direkt hier aufzutauchen. Und auch nicht damit, dass diese Typen ausgerechnet hier nach mir suchen.«

William drehte sich um und rief ein paar Arbeiter herbei, die gerade mit einem Lastwagen vorfuhren, auf dem sich Transportkisten stapelten.

»Ihr geht über das Weingut und sucht Jenna. Sie ist verschwunden«, befahl er knapp. Die Männer rissen die Augen auf. Einer von ihnen scheuchte die anderen wild gestikulierend in die verschiedensten Richtungen, und sie stürzten davon.

»Wo ist das Auto hingefahren?«

»Das konnte ich nicht sehen. Fuck! Fuck! Fuck!«, brach es aus Cameron heraus.

»Das hilft jetzt nichts. Konnten Sie das Kennzeichen erkennen?«, fragte William.

Cameron schüttelte den Kopf.

»Wir sollten die Polizei rufen«, sagte Mbulu und rieb

sich mit einer Hand den Nacken. »Eieiei. Das ist ziemlich brenzlig.«

»Um ihnen was genau zu sagen? Dass wir ein Auto gesehen haben, das so ähnlich wie das aussieht, mit dem uns Unbekannte verfolgt haben, deren Identität wir nicht kennen?«

»Und dass sie wahrscheinlich eine Frau entführt haben! Die Typen werden gesucht und sie tauchen hier auf und Miss Jenna ist verschwunden. Warum sollen wir der Polizei keinen Tipp geben?«

»Weil das total unglaubwürdig klingt.« Cameron schob die Hände in die Hosentaschen und begann, im Kreis zu gehen wie ein Tiger im Käfig.

»Verdammt, es geht hier nicht nur um die Typen. Es geht um meine Schwester!« William zückte das Handy. »Und ich werde verdammt noch mal Himmel und Hölle in Bewegung setzen, um sie wiederzufinden!«

»Ich sage es ungern. Aber wenn sie wirklich entführt wurde, dann nur, damit sie sie gegen mich eintauschen können. Sie werden sich also melden müssen«, sagte Cameron, mühsam das Zittern in seiner Stimme unterdrückend. »Sie wollen mich. Darauf läuft es hinaus.«

KAPITEL 22

JENNA

K am das Brummen aus meinem Schädel oder waren
das Motorengeräusche? Egal was, jedenfalls platzte
mein Kopf fast davon. Ich riss die Augen auf, ein Blitz aus
Schmerz fuhr in meinen Kopf. Wie war ich hier hergekommen? Auf die Ladefläche eines Geländewagens, meine
Hände waren auf dem Rücken gefesselt. Die Rillen der
metallenen Ladefläche drückten sich schmerzhaft in meine
Rippen, jedes Mal, wenn der Wagen eine Bodenwelle oder
ein Schlagloch überfuhr. Unmöglich, die Augen länger
offenzuhalten, das Licht schien sich direkt in mein Hirn zu
bohren.

Der Schmerz nahm mir jede Denkmöglichkeit. Alles,
was ich konnte, war, den Geräuschen zu lauschen, die mein
Kopf und das Fahrzeug machten, und mich an das Gefühl
zu gewöhnen, dass ich verschnürt wie ein Paket in einem
fremden Auto lag. Der Fetzen einer Erinnerung schwebte
durch meinen Kopf: Etwas Dumpfes am Hinterkopf, grobe

Hände, die mich packten. Ich versuchte, die aufkommende Panik zu unterdrücken. *Ruhig, Darnes, ganz ruhig.*

Nach einigen Minuten gelang es mir, die Augen erneut zu öffnen. Die Ladefläche war schmutzig und rostzerfressen, nur ein paar Reste der ursprünglichen Lackierung waren zu erkennen. Sie war dunkelrot.

Gerne hätte ich meinen Hinterkopf befühlt, von dem der Schmerz ausstrahlte. Da das nicht möglich war, ließ ich wenigstens die Augen durch das enge Gefängnis wandern. Ich lag auf der Seite, hinter mir die Rückbank des Wagens. Durch die schmutzigen Scheiben der Kofferraumtür und an den Seiten war zu erkennen, dass wir durch eine eichengesäumte Straße fuhren. Stellenbosch?

Was, wen ich mich jetzt aufrichtete? Würden die Kerle mir wieder eins überziehen? Besser, ich blieb reglos liegen. Jetzt rebellierte auch noch mein Magen, und ich kämpfte gegen den aufwallenden Brechreiz an.

Der Anfall ging zum Glück vorüber, und es gelang es mir, mich auf die Frage zu konzentrieren, wie ich hier hineingeraten war.

Das Letzte, an das ich mich erinnerte, war, dass ich auf dem Weg ins Haus war, um schlafen zu gehen. Hatten sie mich direkt am Eingang niedergeschlagen? Wie waren sie dahin gekommen, ohne dass die Alarmanlage angesprungen war? Wie viele Stunden war das her?

Antworten fand ich nicht. Vermutlich hatten meine Entführer mir aufgelauert, nachdem sie sich als Touristen getarnt auf dem Weingut herumgedrückt hatten. Als ich bei diesem Gedanken angelangt war, bremste der Wagen scharf ab. Ich wurde gegen die Rückwand geschleudert und stöhnte auf.

»Da isses«, sagte jemand vorne.

Ein knirschendes Geräusch, der Fahrer schaltete unsanft herunter, und wir bogen ab. Wenigen Sekunden

später stoppte das Auto. Ich hörte, wie sich beide Vorder-
türen öffneten und zugeschlagen wurden. Offenbar stiegen
zwei Personen aus.

Aua! Das Türgeräusch verursachte ein schmerzhaftes
Echo in meinem Hinterkopf. Und das Herz schlug mir bis
zum Hals. Scheiße, gleich würde ich mir in die Hose
machen!

Unsanft riss einer die Hecktür auf. Ich hielt die Augen
fest geschlossen und versuchte, alle Muskeln zu entspannen. Sie mussten nicht merken, dass ich schon aufgewacht
war.

»Hilf ma´«, sagte eine Stimme. Eine andere als die von
eben.

Grob packten mich zwei Hände an den Knöcheln, ich
unterdrückte einen Schmerzensschrei. Einer zerrte an mir,
der zweite griff mir unter die Arme. So hoben sie mich aus
dem Wagen.

Ich begann zu strampeln und schrie aus vollem Hals:
»Lasst mich los, ihr Schweine!«

Die Folge war, dass sie meine Knöchel losließen und zu
zweit an den Armen packten. »Du hältst die Klappe. Sonst
setzt es was!« Zur Bestätigung zückte der Schwarze rechts
von mir eine Pistole, die er mir direkt an die Schläfe hielt.

Dann schleiften sie mich über einen staubigen Vorplatz
zu einem verfallenen Gebäude mit einem Wellblechdach.
Über der Toreinfahrt stand »Willy´s Car Care«, ein verwit-
tertes Schild, von dem der Lack abplatzte. Die Sonne
brannte mir auf den Kopf, der nicht aufhörte zu brummen.

Wir betraten eine Autowerkstatt. Offensichtlich wurde
sie schon lange nicht mehr benutzt. Die Fensterscheiben im
oberen Bereich der kleinen Halle waren verdreckt, ölver-
schmierte Lappen lagen auf dem Boden. Auf den zwei
Hebebühnen standen Autowracks voller Rost.

Im Hintergrund waren zwei Türen, zu der rechten

schleiften sie mich hin. Der Weiße öffnete sie, dann stießen sie mich grob hinein. Ich stolperte vorwärts, nur mühsam konnte ich das Gleichgewicht halten, indem ich ein paar ungelenke Schritte in den Raum hinein machte. Das Stechen in meinem Knöchel ließ mich aufkeuchen. Hinter mir knallte die Tür ins Schloss, ein Schlüssel drehte sich knirschend. Ich war eingesperrt!

Taumelnd krachte ich gegen die Wand und rutschte zu Boden. Mit Mühe gelangte ich in eine Sitzposition, die Hände hinter dem Rücken. Meine Fingerspitzen erfühlten den Staub und Dreck, auf dem ich saß, und ich schüttelte mich vor Ekel.

Der Raum war bis auf einen Schreibtisch und einen vergammelten Bürostuhl leer. Ein kahler, verdreckter Betonboden, ein staubiges Fenster, durch das Sonnenlicht hereinfiel und das ehemalige Büro aufheizte. Staubkörnchen tanzten in den Sonnenstrahlen. Ein alter Kalender von 2008 hing an der Wand, die Blätter wellten sich.

Durch die Tür hörte ich die beiden Männer diskutieren.

»Wir können die doch da nicht drinlassen«, sagte einer.

»Quatsch, warum nicht? Wenn wir dem ein Foto von seiner Ische schicken, ist er sofort auf den Beinen und kommt her. Und dann – zack!«

Meine Kopfhaut zog sich kribbelnd zusammen.

»Was – zack? Der Alte hat nichts davon gesagt, jetzt, wo er selber weg vom Fenster ist.«

»Du kapierst auch gar nichts. Wenn der den Mund aufmacht, fliegen wir auf.«

»Und wenn das gar nicht seine Ische ist? Da war doch diese andere, du weißt schon. Diese aufgebrezelte Tussi, die sich ihm an den Hals geschmissen hat. Die hätten wir nehmen sollen.«

»Ich sag ja, du kapierst gar nichts. Warum wohl ist er zu der anderen zurückgekehrt? Warum hat er die Tussi gar nicht richtig angesehen, sondern immer nur unsere hier? Da kommt doch der größte Blödmann drauf, wer hier die Ische ist.«

»Was willst du mit der machen, wenn wir alles erledigt haben?«

»Das sag´ ich dir, wenn es soweit ist.«

Schritte entfernten sich, und ich saß da mit gesträubten Nackenhaaren und einem geschätzten Puls von 180. Mir wurde schon wieder übel.

»Hallo?«, rief ich aufs Geratewohl. »Hallo, helfen Sie mir. Ich muss … Hilfe, mir ist schlecht!«

»Halt die Klappe da drin!«

»Das ist Körperverletzung!«, schrie ich.

Höhnisches Gelächter ertönte. »Na und? Sei froh, dass es nur das ist!«

Dann setzten sie ihr Gespräch mit gedämpften Stimmen fort. Ich konnte nicht mehr erkennen, was sie sagten, nur, dass sie sich gegenseitig anzischten.

Mit geschlossenen Augen kämpfte ich weiter gegen die aufsteigende Übelkeit an. Es war sinnlos, noch mehr zu sagen. Mir musste dringend irgendetwas anderes einfallen.

Mein Kopf dröhnte in der Hitze, die sich in dem Raum staute, und ich konnte keinen klaren Gedanken fassen. Es war still geworden vor der Tür, vermutlich waren sie ins Freie gegangen. Erschöpft schloss ich wieder die Augen. Irgendwann musste dieses Dröhnen und die verdammte Übelkeit doch aufhören!

Keine Ahnung, wie viel Zeit vergangen war, als sich ein Schlüssel im Türschloss drehte. Ich öffnete mühsam die Augen.

Der Weiße kam herein, schloss sorgfältig hinter sich ab und ließ sich in den Bürostuhl fallen. Eine Staubwolke wirbelte auf, und er hustete. Dann streckte er die Beine aus. Die Sneakers an seinen Füßen waren löchrig. Mit vor der

Brust verschränkten Armen betrachtete er mich von Kopf bis Fuß.

Ich erwiderte trotzig seinen Blick. Aus dem Augenwinkel fielen mir seine Tattoos auf, simple Seemannsmotive. Ein Anker, ein Frauengesicht, ein paar Sprüche, die nicht zu entziffern waren.

»Was willst du von mir?«, herrschte ich ihn an.

»Dreimal darfst du raten.«

Ich starrte ihm ins Gesicht. Aufgedunsen, Ringe unter den Augen. »Du willst also meinen Kunden. Was wollt ihr von ihm? Er hat euch nichts getan!«

»Kunde!« Er lachte auf. »So nennt man das heute, ja?«

»Was wollt ihr von ihm?«

»Wieder dreimal raten.«

»Was hat er euch getan?«

In seinem Blick spiegelte sich Misstrauen. Nein, die Augen flackerten förmlich, unstet spähte er von links nach rechts, als ob er überall Verfolger fürchtete. Die Schultern meines Verfolgers waren hochgezogen, seine ganze Haltung strahlte etwas Verkrampftes aus.

»Du machst sowas nicht oft, oder?«, fragte ich. Irgendwie musste ich ihn doch zum Reden bringen können. Vielleicht, indem ich Verständnis heuchelte?

»Was meinst du damit?«, fragte er voller Argwohn. »Wirke ich wie ein Anfänger?«

»Nein, nein, natürlich nicht. Nur – wie soll ich sagen – nicht so wie ein dreckiger Gangster. Eigentlich bist du doch ...«, an dieser Stelle musste ich hüsteln, um den aufkommenden Brechreiz zu unterdrücken, » ... ein netter Typ.«

Seine Miene hellte sich auf. »Findest du?«

»Ja klar«, log ich. »Irgendwie bist du in diesen – diesen Schlamassel reingeraten. Du kannst bestimmt nichts dafür.«

»Genau! Ich kann nichts dafür! Und Jack auch nicht.« Er beugte sich ein wenig vor, schob die Arme zwischen die Knie und faltete die Hände, blickte nachdenklich zu Boden. Dann hob er den Kopf wieder. »Alle denken, wir hätten diesen ... diesen Barton oder wie er heißt, erschossen. Dabei war es ein Unfall. Der hatte die Waffe. Nicht wir. Wir wollten nur das Geld.«

Ich verstand zwar nur Bahnhof, rang mir aber ein mitleidiges »Oh mein Gott! Wie schrecklich! Sie Ärmster«, ab.

»Das Geld wollte er uns ja freiwillig geben.«

»Freiwillig, ich verstehe. Sicher waren es – Schulden oder so was.«

»Bist du ein Papagei oder was?«, fuhr er mich an.

»Sorry, ich wollte es nur verstehen. Also ...«

Nach kurzem Zögern antwortete er: »Na ja, und da hatte er plötzlich diese Pistole in der Hand.«

»Und ihr hattet keine?«

Kopfschütteln. »Da noch nicht. Er hat damit rumgefuchtelt. Und Jack wollte sie ihm abnehmen. Dann ging sie halt los, und er lag da. Ich wollte ja gleich abhauen, aber Jack hat noch das Geld mitgenommen. Aus dem Tresor.«

»Ach herrje. Wie furchtbar ... Aber was hat denn nun Ashford damit zu tun?«

»Er hat uns gesehen. Als wir dann raus sind. Ich sag´ noch so zu Jack: ‚Achtung, da ist einer‘, aber der hat nur gelacht und gesagt, der kann uns gar nicht erkennen, wir haben ja Basecaps auf und alles. Na ja, und das muss er dann aber doch gedacht haben, denn er ist damit zum Alten gegangen. Also zu Preston.«

»Und was wollt ihr nun von ihm?«, versuchte ich noch einmal auf Cameron hinzuleiten.

»Gar nichts«, fuhr der Entführer auf. »Es ist nur weil ...«

303

Nach einem Seitenblick auf die Tür fuhr er leiser fort: »Wegen Preston. Dem Alten. Der wollte nicht auffliegen mit seinem Geschäft. Der hat gesagt, wir müssen für den Unfall brummen, bis wir schwarz sind. Und dass er sonst uns erledigt. Dann hat er uns hergeschickt.«

»Nach Kapstadt.«

»Und nach Oudtshoorn«, bestätigte er. »Er hat extra Bescheid gesagt, dass Ashford auch ja zu ihm kommt. So wollten wir ihn erwischen. Aber dann ist alles schiefgegangen. Erst landen wir in einem Township, wo sie uns die Reifen zerstechen, dann schickt uns dieser Depp in ein gottverlassenes Nest in den Bergen, und am Ende verfahren wir uns noch und landen in dieser Scheune, in der nichts ist als ein altes Auto. Die ganze Tour ist ein Schuss in den Ofen gewesen.«

Er stand auf und wanderte im Zimmer herum. Ich schwieg und überlegte fieberhaft, wie ich hier herauskommen könnte.

»Wo ist dein Kumpel?«, fragte ich aus einem Impuls heraus.

Der Mann zuckte die Schultern. »Holt was zu essen.«

Essen. Ach ja, die letzte Mahlzeit bei mir war das Abendessen gestern. Doch ich hatte keinen Hunger. Zu viel Adrenalin in den letzten Stunden. Aber es brachte mich auf eine Idee.

Mein Entführer nahm seine Wanderung wieder auf, tief in Gedanken versunken. Besonders gehaltvoll konnten die nicht sein, wenn man seine bisherigen Ausführungen bedachte. Ob er sich doch irgendwie reinlegen ließ? Ich musste es probieren.

Ich stöhnte laut auf. »Oh Gott, mir ist so übel.« Das war noch nicht mal gelogen.

Mehr als einen skeptischen Seitenblick erntete ich damit nicht. Verdammt! »Hör zu, mir ist kotzübel. Gleich muss ich mich ...« Die Würgegeräusche, die aus meinem Mund kamen, klangen verdammt echt.

Endlich. Der Kerl kam auf mich zu und packte mich grob am Oberarm. »Hör auf damit!«

»Ich kann nicht!« Würg. Stöhnend wand ich mich in seinem Griff und beugte mich vor, als ob ich auf seine Schuhe kotzen wollte.

Er riss mich hoch und schüttelte mich. Ich ließ meine Knie nachgeben, und er schubste mich rücklings an die Wand. Ein Hauch seines Atems streifte meine Nase. Oh Gott. Knoblauch und Bier.

»Ich hol dir eine Schüssel.«

Oh wie gnädig.

»Ich muss aufs Klo«, jammerte ich. »Bitte, aufs Klo. Dort kann ich alles auf einmal ... oh Scheiße ...« Noch mal würgen. Sogar meine Augen tränten.

»Hier ist kein Klo«, brummte er verunsichert.

»Doch! Die Tür nebenan. Ich habs gesehen!« Das war zwar gelogen, aber ich war sicher, dass es hier irgendwo eine Toilette gab. »Bitte, ich pinkel mir gleich ein, und ...« Noch ein letztes Mal Würgen, das musste ihn doch überzeugen.

»Wehe, du verarschst mich!«, sagte er nach einem prüfenden Blick in mein Gesicht. Der schien ihn indes davon zu überzeugen, dass es mir ernst war, und so schleifte er mich in Richtung Tür.

Mit festem Griff umfasste er meine Handgelenke, mit der anderen Hand schloss er die Tür auf und schob mich vor sich her nach rechts. Erst öffnete er die Tür neben dem Raum, in dem ich eingesperrt gewesen war, doch das war nur eine Besenkammer.

»Bitte mach schnell«, wimmerte ich und zappelte herum wie jemand, der sich gleich einpinkelt.

Geradezu gab es einen kleinen Flur, in den er mich

schob. Gottseidank! Zwei Türen gingen davon ab, auf einem stand »WC«. Er öffnete sie und stieß mich hinein. Mein Knöchel nahm diese grobe Behandlung übel und fing schon wieder an zu stechen. Verdammt!

»Wehe du machst Zicken«, drohte er und holte eine Schusswaffe aus dem Hosenbund.

»Ich doch nicht. Aber so kann ich nicht pinkeln. Entweder ziehst du mir die Hosen runter, oder du machst meine Hände los.« Zappeln und Wackeln zur Unterstreichung der Dringlichkeit.

In seinem Spatzenhirn schien es zu arbeiten. Nach einigem Zögern, das ich mit Stöhnen und Jammern begleitete, steckte er widerstrebend die Waffe weg und riss mir das Klebeband von den Handgelenken.

Ich wagte nicht, nach seiner Waffe zu greifen. Dafür hätte ich um ihn herum fassen müssen. Also begnügte ich mich mit einem hastigen »Dankeschön« und begann, meine Hose zu öffnen.

Das reichte, um ihn erbleichen zu lassen. Er trat einen Schritt zurück und knallte mir die Tür vor der Nase zu. »Keine Zicken!«, mahnte er nochmals.

Mit einem erbarmungswürdigen Ächzen beugte ich mich über die verdreckte Kloschüssel und röhrte hinein, so laut ich konnte. Und pries meinen Schöpfer. Denn die Tür war wie die meisten Toilettentüren von innen zu verriegeln, etwas, das er in der Aufregung nicht bemerkt hatte. Während ich hustete und stöhnte, schloss ich die Tür ab.

»Mach sofort auf«, brüllte er. »Oder ich schieße!«

Das Herz sackte mir in die Hose, und mir fiel ein, dass ich noch nicht gepinkelt hatte. Wenn er nun durch die Tür schoss?

Ich versuchte, meiner Stimme einen festen Klang zu geben: »Ich pinkel doch nicht bei offener Klotür! Schließt du etwa nicht ab, wenn du aufs Klo gehst? Hallo – ich bin eine Frau!«

»Ich warne dich!«, knurrte er, offenbar besänftigt.

»Ja, ja!«

Voller Erleichterung hockte ich mich über die Schüssel, bemüht, dass kein Körperteil sie berührte. Au, das war jetzt echt dringend. Eilig zog ich mich wieder an und betrachtete den Spülknopf. Ob es noch Wasser hier gab? Wenn ja, musste ich das Spülgeräusch nutzen.

Über der Schüssel gab es ein kleines Fenster. Nicht vergittert, wie ich feststellte. Wenn man sich auf die Klobrille stellte, käme man heran. Vorausgesetzt mein Knöchel machte mit.

»Bist du endlich fertig?«

»Ja, nein … ohhhh!« Ein weiteres Mal beugte ich mich über die Schüssel und imitierte Würggeräusche. Mein Hals kratzte von dieser seltsamen Beanspruchung meiner Stimme, ich musste husten. Laut und vernehmlich husten. Dabei kletterte ich auf die Klobrille und überprüfte den Fenstergriff. Der Schmerz in meinem Knöchel blieb spürbar, war aber jetzt auszuhalten.

Mist. Das Scheißding saß fest, und mein Bewacher wurde immer ungeduldiger. Meine Hände waren schweißfeucht, ich wischte sie nacheinander an den Hosenbeinen ab. Endlich! Der Griff bewegte sich. Aber der Ruck, mit dem ich das Fenster aufreißen wollte, war zu schwach.

Zeit, die Klospülung einzusetzen. Ich drückte mit dem Fuß auf den Spülknopf, und es rauschte. Das Rauschen übertönte hoffentlich das vernehmliche Knarzen des Fensters, das sich nun doch öffnen ließ. Mit dem Handrücken fuhr ich mir über Stirn und Augen, in die der Schweiß tropfte und höllisch brannte.

Es hörte gar nicht mehr auf zu spülen. Ein altmodischer Druckspüler, der nicht mehr stoppte. Meine Rettung!

»Komm endlich raus«, hörte ich meinen Entführer brüllen.

»Gleich, sofort«, stöhnte ich. »Ich muss mich noch frischmachen ... anziehen ...« Das Stöhnen war echt, denn ich zog mich am Fensterrahmen hoch und angelte mit dem verletzten Fuß nach dem Leitungsrohr, das quer verlegt war, und von dem aus ich genügend Höhe haben würde, um mich durch das Fenster zu winden.

»Bei drei schieße ich! Eins – zwei – drei!«

Ein Knall zerriss die Luft, neben meinem rechten Bein schlug ein Geschoss ein.

»Bitte nicht, noch einen Moment, ahh ...« Wie lange konnte ich ihn noch hinhalten?

Die defekte Klospülung rauschte und rauschte immer weiter, und ich hangelte mich mit dem Oberkörper durch das Fenster. Es war so eng, dass ich mich wie ein Wurm durchquetschen musste. Ein weiterer Schuss knallte und schlug dort ein, wo eben noch meine Beine gewesen waren.

Es gelang mir, mich im Fensterrahmen so zu drehen, dass ich mich am oberen Teil festhalten konnte, während ich mit den Beinen durch die Öffnung strampelte. Ohne nachzudenken, ließ ich mich fallen, drehte um und rannte um mein Leben. Das Adrenalin in meinen Adern betäubte sogar das Stechen in meinem Knöchel.

KAPITEL 23

CAMERON

Während sie vor dem Haus standen und über die nächsten Schritte beratschlagten, kam Williams Assistentin auf sie zu, mit schockstarrem Gesicht.

»Mr Darnes, da ist jemand am Telefon, der ... der möchte mit einem Mr Ashford reden – ist einer von Ihnen Mr Ashford?«

Cameron spürte, wie ihm alles Blut aus dem Gesicht wich. William fasste sich schneller und rannte zusammen mit der Assistentin zum Büro. Mbulu nahm Cameron am Arm. »Los!«

»Ich verstehe«, sagte William zwischen zusammengebissenen Zähnen und reichte den Hörer an Cameron weiter.

»Hallo, wer ist da?« Dämliche Frage.

»Du weißt, wer da ist«, kam prompt die träge Antwort. Die Stimme war verzerrt. »Wir haben Jenna. Und wenn du sie lebend wiedersehen willst, kommst du um drei zur alten Scheune auf Darnes Manor. Ist das klar?«

»Ich will ein Lebenszeichen. Wer garantiert mir, dass es ihr gut geht?« Camerons Brust hatte sich in einen luftleeren Raum verwandelt.

Ein höhnisches Lachen kam aus dem Hörer. »Da wirst du uns schon vertrauen müssen.«

»Euch vertrauen? Eher friert die Hölle zu. Kein Lebenszeichen, und ich werde nicht kommen.«

William fuchtelte wild mit den Händen, Mbulu schüttelte den Kopf. Egal. Er wollte ein Lebenszeichen und sonst nichts.

»Also gut. Wir schicken dir ein Video. In zehn Minuten.« Klack. Aufgelegt.

»Was sind das für Typen, die Sie da angelockt haben, Ashford?«

»Professionelle Verbrecher. Zu Ihrer Kenntnis: Ich wollte sie nicht anlocken, sondern abschütteln!« Cameron fühlte Hitze in sich aufsteigen. Wenn er eins jetzt nicht gebrauchen konnte, war es eine Auseinandersetzung mit Jennas Bruder. Doch der schien mehr Ähnlichkeit mit seinem Vater zu haben, als er bisher gemerkt hatte.

Darnes presste die Lippen zusammen und ballte die Hände zu Fäusten.

»Streiten Sie nicht«, verlangte Mbulu. »Wir müssen jetzt alle zusammenarbeiten. Haben sie ‚keine Polizei‘ gefordert?«

»Natürlich wollen die keine Polizei«, erwiderte William. »Was glauben Sie?«

»Wir müssen sie trotzdem verständigen und ihnen die Beschreibung des Autos geben.«

»Louise«, rief William in den Vorraum. »Rufen Sie die Polizei.«

»Was soll ich denen sagen?«

»Dass Jenna entführt wurde und dass sie sie gegen mich

austauschen wollen.« Es auszusprechen war leicht, darüber nachzudenken nicht.

»Machen Sie schnell, Louise«, verlangte William.

»Sofort, Boss.« Louises Stimme hatte etwas Beruhigendes, geschäftsmäßig und freundlich. Das Piepen des Telefons war zu hören, als sie den Anruf tätigte.

Banges Warten, jeder von ihnen sah auf die Uhr. Die zehn Minuten waren vorbei.

Bis jetzt war noch kein Video da.

»Sie kann nicht weit weg sein, wenn sie Sie in die Scheune locken wollen«, sagte Mbulu.

»Sie kann überall sein!«, widersprach William heftig. »Was ist, wenn sie bluffen?«

»Das glaube ich nicht. Denen ist klar, dass ich nur komme, wenn sie ein Lebenszeichen von ihr schicken und sie dann freilassen.«

»Sie können sich auf keinen Fall diesen Typen ausliefern!«

»Was soll ich sonst tun? Sie diesen Kerlen überlassen?«

»Im Moment können wir nur abwarten, ob sie sich melden«, meinte Mbulu.

»Das ist eine beschissene Option.« Cameron schob die Hände in die Hosentaschen und wanderte auf und ab, auf und ab. Ihm wollte absolut nichts einfallen, was sie im Moment tun konnten.

Louise kam aus dem Büro gerannt. »Die Polizei kommt gleich. Sie schicken ein ganzes Team, und wollen dabei sein, wenn die Entführer sich noch einmal melden. «, verkündete sie atemlos. »Sie versuchen auch, das Handy von den Entführern zu orten, und suchen deren Jeep.«

»Perfekt! Aber kein Wort zu Anny oder meinem Vater«, verlangte William, und Louise nickte.

Erneut läutete das Telefon, und alle versteiften sich. Mit

einer Kopfbewegung bedeutete William Cameron, er solle den Anruf entgegennehmen. Im Zeitlupentempo griff dieser nach dem Apparat, nahm das Gespräch an und schaltete den Lautsprecher ein.

»Hier ist Cameron Ashford.«

»Schön«, kam die verzerrte Stimme aus dem Hörer. »Die Kamera an unserem Handy ist kaputt. Sie müssen schon herkommen, wenn Sie sie lebend sehen wollen.«

William und Mbulu schüttelten ungläubig den Kopf.

»Wohin?«, fragte Cameron.

Am anderen Ende entstand eine kurze Stille, dann unverständliche Worte, die der Anrufer mit einer zweiten Person wechselte.

»Geben Sie mir Jenna an den Apparat«, verlangte Cameron.

Das Gemurmel brach ab. »Sie schläft gerade.«

»Dann wecken Sie sie.«

»Geht nicht. Wir haben ihr was gegeben.«

»Wenn Sie ihr auch nur ein Haar krümmen …«

Ein spöttisches Lachen kam aus dem Hörer. »Wir sind nicht dumm, Mr Ashford. Kommen Sie an die Straßenkreuzung der R44 und R310, Tenantville. Allein. Dort erhalten Sie weitere Instruktionen. Wir brauchen eine Handynummer, unter der Sie zu erreichen sind.«

Cameron gab ihnen die Telefonnummer seines neuesten Ersatzhandys. Sinnlos, sie jetzt noch geheimzuhalten.

»Seien Sie in zehn Minuten da.« Klack. Aufgelegt.

»Sie gehen nicht allein, hören Sie?« William verstellte den Weg zur Tür.

»Was soll ich Ihrer Meinung nach tun?«, fuhr Cameron ihn an.

»Warten, bis die Polizei da ist!«

»Zehn Minuten. Er hat mir zehn Minuten gegeben. Ich fahre dort hin. Sie können ja auf die Polizei warten.« Cameron trat auf William zu. »Bitte. Lassen Sie mich durch.«

»Wie wollen die kontrollieren, ob Sie allein kommen? Ich fahre mit, zur Not im Kofferraum.« Mbulu stellte sich neben Cameron. »Ich kann Mr Ashford schützen.«

»Einer muss mit der Polizei sprechen, wenn sie kommt.« William gab den Weg nicht frei.

»Machen Sie das. Sie haben ja alles gehört, was sie gesagt haben«, sagte Cameron.

Hinter William ertönte ein Räuspern, und zwei uniformierte Polizeibeamte spähten in den Raum.

»Wir wären dann hier«, sagte der erste, ein Mittvierziger mit militärisch kurzgeschorenem Haar und Dackelfalten auf der Stirn.

Sie gaben ihm in aller Eile einen Abriss der bisherigen Ereignisse.

Cameron sah auf die Uhr. »Ich habe jetzt noch genau sechs Minuten Zeit, um an die Kreuzung zu kommen. Bitte entschuldigen Sie mich.«

Entschlossen bahnte er sich den Weg vorbei an William und den Beamten, hinaus auf den Hof.

»Warten Sie«, hörte er Mbulu hinter sich, und die Schritte von mindestens drei Personen. Er beschleunigte sein Tempo.

»Einen Moment noch, Mr Ashford.« Der jüngere der beiden Polizisten packte ihn am Arm. »Wir haben Kollegen an die Kreuzung geschickt. Sie beobachten alles und werden Ihnen dann unauffällig folgen. Gehen Sie kein Risiko ein und achten Sie auf sich.« Ein Lächeln, das strahlend weiße Zähne in seinem dunklen Gesicht zum Vorschein brachte. »Gott schütze Sie.«

»Danke.« Er machte sich aus dem Griff des Polizisten frei und sprang ins Auto. Mbulu setzte sich auf die Ladefläche, von wo aus er die Umgebung unauffällig beobachten konnte.

Die Annandale Road war nicht weit entfernt, und nach fünf Minuten kam die Kreuzung in Sicht. Cameron hielt am Straßenrand und öffnete die Fenster.

»Ich sehe nichts«, sagte Maxwell. »Alles ruhig hier.«

»Warten wir's ab.«

Das Handy in Camerons Brusttasche vibrierte. Nummer unterdrückt.

»Ja?«

»Das hat ja wenigstens geklappt«, kam die verzerrte Stimme aus dem Hörer. »Folgt dir jemand?«

»Hier ist niemand. Alles leer.«

»Wir erwarten dich in Willy´s Car Care. Allein.«

»Allein. Und dann?«

»Du wirst einen Blick auf Jenna werfen. Dann lassen wir sie frei.«

»Was versprecht ihr euch davon?«

Ein höhnisches Lachen ertönte. Dann war die Leitung stumm.

»Die glauben tatsächlich, die können Sie einfach so anlocken und dann umbringen.« Maxwell Mbulu war fassungslos.

»Vielleicht wollen sie mir auch einen Deal vorschlagen.«

»Pah«, machte Mbulu.

»Suchen wir dieses Willy´s Car Care.«

»Waff!«, machte es in diesem Augenblick vom Rücksitz. Cameron fuhr herum. Dobby, der Hund!

»Verdammt, wie kommst du denn hier herein?«

»Setzen sie ihn raus«, verlangte Mbulu.

314

»Sind Sie wahnsinnig, Mann? Der alte Darnes bringt mich um!«

»Wenn das nicht diese Kerle schon vorher erledigt haben«, erklang Mbulus düstere Stimme aus dem Kofferraum.

Dobby kletterte schwanzwedelnd nach vorn auf den Beifahrersitz.

»Platz! Und ruhig!«, befahl Cameron.

Gehorsam legte der Hund sich hin und beobachtete aufmerksam, wie Cameron den Wagen wendete und Gas gab.

JENNA

Keuchend warf ich mich neben das alte Auto, etwa dreißig Meter von der Halle entfernt, und rollte mich darunter. Uh. Es war feucht. Ich lag auf dem Bauch in einer Pfütze aus Öl und Regenwasser.

Wutschreie und weitere Schüsse drangen aus der Halle, und immer noch war das Rauschen der defekten Spülung zu hören. Dann ertönte ein Krachen. Hatte der Idiot gerade die Klotür eingetreten?

Von meinem Versteck aus hatte ich die Rückseite der Werkstatt im Blick, auf der sich das Klofenster befand. Schnelle Schritte knirschten auf dem sandigen Werkstattgelände. Sie näherten sich, und ich hielt den Atem an. Die abgeschabten Sneakers und die ausgefransten Jeans meines Bewachers kamen in Sicht, keine zehn Meter von mir entfernt.

»Sie is weg! Verstehst du? Weg isse! Hallo? Biste noch dran?« In der Stimme schwang nicht nur Wut, sondern auch Panik mit.

Ich presste beide Fäuste auf den Mund. Jetzt nur kein Geräusch.

315

»Ja sicher hab ich sie gesucht. Mach ich immer noch! Ich hab auch unter den Autos nachgeguckt. In der Werkstatt. Nein, da ist sie nicht. Sie ist weggerannt, das sag ich doch!«

Der Typ begann, nervös im Kreis herumzulaufen. Zwischendurch gerieten seine Sneakers und Hosenbeine außer Sicht, näherten sich dann wieder. Sein Kumpel sprach so laut ins Handy, dass ich seine Stimme hören konnte. Nur was er sagte, verstand ich nicht.

»Du hast den herbestellt?«, keuchte mein Bewacher plötzlich. Mir stockte das Blut in den Adern.

»Aber sie ist nicht mehr hier. Warum sollte der kommen?«

Ein wütendes Blaffen war zu hören.

»Dass die sich davongemacht hat, das glaubt der nie und nimmer. Lass uns abhauen.«

Offenbar protestierte sein Gesprächspartner, jedenfalls ließ seine Lautstärke darauf schließen.

Mein Herz pochte so laut, dass ich Angst hatte, der Kerl könne es hören. Angespannt beobachtete ich den Platz und die untere Rückwand der Halle, die Füße des Entführers, die sich zum Glück nicht wieder näherten. Außer dem Gespräch des Mannes und den Knirschgeräuschen seiner Schritte war nichts zu hören. Doch – jetzt. Ein Auto. Das Motorengeräusch gleichmäßig, es wurde weder lauter noch leiser.

Der Typ hatte es auch gehört. »Moment, Jack. Da ist was. Bleib dran.«

Die Schritte entfernten sich in Richtung der Einfahrt, die ich von hier aus nicht sehen konnte.

Ich wagte nicht, mein Versteck zu verlassen.

Stille. Selbst die Klospülung hatte aufgehört.

Langsam wurde es unbequem. Die Ölpfütze hatte mich bis auf die Haut durchnässt. Die Zähne fest zusammengebissen, versuchte ich ein Stück aus der Lache zu robben.

Schritte näherten sich, und ich hielt mit angehaltenem Atem inne.

»Er kommt«, sagte mein Bewacher mit gedämpfter Stimme.

Ein kalter Schauer überlief mich. Cameron! Nein, es war der zweite Übeltäter, der meinem Bewacher von Weitem zurief: »Ich bin's, du hirnamputierter Idiot. Wo ist sie?«

Die Stimme des anderen nahm einen weinerlichen Klang an. »Sie ist durchs Klofenster abgehauen!«

»Warum lässt du sie auch da reingehen?«

»Sie musste kotzen, Mann.«

»Du glaubst wohl auch, die Erde ist eine Scheibe«, schnaubte dieser Jack verächtlich. »Ashford wird gleich hier sein. Wir müssen sie finden.«

»Und wenn nicht? Der lässt sich doch nicht einfach von uns abknallen.«

»Dann müssen wir eben so tun, als wäre sie noch hier.«

In diesem Moment geschahen mehrere Dinge gleichzeitig.

Ein Hund bellte, und das Bellen näherte sich. Jemand rief »Hände hoch! Polizei!«

Daraufhin ertönten zwei Schüsse, und ein Schmerzensschrei folgte. Ein Körper fiel zu Boden.

Von meinem Versteck aus waren nur die Beine des Mannes zu erkennen. Sneakers und Jeans. Sie bewegten sich nicht, unter ihnen entstand eine kleine Blutlache.

Schnelle Schritte von mehreren Männern näherten sich, zugleich klackerte es metallisch. Handschellen?

»Achtung!«, rief jemand, eine unbekannte Stimme. Dann ein Stöhnen.

An meinem Hosenbein schnüffelte etwas, und als ich

mich umsah, erkannte ich Dobby. Wie kam der hierher? Freundlich mit dem Schwanz wedelnd versuchte er, unter das Auto zu kriechen. »Waffwaff!«

Mir blieb das Herz stehen.

Hastig streckte ich die Hände nach dem Hund aus und zog ihn unter das Auto, hinein in die Ölpfütze, wo er mich freudig begrüßte.

»Psst!«, machte ich.

In meinem Blickfeld tauchten zwei nackte schwarze Beine auf, die in festen Arbeitsschuhen endeten. Dobby riss sich aus meiner Umklammerung los, stürzte sich auf die Beine, knurrte wild.

»Aua! Du Scheißtöle!« Das musste dieser Jack sein.

Der Hund jaulte auf und stob davon. Neben mir landete etwas auf dem Boden.

Eine Pistole!

Ich griff danach und zog sie unter das Auto. Mein Verfolger ging im Kreis, in unregelmäßigen Schritten, als hätte er Schmerzen. Im Stillen lobpreiste ich Dobby für seinen Mut, der im umgekehrten Verhältnis zu seiner Größe stand. Dieser Mistkerl hatte ihm wehgetan! Bange dachte ich an gebrochene Rippen, ausgerenkte Gliedmaßen und ähnlich Schreckliches.

Die Pistole war entsichert. Gleich würde der Mann unter das Auto schauen! Wo waren die Polizisten, die ich eben noch gehört hatte?

Mein Puls steigerte sich zum Stakkato, als der Kerl sich herunterbeugte. Seine tastenden Hände erschienen in meinem Blickfeld. Am rechten Arm des Mannes lief Blut herunter. Viel Blut. Dobby war ein Held!

Mit zitternden Fingern richtete ich die Waffe auf die Hände des Mannes, weit genug entfernt von ihnen, dass sie nicht nach mir greifen konnten. Ich sah mich nach dem Körper um, der auf der anderen Seite des Autos zu

Boden gefallen war. Keine Gefahr, er lag nach wie vor reglos da.

Was taten die Polizisten, die doch eben gerade eingetroffen waren? Wie lange würde es dauern, bis dieser Jack mich unter dem Auto sah?

Direkt vor mir knickte der Schwarze ein. Der Mann kniete neben dem Auto, die Hände auf den Boden gestützt, und seine Visage tauchte direkt vor mir auf.

»Keine Bewegung«, zischte ich und zielte auf sein Gesicht.

Überrascht riss er die Augen auf. Dann schlich sich ein schmieriges Grinsen auf seine Miene. »Das traust du dich sowieso nicht. Komm raus.«

Mit beiden Händen drückte ich ab. Der Rückstoß warf mich wieder in die Ölpfütze. Haarscharf ging der Schuss an seinem Kopf vorbei. Er zog sich hastig zurück.

»Okay okay«, sagte er.

Nichts war okay. Dobby war weg, von den Polizisten keine Spur. Wahrscheinlich durchsuchten sie die Werkstatt. Ich wagte mich nicht aus meinem Versteck, hielt die Pistole mit beiden Händen fest. Mir blieb nichts anderes übrig, als mit klopfendem Herzen abzuwarten, was als Nächstes geschah. Dann näherten sich schnelle Schritte von mehreren Personen.

Es waren keine zwei Sekunden, bis ich die Stimme von Mbulu hörte. Doch die kamen mir wie eine Ewigkeit vor. »Bleib stehen, Mann!«

Endlich!

»Hände hoch!« Das war eine fremde Stimme. »Alle!«

»Moment, das ist der …«

»Sie halten sich da raus!«

Erneut klackten ein Paar Handschellen. Wahrscheinlich legten sie diese dem Schwarzen an, auf den ich gerade geschossen hatte. Offenbar war er nur bewusstlos, nicht tot.

Zum Glück. Im selben Moment hörte man mehrere Autos auf den Hof fahren und mit quietschenden Reifen abbremsen.

Autotüren knallten, Stimmen redeten durcheinander. Direkt neben meinem Versteck hoben zwei Männer den immer noch reglosen Mann auf und trugen ihn weg.

Ein Polizist, von dem ich nur Uniformhosen und schwarze Schuhe sehen konnte, näherte sich. »Miss Jenna Darnes? Sind Sie hier irgendwo?«

Mit der Waffe in der Hand rollte ich unter dem Auto hervor.

»Hier bin ich«, krächzte ich. Dann verließ mich jede Kraft, mit geschlossenen Augen blieb ich neben dem Auto liegen.

CAMERON

Die Szenerie erinnerte an einen schlechten Western. Auf dem Boden neben einem Schrottauto lag einer der Entführer in einer Blutlache, die Hände auf dem Rücken gefesselt. Zwei Sanitäter hoben ihn auf und legten ihn auf eine Trage.

Hinter dem Wrack stand der andere, mit einer Fleischwunde am Arm. Er fluchte zum Gotterbarmen, während ein Polizeibeamter ihn in Richtung des zweiten Krankenwagens führte.

Ein weiterer Polizist trat auf Cameron zu. »Ihrer – Ms Darnes geht es gut.«

»Ich will sie sehen.«

»Kommen Sie. Aber erschrecken Sie nicht.« Ein winziges Lächeln erschien auf dem Gesicht des Beamten.

Dann sah er sie. Genauer gesagt, ihren Oberkörper, der gestützt von einem Polizisten hinter dem Autowrack auftauchte. Sie war komplett ölverschmiert, ihr Gesicht voller schwarzer Schlieren, unterbrochen von Tränenspuren, die das Öl in schmalen Streifen abgespült hatten. Ihr Pferdeschwanz hatte sich größtenteils aufgelöst, wirr hingen ihr die blonden Strähnen ins Gesicht.

Aber ihre Augen strahlten, als sie ihn sah, und sein Herz explodierte fast vor Erleichterung.

»Jenna! Jenna!« Er wollte auf sie zurennen, doch ein sanfter Griff an seinem Ärmel hinderte ihn daran. Mbulu.

»Langsam. Vielleicht möchte sie sich erst frischmachen.«

»Scheißegal!« Er riss sich los und stürmte auf Jenna zu, riss sie in die Arme, egal, wie ölverschmiert sie war. Den Geruch nach altem Öl nahm er kaum wahr. Jenna lebte! Das war alles, was zählte.

Sie schlang ihm die Arme um den Hals und legte den Kopf an seine Schulter. Ein Schluchzer kam aus ihrer Kehle.

Ein wenig unbeholfen strich er ihr über das verwirrte Haar und presste sie an sich. »Jenna«, murmelte er wieder und wieder, während sie an seiner Brust heiße Tränen vergoss.

»Du solltest doch nicht herkommen«, flüsterte sie an seiner Schulter. »Die wollten dich umbringen, und ich … ich sollte dich anlocken …«

Mit zwei Fingern hob er sanft ihr Kinn und sah ihr in die Augen. Ihr Blick war tränenverschleiert, aber voller Zärtlichkeit. »Das weiß ich alles. Verzeih´ mir, dass ich dich in diese … diese Schwierigkeiten gebracht habe.«

Ohne auf die Flecken in ihrem Gesicht zu achten, verschloss er ihre Lippen behutsam mit einem Kuss. Der so süß schmeckte und so warm, nur ein Hauch Salz von ihren Tränen mischte sich darunter, doch das machte es für ihn noch anziehender.

Ein Räuspern unterbrach diesen Moment der Zärtlichkeit. »Madam …?«

Vorsichtig löste sich Jennas Mund von seinem und sie wandte den Blick dem Sanitäter zu, der neben ihr stand und ein verlegenes Grinsen zur Schau trug.

»Wir möchten uns vergewissern, dass Sie in Ordnung sind. Kommen Sie bitte.«

Cameron legte schützend den Arm um ihre Schultern. »Ich begleite dich.« *Wo immer du hingehst*, setzte er in Gedanken hinzu, und das fühlte sich für ihn gut und richtig an.

»Wo ist Dobby?«, fragte Jenna und sah sich suchend um, während sie langsam zum Krankenwagen gingen. Die Tür stand offen, der angeschossene Entführer lag darin auf einer Trage, eine Atemmaske im Gesicht und mit einem provisorischen Druckverband an der Schulter.

Cameron rief nach dem Hund und stieß dann einen gellenden Pfiff aus.

Nicht lange, und ein atemloses »Waffwaff!« war zu hören. Dobby schoss hinter dem Werkstattgebäude hervor, direkt auf ihn und Jenna zu. Mit einem gewaltigen Satz sprang er in die Höhe, die Pfoten landeten auf Camerons Brust und mit der Nase berührte er sein Kinn. Cameron fing ihn auf und setzte ihn vorsichtig wieder auf den Boden, wofür er Jenna kurz loslassen musste, die zwischen Lachen und Weinen auf die Knie ging.

»Dobby, Dobby!« Nun schluchzte sie wieder, und der kleine Hund schlabberte derweil zärtlich an ihrem Hals.

»Hat denn keiner eine Leine mit?« Cameron hob den kleinen Hund in seine Arme und tastete Dobbys drahtigen Körper vorsichtig nach Verletzungen ab, konnte aber nichts Auffälliges entdecken. Ein kleiner Schmerzenslaut entkam dem Hund, als er über seine Rippen strich, doch das war nur ein kurzer Moment. Sofort danach kuschelte er sich an seine Brust und leckte ihm einmal übers Ohr.

»Er wird nicht mehr weglaufen«, kündigte Jenna an und strich abwechselnd dem Hund über das Fell und ihm selbst über die Wange. Dann fügte sie mit einem Blick, in dem sich Reue und Zärtlichkeit mischten, hinzu: »Ebenso wenig wie ich.«

KAPITEL 24

JENNA

Fünf Stunden später stand ich frisch geduscht und in einem sauberen geblümten Sommerkleid mit Cameron im Garten von Darnes Manor. Dobby hatten wir der fürsorglichen Obhut von Stella übergeben, die mit einem »Jessas nee, was macht ihr denn für Sachen«, die Hände über dem Kopf zusammengeschlagen hatte. Unmittelbar darauf hatte sie den Tierarzt gerufen und Dobby mit einer Vielzahl delikater Häppchen verwöhnt, die dieser mit großem Appetit vertilgt hatte. »Ganz so schlimm können seine Verletzungen nicht sein, so wie der reinhaut«, hatte sie befriedigt festgestellt.

Die untergehende Sonne färbte die Bergkette im Hintergrund in ein spektakuläres Orange. Der Himmel darüber wolkenlos und blauviolett, ein grandioser Kontrast.

Er legte den Arm um meine Schultern, und für einen Moment verharrten wir still, versunken in den Anblick, und voller Dankbarkeit, dass wir zusammen waren, dass wir Seite an Seite standen.

»Tut's noch weh?«, erkundigte er sich mit einem Blick auf meinen Hinterkopf, an dem eine Beule mit dem Durchmesser eines Weinglases gewachsen war.

»Es geht.« Ich musste lächeln. Den Schmerz hatten die Sanitäter mit einer kräftigen Dosis Ibuprofen und einem Eisbeutel gebändigt, und nur ein leises Pochen verriet, dass ich gestern Nacht einen festen Schlag auf den Kopf bekommen hatte.

»Und der Knöchel?«

»Geht auch. Ich habe das Bein sehr geschont. Außer beim Klettern durchs Klofenster.«

Cameron drückte mich an sich. »Ich bewundere deine Coolness, Jenna Darnes. Und deinen Mut und deine Entschlossenheit. Vielleicht war es ein Fehler, dich auf diesen Höllentrip mitzunehmen. Aber ohne diesen Fehler hätte ich dich nicht kennengelernt, und das wäre eine absolute Katastrophe gewesen.«

Er wandte mir den Kopf zu. Der Aufruhr, der vorhin noch in seinen Gesichtszügen erkennbar war, hatte sich gelegt, geblieben war Zärtlichkeit, die mich im Innersten berührte, zart wie ein Vogelflügel und zugleich so machtvoll wie eine Ozeanwelle.

Ich schlang ihm den Arm um den Hals, stellte mich auf die Zehenspitzen und zog ihn ein Stück zu mir herunter, um ihn zu küssen. Oh, es fühlte sich so perfekt an. Seine Lippen auf meinen, das war alles, was ich jetzt brauchte.

»Lass uns gehen«, flüsterte er an meinem Mundwinkel. Die Verheißung in seiner Stimme verwandelte meine Knie in Gummi.

»Wohin?«

»Zu mir. Ich möchte mit dir allein sein.« Noch mehr

Verheißung, die sich als pochendes Sehnen zwischen meinen Beinen bemerkbar machte. Ja, allein sein mit ihm.

»Wo ist ‚zu dir‘? Hast du hier ein Zimmer?«

Er lachte leise. »Alles ausgebucht. Ich wohne im Oude Werf Hotel in der Church Street. Würdest du mich begleiten?«

Ein Kichern entschlüpfte mir. »Erlauben die denn Damenbesuch?«

»Frag nicht so dumm«, erwiderte er grinsend und hauchte mir einen Kuss auf die Wange. Dann zog er meinen Arm unter seine Ellenbeuge und führte mich zum Parkplatz.

Wenige Minuten später öffnete er mir mit großartiger Geste die Tür zu seinem Hotelzimmer. Schwere dunkelrote Vorhänge vor bodentiefen Fenstern, die den Blick auf den großzügigen Pool im Innenhof freigaben, ein bequemes Sofa und ein Bett, das einer ganzen Familie Platz geboten hätte.

»Wundervoll!« Bewundernd sah ich mich in dem luxuriösen Zimmer um. »Unsere bisherigen Quartiere waren deutlich bescheidener. Hätte ich mehr Luxus buchen sollen auf unserer Fahrt?«

Cameron lachte. »Leider sprachen die Sachzwänge dagegen.«

Er setzte sich ohne Umschweife aufs Bett und breitete die Arme aus, mit einem Lächeln in den Augen, das mich bis in die Zehenspitzen berührte.

»Halt. Ich brauche zuerst etwas zu trinken!« Lachend wich ich seinen Fingern aus, die nach mir zu greifen versuchten. »Hast du keine Minibar?«

»Viel besser«, erwiderte er und nahm das Haustelefon vom Nachttisch. »Eine Flasche Steenberg Chardonnay extra brut bitte. Ja, mit zwei Gläsern. Und bringen Sie auch etwas zu Knabbern.«

»Cameron! Das ist viel zu teuer!«

»Wo ist deine Coolness, Ms Darnes? Du hast mir eiskalt 15.000 Dollar aus dem Kreuz geleiert, und jetzt willst du noch nicht mal ein Glas Schampus annehmen?« Schmunzelnd erhob er sich von der Bettkante und zog mich in die Arme. Überwältigt von seiner Nähe und seinem Duft nach frischem Heu, herber Zitrone und nach etwas, das ihn selbst ausmachte, schloss ich die Augen.

»Ich schicke dir nächste Woche die Rechnung«, murmelte ich, und am Zucken seiner Schultern merkte ich, wie er in sich hineinlachte.

»Du bist jeden Cent wert. Ich bin geneigt, noch etwas als Gefahrenzulage draufzulegen.«

Mit den Händen fuhr er mir über den Rücken, hinab zu meinem Hintern, und drückte mich an sich. Ich bekam seine bemerkenswerte Erektion am Bauch zu spüren, und mein Atem ging flacher. Wieder suchten seine Lippen meinen Mund, ein verlockender und vielversprechender Kuss, der alle Schmerzen und die Strapazen der letzten Stunden auslöschte.

Bedächtig glitten seine Hände unter das Kleid, und die Berührung auf der nackten Haut ließ mir den Atem stocken. Den Bund meines Slips schob er ohne Umschweife herab, dabei stieß er einen kehligen, tiefen Laut aus, wie das Schnurren eines großen Raubtiers.

Das Klopfen an der Zimmertür ließ uns auseinanderfahren. Hastig zupfte ich mir das Kleid zurecht, während Cameron öffnete und den Kellner einließ. Der schob einen Servierwagen ins Zimmer. Darauf ein silbernes Tablett mit Sektkühler, einer Flasche Sekt und zwei schimmernden Kristallgläsern.

Cameron gab ihm ein Trinkgeld und hielt ihm die Tür auf. Dann hängte er das Schild »Bitte nicht stören« von außen an die Tür, schloss sie und sperrte ab.

»Ich denke, wir genehmigen uns gleich den ersten Schluck im Bett«, verkündete er mit einem anzüglichen Grinsen und knöpfte sein Hemd auf.

Der Anblick seines nackten Oberkörpers zog mich in seinen Bann. Der Wunsch, die glatte, sanft gebräunte Haut zu berühren, vorsichtig mit den Fingern über seine Narben zu fahren, der verführerischen Spur feiner Haare zu folgen, die sich über den straffen, muskulösen Bauch abwärts in Richtung seines Hosenbundes erstreckte, wurde übermächtig. Ich streckte eine Hand nach ihm aus, und er zog mich daran zu sich hin.

Dann streifte er mir mit beiden Händen bedächtig das Kleid über den Kopf, legte es sorgsam ans Fußende des Bettes und half mir, mich aus BH und Slip zu befreien.

Seine Blicke schweiften über meinen nackten Körper, glühend und bewundernd, es fühlte sich wie eine Berührung an.

Er entkorkte die Flasche, ohne mich aus den Augen zu lassen, und schenkte uns beiden ein. Dann dirigierte er mich mit einer Handbewegung aufs Bett und drückte mir ein Glas in die Hand. Neben mir auf der Bettkante sitzend, streiften seine Finger meine Wange, wanderten hinab zum Hals und umkreisten in unsäglich erregender Weise meine Brüste.

»Erst der Sekt«, raunte er, richtete sich auf und stieß mit mir an, beim Trinken versenkte er den Blick in meinen, ich kam mir darunter so vor wie ein offenes Buch, in dem er las.

Das Prickeln des Getränks breitete sich wohlig auf meiner Zunge aus, rann die Kehle herunter und verbreitete sich im ganzen Körper.

Mit dem Glas in der Hand lehnte ich mich in die Kissen zurück und beobachtete voller Vorfreude, wie Cameron sich aus den restlichen Kleidern schälte. Nackt legte er sich neben mich, nahm mir das Glas aus der Hand, beugte sich über mich und stellte es auf den Nachttisch.

»Ich habe nicht zu hoffen gewagt, noch einmal mit dir …«, hauchte er und pustete sanft eine Haarsträhne aus meiner Stirn.

Mit beiden Händen umfasste ich sein Gesicht und zog es zu mir heran. »Ich auch nicht. Niemals …« Unsere Lippen trafen sich zu einem Kuss, und diesmal verlangte seine Zunge forsch Einlass in meinen Mund, den ich zu gerne gewährte. Hitzig und fordernd war ihr Spiel, ein prickelndes Versprechen, das mich beben ließ.

Oh, die festen Muskeln unter seiner Haut – sie vibrierten unter meinen Fingern, die sich forschend über seinen Rücken bewegten. Ein kleines Keuchen entkam meiner Kehle, als er seinen ganzen Körper an mich drängte, Haut an Haut. Ich rieb mich an seinem Schenkel, ließ ihn meine Nässe spüren.

»Wie wunderbar du bist«, raunte er und legte mir die rechte Hand behutsam auf den Venushügel – eine kleine Liebkosung, die mich elektrisierte. Zitternd vor Begierde erwartete ich seine Finger in meiner nassen Spalte, und er tat, was ich so dringend herbeisehnte, schob sie sanft zwischen meine Schamlippen, entlang an meinem hochempfindlichen Kitzler. Etwas wie ein Jauchzen kam aus meiner Brust, und er lachte leise und rau.

»Du bist so wunderschön, so herrlich feucht …« Die Glut in seinen Augen verzehrte mich, das Feuer darin verschlang alles um uns herum, versengte und vernichtete jegliche Verletzung, die wir davongetragen hatten. Es blieben nur die Empfindungen auf unserer Haut, die Sehnsucht, eins zu werden, der Gleichklang unseres Verlangens nacheinander.

Frustriert stöhnte ich auf, als er seine zärtlichen Finger

wegnahm, um gleich darauf meine Brustwarzen zu umkreisen, sie mit meiner Feuchtigkeit benetzen. Er ergötzte sich an meiner Ungeduld und dem Verlust meiner Kontrolle. Willenlos überließ ich ihm meinen Körper, meine Seele, mein Alles, und er liebkoste mein gesamtes Wesen, indem er mich mit Händen und Lippen in eine höhere Sphäre katapultierte, eine Sphäre, in der nur noch die Wollust und Hingabe regierte.

Seine neckenden Lippen umfassten abwechselnd meine hochaufgerichteten und harten Nippel, saugten daran, und zugleich trieb er mich mit lockenden Fingern zwischen meinen Beinen in den Wahnsinn. »Ah, ah, ah!« Ich konnte nicht mehr aufhören zu stöhnen, wand mich unter seiner Hand, bog ihm die Hüften entgegen. Schneller wurde das zarte Spiel seiner Fingerspitzen, trieb mich immer tiefer in die Ekstase.

»Komm für mich«, flüsterte er.

»Cam, Cam, das tue ich, das tue ich längst …« Oh Gott. Pulsierend zog sich mein Inneres zusammen, mein Körper erzitterte unter der Wucht des Höhepunktes, jede Zelle ergab sich dieser funkelnden Explosion.

Lächelnd strich er mir über die Augenbrauen, verschloss mir den Mund mit einem verzehrenden Kuss. Der Ozean seiner Augen war dunkel vor Lust, als er verlangte: »Greif in meine Hosentasche.«

Nur zu gerne tat ich, was er wollte. Dazu musste ich ihm den Rücken zudrehen, und er nutzte das aus, indem er sanft eine Hand zwischen meine Pobacken schob, gleichzeitig stießen wir ein wohliges Stöhnen aus.

Mit einem Kondompäckchen in der Hand kam ich wieder in die Höhe. Sanft drückte ich ihn an der Schulter in die Rückenlage, und er verschränkte die Arme hinter dem Rücken und sah auf seine Erektion herunter. Ich folgte seinem Blick, bewunderte den harten, glatten Phallus, der mir erwartungsvoll entgegen ragte, und riss mit den Zähnen das Päckchen auf.

Mein Griff um seinen Schwanz beim Abrollen des Gummis war so fest, dass er wollüstig die Augen verdrehte. »Oh, Mann, ist das gut«, keuchte er. »Komm zu mir.«

Oh ja, sofort. Rittlings stieg ich über ihn, senkte meine Mitte auf seinen Schwanz, schon das Gefühl, als die empfindlichsten Teile unserer Körper aufeinandertrafen, ließ eine Kaskade von Schauern über meinen Rücken laufen. Ungeduldig packte er mich an den Hüften und ich half ihm, tief in mich einzudringen. Das köstliche Gefühl der Dehnung überrollte mich, ich warf den Kopf in den Nacken und begann ihn zu reiten. Die hitzige Reibung in meinem Inneren steigerte sich mit jeder Bewegung.

Cameron stieß kehlige Laute aus, sein Griff um meine Hüften wurde fester, und jetzt war er es, der mir mit kraftvollen Stößen entgegenkam, die Augen konzentriert und zugleich entrückt auf mein Gesicht geheftet, ein Anblick voller Schönheit und Leidenschaft.

Immer schneller hämmerte in mich, so tief, dass er bei mir anstieß, und ich schrie und jauchzte meine Lust heraus. Dann nahm er sein Tempo zurück, zwang mich in einen anderen Rhythmus, indem er meine Hüften dirigierte, langsam jetzt.

»Ich will dich noch länger genießen, meine Schöne«, keuchte er. »Noch viel länger … nicht so schnell …«

Lächelnd beugte ich mich zu ihm herunter, versank in seinem dunklen Blick, und küsste ihn auf den Mund, fühlte zugleich das Pochen seiner Erektion in mir. »So besser?«, flüsterte ich.

»Ja … und nein … ich will dich so sehr, Jenna Darnes«, hauchte er an meinem Mundwinkel.

Das war zu spüren, die männliche Härte ließ nicht nach, obwohl wir uns nicht mehr bewegten, die Hitze seines

Körpers strahlte überallhin aus. Doch das hielten wir nicht lange aus, entschlossen schob er mich wieder in die Senkrechte und umfasste meine Brüste mit beiden Händen. Dabei bewegte er die Hüften, zuerst sanft, lockend, und ich folgte ihm, schneller und stärker, wir galoppierten auf den Höhepunkt zu. Er versteifte sich plötzlich, die Halsmuskeln traten hervor, und dann ergoss er sich in mir in mehreren, heißen Wellen, die mein Körper zuckend beantwortete.

Erschöpft und heiser sank ich auf seine Brust, die sich hob und senkte. Seine Arme umfingen mich, eine Hand strich mir zärtlich über den Kopf, seine Lippen berührten mein Ohr.

Für einen Moment waren wir beide sprachlos, vielleicht vor Überraschung, wie unfassbar intensiv das eben war, vielleicht vor Glück, vielleicht, weil es nichts zu sagen gab. Gewisse Augenblicke und Gefühle kann man nicht in Worte fassen, sie sind einfach da und man sollte sie genießen, solange sie dauern.

CAMERON

Wozu brauchte man Schlaf, wenn man Sex haben konnte? Nicht irgendwelchen, sondern den besten, den man je hatte. Weil es eben viel mehr als bloßer Sex war.

Natürlich waren sie beide zuerst kurz eingenickt, erschöpft, befriedigt und glücklich. Cameron konnte das spüren – und es überraschte ihn, wie leicht sein Herz wurde, wenn er die Frau betrachtete, die selig seufzend schlummerte, den Kopf auf seine Brust gelegt, eine Hand auf seinem Bauch. Haut an Haut, entspannt wie ein Kätzchen.

Er musste wieder eingeschlafen sein. Gegen Mitternacht erwachte er davon, dass Jenna sich vorsichtig aus seinen Armen löste, aufstand und leise summend im Bad verschwand, wo er wenig später die Dusche rauschen hörte. Ein Schmunzeln schlich sich auf sein Gesicht. Wer hätte gedacht, dass das Leben noch einmal solche Gefühle für ihn bereithielt? Insgeheim sprach er ein winziges Dankgebet, nur für sich, unhörbar.

Träge dehnte er die Muskeln und reckte sich. Dann warf er die Bettdecke ab und erhob sich ebenfalls.

Der Champagner war noch kalt. Zwar war das Eis im Behälter geschmolzen, doch ein Probeschluck ergab, dass das Zeug noch mehr als trinkbar war. Er schenkte zwei Gläser ein und brachte sie ins Bad.

Jenna hatte sich ein Badetuch um den Körper gewickelt, ihre Haare waren zu einem Knoten hochgebunden, und er erwischte sie dabei, wie sie sich im Spiegel zulächelte. Ihr Strahlen, das Blitzen ihrer blauen Augen, die zart geröteten Wangen – das alles erfüllte ihn mit einer Zärtlichkeit, die er noch nie für eine Frau empfunden hatte.

»Möchtest du?« Lächelnd hielt er ihr das Glas hin, und sie griff zu, während ihr Lächeln breiter wurde. Ein Lächeln, das ganz allein ihm galt.

»Worauf trinken wir?«

Auf die Liebe. Ganz klar auf die Liebe, ließ ihn sein Unterbewusstsein wissen. Doch vielleicht kam das zu kitschig oder zu vereinnahmend oder zu anmaßend rüber. Also erwiderte er: »Auf diese wundervolle Nacht, die sich noch tausende Male wiederholen möge.«

Zu seinem Vergnügen röteten sich ihre Wangen, als sie miteinander anstießen. »Auf tausendundeine Nacht«, hauchte sie mit einem kleinen verlegenen Grinsen.

Sie leerten ihre Gläser in einem Zug, und Jenna legte ihm die Hand auf die Brust. »Ich warte im Bett auf dich«, sagte sie augenzwinkernd und schritt an ihm vorbei, eine Königin im langen Handtuchgewand, das sie mit einer nonchalanten Bewegung hinter sich fallenließ. Dann drehte sie den Kopf zu ihm und fuhr sich mit der Zunge über die Lippen.

Sein verräterischer Körper reagierte sofort, und er hastete unter die Dusche.

Donnerwetter! Sie wollte ihn, so wie er sie wollte – die Erinnerung an eine Situation wie diese lag so lange zurück. Sarah. Das sie ihm ausgerechnet jetzt in den Sinn kam. Überrascht stellte er fest, dass der Gedanke an sie keine Bitterkeit mehr in ihm auslöste. Jenna hatte sie ausgelöscht.

Nackt, wie er war, und noch feucht vom Duschen, kehrte er zu Jenna ins Bett zurück und hauchte ihr einen Kuss auf die Lippen. Sie hielt ihm ein gefülltes Glas entgegen.

»Lass uns feiern, dass wir leben«, sagte sie.

Oh ja, und wie sie feierten, sie feierten mit vollem Körpereinsatz und aller Leidenschaft, deren sie fähig waren. Cameron kostete von ihrer unsagbar heißen Pussy, überwältigt von ihrer Lust, die sie in kleinen, spitzen Schreien kundtat, berauscht von dem Höhepunkt, den er ihr verschaffte, benebelt von ihrem Duft und ihrer Weichheit und ihrer Hingabe.

Dann drang er in sie ein, langsamer diesmal und zärtlich wiegten sie sich gegenseitig bis zur Explosion, eine sanfte und weichere Welle als vorhin, aber viel inniger.

Anstatt zu schlafen, blieben sie nebeneinander liegen, Jennas Kopf auf seinem Arm, die Beine auf der Bettdecke, und sahen hinauf an die Decke, auf der das nächtliche Mondlicht die Schatten der Bäume vor dem Fenster malte. Gemeinsam lauschten sie den Nachtvögeln und Grillen, der warme Luftzug strich durch die halb offenen Fenster sanft über ihre erhitzte Haut.

Und dann sprachen sie über alles, was sie noch vor wenigen Stunden für sich behalten hätten. Cameron schilderte ihr detailliert die Nacht, in der Robert zu Tode kam, und die Hölle, durch die er im Gefängnis gegangen war. Sie hörte ihm zu, strich ihm zwischendurch tröstend über den Arm und ließ ihn reden, so lange, bis er alles ausgesprochen hatte, was ihm auf der Seele lag. Er fühlte sich gereinigt, erfrischt, befreit, und Dankbarkeit für sie flutete sein Herz.

»Hätte ich dir von Anfang an alles gesagt«, seufzte er. »Das hätte uns viel erspart.«

Lächelnd fuhr Jenna ihm mit dem Zeigefinger über die Brust und sah ihm dabei in die Augen. »Ich hätte dir mehr vertraut. Am Anfang wusste ich nicht, dass ich das kann – ich dachte, du bist wie – wie alle, die ich kannte. Vor allem, weil du mich ja auch wirklich extrem an der Nase herumgeführt hast. Ich sollte dir böse sein.«

»Ich hoffe, du kannst mir jetzt verzeihen, wo du alles weißt. Das mit Victoria … das war nicht geplant. Ich habe schon nach dieser Nacht in Inverdoorn mit ihr Schluss gemacht, das musst du wissen.«

»Du hättest mir sagen können, dass du verlobt bist«, schmollte sie.

»Irgendetwas hat mich davon abgehalten«, gestand er. »Vielleicht, weil ich deine Verletzlichkeit geahnt habe. Und Angst davor hatte, dich zu verlieren. Und außerdem habe ich es noch am selben Tag versucht. Nur, dass die Reifenpanne dazwischenkam.«

Sie schenkte ihm einen versonnenen Blick. »Vielleicht sollten wir aufhören, an das zu denken, was war. Und lieber nach vorne schauen.«

Der hereinströmende Lufthauch wurde kühler, und Cameron zog die Bettdecke über sie beide. Jenna kuschelte sich wieder in seinen Arm, ein Bein über seine Beine gelegt, und streichelte seine Hüfte, gefährlich nahe an seiner Körpermitte, zu der schon wieder das Blut drängte.

»Nach vorne zu schauen bedeutet, ich muss mir Gedanken über … über meine Abreise machen«, sagte er und wandte den Kopf, um die Wirkung dieser Worte auf Jenna zu erkunden.

Sie erwiderte seinen prüfenden Blick, fragend, fast ein wenig bange. Aber sie sagte nichts.

»Und mein Wiederkommen«, ergänzte er. »Ich … kannst du dir vorstellen, mit mir …« Gott, so unbeholfen hatte er sich ja schon lange nicht mehr angestellt. Jeder Schuljunge konnte das besser. *Willst du mit mir gehen?* So einfach war das!

Ihr Blick ließ ihn nicht los, tauchte in seinen, und wenn er es richtig deutete, war ihre Antwort auf die unausgesprochene Frage ein »Ja«.

»Ich möchte mit dir zusammen sein und herausfinden, wie – wie ernst es mit uns beiden ist«, gestand er mit heftigem Herzklopfen. Hatte er das gerade wirklich gesagt?

Jenna stützte sich auf einen Ellenbogen und küsste ihn auf die Wange. Mit einem traurigen Lächeln erwiderte sie: »Cameron, du lebst ungefähr 12.000 Kilometer entfernt von hier. Ich weiß nicht, wie das funktionieren soll. Und dabei möchte ich so gerne, dass du … dass wir …«

Sie ließ sich wieder auf den Rücken fallen, verschränkte die Hände hinter dem Kopf und schaute an die Decke. Ihre Brüste hoben und senkten sich beim Atmen, ein faszinierender Anblick, dem er sich schwer entziehen konnte.

»Wo ein Wille ist, ist auch ein Weg. Alles, was wir uns im Leben wirklich wünschen, kann wahr werden. Und das hier mit uns – das wünsche ich mir wirklich. Mehr als irgendetwas in meinem Leben.«

Seine Worte vertrieben den Schleier der Traurigkeit in ihren Augen, und sie begannen wieder zu strahlen.

»Dann müssen wir diesen Weg finden. Denn ich … ich wünsch mir dasselbe wie du.«

KAPITEL 25

DREI WOCHEN SPÄTER – JENNA

K napp drei Wochen voller Sehnsucht, WhatsApp-
und Skypenachrichten, voller Vorfreude und
durchwachter Nächte lagen hinter mir. Ich war so aufgeregt wie ein Teenager vor dem ersten Date.

Cameron war nach London gereist, um endlich den
Mord an seinem Kompagnon aufklären zu helfen und sich
um die Werbeagentur zu kümmern. Und jetzt gleich würde
er auf den Hof einbiegen!

Maxwell Mbulu holte ihn vom Flughafen ab, es war der
letztmögliche Flug, um pünktlich zur Hochzeitsfeier von
Anny und William zu kommen.

Anny stand neben mir, strahlte über das ganze Gesicht
und hielt die linke Hand hoch, die mit ihrem Ehering, um
ihre Augen vor dem Sonnenlicht abzuschirmen. Eine volle
Stunde schon prangte er an ihrem Finger, bis eben war die
Schar der Gratulanten an ihr und William vorbeigezogen.

»Es ist schön, dich so glücklich zu sehen«, sagte ich und

legte ihr den Arm um die Schultern. »Und dein Hochzeitskleid ist einfach – sensationell!«

»Oh danke! Ja, ich liebe es auch sehr. Wie schade, dass man nur einmal im Leben die Gelegenheit hat, es anzuziehen!« Sie zupfte versonnen an dem weiten, knielangen Rockteil aus transparenter, cremefarbener Spitze. Das Kleid war schlicht geschnitten: Schmales, ärmelloses Oberteil, nur ein kleiner runder Ausschnitt, ein bauschiger Rock im Rockabilly-Style. Ihre gebräunten Arme und Beine sorgten für jede Menge bewundernder Blicke und Komplimente aller männlichen Gäste.

»Vielleicht kannst du es umfärben, dann ist es ein Cocktailkleid und bei jeder Party, auf der du es trägst, kannst du dich an diesen Moment erinnern.«

Sie lächelte und wandte mir den Kopf zu. »Ich glaube, ich leihe es dir lieber für deine eigene Hochzeit.«

»Meine eigene …« Verdutzt hielt ich inne. »Aber …«

»Na los. Gib schon zu, dass es was Ernstes ist mit euch. Ich hab dich beobachtet die letzten Tage.« Anny grinste, und mein Herz schlug höher.

»Aber doch nicht gleich …«, stotterte ich. Wie kam sie nur auf diese Idee?

Mit einem verschmitzten Lächeln tätschelte sie mir den Arm. »Nicht jetzt sofort natürlich. Aber ihr seid ein so schönes Paar!«

»Das kannst du gar nicht wissen, du hast uns nur einmal zusammen gesehen«, protestierte ich halbherzig.

»Oh, das hat genügt, glaub mir.«

Ein junger Kellner mit einem Tablett voller Sektgläser kam vorbei, und ich nahm zwei davon herunter und reichte Anny eines. »Darauf trinken wir! Und auf euer zukünftiges Glück, natürlich!«

Von hinten legte jemand den Arm um meine Schulter.

»Na, ihr Hübschen? Wie sieht's aus? Bereit für das opulente Festmahl?«

William drückte Anny und mich an sich, sein Gesicht strahlte voller Besitzerstolz, als er Anny ansah, und ich hauchte ihm einen Kuss auf die Wange. »Ich hoffe, Cameron und Mbulu treffen bald ein.«

»Der Flieger war pünktlich und es gibt keinen Stau.« William sah auf die Armbanduhr. Dann schob er uns beide, je einen Arm um eine Taille gelegt, Richtung Auffahrt. »Lasst uns dort auf sie warten. Ohne sie können wir schließlich nicht anfangen.«

Er warf mir einen seiner spöttischen Blicke zu, und ich knuffte ihn in den Oberarm. »Sehr nett von euch, Rücksicht auf mein armes Herz zu nehmen.«

»Waffwaff!« Hinter uns näherte sich das Trappeln von Hundepfoten. Anny drehte sich um, hockte sich hin und erwiderte Dobbys enthusiastische Begrüßung. Lachend wehrte sie seine Versuche ab, sie ins Gesicht zu küssen, und hob ihn hoch. Schwanzwedelnd und hechelnd zappelte der kleine Hund auf ihrem Arm. William und ich streichelten abwechselnd über seinen Kopf.

»Endlich hat er keine Schmerzen mehr«, stellte Anny fest und vergrub die Nase in seinem Fell. »Ich hab ihn heute befühlt, die Schwellung an den Rippen ist weg.«

»Gottseidank. Dafür müssten die Gangster echt noch mal extra ein Jahr draufkriegen!«

»Ich bin froh, dass es nur eine Prellung und keine Fraktur war. Das hätte noch viel länger gedauert, bis es heilt.« William kraulte Dobby hinter dem Ohr, was dieser mit einem genüsslichen Grunzen und geschlossenen Augen quittierte. »Achtung, halt ihn fest, da kommen sie! Nicht, dass er vors Auto läuft!«

Ein schwarzer Pick-up bog auf die Auffahrt. Wir traten

zur Seite, und ich musste Anny helfen, den zappelnden Hund festzuhalten. Oh mein Gott, war ich aufgeregt.

Wir schlenderten in Richtung Parkplatz, wo Mbulu den Wagen rückwärts in eine Parklücke rangierte. Das heißt, die anderen schlenderten, ich rannte, ungeachtet der hohen Absätze meiner Sandaletten.

Endlich. Cameron stieg aus, und ich stürzte mich in seine Arme. Er umschlang mich, hob mich hoch und küsste mich. Eine Flutwelle des Glücks schwappte in mein Herz. Sein unwiderstehlicher Duft umfing mich, und ich umklammerte ihn wie eine Ertrinkende.

»Jenna, Jenna«, murmelte er an meiner Schläfe und presste mich an sich. »Was hab ich dich vermisst …«

»Oh ja. Ich dich auch. So sehr, ich konnte nicht schlafen.«

Er setzte mich ab und schob mich ein Stück von sich weg. An beiden Oberarmen hielt er mich fest und betrachtete mich zärtlich von Kopf bis Fuß.

»Wunderschön. Wunderschön bist du«, hauchte er, ohne auf das Brautpaar zu achten oder sonst irgendetwas wahrzunehmen.

»Du siehst auch nicht schlecht aus«, stellte ich fest und musste dabei lächeln. Das war die Untertreibung des Jahres. In dem dunklen Anzug, der nicht aussah, als habe Cameron darin eine ganze Nacht im Flugzeugsitz verbracht, mit dem weißen Hemd und der eleganten Krawatte hätte er direkt dem Titelblatt eines Promi-Magazins entstiegen sein können.

Er schmunzelte und drückte meine Hand. »Besten Dank, Madam.«

Zwei weitere Autotüren klappten, und hinter mir hörte ich Maxwell Mbulu, wie er Anny und William gratulierte. »Meinen Glückwunsch, Mr und Ms Darnes, und alles Gute für Ihre gemeinsame Zukunft. Ich hoffe, es ist okay, dass ich … ähm … noch einen Gast mitgebracht habe?«

Das Weitere ging in einem lauten »Waffwaff!« unter, Anny hatte Dobby wieder auf den Boden gesetzt, und dieser umkreiste Mbulu, Cameron und … Saartjie, die mit verlegenem Grinsen aus dem Pick-up stieg.

»Saartjie! Ich dachte, du kommst erst heute Abend?« Wir fielen uns um den Hals, und sie verpasste mir einen Schmatzer auf die Wange.

»Ich hab meinen Bruder engagiert, der hält im Laden die Stellung. War doch okay so, hoffe ich?«

»Bestens! Super siehst du aus!« Saartjie trug ein ärmelloses, fliederfarbenes Etuikleid, das einen eindrucksvollen Kontrast zu ihrer dunklen Haut bildete und ihre weibliche Figur in Szene setzte. Aus dem Augenwinkel konnte ich die Maxwell Mbulus bewundernde Blicke sehen.

Händeschütteln, Küsse und Glückwünsche an das Brautpaar folgten, und endlich setzten wir uns alle in Richtung der Bistro-Scheune in Bewegung, auf deren Terrasse weiße Sonnenschirme und festlich gedeckte Tische auf uns warteten.

Cameron ließ meine Hand nicht los, und selbst während des Essens hielten wir Körperkontakt. Unsere Oberschenkel berührten sich, und bei jeder Gelegenheit tasteten wir mit den Fingern nach der Hand des anderen.

Eine Band baute ihr Equipment in der Scheune auf, und bevor die Sonne unterging, wogten die Gäste schon über das Tanzparkett, mittendrin Cameron und ich.

Er führte mich behutsam, aber deutlich. Fast unmöglich, einen falschen Schritt zu machen – etwas, das mir sonst leider nur allzu häufig passierte. Mit sanftem Druck seiner Hand unter meinem Schulterblatt und der anderen Hand in meiner, dirigierte er mich durch das Gewühl.

Lachend ließ ich mich von ihm drehen und herumwirbeln, bis die Band eine Pause machte.

»Komm«, raunte er mir zu und zog mich an der Hand hinaus auf die Terrasse, wo die Nichttänzer in Grüppchen herumstanden und sich angeregt unterhielten. Er zog mich über den Hof, hin zum Garten, wo wir uns das erste Mal geküsst hatten.

»Setz dich.« Er drückte mich sanft an den Schultern auf die Gartenbank und nahm neben mir Platz, beschirmte die Augen mit einer Hand und sah hinauf in die Berge.

Ich streckte die Beine aus und entlastete die Füße, indem ich die Absätze meiner Sandaletten in den Boden stemmte. »Ah, das tut gut.«

Schmunzelnd wandte er sich mir zu. »Ich würde ja flachere Schuhe zum Tanzen tragen.«

»Ich trage immer flache Schuhe. Wann soll ich denn sonst welche wie diese hier anziehen?« Demonstrativ wackelte ich mit den Füßen, und er lachte leise.

»Hör mal, ich kann … ich kann drei Monate hierbleiben«, sagte er nach einer kleinen Pause. »Wenn du das möchtest, meine ich.«

Der Blick aus seinen Ozeanaugen war ein wenig bange. Als wenn er Angst hätte, ich könnte ablehnen.

»Wie kann ich das nicht wollen? Aber … deine Firma? Die Gerichtsverhandlung? Du kannst doch nicht drei Monate Urlaub machen?«

Mit zwei Fingern fasste er unter mein Kinn und hob es an. »Ich habe die Agentur verkauft. Die Verträge sind bereits geschrieben«, sagte er ernst. »Die Gerichtsverhandlung wird noch lange nicht stattfinden. Ich habe also Zeit, und die möchte ich mit dir verbringen.«

Mein Herz machte einen Hüpfer, während ich ein ums andere Mal nach Luft schnappte.

»Du sagst ja gar nichts«, stellte er fest und schaute dabei so alarmiert aus, dass ich kichern musste.

»Ich kann mir nichts Besseres vorstellen, als die Zeit mit dir zu verbringen«, hauchte ich, überwältigt von der Vorstellung, ihn jeden Tag sehen zu dürfen, die Nächte mit ihm zu verbringen, ein fast ganz normales Paar sein zu dürfen – wenigstens auf Zeit. »Aber … ich muss arbeiten. Tagsüber. Geld verdienen, du weißt schon.«

»Selbstverständlich. In dieser Zeit werde ich mich nach einem Haus hier umsehen und natürlich habe ich auch einen Plan, wie ich mir die Zeit vertreibe.« Grinsend fügte er hinzu: »Mir wird nicht langweilig, das kann ich dir jetzt schon versprechen.«

»Du willst ein Haus …«, stammelte ich, unfähig zu begreifen.

»Und ein Auto, und eine Aufenthaltsbewilligung und eine Arbeitserlaubnis«, zählte er an den Fingern auf. »Du kannst jetzt übrigens den Mund wieder zumachen.«

»Aber …«

»Nix aber.« Mit beiden Händen umfasste er meine Wangen und drückte mir einen Kuss auf die Lippen. Einen sehr langen, weichen und intensiven Kuss.

»Du musst wissen, dass ich mich in dich verliebt habe, Jenna Darnes. Und ich möchte diese drei Monate nutzen, um mit dir herauszufinden, was das mit uns ist. Ob es … ob es funktionieren könnte.«

Ich wagte kaum, ihm in die Augen zu sehen, trotzdem tat ich es und versank darin, in der Flut seines Ozeans.

»Und du willst in London einfach – alles aufgeben? Was, wenn es nun nicht funktioniert … wenn du wieder zurückwillst …?«

Mit einem Zwinkern in den Augen erwiderte er: »Keine Angst, ich hab mir ein Hintertürchen offengelassen. Meine Wohnung in London behalte ich. Und ich würde mir sehr wünschen, dass du mich einmal dorthin begleitest. Natürlich nicht jetzt, in der Hauptsaison. Aber wenn hier Winter ist, dann können wir in den Sommer reisen. Was meinst du?«

Tränen stürzten mir aus den Augen, und ich flüsterte: »Ich bin … ich bin einfach nur … sprachlos!«

Sanft wischte Cameron mit den Daumen über meine Wangen. »Nimm es so an, wie es kommt, Jenna. Es ist mein Herzenswunsch, mit dir zusammen zu sein. Genieß es einfach!«

Im nächsten Moment zuckten wir überrascht zusammen.

»Jetzt beeilt euch aber! Gleich wirft Anny den Brautstrauß. Turteln könnt ihr nachher immer noch.« Stella stand plötzlich vor uns und stemmte die Fäuste in die Hüften.

Grinsend erhoben wir uns und folgten ihr zurück zum Fest. Cameron drückte meine Hand, und ich flüsterte ihm zu: »Cameron Ashford, ich … ich glaube, ich liebe dich.«

»Genau das wollte ich hören, Schönheit«, flüsterte er zurück. »Ich glaube, ich liebe dich auch.«

Anny stand auf der Tanzfläche, neben ihr William, beide erhitzt und strahlend. »Und jetzt …«, rief Anny.

Irgendetwas pikte mir in den Rücken. »Au!«, rief ich und drehte mich um. Ein Lacktäschchen war zu Boden gefallen, und ihre Besitzerin und ich bückten uns gleichzeitig danach.

»Entschuldigung«, sagte sie und lächelte verlegen. »Ich habe nicht hingeguckt …«

»Macht n…« Weiter kam ich nicht, weil unter allgemeinem Jubel etwas Hartes auf meinem Kopf landete und mir kalte Wassertropfen den Rücken hinabliefen.

Der Brautstrauß! Unter dem Johlen der Gäste richtete ich mich mit dem Strauß in der Hand wieder auf und sah mich von Anny, William, Cameron und meinem Vater umringt, die mir alle lachend gratulierten. Mir?

»Habe ich eben wirklich den Brautstrauß gefangen?«, murmelte ich und starrte auf das zarte Gebinde aus rosa und weißen Rosen, Schleierkraut und einer einzelnen rosafarbenen Protea in der Mitte.

»Sieht ganz so aus«, kommentierte Cameron mit einem Lachen in den Augen, das mich durch und durch erwärmte.

EIN JAHR SPÄTER

Auf dem Flur vor dem Gerichtssaal herrschte rege Betriebsamkeit. Geschäftige Sekretärinnen mit Aktenstapeln auf den Armen eilten an mir vorbei, auf den Bänken an der Wand saßen eine Menge merkwürdiger Gestalten. Vor ihnen standen Männer und Frauen mit langen Roben und diesen unfassbar albernen Perücken in der Hand, und debattierten mit gedämpften Stimmen.

Ich ging auf und ab, und starrte ununterbrochen auf den Fußboden aus rissigem Linoleum, und prägte mir dabei jede Unebenheit und jeden Fleck ein. Es roch nach Bohnerwachs und Schweiß, und ich kämpfte die ganze Zeit gegen wachsende Übelkeit an, wie so häufig in den letzten Tagen. Wann würde Cameron endlich herauskommen? Ich war voller Ungeduld.

Seit zwei Stunden war er da drin, um gegen die Männer auszusagen, die für den Tod seines Geschäftspartners verantwortlich waren, und für meine Entführung und – wie wir nach und nach erfuhren – für eine Reihe anderer Verbrechen.

Die Verhandlung war öffentlich, aber der Saal war

bereits vollkommen überfüllt, als wir eintrafen, und ich war darüber nicht traurig. Seit einigen Tagen waren mir stickige Innenräume auf merkwürdige Art zuwider.

Ich selbst brauchte zum Glück keine weiteren Aussagen mehr zu machen. Alles, was ich zu sagen hatte, war ich schon bei dem Prozess in Kapstadt losgeworden, wo meine Entführer bereits einmal verurteilt und danach hierher abgeschoben wurden, um nun in der nächsten Gerichtsverhandlung zu sitzen.

Endlich. Die gewaltige Tür aus dunklem, mit kunstvollen Schnitzereien versehenen Holz knarzte und öffnete sich. Cameron kam heraus, mit dem Handrücken wischte er sich über die Stirn. »Uff. Das wäre geschafft. Wir sind frei! Frei, zu gehen, wohin wir wollen, zu tun und zu lassen, worauf wir Lust haben!«

Mit einem langen Schritt trat er auf mich zu, umfasste mich an der Taille und hob mich in die Luft. Ich küsste ihn auf die Nasenspitze. »Lass mich runter«, verlangte ich kichernd, und er stellte mich vorsichtig wieder auf die Beine.

Hinter ihm erschien seine Sekretärin Lynn mit ihrem Mann, die Cameron mir vor Beginn der Verhandlung vorgestellt hatte. Sie schüttelten uns die Hand und gratulierten uns, dass alles vorüber war.

»Wie ist Ihr neuer Job bei Vic?«, erkundigte sich Cameron bei Lynn.

»Oh super. Ich habe ein eigenes Büro und wenn ich in der Babyzeit bin, kann ich stundenweise von zu Hause aus arbeiten.« Sie strahlte und fasste sich an ihren schon zart gerundeten Bauch.

Ihr Mann legte sanft seine Hand über ihre. »Wir haben Ihnen sehr zu danken«, sagte er. »Lynn ist sehr glücklich – und ich bin es auch.«

Cameron lächelte. »Lieber Mr Shapton, ich bin es, der

Ihrer Frau danken muss. Ohne sie hätte ich niemals Jenna kennengelernt. Und würde höchstwahrscheinlich nicht mehr leben.«

Lynn zwinkerte verschmitzt. »Es hat mir Riesenspaß gemacht, diese Flucht für Sie einzufädeln.«

»Leider war es nicht ganz so amüsant, sie durchzustehen. Aber das Ergebnis ist – grandios.« Mit diesen Worten legte mir Cameron einen Arm um die Schulter und die freie Hand auf den Bauch. Obwohl man dem noch überhaupt nichts ansehen konnte.

»Oh … Sie auch«, hauchte Lynn, und ein breites Lächeln huschte über ihr Gesicht. »Wie schön!«

Mein Herz weitete sich, und ich blickte zu dem Mann an meiner Seite auf, der mir das größte Geschenk meines Lebens gemacht hatte. »Ja, das ist es. Wir wissen es seit einer Woche.«

»Wir werden oft an Sie denken. Vielleicht besuchen Sie uns auch mal?« Lynn streckte mir die Hand entgegen und ich drückte sie freundschaftlich.

»Ganz bestimmt. Cameron hat immer wieder hier in London zu tun.«

Zum Abschied stellte sich Lynn auf die Zehenspitzen und küsste Cameron auf die Wange, dann drückte sie mich kurz an sich. »Wir freuen uns für Sie!«

Wir verabschiedeten uns herzlich. Lynn und Ben nahmen den Weg ins Parkhaus, während wir dem Hauptausgang zustrebten.

»Bis zum Flug heute Abend bleibt uns noch Zeit. Möchtest du shoppen gehen? Oder lieber eine Kleinigkeit essen?« Cameron schob meinen Arm unter seinen Ellenbogen, und wir stiegen die Treppe zum Ausgang hinunter.

»In genau dieser Reihenfolge«, lachte ich. »Wir müssen uns unbedingt vorher noch stärken, das Flugzeugessen ist eine Katastrophe.«

»Ich freue mich schon darauf, wieder einen von Stellas berühmten Potjiekos zu essen.«

»Und ich freue mich auf zu Hause.«

»Ja. Ich auch.« Das sagte er so, als wäre dies hier für ihn eine fremde Stadt und nicht der Ort, an dem er den größten Teil seines Lebens verbracht hatte. »Vor allem freue ich mich darauf, dass du Teil dieses Zuhauses bist.«

Die Wärme in seiner Stimme bewegte mein Herz, und ich lehnte den Kopf an seine Schulter. So traten wir hinaus in den feuchtkalten Londoner Wintertag – und sahen uns einer kleinen Schar Reporter gegenüber.

»Mr Ashford«, rief einer. »Wir möchten ein Foto von Ihnen und Ihrer Frau!«

»Ja, bitte!«, rief ein anderer, und ein Dutzend Kameras richteten sich auf uns.

»Aber ich bin nicht …«, setzte ich an, doch Cameron legte mir einen Finger auf die Lippen.

Dann wandte er sich lächelnd den Reportern zu, zog mich dabei fest an seine Seite. »Aber nur kurz, bitte. Und ich beantworte heute keine Fragen.«

Es klickte und klickte, einmal mussten wir in diese Richtung schauen und danach in die andere, bis Cameron die Hand hob. »Schluss für heute.«

Entschlossen bahnte er uns einen Weg durchs Gedränge und wir bestiegen eines der Taxis, die vor dem Gerichtsgebäude auf Gäste warteten.

»Zum Selfridges bitte«, sagte er, und der Chauffeur tippte mit zwei Fingern an seine Mütze.

»Cameron, die glauben jetzt alle, wir wären verheiratet. Morgen wird das in der Zeitung stehen.«

Er lehnte sich zurück in den Sitz, die Hand auf meinem Oberschenkel, und schaute versonnen nach oben. Dann neigte er mit einem Schmunzeln den Kopf und seine Hand wanderte auf meinen Bauch, wo er zärtlich verharrte.

»Wird doch auch Zeit, findest du nicht, Schönheit? Immerhin trägst du jetzt etwas Kleines von uns in dir.« Ganz nah waren seine Lippen an meinem Ohr, und ich hielt die Luft an. »Also, Jenna Darnes, ganz offiziell: Möchtest du … möchtest du meine Frau werden?«

Aus irgend einem Grund fehlen mir in wichtigen, glückseligen, entscheidenden Momenten des Lebens immer die Worte. Ich schluckte, räusperte mich, blinzelte ein paar Tränen weg und versuchte, in seinem Blick zu lesen, ob er es ernst meinte.

»Cameron Ashford«, krächzte ich schließlich. »Wenn das kein Scherz sein soll, dann … dann … dann sage ich aus vollem Herzen JA!«

Zugleich lachend und weinend fiel ich ihm um den Hals, und er bedeckte mein Gesicht mit vielen kleinen Küssen, zwischen denen er immer wieder murmelte: »Danke, ich liebe dich so sehr.«

Vorsichtig löste er sich von mir und kramte in seiner Manteltasche, aus der er ein Taschentuch hervorzog. Damit tupfte er sanft ein paar der Tränen von meinen Wangen und lächelte. Dann drehte er den Kopf nach vorne. »Fahrer, kleine Planänderung. Fahren Sie zu Tiffany & Co. in die Old Bond Street.«

Zu mir gewandt fuhr er mit einem verschmitzten Grinsen fort: »Wir brauchen doch jetzt einen Ring.«

DANKE!

Danke für die Zeit, die du mit Jenna und Cameron verbracht hast. Genau dafür schreibe ich: Dass meine Leserinnen und Leser eine kleine Auszeit nehmen und sie (hoffentlich) genießen können.

Falls du jetzt Lust bekommen hast, noch mehr von mir zu lesen, empfehle ich dir zuerst meinen Newsletter *Gretas Lesecouch*. Denn jeder Abonnent bekommt von mir dieses E-Book hier geschenkt:

https://greta-schneider.de/gretas-lesecouch/

Ein Klick auf den Link bringt dich zum Download!

Und dann gibt es in meinem Newsletter noch Leseproben, Buchtipps und alle Einzelheiten zu jeder Neuerscheinung von mir.

Noch eine kleine Bitte: Es wäre toll, wenn du mir eine

Kundenbewertung auf amazon.de, lovelybooks.de oder an einem anderen Ort hinterlassen könntest. Es reichen ein paar Worte dazu, ob, und wenn ja, wie dir dieses Buch gefallen hat.

Zum Schluss noch ein Riesendankeschön an meine »Plotfeen« Mel und Maj, und an meine Lektorin, die schon wieder nicht genannt werden will, der ich aber auch diesmal wieder einiges Haareraufen zu verdanken habe. Manometer, lässt sie mich hart schuften! Ich hoffe, es hat sich gelohnt und das Lesen hat dir Spaß gemacht.

Herzlichst Deine

Greta Schneider

Greta Schneider

Mittelweg 9

16727 Oberkrämer

033055 21860

hallo@greta-schneider.de

Covergestaltung: Rebecca Wild,

Sturmmöwen.at

Bildquellen: depositphotos.com/de @ konradbak

Lektorat: MHB Lektorat

❀ Erstellt mit Vellum

46530352R00214

Printed in Poland
by Amazon Fulfillment
Poland Sp. z o.o., Wrocław